Vom Goldenen Segel

Auch dieses Buch widme ich W., dem Fixpunkt in meinem Leben, Meister im Lösen erzählerischer Knoten, und Tröster, wenn ich wieder mal über logische Löcher stolperte.

Vorweg

Ich danke Thomas J., der bereitwillig juristische Fallgruben zu umschiffen half, Brigitte L., die Friederike und mich über längere Zeit mit hilfreichen Kommentaren begleitete, und auch der wunderbaren Einrichtung Wikipedia. Hier fand ich wichtige Details über die Sintifamilien, ich las mit roten Ohren über Heinrich den Löwen und seine Stiftungen und lernte das Notwendige über die Waldnutzung des Höhenzuges Elm im ausgehenden Mittelalter. Und nicht zuletzt danke ich meiner netten Nachbarin Tiny, die mich genau zur rechten Zeit technisch wieder in Schwung brachte.

Komtureien oder Kommenden wie die Caplingenburg gab es tatsächlich mehrere im Braunschweiger Land. Ein Beispiel ist die Süpplingenburg, die in Teilen noch heute existiert und als geschichtliches Vorbild für Charlottes Ordensburg diente. Alles aber, das ich drumherum gesponnen habe, ist reine Fiktion. Sollten sich Parallelen ergeben, sind sie zufällig und absolut unbeabsichtigt. Dasselbe gilt auch für den Teil der Geschichte, der im Oberharz spielt: Alle Personen sind munter meiner Fantasie entsprungen. Zwar findet sich der Kronenplatz in Clausthal, das Tango-Café wird man aber vergeblich suchen. Obwohl – das hat schon mancher vermisst!

Andrea Illgen

Vom Goldenen Segel

Harzkrimi

Bibliografische Information der Deutschen Nationalbibliothek
Die Deutsche Nationalbibliothek verzeichnet diese Publikation in der Deutschen Nationalbibliografie; detaillierte bibliografische Daten sind im Internet über **http://dnb.d-nb.de** abrufbar.

Vom Goldenen Segel

Wolkenreich im Harz (Bd. 6)

ISBN 978-3-96901-003-7

1. Aufl. 09/2020

Dieser Titel ist auch als eBook erhältlich
in den Formaten ePub und MobiPocket (Kindle).

Abbildungsnachweise:
Cover Frontseite (Siegel) © Wolfgang Claussen | #1463802 | pixabay.com
Cover Rückseite (Statue) © Hans Linde | #2284945 | pixabay.com
Porträt der Autorin © Ania Schulz | as-fotografie.com

Lektorat & DTP:
Sascha Exner

Druck:
WIRmachenDRUCK GmbH, Backnang

Verlag:
EPV Elektronik-Praktiker-Verlagsgesellschaft mbH
Obertorstr. 33 · 37115 Duderstadt · Deutschland
Fon: +49 (0)5527/8405-0 · Fax: +49 (0)5527/8405-21
Web: harzkrimis.de · E-Mail: mail@harzkrimis.de

Starker Schneefall und kein Grog

Friederike fuhr hoch. Sie lag auf dem Sofa im matt beleuchteten Hinterzimmer des Tango-Cafés. Es dauerte einen Moment, bis sie wusste, wo sie war. Café, Verabredung mit Christian ... Sie musste eingeschlafen sein, und Konni ...

Auf dem Tisch lag ein Zettel, vor dem Wegfliegen gesichert mit einem Glas Wasser. *Wir lassen dich schlafen, schließt ab, wenn ihr geht, Konni* und ein küssender Smiley.

Wie spät war es? Friederike knipste die Lampe über dem Sofa an. 01:10 Uhr? Wieso? Sie setzte sich gerade und nahm einen Schluck Wasser aus dem Glas. Christian wollte um 23 Uhr spätestens hier sein. *Wir müssen auch mit Konni und Sandra reden, ich komme ins Café* – das war seine letzte SMS gewesen. Herrgott, das war zwei Stunden her. Wo war Christian? Sie drückte die Schnellruftaste. Nichts, Mailbox. Christian ... Was war passiert? Nochmal. Blöd, dachte sie, als ob es beim zweiten Mal besser funktioniert. Mailbox.

Friederike nahm sich zusammen und versuchte, einen zusammenhängenden Satz hinter dem Piepton aufzusprechen. »Muschel, wo bist du? Du wolltest um elf hier sein, es ist jetzt eins, zum Teufel ... Mann, melde dich, verdammt.«

Sie stand auf und begann zwischen dem Kühlschrank fürs Personal und der Küchentür auf und ab zu laufen. Mit wem konnte sie sprechen? War es dringend genug, um Konni zu benachrichtigen? Und wenn Christian irgendwo lachend an einer Bar saß? Und wenn er tot war? Sie konnte kaum atmen. Privatdetektive sterben in ihrem Job. Aber doch Christian nicht. War er nicht immer und überall heil rausgekommen? Konnis Nummer saß auf der 2.

»Konni, entschuldige, aber Christian ist nicht nach Hause gekommen. Ich habe Angst ... Er ist zwei Stunden überfällig.«

»Bist du noch im Café? Ja? Bleib da, ich bin in 5 Minuten da.« Bevor er auflegte, hörte sie, wie er leise etwas zu Sandra sagte, die neben ihm im Bett lag.

Friederike knipste die Lampe über der Bar an und ging durch die Schwingtür in den Gastraum, ohne dass sie wahrnahm, was sie tat. Sie lief und lief, erst hin und her, dann einen Kreis um den Langen Tisch herum, der so hieß, weil ... Das war doch egal, oder? Die Hände zusammengepresst vor dem Mund, ein Pochen im Kopf ... Es ist was passiert ... Es ist was passiert ... Lieber Gott, lass ihn leben ... Sinnlos, denn sie glaubte nicht an Gott. Aber es tat so gut, jemand zu haben, den man um Hilfe bitten konnte. Vielleicht wurde sie gewährt ... Christian ... bitte, sei stark ...

Ein Auto, abruptes Bremsen, war das ...? Nein, der Alfa klang anders. Da war Konni, der breite, große, starke Konni. Verteidiger gegen alles Böse.

»Er meldet sich nicht.« Friederike brachte es nur schluchzend hervor. »Er meldet sich nicht. Er wollte ...«

»Setz dich doch erst mal hin. Hier, aufs Sofa. Ruhig, Friederike, ruhig, alles wird gut.«

Sie konnte nicht mehr sprechen. Nur mühsam holte Konni aus ihr heraus, was er wissen wollte. Christian hatte sich zuletzt aus – ja, woher? Friederike konnte sich nicht an den Namen des Ortes erinnern. Kapp... Irgendwas mit Kapp... Aber Kappeln lag doch da oben in Schleswig-Holstein. Da wäre er doch nicht rechtzeitig ... Er würde noch eine Stunde brauchen, dann nach Hause aufbrechen, hatte er gesagt. Gegen elf wäre er sicher bei ihr. »Ich treffe dich im Café, ich würde gern noch kurz mit Konni reden, falls er noch da ist.« Oder so ähnlich. Am Schluss: »Ich freue mich auf dich, Rübe. Setz das Wasser auf für einen Grog, es ist lausig kalt.« Das erzählte sie Konni nicht, etwas wollte sie für sich behalten.

Sein Telefon klingelte. Nach den ersten Worten, die sein Gesprächspartner sagte, stand er schnell auf. »Ja...« Ein schneller Blick zu Friederike.

Sie stand auch auf. Das war sie, die Nachricht, er war tot. Oh, Gott, nein. »Was ist? Rede, was ist los?«

Konni legte nach ein paar Worten auf und drehte sich zu ihr um. »Das war Sven von der Feuerwehr. Sie haben kurz vor der Abzweigung nach Festenburg ...«

»Lebt er?« Friederike schrie ihn an.

»Ja, aber er ist bewusstlos. Er ist eingeklemmt, sie müssen ihn rausschneiden.«

»Sein Alfa hat doch ein Stoffdach, ist es da nicht leicht ...«

»Nein, die Tür muss ...«

»Ich will hin.«

»Du kannst ihnen nicht helfen, lass das, Friederike, du stehst nur im Weg rum. Wir fahren hin, sobald sie ihn raus haben, ich verspreche es dir, dann kannst du mit ihm ins Krankenhaus fahren.«

Friederike betete, wie sie in ihrem ganzen Leben nicht gebetet hatte. Wenn es einen Gott gab, sollte er gefälligst jetzt eingreifen. Lass ihn leben ... lass ihn leben ... Ich will auch ganz bestimmt ...

Wieder schrillte Konnis Telefon. »Ja. Oh, das ist gut. Ja, wir kommen direkt dorthin.« Er drückte das Gespräch weg. »Sie haben ihn raus, schieben ihn gerade in den RTW, und ... « Er holte tief Luft, »er hat reagiert. Er wird jetzt nach Goslar runtergefahren. Komm, wir müssen dein Auto nehmen, bei diesem Wetter gehe ich nicht auf den Bock, wenn ich nicht muss. Aber ich fahre.«

Es war ein Albtraum. Konni saß neben ihr wie ein Fels, der ihr fast die Luft nahm, seine Körpermasse füllte den Raum zwischen Lenkrad und Sitzlehne vollständig aus. Er beugte sich vor und versuchte in höchster Konzentration, den Weg durch das dichte Schneetreiben zu finden. Friederike fuhr in Gedanken mit. Es sieht aus, als ob da vorn ein großes schwarzes Loch ist, das uns durch die Schneemassen ansaugt, dachte sie. Ich will glauben, dass er wieder ganz gesund wird. Er wird wieder gesund. Er wird wieder ... Was heißt eigentlich, er hat reagiert? Hat er gezwinkert, oder hat er was gesagt? Oder den Sanitäter in den Arm gekniffen?

Die Fahrt dauerte ewig nach ihrem Gefühl. Konni konnte die vielen Kurven nur mit größter Vorsicht nehmen, denn die Schneeschicht auf der Straße war nass und inzwischen auf fast 15 Zentimeter angewachsen. Niemand war vor ihnen gefahren, der Schnee lag rein, weiß und unschuldig.

Wieso war Christian verunglückt? Ein so sicherer Fahrer, der sich regelmäßig lustig machte über Leute, die im Straßenverkehr ihr Leben wagten durch riskante Manöver oder überhöhte Geschwindigkeit. Als ob sie Punkte sammeln könnten, hatte er gesagt. Niemand lobt sie am Ende dafür. Es gibt auch keinen Pokal, alles, was sie gewinnen, sind vielleicht drei Minuten. Und die sind doch kein Leben wert.

Doch kein Leben wert ... Was Christian hauptberuflich tat – war das ein Leben wert? Die Suppe für andere Leute auslöffeln gegen Geld? Können die sich nicht selbst drum kümmern? Und sie hatte ihn in letzter Zeit sogar dabei unterstützt. Um was war es eigentlich in diesem letzten Fall gegangen? Friederike holte tief Luft. Sie war so müde gewesen in den vergangenen Wochen und hatte sich deshalb vielleicht nicht genug um seine Arbeit gekümmert. Die verdammten Wechseljahre trugen sicher dazu bei, aber dieses Gefühl des Ausgelaugtseins, der Überdruss und diese ewige Schlappheit – Weihnachten musste endlich kommen und damit das Ende der Konzerte. Zum Glück hatte sie für die Zeit zwischen den Festen kein Engagement angenommen. Es reichte. Hier sitze ich und beklage mich über zu viel Arbeit, dachte sie, während Christian vielleicht schon ... Oder um sein Leben kämpft. Er wird wieder gesund ... er wird wieder gesund ...

Der Wagen begann zu schleudern. »Nein«, murmelte Konni zwischen zusammengebissenen Zähnen, »jetzt werden wir nicht auch noch im Graben landen«, während er die Spur schließlich erfolgreich stabilisierte. Er fuhr jetzt noch langsamer, aber sie hatten die letzte enge Kurve ins Gosetal hinunter zum Glück endlich erreicht. Vorsichtig trat er aufs Gas. Bloß kein Unfall: Die unglückliche Friederike, deren Freund mit dem Leben kämpfte. Und er, der jetzt mit seinen gut 50 Jahren Vater werden sollte. Sandra war gerade in den 9. Monat gekommen – konnte ein Schreck etwa die Geburt vorzeitig in Gang setzen? Vor allem, weil sie sich nicht schonte, sondern munter weiter die Gäste des Tango-Cafés bekochte. War es unfreundlich, dass er jetzt an seine eigene Situation dachte, während die arme Frau neben ihm um ihren Liebsten fürchtete?

Die Einfahrt zur Notaufnahme lag ebenso unberührt und friedvoll vor ihnen wie die Straße von Clausthal herunter. »Sie sind noch nicht da«, murmelte Konni in seinen Bart. »Komm, wir gehen schon rein, hier draußen frieren wir an.« Und gerade in dem Moment blitzte die Nacht blau, der RTW kam um die letzte Kurve.

Zigarillo und Burgkatze

Flora Krafft zog ihren hoffnungslos verfilzten Wollschal enger um den Hals. Trotz warmem Kleid, Pelzmantel und einem Tuch, das sie sich mehrfach um den Kopf gewickelt hatte, fror sie erbärmlich. »Du schleichst, und ich friere. Vielleicht würde sich die Heizung deines Autos ihren Namen verdienen, wenn du etwas schneller fährst.«

»Hier vorn ist es wärmer.« Charlotte schob die Nase noch dichter an die Windschutzscheibe und hob die rechte Fußspitze eine Idee an. Ihr ging es immer noch zu schnell. Seit dem Unfall ... nicht dran denken. So, da war die Kurve … alles gut gegangen. Jetzt vielleicht den dritten Gang.

»Wie weit ist es denn noch?«

»Weiß ich nicht, stör mich nicht. Und du wolltest unbedingt hinten sitzen.«

»Weil du furchtbar Auto fährst.« Flora seufzte und versuchte, sich dem Schicksal zu ergeben, was ihr erfahrungsgemäß nicht leichtfiel. Wem was nicht gefällt, der muss es ändern, das war ihre Lebensweisheit.

Charlotte Everding war gereizter Stimmung, was nicht nur auf Flora auf dem Rücksitz zurückzuführen war. Es lag auch nicht am außergewöhnlich winterlichen Dezemberwetter. Gerechterweise musste sie zugeben, dass es nicht geholfen hätte, wäre der Tod ihres Vaters in den Sommer gefallen. Na ja, vielleicht doch ein bisschen – vielleicht würde das Leben heller und wärmer sein, jetzt, wo sie dieses blöde, überflüssige, zeitraubende Projekt vor sich hatte: das Erbe ihres Vaters zu verwalten. Nicht verwalten, dachte sie, verkaufen. Ich verkaufe den ganzen Ramsch. Und wieder kochte der Zorn auf ihren Vater in ihr hoch. Sein ganzes Geld hatte er in diese pseudo-romantischen Gemäuer gestopft – Geld, das sie dringend für den Erhalt der Buchhandlung gebraucht hätten. Und als hätte das nicht schon gereicht, hatte sie vor einigen Tagen erfahren, dass er auch Geld von ihrem Konto in dem Burgprojekt versenkt hatte.

Eine Schwester ihrer Mutter hatte ihr Geld hinterlassen, und nicht wenig. Zu diesem Konto hatte ihr Vater Zugang gehabt, weil sie zur Zeit des Erbes noch unmündig gewesen war. Ein dicker Fehler, war der genuschelte Kommentar des Notars gewesen, der ihr den Verlust erklärt hatte. Es habe andere Möglichkeiten gegeben, ein Anderkonto womöglich ... Es war jedenfalls weg, das Geld, nicht alles, aber ein beträchtlicher Teil. Im Gegenzug hatte sie jetzt dieses Ding da am Hacken, die Caplingenburg.

Charlotte war mit der Ritterbesessenheit ihres Vaters aufgewachsen. Ritter und holde Frauen, Gerechtigkeit, Mut, Minnegesang, hohe Werte, aber leider kein Realitätssinn und wenig Selbstdisziplin. Kaum war die Erweiterung der Everdingschen Buchhandlung um ein Wein- und Schreibwarenangebot ein paar Monate gut gelaufen, hatte er unglückseligerweise das Inserat des Liegenschaftsamtes der niedersächsischen Landesregierung gelesen: Die ehemalige Kommende Caplingenburg würde am 6. Januar 2019 versteigert.

Eine Kommende, das Gut eines Ritterordens, was für eine Sache! Das wäre doch sicher preiswert zu haben, denn wer sollte sich schon damit belasten. Nun, ihr Vater hatte es getan. Sich damit belastet. Und jetzt hatte sie es an der Backe. Vielleicht hätte sie wirklich das Erbe ausschlagen sollen.

Das Schneetreiben – hier unten in der Ebene völlig unüblich zwölf Tage vor Weihnachten – ließ etwas nach, was Charlotte dazu brachte, die rechte Fußspitze wieder leicht zu senken. Da, ein gelbes Schild, das nach rechts wies. Caplingenburg, ohne Entfernungsangabe, also nicht weit bis dorthin. Jemand hatte darauf geschossen, kleine silberne runde Vertiefungen mit einem Loch in der Mitte, fünf Stück. Während sie herunterschaltete und das Lenkrad vorsichtig drehte, überlegte sie kurz, welche Idioten so was taten.

»Wir sind gleich da«, sagte sie überflüssigerweise, falls Flora auf dem Rücksitz das Schild nicht gesehen haben sollte. Ihre – ja, was eigentlich? Gouvernante, Freundin, Kindermädchen, Genossin? – Genossin, das passte am besten, schlief manchmal unvermittelt ein. Was ihr wohl die notwendige Energie verlieh, trotz ihrer schlechten Lunge halbwegs beschwerdefrei durchs Leben zu kommen.

Eine einspurige Straße mit reichlich Schlaglöchern. Nach ein paar Hundert Metern begann eine graurosa Mauer auf der rechten Seite die Straße zu begleiten. Ab und zu nickten kahle Zweige, hier und da auch ein grüner Efeutrieb, über die bröckelige Mauerkrone, alles vom neuen Schnee bestäubt.

Vom Rücksitz leises Schnarchen. Da erschien eine Lücke, ja, ganz richtig auch ein Tor, schief in den Angeln, eine verrostete Pracht. Die beiden Buchstaben im verschnörkelten

Schmiedeeisen der beiden Flügel ließen sich als C und B identifizieren, sie standen vermutlich für Caplingenburg. Drum herum angeordnet vier Kreuze, zwei gleichlange Balken, das Ende jedes Balkens lief in zwei nach außen gebogenen Spitzen aus. So wurde das Kreuz zum Stern. Das Johanniterkreuz. Die Caplingenburg hatte, bevor sie verstaatlicht worden war, dem Johanniterorden gehört, so viel hatte sie von den schwärmerischen Beschreibungen ihres Vaters behalten.

Charlotte bremste und hielt an. Geradeaus ein langgestrecktes Fachwerkgebäude, daran angrenzend nach rechts ein dicker quadratischer Turm aus Bruchsteinen gemauert. Oben, wahrscheinlich in die Vertiefungen ehemaliger Zinnen gesetzt, ein paar kleinere Fenster, die grünen Läden geschlossen, nach oben als Gaube ins Dach fortgesetzt. In der Etage darunter, weitgehend fensterlos, ein merkwürdiger kleiner runder Erker. Charlotte wusste, dass es den sogenannten Klo-Erker in Burgen gab, ein Plumpsklo, das seinen Inhalt direkt in den Burggraben weiterschickte. Hier gab es aber keinen Graben, diese Seite des Turmes zeigte zum Gutshof.

Charlotte musste zugeben, dass der Anblick der Burggebäude, wie sie im letzten schwachen Schneetreiben erschienen, selbst eine Hardcore-Verachterin von Ritterromantik wie sie nicht kaltließ. Sie fasste das Lenkrad fester. Das hier war pure und echte Geschichte.

Sie legte den Gang ein und ließ den Wagen langsam um die Ecke rollen. Was war denn das? Sie stieg aus. Das Schneetreiben hatte nun fast völlig nachgelassen, aber der Wind wehte kräftig und ließ die dunkelblauen Rockschöße des heruntergekommenen Militärmantels tanzen, den ein Mann mit kräftigem Bartwuchs und schwarzem Hut trug. Mitten auf dem beschneiten Pflaster des Gutshofes stand er, seine Haare in einer undefinierbaren Farbe wehten ihm aus der Stirn, als er sich zu ihr umdrehte. Der Hund neben ihm, eine Mischung aus Border Collie und allem Möglichen, lief auf sie zu und bellte.

Ein scharfer Pfiff, und er trottete zurück. Charlotte ging mit vorsichtigen Schritten auf den Mann zu, denn die dünne Schneelage machte das Kopfsteinpflaster glatt. »Was machen Sie hier bitte?« Von seinem Gesicht war unter der nassen Hutkrempe wegen starkem Haar- und Bartwuchs nicht viel zu sehen.

»Sie sind Charlotte Everding, nehme ich an?« Beim Reden entwickelte er Fältchen um seine tiefliegenden grünblauen Augen, die merkwürdig hell und scharf in der dunklen Haut wirkten. Den Hut hatte er wie ein Pistolenheld gerade aufgesetzt, weder nach vorn noch nach hinten geschoben. Er war mal schwarz gewesen, jetzt glänzte er speckig, das ehemals braune Band zerschlissen. Vom Mund war nicht viel zu sehen im Gestrüpp des grau-braunen Bartes.

»Eventuell. Und Sie?« Sie nahm den nicht gerade milden Geruch wahr, der aus der Kleidung des Mannes drang.

Eine leichte Verbeugung. »Quinn Voigtländer, wenn Sie erlauben, auf dem Weg nach Tschenstochau.«

Charlotte wurde blümerant. Stand sie einem Irren gegenüber? Unter seinem langen Militärmantel ein schmutzigweißes T-Shirt, darüber eine Weste, beides eindeutig lange nicht gewaschen und an den Rändern ausgefranst. Ein Tippelbruder, ein König der Landstraße, ein Klinkenputzer, schlichtweg ein Penner. Und warum starrte er sie derart intensiv an? Hatte er noch nie eine Frau gesehen? Hatte sie einen Popel an der Nase?

Sie wischte sich sicherheitshalber übers Gesicht. »Wandern Penner nach Tschenstochau?« Das kam gröber heraus, als es geplant war. Wahrscheinlich, weil er nicht aufhörte zu starren. Die Schneeflocken begannen auf ihrem Kopf zu tauen.

Etwas Entspannung in seinem Gesicht, und es erschienen noch mehr Fältchen um die Augen. »Weiß ich nicht. Ich tu's.«

»Aber jetzt gerade offensichtlich nicht. Wohnen Sie hier etwa? Und wenn ja, wo?«

Wieder knickte er leicht in der Hüfte ein. »Scharfes Auge. Dieser Hund und ich haben eine Nacht hier im Stroh geschlafen. Im gesunden Duft abgeernteter Felder.«

Woher wusste er ihren Namen?

»Ich wurde gestern für wert befunden, einen Brief für Sie entgegenzunehmen. Keine Zauberei, dass ich Ihren Namen weiß. Hier, bitte.«

Er quoll aus der Brusttasche. Charlotte warf einen kurzen Blick darauf. Eine Rechnung vom Stromversorger. Also hatte es wohl geklappt, sie würde Licht haben in diesem Gemäuer.

Sie riss ihn aus seiner Hand. »Danke.«

»Keine Ursache. Soll ich helfen auszupacken? Ich gelte allgemein als recht kräftig.«

Damit er sah, was sie besaß, um es ihr nachts zu stehlen? »Nein, nein, ich bin auch kräftiger, als ich aussehe.«

Dumm. Damit hatte sie ihm eine Vorlage geliefert. »Sie sehen durchaus kräftig aus, kräftig und ansehnlich«, sagte er. Lächelte er dabei?

Sie krauste die Stirn. Das war zu viel des Guten gewesen. »Haben Sie nichts Besseres zu tun, als hier herumzustehen und unerwünschte Kommentare abzusondern?«

Quinn hatte Charlotte fast sofort erkannt, hütete sich aber, etwas zu sagen, bevor er wusste, wie viel sie noch wusste – wissen wollte. Er begann sich zu amüsieren trotz der feuchten Kälte. Sein Mantel war dicht, der Hut hielt die Nässe ab. Charlotte Everding ging ihm bis zur Schulter, sie war schmal, aber sehnig. Dass sie Kräfte entwickeln konnte, traute er ihr durchaus zu, und was ihm gefiel, war der Kampfgeist, den sie vor sich hertrug wie eine Fahne. Nett war auch der Tropfen, der an ihrer Nase hing, dort, wo eine Schneeflocke getaut war. Ihm war klar, dass er nicht besonders vertrauenerweckend aussah, und auch, dass er wahrscheinlich nicht gut roch. Das störte ihn selbst schon lange nicht mehr, da er sich daran gewöhnt hatte.

Unter den schulterlangen dunklen Haaren, die der Wind in alle Richtungen blies, hatte sie kräftig gezeichnete Augenbrauen über großen hellgrünen Augen. Helle Haut mit kleinen Sommersprossen, selbst jetzt im Dezember noch. All das hatte er damals nicht wahrgenommen, Adrenalin hatte das Blickfeld verengt und die Wahrnehmung verändert. Aber sie war es, darauf hätte er sämtliche 80 % der bisher zurückgelegten Kilometer seiner Wallfahrt verwettet. Und jetzt sah Charlotte Everding ihn, das musste er zugeben, nicht ohne Abscheu an.

»Ich rieche besser, wenn ich gebadet habe«, sagte er zu seiner eigenen Überraschung und schien auf sie hinunter zu lächeln. »Und ich helfe Ihnen gern, stehlen werde ich nichts, weil ich genug zu essen habe. Und der Hund auch.«

Charlotte begann weich zu werden. Es wäre nett, wenn jemand helfen würde, ihr hochbepacktes Auto zu entladen, vor allem bei diesem Wetter. Hoffentlich ließ sich etwas wie eine Heizung andrehen. »Aber der Hund bleibt draußen.« Ein letztes Sichern der Autorität.

Es blitzte aus den Haaren heraus. »Selbstverständlich, Ma´m.«

»Was ist denn hier los? Wer sind Sie, junger Mann? Und was machen Sie hier?« Flora war offenbar aufgewacht, hatte sich aus dem Rücksitz herausgequält und stand jetzt breitbeinig vor dem Auto, die Arme in die Hüften gestützt. Die Szenerie gewann an Komik durch den schwarz-weißen Hund, der laut bellend um sie herumsprang.

Charlotte hätte fast angefangen zu lachen. Flora entsprach in der Absurdität ihrer Kleidung vollständig der dieses Mannes vor ihr. Denn seit sie zu ihr gezogen war, hatte sie sich standhaft geweigert, etwas Neues anzunehmen.

»Es reicht, wenn ich dir auf der Tasche liege, Lottchen. Ich brauche keine neuen Kleider, diese sind noch gut, und ich mag sie anhaben.« Flora war lang und hager. Und da sie der

Überzeugung war, dass ältere Frauen leicht frieren, trug sie ihre voluminösen Samtkleider mit den gelblichen Spitzendekorationen sommers wie winters unverdrossen, ohne je zu prüfen, ob ihre Annahme der Tatsache entsprach. Seit September *Ich fröstele so leicht* kam darüber ein mottenzerfressener Wintermantel aus geschorenem Schafsfell mit einer Kapuze aus imitiertem Fuchs.

Ihre gesamte Oberbekleidung, die aus dem Wechsel zweier knöchellanger Samtkleider – eins dunkelrot, eins flaschengrün – bestand, stammte aus dem Fundus eines kleinen Tourneetheaters, bei dem sie ein paar Jahre als Komische Alte mitgewirkt hatte. Als es zumachen musste, weil der Jugendliche Liebhaber alterswegen gestorben war, fiel in der Aufregung beim Verkauf der Requisiten nicht auf, dass Flora mit den erwähnten Kleidungsstücken schon länger über alle Berge war. Danach hatte sie sich mit Straßentheater durchgeschlagen; dann, als es mit der Lunge nicht besser wurde, war sie über pantomimische Darbietungen schließlich zur Bettlerin geworden, frierend, hustend, zusammengekauert auf einer Wolldecke, einen schadhaften Bunzlauer Becher vor sich, in den ab und zu ein paar Centmünzen fielen. Bis Charlotte sie entdeckte.

»Sie sind doch ... du bist doch ... bist du etwa tatsächlich Flora? Meine Flora?« Und hustend und weinend waren sie sich in die Arme gefallen. Flora hatte ihr Kindermädchen wieder, ihre Ersatzmutter. Gebadet, entfloht, von Läusen befreit und mit Antibiotika vollgestopft war sie langsam wieder zu der geworden, die sie gewesen war, die heiß geliebte Tyrannin aus Charlottes Kindheit.

Da standen die beiden Gestalten, und Charlotte konnte das Lachen nicht unterdrücken. Wie in einem Western der 60er Jahre standen sich Pistolenheld und Puffmutter gegenüber, eine bereit, ihre Krallen auszufahren, der andere hochgradig verlegen, weil man ja einer Lady nichts antut.

»Ich weiß nicht, wer das ist, Flora. Er sagt, er heißt ... wie?«

»Voigtländer, die Damen.« Quinn machte eine formvollendete Verbeugung und schwenkte sogar den Hut. »Quinn Voigtländer, Landfahrer, ehemals hier beheimatet, und dies ist Bessie, ein Findelhund.«

»Wie, hier? Auf dem Gut haben Sie gewohnt?« Charotte runzelte die Stirn, sie hatte die Ironie in der Verbeugung durchaus wahrgenommen.

»Ja, ganz recht. Mein Vater hat lange Zeit hier gearbeitet.«

»Lottchen, es ist saukalt, lass uns endlich reingehen. Vielleicht können wir einen Tee kochen, die Rumflasche habe ich in der Handtasche.«

Zögernd machte Charlotte ein paar Schritte auf das Herrenhaus zu. Bessie war hinter Quinn in Deckung gegangen, denn auf der zweiten Stufe der kurzen Freitreppe saß in der dünnen Schicht aus frischem Schnee eine kohlschwarze Katze, den Schwanz sauber im Kreis gelegt. Seine Spitze zuckte. Das viele Weiß drumherum ließ ihre großen grünen Augen fast unheimlich leuchten. Charlotte blieb stehen und drehte sich um. »Ist das die Burgkatze?«

»Wenn sie älter als zehn ist, vielleicht. Im andern Fall denke ich, es handelt sich um ein Nachfolgemodell.« Quinns Stimme klang höflich, aber Charlotte hörte durchaus die Ironie darin. Er verteidigt sich, dachte sie. Warum? Weil er sich eigentlich hier nicht aufhalten darf? Oder hat er einen anderen Grund?

Entschlossen steuerte sie auf die Katze zu, die mit einem eleganten Satz über die seitliche Begrenzung der Treppe verschwand. Charlotte ging vorsichtig, das Pflaster war glatt. »Kommen Sie doch mit. Sollten wir einen Tee zustande bringen, tut der Ihnen sicher auch gut.« Nach vier Versuchen mit verschiedenen Schlüsseln war sie schließlich erfolgreich, und die schwere Tür öffnete sich mit lautem Knarren.

Öl in die Angeln, dachte Quinn, die Stufen fegen, unter dem Schnee liegt sicher altes Laub, das sonst ins Haus fliegt.

Das kaputte Fensterglas im ersten Stock ersetzen. Und: Diese Frau war noch nie hier.

Pfefferminz und Schaukelstuhl

Christians Augen waren geschlossen, aber er sah unter seinem weißen Kopfverband nicht mehr ganz so grünlich-weiß aus. Sein verbundener linker Arm lag auf der schneeweißen Bettdecke. Friederike hatte den harten Stuhl, den die Krankenhausverwaltung für sorgende Angehörige bereitgestellt hatte, so dicht ans Bett herangezogen wie möglich. Sie saß vorgebeugt, die Hände im Schoß fest geschlossen. Jedes Mal, wenn ihre Augen vor Müdigkeit zufielen, drückte sie ihre Fingernägel ins Fleisch, sie wollte nicht einschlafen, nicht so lange er da so lag.

Christians letzter Auftrag. Woran erinnerte sie sich? Fang ganz von vorn an, dachte sie. Kahlhut hat ihn angerufen. Natürlich. Der Bürgermeister der Samtgemeinde pfiff und Christian sprang, das war die Verabredung in all den Jahren gewesen, seit sie Christian hier oben wiedergetroffen hatte. Rudolph Kahlhut, immer am Rand der Legalität, immer offen für Beteiligungen und Provisionen, immer bemüht ums eigene Ich. Bei diesem Lebensstil brauchte man schon mal hier und da einen Privatdetektiv, der einem Vorteile über einen Geschäftspartner verschaffte, nützliche Informationen, mit denen der andere sanft aber beharrlich dazu zu bringen war, das zu tun, was Rudolph Kahlhut wollte.

Ein Job wie jeder andere, hatte Christian das genannt. Und was war nun dieser letzte Job gewesen? Eine Fälschung hatte er gesagt. Wie sau-, saudumm war sie gewesen, nicht ordentlich zuzuhören. Aber da waren ihre Konzertproben gewesen, die Reisen quer durchs Land zu Engagements, diese ständige Müdigkeit. Eine Müdigkeit wie jetzt. Wieder sackte ihr Kopf nach unten. Wieder holte sie sich mit Hilfe ihrer Fingernägel zurück. Eine Fälschung. Was für eine? Geldscheine? Gemälde? Aktienpapiere? Grundstücksverträge? Herrgott, was war es gewesen? Kahlhut, sie musste selbst zu Kahlhut. Aber erst, wenn ...

Christians Wimpern flatterten. Ein Auge öffnete sich zu einem Schlitz. Sein Mund verzog sich etwas, bevor er mühsam herausbrachte: »Meine Mutter... Mutter, du bist hier ... Wo bin ich?«

Seine Mutter? Friederikes Magen verkrampfte sich. Er war doch nicht ... Dann sah sie, dass der schiefe Mund eine Art Grinsen war. Und eine unbeschreibliche Erleichterung stellte sich ein. Die Tränen schossen in ihre Augen, ohne dass sie es wahrnahm. Sie ergriff seine rechte Hand auf dem Bettrand, drückte sie fest, lachte und weinte gleichzeitig und brachte endlich schluchzend heraus: »Ja, mein Lieber, ich bin deine Mutter, du bist im Himmel«, beugte sich vor und küsste ihn so auf den Mund, dass kein Zweifel darüber bestehen konnte, in welchem Verhältnis sie zu ihm stand.

Schwach kam die Antwort. »Du hast einen niederträchtigen Charakter, Friedchen. Sieche Menschen verführt man nicht.«

Eine Ärztin mit Stethoskop und Hornbrille kam herein. »Er ist wach. Oh, gut.« Ihr Blick wanderte vom Patienten zu der hold erröteten Friederike. »Regen Sie ihn nicht auf, er braucht viel Schlaf und Ruhe.« Sie fühlte Christians Puls. »Alles ein bisschen aus dem Takt, aber keine Sorge, er wird wieder. Kommen Sie mit raus, ich erzähle Ihnen, was mit ihm los ist.«

Sie standen im scheußlich hellgrün gestrichenen Gang. Hinten war der Tresen der Stationsschwester zu sehen, die Betriebsamkeit hin und her laufender Schwestern, Besucher mit Blumensträußen und ein Kind, das kräftig hupend auf einem kleinen roten Plastikauto den Gang hoch sauste. Es roch schwach nach Reinigungs- und Desinfektionsmitteln.

Die Ärztin suchte in ihrer Tasche, fand eine kleine Plastikschachtel, schüttelte ein Pfefferminz hervor und steckte es in den Mund. »Ich bin Doktor Knoche.« Wieder stieg ein Kichern in Friederikes Kehle hoch. Hysterie ist das, dachte sie. Schockverarbeitung. »Ihr Mann hat ein Schädel-Hirn-Trauma und eine robuste Gehirnerschütterung. Außerdem ist der linke Arm angebrochen, das linke Knie schwer geprellt ebenso wie die Rippen. Er scheint ein Glückspilz zu sein. Für die gute Konstitution des Patienten spricht, dass er schon aufgewacht ist. Trotzdem, ganz über den Berg sind wir noch nicht. Gleich morgen früh schieben wir ihn in die Röhre und sehen dann, ob er eventuell eine Blutung im Gehirn hat.«

War das etwa doch Ernst gewesen, das mit der Mutter gerade eben? Nein, niemals. Wenn Christian von Verführung sprach, war er voll da.

»Gehen Sie nach Hause, schlafen Sie ein bisschen, der Schock sitzt Ihnen noch in den Gliedern. Haben Sie jemanden, der Sie abholt? Sonst besorgen wir Ihnen ein Taxi.«

Nein, nein, Friederike widersprach energisch. Das konnte sie alles allein. *Kann alleine* war laut ihrer Mutter der erste mehr oder weniger vollständige Satz ihres Lebens gewesen. Man hatte sie damals füttern wollen. Trotzdem, jetzt stand sie hier ohne fahrbaren Untersatz, und das bei diesem Wetter.

Es war Sonntagnachmittag. Am liebsten wäre sie auf der Stelle umgefallen vor Müdigkeit. Wie lange war sie jetzt wach? Über 30 Stunden sicher. Wer konnte sie abholen? Konni war vor ein paar Stunden mit ihrem Renault nach Hause gefahren, er hatte Angst um seine Sandra und die möglicherweise verfrühte Geburt. Egal. Aber er würde doch sagen, wenn er seine Frau nicht allein lassen wollte, oder? Also: »Hallo, Konni, er ist aufgewacht, kannst du mich jetzt holen?«

»Das ist eine gute Nachricht, super, Friederike, aber klar, ich komme. Sandra sagt, sie hält ganz sicher so lange zu und wartet mit der Geburt wenigstens, bis ich da bin.«

»Weiß man denn schon irgendwas? Wie es passiert ist, meine ich.« Friederike hielt sich am Haltegriff an der Beifahrertür fest. Konni fuhr jetzt schwungvoller, denn der Schneepflug hatte in der Zwischenzeit seine Runde gedreht, und die Schneeflocken wirbelten nur noch vereinzelt herunter. Es wurde kälter.

»Ein Glück ist, dass Sven sofort, als sie ankamen, die Stelle fotografiert hat. Nach der Bergung waren sämtliche Spuren weg. Weggetrampelt, klar.« Er schwieg. Wie machte man einer Freundin klar, dass auf ihren Liebsten möglicherweise ein Mordanschlag verübt worden war? Wenn es einer war, war er missglückt, woraus hervorging, dass eine Wiederholung nicht ausgeschlossen war.

»Also ...«

»Rede schon. Ist er eingeschlafen? Gab es Bremsspuren?« Friederike hörte selbst, wie blöd das klang. Bremsspuren im Schnee, so ein Quatsch.

»Er ...« Konni gab sich einen Ruck. »Die Spuren legen nahe, dass er von der Straße gedrängt wurde.«

Friederike zog scharf die Luft ein. »Ein Mordversuch?«

»Könnte sein. Er ist jedenfalls überholt worden von einem Wagen mit breiteren Reifen als üblich. Er hat Christian überholt und geschnitten, sauber dokumentiert durch die beiden Spuren im Schnee.«

»Und weiter gab es nichts? Keine Spuren?«

»Nein.«

»Vielleicht musste der Überholer irgendwas ausweichen...«

»Es gab nur die beiden Spuren im Schnee.«

»Es muss doch –«, sie rechnete, »es muss doch fast eine Stunde vergangen sein, bis endlich jemand die gleiche Strecke gefahren ist und ihn gefunden hat. Keine anderen Spuren?«

»Sven sagt nein, und auch diese waren nur deshalb deutlich, weil es rechtzeitig aufgehört hat zu schneien.«

Ihr erster Gedanke, dass es früher oder später hatte dazu kommen müssen, tröstete Friederike in keiner Hinsicht. Was ihr aber glasklar vor Augen stand, war, dass sie mit dieser Angst um ihn leben musste. Die einzige Alternative lag darin, ihn zu verlassen. Dass sie weinte, merkte sie erst, als die Tränen auf ihrem Gesicht kalt wurden. Ein Mordversuch, höchstwahrscheinlich. Sie klammerte sich kurzfristig an das Wort höchstwahrscheinlich. Eine ganz andere Qualität als eine verirrte Kugel, oder? Wer hatte eine solche Wut auf ihn, dass er ihn umbringen wollte? Oder wer hatte so sehr Angst vor ihm, dass er ihn umbringen wollte?

Konnis Hand kam herüber und legte sich auf ihren Oberschenkel. »Er wird wieder, Friederike, er ist doch schon aufgewacht.«

Sie schob ihn weg. »Leg lieber beide Hände ans Lenkrad, Mann, sonst landen wir auch noch irgendwo, wo wir nicht hinwollen.«

Friederikes großes Glück war, dass es ihr in allen Krisensituationen ihres Lebens gelungen war, nach vorn zu sehen. Zu weinen über verschüttete Milch hat keinen Sinn, man muss sie aufwischen. Pläne machen hatte immer geholfen, Optionen checken, wie man heutzutage so schön sagte, eine unerfreuliche Situation zum Besseren ändern. Ob es eine schlechte Kritik wegen eines Konzertes gewesen war oder ein abgesprungener Liebhaber – diese Charaktereigenschaft hatte ihr immer geholfen. Also, sie wischte sich energisch übers Gesicht. Also, wo konnte sie anfangen?

»Glaubst du, unser Bürgermeister weiß, an was er als Letztes gearbeitet hat?«

»Höchstwahrscheinlich. Frag Kahlhut doch.«

Da war es wieder, *höchstwahrscheinlich.* »Heute ist Sonntag.«

»Das sollte dich nicht abhalten.«

Das war ein guter Plan. Kahlhut, der elende Kahlhut, wenn er denn tatsächlich involviert war, sollte keine Ruhe haben an einem Tag, den Christian zwischen Tod und Leben in einem Krankenhausbett verbringen musste.

»Hast du seine Privatnummer?«

»Klar, mein Handy ist in der rechten Brusttasche. Hol´s raus.«

* * *

Friederike erwachte nach fast 12 Stunden tiefem Schlaf. Draußen war es noch dunkel. Ohne Licht zu machen, wählte sie die Nummer von Christians Intensivstation.

Die gehetzte Stimme einer Schwester antwortete. »Ah, wegen Herrn Neuville. Ja, ich weiß, wer Sie sind. Nein, keine Veränderung. Er ist sehr schwach. Warten Sie mit Ihrem Besuch bis heute Nachmittag, dann wissen wir mehr.«

Konnte sie nun erleichtert sein oder nicht? Friederike stand auf, rutschte in ihre Schaffellpantoffeln und zog klappernd vor Kälte ihren Bademantel an. Kahlhut war nicht zu erreichen gewesen, die gesamte Rückfahrt hatte sie es versucht, am Ende waren sicher zehn zunehmend wütende Nachrichten auf seiner Sprachbox gelandet.

Sie hatte sich bei der Kapelle absetzen lassen, ihrem Refugium, seit sie vor mehr als vier Jahren in den Oberharz gezogen war. Es war eine ehemalige Bergmannskapelle, in der die Kumpel für eine sichere Rückkehr gebetet hatten, bevor sie in den Berg einfuhren. Ein langer schmaler Raum mit drei hohen Spitzbogenfenstern zum Tal hin, einem breiten steinernen Kamin gegenüber und zwei schmalen Türen rechts und links davon. Eine führte in die winzige Küche, die andere zu ihrem ebenso winzigen Schlafzimmer mit angrenzendem Bad. Die Wände bestanden aus gemauerten Natursteinen,

Grauwacke meistens, unverputzt, was das Aufhängen von Bildern zu einem Kraftakt machte.

Friederike stand einen Moment am Fenster. Durch den Schneefall der vergangenen Tage hatte sich über das gesamte Tal, wie es sich tief unten vor ihrer Kapelle ausbreitete, ein dicker weißer Pelz gezogen. Die schwache Wintersonne, die vorsichtig durch die schweren Wolken blinzelte, brachte die ganze Pracht zum Glitzern. Die Hänge rauf und runter, der Tannenkamm hinten auf den Hügeln vor Bad Grund, das kurze Wiesenstück vor ihren Fenstern, die drei hohen Fichten rechts von ihr, alles glänzte und glitzerte in einer einzigen unglaublichen Schönheit. Und Friederike merkte, wie sich langsam eine Ruhe über sie legte, die sie in den gesamten vergangenen Wochen vermisst hatte. Christian wird wieder gesund, dachte sie, und war sich plötzlich ganz sicher. Ich werde eine neue Art finden, mit meiner Arbeit umzugehen, und die verdammten Hitzewellen werden langsam verschwinden.

Glücklicherweise hatte sie sich nach mehreren frösteligen Erfahrungen angewöhnt, den Kamin so zu hinterlassen, dass sich mit einem einzigen Streichholz ein fröhliches Feuer entzünden ließ. Mit einem heißen Kaffee in der Hand wickelte sie sich in ihre Bettdecke, zog den Schaukelstuhl so nah an die Flammen wie möglich und versank in Gedanken. Ein Plan musste her. Erstens natürlich würde sie – egal unter welchen Umständen – herausfinden, wer Christian das angetan hatte. An diesem Punkt und auch an seinem Stellenwert bestand kein Zweifel. Zweitens war da noch ein einziges letztes Konzert, das vor Weihnachten zu absolvieren war. Konnte sie sich vielleicht vertreten lassen? Würde ein schwer verletzter Freund einen Vertragsbruch rechtfertigen? Ja. Oder nicht? Friederike war zu starkem Pflichtgefühl erzogen worden. Grundlos abgebrochene Freizeitaktivitäten waren quittiert worden mit den Worten *Das Mädchen macht nichts fertig.* Aber die Erleichterung, die sich beim Gedanken an den Rückzug vom letzten

Weihnachtskonzert dieser Saison einstellte, war so groß, dass sie begann, gedanklich die Liste ihrer Kolleginnen durchzugehen.

Nach drei Versuchen hatte sie Glück. Das Weihnachtsoratorium gehörte zum festen Repertoire jeder Konzertsängerin, und es war nur darum gegangen, eine Kollegin mit einem entsprechenden Loch im Terminplan zu finden. Beim vierten Telefongespräch erwischte sie Kahlhut.

»Woher haben Sie denn diese Telefonnummer? Oh ja, ich hab es schon gehört, schlimme Sache, Frau äh ...«

»Wolkenreich.« Wieso hörte er nicht auf damit, so zu tun, als ob er sich nicht an ihren Namen erinnern könnte? »Ja, sehr schlimm. Ich würde gern so schnell wie möglich mit Ihnen sprechen.« Nach vier Jahren regelmäßiger, meist unerfreulicher Begegnungen sollte sich der Bürgermeister der Gemeinde Oberharz eigentlich an ihren Nachnamen erinnern.

»Mit mir? Was könnte ich wohl ...«

»Sie können. Selbstverständlich können Sie. Ich möchte Sie wirklich dringend heute noch treffen. So bald wie möglich. Immerhin liegt Ihr Helfer in vielen Lebenslagen schwer verletzt im Krankenhaus.«

»Ja«, schweres Atmen. Was machte er gerade? Saß er auf dem Klo? »Hm, nun habe ich leider gerade heute ... Aber ich hörte schon, dass Herr Neuville keinem Unfall zum Opfer ...«

»Er lebt noch, Herr Kahlhut, er lebt noch, und Sie sollten hoffen, dass er das noch lange tut, denn er wird ja sicher auch in Zukunft Ihre Kastanien aus dem Feuer holen müssen.«

Hüsteln. »Sie stellen die Sachlage ja sehr dramatisch dar. Na gut. Kommen Sie gegen 11 Uhr, ich werde Sie dazwischenschieben«, und legte ohne Weiteres auf.

Kupferpfannen und ein Vertrag

Flora, Charlotte und Quinn standen in der großen Eingangshalle des Herrenhauses. Charlotte sah sich um. Rechts ein steinerner Kamin, links führte eine breite Holztreppe ins obere Stockwerk. Rechts, links und geradeaus jeweils eine Tür. Kalt und leer, düster, staubig und muffig – ihr wurde immer schlechter. Wer um alles in der Welt sollte dieses Monstrum kaufen? Und wie würden sie es die Tage aushalten, die sich vorgenommen hatten, um die Kommende kennenzulernen und Ordnung zu schaffen? Wer etwas verkaufen will, sollte wenigstens halbwegs damit vertraut sein, oder?

Na, zum Glück waren sie ja ganz gut ausgerüstet. »Haben Sie eine Ahnung, wie man hier heizen kann? Es hieß, hinter dem Haus stünde ein Gastank, und die Heizung sei intakt.«

Quinn zog die Augenbrauen hoch und grinste leicht. Auf seinem Hut taute der Schnee. »Normalerweise dreht man die Heizkörper auf.« Dann hatte er Erbarmen. »Vielleicht fangen wir mit der Küche an, die lässt sich schnell heizen. Wenn sie noch da ist, wo sie war, müsste es hier lang gehen.« Mit langen Schritten wandte er sich nach rechts und öffnete die Tür hinter dem Kamin.

Ein langer Gang tat sich auf, von dem mehrere Türen abgingen. Durch einige Fenster auf der gegenüberliegenden Seite fiel ein schwaches Licht herein, die Sonne war fast untergegangen.

»Hier ...« Quinn öffnete eine kleine Klappe in der Wand, »sollten die Sicherungen fürs Untergeschoss ...« Es wurde hell.

Oh, dachte Charlotte, der Mann hat sich ehrlich gesagt mehr verdient als einen mageren Tee. Nun müsste man ihn nur irgendwie unter eine Dusche kriegen.

Dann standen sie in der Küche. Ein großer Raum, Herd, dreiteilige Spüle, Schränke, ein hoher betagter Kühlschrank, Kupfertöpfe und -pfannen in langer Reihe darüber hängend, und tatsächlich – Charlotte ging näher – ein alter Kochherd, der mit Holz zu feuern war.

Flora kniete schon davor und zog einen Korb mit Holzscheiten unter der Bank daneben hervor. »Alles da«, murmelte sie, öffnete die obere Klappe, schichtete sachkundig geknülltes Zeitungspapier, Reisig und ein paar Scheite übereinander, richtete sich dann stöhnend auf und griff in ihre Manteltasche. »Allzeit bereit«, sagte sie, zog ein Feuerzeug hervor und hielt es ans Zeitungspapier. »Wie gut, wenn man ab und zu eine Zigarre raucht.« Dann züngelte die erste Flamme auf.

Quinn drehte sich zu Charlotte um. »Wenn Sie mich tatsächlich zum Tee einladen, was ich zu schätzen wüsste«, wieso schien er eigentlich dauernd zu lächeln?, »wäre es in Ordnung, wenn ich vorher dusche?«

Flora und Charlotte nickten unisono dankbar und mit Nachdruck, und er verschwand. »Aber es ist doch sicher kein warmes Wasser da«, sagte Charlotte hinter ihm her, ging zu dem großen Heizkörper unter dem Fenster und drehte die Heizung an. Laute Gluckergeräusche, die Rohre stöhnten und krachten, dann wurde die Zuleitung langsam warm.

»Ohne Zweifel ist er an kaltes gewöhnt«, antwortete Flora, die sich so dicht an den Herd mit dem munter prasselnden Feuer gestellt hatte, dass Charlotte fürchtete, ihr Mantel könnte Feuer fangen. »Ist das eigentlich dein Ernst, Lottchen, dass du diesen ... Landstreicher in dein Haus holst?«

Fast hätte Charlotte gelacht. Sie dachte an den Zustand, in dem Flora zu ihr gekommen war. »Ja, das ist mein Ernst.«

»Es sind seine Wolfsaugen, was?« Flora begann, auf der Suche nach Teetassen einen Schrank nach dem anderen zu öffnen.

»Sei nicht albern, Frau. Ich will keinen Mann mehr.«

»Wer´s glaubt«, drückte Flora zwischen den Zähnen hervor und trug einen Stapel Tassen zum Tisch.

Nach einer halben Stunde war die Küche warm, das Teewasser hatte tatsächlich widerwillig angefangen zu kochen, aus dem Picknickkorb war allerhand hervorgequollen und auf Platten – *lass uns das Zeug abwaschen, bevor wir es benutzen!* – adrett angeordnet. Sie saßen zusammen mit dem blankgescheuerten Quinn an einem Ende des langen Holztisches in der Mitte der Küche, spärlich beleuchtet von einer Glühbirne mit altmodischem Glasschirm, die knapp über dem Brotkorb baumelte.

Quinn hatte sich rasiert, na ja, mehr oder weniger. Aber durch die stehengebliebenen Stoppeln sah Charlotte, wie der Eindruck entstand, dass er fortgesetzt lachte: Er hatte zwei kräftige Grübchen neben jedem Mundwinkel, die sich jeweils in einer tiefen Linie nach oben und unten fortsetzten, sobald er etwas sagte. Oder lächelte. Ein drittes saß an seinem ausgeprägten Kinn. Seine Haare ringelten sich nass bis auf die Schultern, und das graue T-Shirt zeigte durch mehrere Löcher, dass darunter gleich Quinn kam.

Charlotte fühlte mehr, als sie es sah, dass Flora sie anstarrte. »Hast du nicht was von einer Rumflasche gesagt?« Sie war verlegen und redete sich ein, dass ihr Interesse an Quinn nur ... : »Was wollen Sie denn in Tschenstochau?«, fragte sie und entschied sich energisch für eine Abzweigung.

Quinn kaute zuende und legte das Stück Weißbrot aus der Hand. »Ich bin auf einer Wallfahrt.«

Lieber Himmel. »Gut. Deshalb also Tschenstochau. Und weiter?«

Er lächelte wieder, und Charlotte entschied, dass es ein Verlegenheitslächeln war, verstärkt durch die Grübchen. »Alles erzählt man nicht immer gleich.« Um sie auf ein anderes Thema zu bringen, fragte er: »Und Sie? Was tun Sie hier? Wollen Sie hier wohnen? Oder das Haus zum Verkauf vorbereiten?«

Charlotte überlegte, ob sie ihn ähnlich ablaufen lassen sollte, wie er sie gerade. Ihre anerzogene Höflichkeit siegte. »Ich will es verkaufen. Flora und ich wollen nur ein paar Tage bleiben, um alles vorzubereiten.« Nach kurzem Zögern: »Sie kennen also das Haus. Und haben im Stall geschlafen. Es gibt demnach keinen offenen Hintereingang?«

»Nein, sicher nicht. Keine Sorge.«

Floras Kiefer setzte sich fest. Aha, dachte er, eine zweite wehrhafte Frau, die einen Angriff auf die Courage ihres Schützlings nicht schätzte. »Wir sorgen uns nicht.«

Quinn räusperte sich. »Also, wir ... Mein Vater hat hier als Gutsverwalter gearbeitet.«

Aha. Charlotte war erleichtert. Er war kein Penner, der nachts die Leute ausraubte. Sein Vater jedenfalls hatte eine honorige Stellung gehabt. Es erklärte, warum er hier gelandet war, und Tschenstochau war ja auch in gewisser Hinsicht eine Empfehlung. Soweit sie wusste, waren es erzkonservative Katholiken, die in das polnische Dörfchen mit seiner Schwarzen Madonna wallfahrten und sich davon irgendwelche Wohltaten erhofften. Dass Beine wieder anwuchsen, oder Pickel verschwanden. Oder eine verlorene Liebe zurückkam.

»Also sind Sie hier aufgewachsen? Erzählen Sie.« Charlotte sprach leise, denn Flora hatte den Kopf auf die gekreuzten Unterarme vor sich auf die Tischplatte gelegt und begonnen, leise zu schnarchen.

»Da ist nicht viel zu erzählen.«

»Doch, als Bezahlung fürs Abendessen.« Jetzt lächelte sie auch, blies eine Strähne aus der Stirn und beugte sich für eine weitere Weißbrotscheibe nach vorn.

Quinn lachte, lehnte sich zurück und schlug ein Bein über das andere. Nach einer Weile sagte er: »Okay, das ist ein fairer Preis. Vater Achim Voigtländer und Mutter Iris verwalteten die Kommende ab Kriegsende. Ich bin ein Findelkind und nach meinem großen Bruder Johnny eine Art Nachkömmling. Gymnasium in Wolfenbüttel, Mutter tot, Bundeswehr, Vater tot, mit Johnny zusammen das Gut weiter verwaltet bis 2009. Johnny tot. Gutsverwaltung abgegeben.«

Charlotte nickte. »Nur zur Sicherheit: Verstehe ich richtig, Kommende ist gleich Komturei ist gleich Ordensburg ist gleich Domäne?«

»Ganz recht.«

»Ich verstehe. Sie sprechen den Namen Ihrer Mutter englisch aus. Iris und Johnny... War sie Engländerin?«

»Irin. Mein Vater war Kriegsgefangener und hat sie dort kennengelernt. In Curragh. Er war jung und unerfahren und einer von den Piloten, die Irland mit England verwechselten. Abgeschossen, verletzt überlebt, Krankenhaus. Interniert. Geheiratet.« Er griff sich ein Stück Mettwurst und steckte es in den Mund.

»Und seit 2009 sind Sie auf der Straße?«

Er schüttelte langsam den Kopf. »Nein, aber das muss an Informationen gegen ein Abendbrot reichen.«

Charlotte sah zwei Goldzähne in seinem Mund. Sie wunderte sich überhaupt über sein strahlendes Gebiss. Körperpflege schien ihr schwierig, wenn man auf der Straße lebte. Sie schüttelte den Kopf über so viele neue Informationen. Ein Findelkind. Irland mit England verwechselt. Irland ... Nicht dran denken.

Schweigen. Quinn entschloss sich, einen Versuch zu unternehmen. Sehr vorsichtig fragte er: »Waren Sie mal dort?«

»Wo?«

»In Irland?«

Charlotte schwieg auffallend.

Sie weicht aus, dachte er, spricht dafür, dass sie es ist. Was wäre das für ein Zufall. Aber Zufälle gab es nicht in seiner Welt.

»Ich ...« Abrupt stand sie auf. »Das Feuer ist fast aus, vielleicht sollten wir bald schlafen gehen. Wollen Sie nicht lieber über Nacht im Haus bleiben? Es heißt, oben sind die Schlafzimmer noch mehr oder weniger möbliert.«

»Das will ich gern, aber Auge um Auge. Jetzt sind Sie dran. Wie kommen Sie an die Kommende?«

Charlotte setzte sich wieder. »Mein Vater hat sie vor etwa eineinhalb Jahren vom Staat ersteigert. Sie war seit dem frühen 19. Jahrhundert eine Domäne, ein Gut, das dem Staat gehört.« Sie konnte die Missbilligung über ihren Vater nicht ganz verbergen.

»Ich weiß, was eine Domäne ist. Und es gefiel Ihnen nicht, dass er sie ersteigerte?«

»Nein, wir hatten eine sehr gut gehende Buchhandlung in Wolfenbüttel auf der Langen Herzogstraße. Aber mein Vater war ein heilloser Romantiker. Alles, was mit Rittern zu tun hat, begeisterte ihn. Dieses Gut, eine waschechte Burg, schien alle seine Träume zu erfüllen. Meine Mutter starb schon, als ich fünf war. Flora hat mich praktisch aufgezogen. Er lebte in seinen Träumen und war nur ab und zu in der Buchhandlung physisch anwesend. Als es uns kurzfristig besser ging, hat er alle Überschüsse abgezogen, eine Hypothek auf unser Haus aufgenommen« – *und mein Konto geplündert*, ergänzte sie in Gedanken – »sodass er die Caplingenburg ersteigern konnte. Dabei hatten wir uns gerade wieder erholt. Danach ging es stramm bergab – na ja, das können Sie sich denken. Eine Kette hat sie vor einem halben Jahr schließlich übernommen, die altehrwürdige Buchhandlung Everding.«

»Sie sind Buchhändlerin?«

»Nein, ich illustriere Kinderbücher. Jetzt ...« Sie hörte auf zu reden. Niemand brauchte zu wissen, dass sie durch den Verkauf einer Bilderreihe an eine Trickfilmfirma genügend Geld hatte, um sich alle Zeit der Welt zu nehmen, um diesen Bau hier attraktiv für potentielle Käufer zu machen. Sie könnte sich sogar leisten, wenn sie dazu keine Lust mehr hätte, ihn wie damals versteigern zu lassen. Dann würde die Burg halt für weniger Geld weggehen.

»Und jetzt ist Ihr Vater gestorben und hat Ihnen die Caplingenburg vermacht.«

»Er starb nicht lange nach dem Verkauf unserer Buchhandlung. Fiel um und war tot.« Unwirsch wischte Charlotte sich über die Wange für den Fall, dass sich eine Träne verirrt hatte.

Beide seufzten, ohne dass der andere es wahrnahm, und dachten an die vielen Toten ihrer Familien.

Quinn unterbrach die Stille. »Sie haben also keine Geschwister?«

Charlotte stand auf. »Nein, habe ich nicht. Ich stehe mutter- und vaterseelenallein auf der Flur einer wahrscheinlich tausend Jahre alten Ordensburg. Das heißt, seit Kurzem lebt Flora bei mir. Ich hole jetzt den Rum. Möchten Sie noch einen Tee? Er ist mein Alibi für den Alkohol.« Der Gedanke an Schlafengehen schien verschwunden.

Nicht viel später hatten sie beschlossen, zum Du überzugehen, denn: »Schließlich sind wir praktisch gleich alt. Flotte Endvierziger.« Charlotte wunderte sich über sich selbst, schob aber ihren Leichtsinn auf die mittlerweile alkoholdurchtränkte Verzweiflung, die sie fest in Klauen hielt, seit sie vor ein paar Stunden auf den Hof gefahren war.

Quinn hielt sich zurück. Ihm lag viel an Neutralität. Und ein Besäufnis war sowieso nicht seine Sache. Aber er fühlte, dass mit ihr etwas nicht stimmte. Und wenn sie die Frau war, für die er sie hielt, konnte ihr Gemütszustand durchaus mit dem Ereignis damals zusammenhängen.

»Hör mal«, sagte er, »ich nehme an, du bist hier, weil du den Bau attraktiver machen willst für den Verkauf. In dem Fall hast du einen Haufen Arbeit vor dir. Oben fehlen Fensterscheiben, der Holzboden wird morsch geworden sein durch die Feuchtigkeit – vieles davon wirst du nicht machen können, wenn du weiter zeichnen und malen willst. Werkzeuge und Kraftanwendung lassen Finger und Hände anschwellen. Ich könnte dir helfen, wenn du willst. Ganz ungeschickt bin ich nicht.«

Charlotte sah ihn misstrauisch an. Er wollte sich hier einnisten, oder? »Nein, nein, danke, ich finde schon Leute, die mir helfen.«

»Dann kann ich es doch auch. Was ...« Er setzte sich aufrecht. »Was hältst du davon, dass du mich für diese paar Tage gegen Kost und Logis anstellst? Offiziell sind das wohl fünf Stunden pro Tag. Dieser Vertrag ist beidseitig zu jeder Zeit kündbar und verpflichtet dich nur dazu, täglich dreimal was zu essen auf den Tisch zu stellen.« Er trank seine Tasse aus. »Das Tor muss repariert werden, Scharniere geölt, Türen sind gängig zu machen. Stall- und Scheunentore würde ich streichen, das würde der Optik entscheidend aufhelfen. Ich könnte die Fenster und den Schornstein reparieren, Kamin putzen ... Mir würde schon genug einfallen!«

Charlotte stand auf und ging zum Küchenfenster. Das Licht fiel schwach auf eine makellose Schneedecke. Über der Mauer neben dem Tor mit den schiefen Flügeln stand eine Mondsichel hoch in dem dunkelgrünen Nachthimmel. Sie würde sich zu nichts verpflichten, hatte er gesagt, und essen musste sie selbst, das wäre kein Problem. Also – warum nicht?

»Ja, in Ordnung, aber der Hund kommt nicht ins Haus. Er kann von mir aus in der Scheune schlafen.« Jetzt musste sie doch lachen. Was für eine merkwürdige Abmachung. Keine Ahnung, was für ein Mensch er war, ob er arbeiten konnte und tatsächlich wollte. Das Hundeverbot ließ sie die Autorität behalten. Obwohl sie schon jetzt bezweifelte, dass es einzuhalten war.

»Ich weiß gar nicht, wem er gehört, ich habe ihn gefunden. Ich wollte heute schon zum Tierarzt, musste aber erst mal rauskriegen, wann die Busse fahren.«

Charlotte gähnte. »Morgen nach dem Frühstück fahren wir nach Caplingen. Bis dahin weiß ich, wo die nächste Praxis ist. Du lässt das Tier entwurmen, impfen und chippen, es sei denn, der Eigentümer lässt sich feststellen. Und ich lege großen Wert auf ein Flohhalsband! In der Zeit gehe ich einkaufen. Morgen werde ich bei Licht das ganze Haus ansehen und später das Grundstück.« Und etwas zusammenhanglos: »Wir haben genug zu tun.«

Quinn knickte in der Hüfte ein. »Ja, Ma´m. Es gab einen Tierarzt im Erlenweg in Caplingen. Vielleicht gibt es ihn noch. Gute Nacht, Ma´m. Ich werde gegen 8 Uhr pünktlich in der Küche sein. Jetzt hole ich meine Decke.«

Charlotte nickte. Sie tippte Flora auf die Schulter, die mit einem Satz hochfuhr. »Komm, Flörchen, wir gehen schlafen. Quinn hat unser Bettzeug schon hochgebracht, wir müssen nur ein Bett finden.« Sie half ihr hoch und warf dabei einen Blick aus dem Küchenfenster. Im trüben Licht der Stalllampe sah sie Quinn auf die Stalltür zugehen, den Hund eng an seinem rechten Bein. Kurz davor drehte er sich um und hob die Hand.

Er wusste, dass ich hier stehe, dachte sie. Das gefällt mir gar nicht.

Tabledance und Schwangerschaft

Es war 11 Uhr. Friederikes angeborener Widerspruchsgeist meldete sich regelmäßig, wenn sie Räume betrat, die durch die Verwendung öffentlicher Gelder und das beheimatete Personal Autorität verkörperten. Unfreundliche Menschen hatten ihr deshalb in der Vergangenheit einen gut entwickelten Kontrollzwang unterstellt. Autoritäten könne sie nicht ertragen, weil sie sich ihrer Kontrolle entzögen. Es hatte eine ganze Weile gedauert, bis sie sich mit diesem Charakterzug abgefunden hatte. Christian begegnete ihm mit Gleichmut und Verständnis, sein Gegenmittel bestand darin, sich freundlich und wortlos zu entziehen, wenn es ihm zu viel wurde.

Andererseits gelang es Friederike mit den Jahren immer besser, sich selbst von einer etwas entfernten Warte aus zu betrachten. Wurde sie sich selbst plötzlich unheimlich, war sie durchaus in der Lage zurückzurudern. Folgerichtig legte sie den Weg von der hohen zweiflügeligen Eingangstür des Rathauses bis zum Amtszimmer von Bürgermeister Kahlhut mit aufgerichteten Nackenhaaren zurück, gleichzeitig aber mit einer inneren Stimme, die ihr zu Besonnenheit riet.

In den seltenen Momenten größtmöglicher Ehrlichkeit sich selbst gegenüber fürchtete sich Rudolph Kahlhut vor Friederike. Ihre schroffe Art, die Fähigkeit, mit großer Härte zu verhandeln, ihre Unbestechlichkeit, die Sturheit, die allgegenwärtige Skepsis und die Tatsache, dass sie ihn nicht in seiner Größe anerkannte, verursachten ihm regelmäßig körperliches Unwohlsein. Er konnte mit Leuten umgehen, die ihn freundlich anlachten, ihm aber, sobald er den Rücken gewendet hatte, bildlich gesprochen kräftig in den Hintern traten. Denn genau das war die wichtigste Masche, mit der er sich über viele Jahre auf diesem Stuhl gehalten hatte. Die zweite, höchst erfolgreiche Methode der Selbsterhaltung bestand in einem *Teile und herrsche*, und die dritte war unverhüllte Brutalität.

So war es kein Wunder, dass beide Parteien dem anstehenden Gespräch mit Misstrauen entgegensahen.

Kahlhut war äußerst beschäftigt, als Friederike nach dem dritten Klopfen beiläufig von ihm hereingebeten wurde. Er hatte kleine Haufen mit Schriftstücken vor sich auf dem Dreimeterschreibtisch, hielt das Telefon am Ohr, verabschiedete sich abrupt von seinem Gesprächspartner und blätterte in den Akten, ohne aufzusehen.

Friederike zählte innerlich bis zehn und setzte sich dann unaufgefordert und wortlos auf den niedrigen Sessel vor seinem Schreibtisch.

Kahlhut verlor das schweigende Duell. Er hob knapp den Kopf und versuchte es mit einfühlenden Worten. »Das ist ja eine böse Geschichte.«

Was sollte sie dazu sagen? »Ja.«

Jetzt richtete er sich doch auf und legte sogar die Brille weg. Offenbar hatte er sich für die menschelnde Rolle entschieden. »Ich kann mir vorstellen, dass der Vorfall Sie stark belastet.«

»Ja.«

»Aber«, jetzt beugte er sich vor und blinzelte sie mit seinen kleinen Augen an, »was kann ich denn wohl beitragen mit meinen schmalen Mitteln?«

Jetzt wurde es Friederike doch zu viel. »Sie haben ihn losgeschickt, Herr Bürgermeister. Sie wissen ganz genau ...«

»Nun mal langsam.« Kahlhut setzte seine Brille wieder auf. Die Gläser schimmerten türkis bei jeder Bewegung und machten die Augen größer. »Ihr ... hm ... Mann – ich sehe das doch richtig, dass Sie ein Paar sind? – Ihr Mann, liebe Dame, ist erwachsen und hat einen Beruf gewählt, der die Gefahr förmlich ... wie darf ich das ausdrücken ... im Banner trägt.«

Was für ein bescheuerter Ausdruck, und wäre die Situation nicht so ernst gewesen, hätte Friederike angefangen zu lachen. Es war wirklich erstaunlich, wie aufgeblasen dieser Mann sein konnte, den sie, die Besatzung des Tango-Cafés, nach der vorletzten Weihnachtsfeier volltrunken auf den Rücksitz einer Taxe verfrachtet hatten. Dem Fahrer hatte man die Sitzreinigung im Voraus bezahlen müssen.

»Lassen Sie uns doch die ganze Vorrederei überspringen. Ich bin hier, weil ich wissen möchte, woran Christian als Letztes gearbeitet hat.«

»Oh, liebe Frau ... Wolkenreich, das kann ich Ihnen nicht sagen, diese Dinge sind doch hochvertraulich. Und offen gestanden, bin ich gar nicht eingeweiht.«

»So ein Quatsch. Ich weiß, dass Sie sich mit Christian am vergangenen Mittwoch getroffen haben. Danach redete er von

Braunschweig und einem Orden oder einer Bruderschaft oder so was.«

Sie wollte nicht sagen, dass sie zu müde und zu beschäftigt mit ihren eigenen Dingen gewesen war, um anständig zuzuhören. Noch im Sommer hatte sie mit Christian zusammen Fälle bearbeitet, und zu ihrem großen Erstaunen festgestellt, dass es tatsächlich einen gewissen Spaß machte. Das Sammeln von Fakten, das Zusammensetzen, und selbst die Konfrontation mit den – möglicherweise – entsetzten Auftraggebern oder wahlweise auch den Schurken, hatte sie in gewisser Hinsicht genossen.

»Aber mehr wissen Sie nicht?«

»Nein.«

Kahlhut hatte einen Kugelschreiber genommen und begann, ihn auseinanderzudrehen. Als Spirale, Mine und Kopfbefestigung ihm entgegensprangen, legte er alles zusammen auf die Schreibunterlage und hob den Kopf. »Ich weiß nicht, wie viel ich Ihnen sagen darf. Aber die Umstände ... Und soweit ich weiß, hat Herr Neuville Sie ja – leider oft auch unauthorisiert – ins Vertrauen gezogen. Diese Sache allerdings ...«

»Es wäre mir wirklich lieb, wenn Sie zur Sache kämen.«

Ein türkisgrüner Blick flog zu ihr herüber. Kahlhuts glattes Gesicht unter der rehbraunen Tolle schien noch undurchdringlicher. »Na gut. Ich muss Ihnen wohl vertrauen.«

Rudolph Kahlhut hatte im Laufe seiner 52 Jahre nicht gelernt, wie man Frauen behandelte. Er konnte um sie werben, sie verachten, Witze über sie reißen und sie ignorieren, aber er hatte keine Ahnung, wie man auf Augenhöhe mit einer Frau sprach. Wer konnte schon die Reaktionen vorhersehen, denn allgemein galt doch, dass sie unberechenbar waren und zu Tränen neigten. Oder plötzlich moralisch argumentierten, wo doch Sachverstand und Fakten gefragt waren. Verdammt, wieso ließ der Neuville sich so leicht außer Gefecht setzen!

»Wenn ich die Sachlage zusammenfassen soll, gibt es ein Gemälde von recht hohem Wert, das gefälscht sein soll.«

»Ja?« Friederike sah ihn unbewegt an. »Was für eins?«

Kahlhut brummte. »Der Maler heißt Ruisdael, alter Holländer. Er malte diese kleinformatigen Landschaftsbilder, Wege im Wald, über eine Wiese, Wasserfälle, was weiß denn ich.«

Friederike ließ nicht locker. »Wer hat es gekauft? Wer hat es verkauft? Wo ist es jetzt? Adresse?«

Verdammt, verdammt, verdammt. Er versuchte abzulenken. »Meines Wissens ist es gar nicht erwiesen, dass der Unfall des Herrn Neuville von zweiter Seite verschuldet ist. Sagte nicht die Polizei, er sei angesichts der ungünstigen Witterung möglicherweise zu schnell ...?«

»Das ist doch lächerlich. Spuren an der Karosserie zeigen, dass ein zweites Auto beteiligt war, und nicht zuletzt auch die Spuren im Schnee.«

»Ich weiß nicht ...«, sagte Kahlhut matt. Wenn sie doch bloß verschwinden wollte. »Vielleicht eine Unfallflucht ...«

»Er wurde geschnitten.«

»Ein ungeschickter Fahrer sicherlich. Denken Sie doch, viele Touristen sind unseren Wetterverhältnissen oft nicht gewachsen.«

»Es war kein Unfall. Also, Namen und Adresse.«

Kahlhut atmete genervt aus. »Es ist im Besitz von Frau Eva de Vries. Sie ist Apothekerin und wohnhaft in Braunschweig. Es wurde ihr verkauft von einem ... hören Sie, ich habe keine Ahnung, ob Sie überhaupt in der Lage sind, in dieser Sache zielführend tätig zu werden.«

»Ich brauche eine Adresse.«

»Ich kann Ihnen nicht weiterhelfen.«

Friederike überlegte. Irgendwas müsste doch noch aus diesem Bollwerk von Unwillen herauszuholen sein. »Und das mit dem Orden ist sicher Unsinn, oder? So was gibt´s doch gar nicht mehr.« Vielleicht klappte es, wenn sie sich dumm stellte.

Kahlhut war beleidigt und fiel drauf rein. »Aber selbstverständlich sind Orden auch heute noch aktuell. Es handelt sich hier um eine Bruderschaft, eine uralte Organisation Braunschweiger Kaufleute. Der Name ist *Vom Goldenen Segel*, hat irgendwas mit dem Gral zu tun und Joseph von ... Also, das reicht mir jetzt. Sie haben doch keinerlei Qualifikation. Dass man schöne Arien singt, ist doch kein ... Ich kann mir auch nicht vorstellen, dass es Herrn Neuville recht wäre ...«

Friederike beherrschte sich mühsam. »Solange Christian flachliegt, werden Sie schon mit mir klarkommen müssen, Herr Kahlhut. Ich besuche doch nicht meinen Freund regelmäßig im Krankenhaus, ohne mich wenigstens zu bemühen, die Hintergründe zu klären. Wieso jemand versucht, ihn umzubringen.« Jetzt bloß nicht heulen. Sie holte sorgfältig Luft. »Sind Sie sicher, dass er ausschließlich in dieser Sache unterwegs war?«

Kahlhut stöhnte innerlich. Wieso ließen ihn die Leute nicht in Ruhe? Er tat ihnen doch nichts. »Na ja, er wollte sich wohl auch um diese Brandgeschichte in Altenau kümmern.«

»Was, wie? Brandgeschichte? Dieses Haus, in dem ein alter Mann ums Leben gekommen ist?«

Kahlhut raffte alle Restenergie seiner Person an diesem anstrengenden Montagmorgen zusammen und sagte mit fester Stimme: »Verehrteste Frau Wolkenreich, ich habe auch noch andere Dinge zu tun. Zur Stunde sitzen vier Abgesandte des Hannoverschen Landkreises im Konferenzzimmer und erwarten meine Stellungsnahme zu einem Projekt, das die Okertalsperre betrifft. Ich habe Ihnen genug gesagt. Machen Sie daraus, was Sie wollen.«

Mit einem Schwung, über den sie sich selbst freute, stand Friederike aus ihrem kleinen Sessel auf und strebte dem Ausgang entgegen. »Ich werde es schon herauskriegen«, rief sie über die Schulter. Kahlhut hatte sich in Schrecken und Freude über ihren abrupten Abgang erhoben und starrte mit offenem Mund hinter ihr her. »Das haben Sie alles nicht von mir!«, rief er mit letzter Kraft, als die Tür schon halb zu war.

Friederike fuhr voller Elan ins Tango-Café für einen schönen Cappuccino. Immer wenn ihr Leben in Turbulenzen geraten war, hatten sich leere Zeiten und Grübeln als unangenehm verstärkend erwiesen. Pläne machen war ein gutes Gegenmittel, und dazu konnte sie diese Unternehmung zählen, nämlich herauszufinden, wer Christian an den Baum katapultiert hatte.

»Nein«, sagte Konni zwei Stunden später, als sie beide vor einem Teller Borschtsch mit saurer Sahne saßen. *Kassel küsst Russland* hatte Sandra auf die Tafel mit den Tagesgerichten geschrieben. Ihre Fantasie, was deren Ankündigung und Beschreibung betraf, war legendär. Manche Gäste kamen unter anderem nur, um sich darüber zu freuen. Die Scheibe Kasslerbraten war butterweich, nicht zu fett, und passte wunderbar zu der säuerlichen Rote-Bete-Suppe. Sandra kochte wirklich fantastisch.

»Ich kann mir gut vorstellen, dass Christian wohl nicht nur an dieser Bruderschaftssache war. Gut möglich, dass er auch mit dem Kastnerfall in Altenau zu tun hatte. Naheliegend eigentlich.« Konni redete mit vollem Mund.

Friederike schnitt ihre Fleischscheibe auf dem Teller klein und schob die Stücke in die Suppenterrine. »Kahlhut erwähnte die Brandsache in Altenau. Die, wo ein alter Mann umgekommen ist. Meinst du das?«

»Ja, der alte Kastner. Die Altenauer Kastners haben sich ihr Leben lang irgendwie durchgeschlagen – mit Hausmeisterdiensten, Taxifahren, Zimmervermietung an Touristen, die nicht viel Geld hatten und so. Vor allem das Letzte gab irgendwann gar nichts mehr her, denn sie hatten nie genug Geld, um zu renovieren. Am Ende zogen die Jungen weg, und übrig blieb unter anderem der alte Kastner, ein alter Grantler, der ab und zu mit seinem Akkordeon auftrat.«

»Woher kennst du die Leute so gut?«

»Der jüngste war ne Weile in meinem Motorradclub. Er war ein *Flying Devil* mit Haut und Haaren, bis er ... na ja, die Harzer Kurven haben es halt in sich, und wer so bescheuert fährt wie er, liegt halt irgendwann auf der Schnauze. Er hat zum Glück überlebt, allerdings war das Knie hin. Er ist mit seiner Freundin nach Northeim gezogen und arbeitet, soweit ich weiß, in einer Tierhandlung.«

»Gut, wir waren beim alten Kastner, dem Grantler.«

»Ja, der. Ab und zu gab der sich die Kante, aber so richtig. Und beim letzten Mal war er so hacke, dass er nicht rechtzeitig aufgewacht ist. Sein Haus brannte, und er kam nicht raus. Die Leute haben geklingelt, geschrien und gerufen, ein Feuerwehrmann hat sich sogar noch ein Stück reingewagt, aber es war zu spät.«

»Das ist traurig. Aber was hat Christian damit zu tun gehabt?«

»Es gibt in Altenau neben den Köhlers eine Familie, die sich ziemlich breit macht, die Wohlgemuths: Zwei Hotels, Imbiss, Kiosk, Schlachterei, Abfallentsorgung, Minigolf und so weiter. Aber auch bei denen, das wird gemunkelt, läuft die Sache nicht so richtig. Und nun kam Mathias, Obermufti, auf die Idee, eine Bar aufzumachen mit Tabledance.«

»Im Oberharz.«

»Im Oberharz, genau.«

»Wo sollen die Gäste herkommen? Tagsüber der Hexenstieg, abends wackelnde nackte Brüste?«

»Weiß ich nicht. Steht ja auch noch nicht fest, das Ganze. Interessant ist, und da kommt Christian ins Spiel, dass sie auf das Haus des alten Kastners scharf waren. Sie haben mehrere Angebote gemacht, denn es liegt mitten im Ort, ein Stück weit sogar über der Oker, voll die Superlage. Es heißt, er wollte einen Glasfußboden drüberlegen.«

»Ah ja, aber der alte Kastner hat sich an sein Haus geklammert.« Sie überlegte. »Die Familie vermutet also, dass die Wohlgemuths dahinterstecken?«

»Ja, letzten Dienstag hat er sich mit Klaus Kastner getroffen, dem mit dem Knie, weißt schon. Hat nochmal ein Kaufangebot gemacht. Hat Christian mir abends erzählt. Beim Poker.«

»Beim Poker?« Friederike wurde immer übler. Nichts, aber auch gar nichts hatte sie davon mitgekriegt. Was gab es wohl noch so außerhalb ihrer Wahrnehmung des gemeinsamen Lebens? Zwei Fälle parallel, und sie hatte nichts davon gewusst. Und Christian pokerte, auch das – nein, nicht ganz überraschend, wenn sie an die Ereignisse vor fast vier Jahren dachte. Kurzfristig schoss ein Gefühl durch sie hindurch, das viel mit Neid zu tun hatte. Ich komme zu kurz, dachte sie, alle haben es besser, und warum das Ganze? Christian liegt halb tot in seinem Bett, und hier bei mir geht alles den Bach runter. Friederike kniff die Augen zusammen, das fehlte noch, dass sie jetzt anfing zu heulen.

»Frieda, sei nicht traurig, er wird doch wieder.« Konnis Freundin Sandra ließ sich mit ihrem dicken Bauch neben sie in das niedrige Ledersofa plumpsen, das eine Seite des Personaltisches einnahm. »Ich weiß, du hast dir zu viel aufgehalst, aber Konni sagte schon, dass du das letzte Konzert abgeblasen hast. Kluge Friederike. Komm her, lass dich drücken.« Denn jetzt heulte Friederike tatsächlich. Mit den Händen vorm Gesicht ließ sie sich von Sandra in die Arme nehmen und schluchzte in deren beachtliche Brüste, die sich zu Konnis Freude während der fast neunmonatigen Schwangerschaft gebildet hatten.

Albträume und Pantoffeln

Flora wachte von Charlottes leisen Schreien auf.

Sie hatten sich entschieden, ein Schlafzimmer zu teilen, denn im Obergeschoss, wie Quinn sachkundig erklärte, waren die Heizungen vom Warmwasserkreislauf abgeklemmt und abgelassen worden, um das Einfrieren zu verhindern. Flora hatte den kleinen elektrischen Ofen wegen Charlotte angestellt; ihr hätte die Bettdecke gereicht. Ein Leben auf der Straße macht genügsam, dachte sie und hustete leise. Das geräuschgedämmte Husten hatte sie sich angewöhnt, um Charlotte nicht zu ängstigen. Aber ihr war klar, dass ihre Lunge sich nie mehr ganz erholen würde.

Als Charlotte wieder diese herzzerreißenden kleinen Schreie ausstieß und den Kopf hin und her warf, rückte sie rüber ins andere Bett und zog sie in den Arm. »Ist alles gut, Lottchen, ruhig, meine Kleine, es ist alles gut. Niemand tut dir was, du bist hier ganz sicher.«

Charlotte wachte auf und atmete schwer. »Ich wünschte, es würde endlich aufhören. Dabei ...«, sie richtete sich halb auf den Ellbogen auf, »dabei mache ich Fortschritte, glaube ich. Eben habe ich mich für einen Moment dasitzen sehen, ich habe zwar zugekuckt, wie das Wasser kam, hatte aber mit einem Mal für einen Augenblick das Gefühl, alles wird gut. Gleich danach ging es aber wieder los. Der ganze Horror war wieder da.«

Flora legte sich zurück auf ihr Kopfkissen. Die Selbstheilungskräfte setzten ein, dem Himmel sei Dank. Floras Mitgefühl für Charlotte hatte einen fest umrissenen Platz, über den es nicht hinaus ging. Denn auf ihrer ganzen abenteuerlichen Reise durch ihr gut 70-jähriges Leben hatte sie erfahren, dass alle Menschen, denen sie begegnete, schreckliche Dinge erlebt hatten. Sie waren enterbt worden, vergewaltigt und betrogen, sie waren krank gewesen und hilflos, und sie hatten durch die Veranlagung zu Rachsucht, Neid, Gier oder Eifersucht keinen Frieden gefunden.

Für sich selbst hatte sie schon früh eine Entscheidung getroffen. Wenn ich nicht mein Leben lang leiden will, darf ich der Vergangenheit nicht nachtrauern. Ich habe mich entschieden, ich habe mich für dieses Mädchen entschieden, und das werde ich nie bereuen. Jeder muss lernen, nach vorn zu sehen. Selbst jetzt noch muss ich mein Leben planen und diesen Plan nach besten Möglichkeiten in die Tat umsetzen. Ich muss Hindernisse erkennen und lernen, sie zu beseitigen oder zu umgehen. Eine Närrin, die immer wieder auf den gleichen Widersacher einprügelt.

Als Charlotte sie vor einiger Zeit von der Straße geholt hatte, war die Vermittlung dieser Weisheit an sie ein Teil ihres Dankes gewesen, und von Tag zu Tag schien sie in ihrem Schützling mehr zu wirken und Frucht zu tragen. Wofür ihr Charlotte zutiefst dankbar war.

Flora war gespannt, wie dieses Projekt ausgehen würde. Charlotte war bei aller Freundlichkeit, die sie ausstrahlte, eine sehr konsequente Frau, die auch hart sein konnte. Diese Charaktereigenschaft hatte sie nicht zuletzt bei ihrem Vater bewiesen, als der die Caplingenburg gekauft hatte. Die wiederholten Einladungen, sie sich doch wenigstens mal anzusehen, dann würde sie schon dem Zauber verfallen, hatte sie ignoriert. Charlotte war der Ansicht, dass Liebe nicht beinhaltet, alles zu dulden, was der geliebte Mensch vollbringt und vorhat. In ihren Augen hätte er das Gut nie ersteigern dürfen, sein Handeln hatte die Tradition einer jahrzehntealten Buchhandlung gebrochen. Konsequenz bedeutete für sie, dass, waren ihre Grenzen einmal gesetzt, sie einzuhalten waren. Und was den Verkauf dieser Erbschaft betraf, war die ablehnende

Entscheidung gefallen, ohne dass sie vor dem gestrigen Tag einen einzigen Blick darauf geworfen hatte.

Aber Flora wusste, dass Charlotte ein Gespür für eine geschichtsträchtige Atmosphäre hatte, und dass sie sie liebte. Deshalb war sie besonders gespannt, ob der Zauber der alten Gebäude nicht doch ein jahrelang verfolgtes Verhaltensmuster besiegen würde.

Bedenken hatte sie, was Charlotte und die Männer anging. Über die letzte amouröse Geschichte hatte sie nicht viel erfahren, nur so viel, dass der Letzte, wie alle anderen vor ihm, ein Schuft, Frauenjäger oder Leichtfuß gewesen war, hinter ihrem Geld her, ihren Geist nicht schätzte oder sie schamlos betrogen hatte. Der Satz *Nie wieder einen Mann* hatte sie erschreckt angesichts der Konsequenz, die Charlottes Handeln bestimmte. Und sie hoffte inständig, dass Charlotte in der Lage sein würde, an der richtigen Stelle das Richtige zu tun, Konsequenz hin oder her.

Flora nahm den Zopf, zu dem sie – wie schon ihre Großmutter – ihr langes graues Haar jeden Abend flocht, wickelte ihn lose zu einem Krönchen auf dem Kopf, damit er nicht im Nacken schmerzte, legte sich zurecht, seufzte tief und schlief wieder ein.

Quinn hatte die unterdrückten Schreie aus Charlottes Schlafzimmer gehört und ganz richtig geschlossen, dass es Albträume waren, die sie quälten. Doch als er endlich in der Hose und vor der richtigen Tür angekommen war, hörte er schon Floras beruhigende Stimme und wusste, dass er nichts weiter ausrichten konnte. Würde es helfen, wenn er sich zu erkennen gäbe? Vielleicht sollte er sich mit Flora beraten. Sie kannte offenbar Charlotte gut und würde wissen, ob die Aufdeckung der Sache von damals ihr helfen oder sie zurückwerfen würde. Möglich war ja, dass sie das Ereignis so weit verarbeitet hatte, dass jeder Wiederaufruf zu unglücklichen Ergebnissen führen würde.

Sein Bein schmerzte. Die Kälte war es, die dazu führte, dass ihm der schlecht verheilte Bruch und die ungenügend zusammengewachsenen Bänder zusetzten. Er ging zurück zu seinem einsamen Bett, wickelte sich in die Decke und schlief auf der Stelle ein, allerdings nicht ohne einen dankbaren Gedanken an eine Macht, die ihm diese warme, äußerst bequeme Schlafstelle verschafft hatte.

Als Charlotte aufwachte, war Floras Seite des Bettes schon leer. In der Luft hing ein leichter Kaffeeduft, und in den Wänden knackte das Fachwerk, woraus sie schloss, dass jemand unten die Heizung angestellt hatte. Sie beschloss, sich später zu waschen, denn hier oben war das Badezimmer kalt und stellte auch kein warmes Wasser zur Verfügung. Zähneputzen und Gesichtwaschen mussten reichen. Sie sprang schnell in ihre wollene Strumpfhose, zerrte den schwarzen Strickrock darüber, wählte kurzentschlossen den dicken roten Wollpullover mit einem schönen hohen Rollkragen, schob ihre Füße in die Fellpantoffeln und zog die fadenscheinigen Gardinen zurück.

Die volle Pracht eines Wintertages lag vor ihr. Nachts war wohl noch etwas Schnee gefallen, denn die Spuren im Hof, die sie gestern hinterlassen hatten, waren nur noch andeutungsweise sichtbar, und auf ihrem Auto lag eine neue weiße Schicht. Ihr Blick ging direkt zum Tor und der Mauer, die zusammen mit dem großen Stallgebäude auf der einen und der Scheune auf der anderen Seite das große Rechteck des Hofes begrenzten. Links etwas versetzt sah sie eine kleine Kirche, eher eine Kapelle, weiß beschneit mit einem Türmchen, auf dessen Spitze der Hahn einen weißen Kamm trug. Eine matte Wintersonne hing direkt über dem Horizont. Obwohl sie ihr direkt ins Gesicht schien, war sie so schwach, dass Charlotte die Hügel des Elms sehen konnte. Davor, das Kirchtürmchen in einer Senke, das musste Caplingen sein. Die Äste der großen Kastanie, die den Mittelpunkt des Hofes bildete, waren bereift. Das Bild verströmte Kälte, aber auch große Schönheit. Charlotte hatte schon immer den Winter geliebt.

Langsam ging sie die knarrende Holztreppe hinunter. Von unten schlugen ihr Wärme und der Duft nach frisch geröstetem Brot und Kaffee entgegen. Die große holzgetäfelte Halle mit dem steinernen Kamin sah heute Morgen freundlicher aus. In der Feueröffnung war ein Stapel Holz aufgeschichtet – Quinn hatte sich wohl schon nützlich gemacht. Zwei tiefe Sessel mit fröhlichem Blumenmuster waren herangerückt. Dort würde sie heute Nachmittag sitzen wollen, die Füße dicht am warmen Feuer. Hätte sie gestern Abend darüber nachgedacht, wäre sie sicher gewesen, dass er raucht, sodass man hustend das Weite suchen muss. Heute Morgen war kein Gedanke daran. Der steinerne Kamin mit dem Rankenmuster, das um den Sims lief, wirkte zuverlässig, er würde genau das tun, was man von ihm erwartete, er würde sie wärmen. Alles sah heute Morgen freundlicher aus.

In der Küche herrschte Schweigen. Es war keine direkt feindselige Stille, es war einfach so, dass sowohl Quinn als auch Flora wenig redeten. Aber während Quinn amüsiert schwieg, war Floras Schweigen misstrauisch. Sie traute Quinn nicht. Dass sie damit Charlottes Urteil in Frage stellte, bemerkte sie nicht. Sie fühlte sich nach wie vor für sie verantwortlich, und ob die Beweggründe dieses Mannes unschuldig waren, wollte sie grundsätzlich erst mal bezweifeln.

Beide machten sich zu schaffen: Quinn kämpfte mit dem Toaster, der sich völlig uneinsichtig gegenüber der eingestellten Röstdauer zeigte, und Flora steckte Holz in den Herd, auf dem ein Kupferkessel bereits gurgelnde Geräusche abgab. Sie trug heute das flaschengrüne Samtkleid und hatte sich einen dicken roten Wollschal turbanartig um den Kopf gewickelt, was ihr zusammen mit den tiefen Falten ihres bräunlichen Gesichtes und den kohlschwarzen Augen den Anstrich einer Wahrsagerin gab.

Charlotte hatte zum Glück die Fähigkeit geerbt, andere Menschen sein zu lassen, wie sie sind. Deshalb machte ihr die Stille nichts aus. Im Gegenteil, sie vermittelte ihr ein Gefühl familiärer Wärme und Geborgenheit. Die Stille bedeutete für sie Vertrautheit: Es ist, als ob wir uns lange kennen, dachte sie. Als ob wir die Gedanken der anderen kennen und nicht mehr fragen müssen.

Ihr Traum wurde gestört, als Flora dicht an sie heranrückte und leise fragte: »Wie lange soll der Kerl denn bleiben?« Da ihre Stimme tief lag und auf gute Resonanzräume traf, kam ihr Flüstern deutlich bei Quinn an, der ein Grinsen nicht unterdrücken konnte.

»Ich bleibe nicht lange, Verehrteste, ich repariere nur hier und da was, und dann bin ich schon wieder weg.« Charlotte setzte sich ungerührt auf einen der harten Holzstühle und schwieg auch. Er konnte sich ja wehren, wenn es ihm zu viel wurde. Quinn hatte tatsächlich seinen Hut abgesetzt und auf den freien Sitz neben sich gelegt; damit offenbarte er eine wirre Haartracht, braun mit weißen und grauen Strähnen. Ein halber Zigarillo lag neben seinem Frühstücksteller.

Bei der zweiten Scheibe sagte Charlotte mit Krümeln im Mundwinkel: »Ich wollte jetzt einen Rundgang machen. Will jemand mitkommen?«

Flora schüttelte den Kopf. »Geh nur allein, ich mache in der Zeit hier ein bisschen Klarschiff. Du hast Krümel im Mundwinkel.«

Quinn nickte. »Ich komme mit. Ich weiß vielleicht eher, welche Schlüssel wo passen«, was ihm einen scharfen Blick von Flora einbrachte. Aber es war zu spät, sie hatte schon abgelehnt. Und so zogen Charlotte und Quinn allein los, ohne Anstandsdame, in dicke Jacken gemummelt, Charlotte mit dem beachtlichen Schlüsselbund in der Hand, die Kapuze mit dem Kunstfellfutter über den Kopf gezogen.

Sie begannen in der oberen Etage des Herrenhauses. Zwei lange Flure nach rechts und links des Treppenaufganges, viele

Zimmer, groß, zum Teil mit Stuckresten an der Decke, hell und nicht unfreundlich, da sich Fenster an Fenster reihte. In zweien waren die Scheiben zerbrochen, die hereindringende Feuchtigkeit hatte dem Holzfußboden zugesetzt. Überall Reste von Mobiliar in verschiedenen Stadien des Niedergangs.

»Wenn du länger bleiben willst, sollten wir unten das versammeln, was noch brauchbar ist, und die obere Etage gar nicht mehr benutzen«, sagte Quinn. Sein Zigarillostummel wanderte von einem Mundwinkel zum anderen.

»Weiß schon, wegen der Heizung. Wieviel Gas ist denn noch da?«

»Etwa ein Viertel. Wenn ihr spart, für vier Wochen. Und der Fußboden muss repariert werden. Könnte ich machen.«

Charlotte nickte und dachte, wir sind lange wieder weg, bevor das Gas aufgebraucht ist. Und ich bin zurück in meiner kuscheligen Wohnung und kann Leute betrachten, die über den Wolfenbüttler Schlossplatz laufen. »Ja, wir sollten auf jeden Fall unten schlafen, im kleinsten Zimmer.«

Es waren zum Teil noch recht schöne Möbel mit geschwungenen Linien und Goldstaub an den Kanten der Ranken und Rosen an den Kommodenbeinen. Aber alles war schadhaft, Leisten fehlten, hier der Knauf zum Aufziehen der Schublade, dort eine Stuhlbeinsprosse, dazu jede Menge Scharten und Flecken. Wie wir, dachte Charlotte, der Vergleich ist unumgänglich. Aber eigentlich sieht es ganz schön aus. Ein Staubtuch, ein bisschen Möbelpolitur ...

Quinn beobachtete sie amüsiert. »Fertig? Willst du auch auf den Dachboden?«

»Nein, nein, jetzt nach unten.«

Dort war es ähnlich. Zwei lange Flure führten von der Eingangshalle aus in verschiedene Zimmer. Das südlichste, am weitesten entfernte, schien etwas kleiner als die anderen. Es hatte eine Verbindungstür mit dem daneben. Hier hatte ihr Vater offenbar gewohnt.

Ein schönes helles Zimmer mit je zwei breiten Fenstern nach Westen und Osten, Parkettfußboden und einer hellen Holzvertäfelung bis zur halben Höhe. Ihr Vater hatte in der hinteren Ecke eine kleine Sitzgruppe zusammengestellt, ein altes Sofa aus rotem Plüsch und ein Ohrensessel, dazwischen ein Tischchen mit geschwungenen Beinen. Zeitschriften auf einer Kommode und ein kleiner Sekretär mit Stuhl davor. Seine Klappe war heruntergelassen und lenkte den Blick auf eine ganze Anzahl kleiner Schubladen. Weiter nichts außer einem durchgetretenen Teppich im Aubussonmuster. Die Pracht der pastellfarbenen Rosengirlanden, durchsetzt mit weißen Anemonen und Vergissmeinnicht in verblichenen grünen Blätterranken, war nur noch zu ahnen.

In der gegenüberliegenden Wand ein Durchgang zum nächsten Raum. Auch schön, dachte sie, als sie im angrenzenden Zimmer stand, noch etwas kleiner, aber es nimmt wie das Wohnzimmer die gesamte Breite des Hauses ein. Fenster sogar an drei Seiten. Und da, eine Tür nach draußen, eine Hintertür nach Süden, wenn ihr Orientierungssinn sie nicht täuschte. Verschlossen. Wer hier dauerhaft schlafen will, braucht haufenweise Gardinen, dachte sie. Jedenfalls dann, wenn er oder sie nicht mit der Sonne aufstehen will. Wie gut, dass ich sie nicht nähen muss.

Das Bett ihres Vaters stand dort an der gegenüberliegenden Wand. Das Bettzeug unordentlich, als wollte er es später machen und wäre gerade mal eben im Bad. Ein wackeliger Schrank. Wieder eine Kommode und ein Nachttischchen. Seine Pantoffeln auf dem Bettvorleger.

Die Pantoffeln waren es. Charlotte setzte sich aufs Bett und fing unvermittelt an zu weinen. In einem überwältigenden Gefühl von Einsamkeit und kaltem Elend schluchzte sie heftig in ihren Ärmel.

Quinn setzte sich auf den Ohrensessel. »Es erwischt einen immer, wenn man nicht damit rechnet«, sagte er. »Aber es geht vorbei.« Er hatte seinen Hut wieder auf dem Kopf. Die tiefe Wintersonne schien schräg hinter ihm ins Zimmer und ließ seine Huskyaugen aufleuchten wie grünblaues Glas im Licht. »Bereust du es?«, fragte er.

Charlotte wusste, dass er ihre Uneinsichtigkeit gegenüber dem Vater meinte. Sie zog die Nase hoch und wischte sich mit großen Bewegungen über die Augen. »Ja, irgendwie schon. Aber er war so verdammt stur. So verdammt störrisch, es war, als wollte er die Buchhandlung richtig mit Willen ruinieren.«

Vielleicht wollte er das, dachte Quinn. »Vielleicht war es ihm alles zu viel, und sein einziger Fehler war, nicht mit dir zu reden.«

Ja, vielleicht, dachte Charlotte. Vielleicht hat er den Laden tatsächlich als Bürde empfunden. Aber er hätte doch was sagen können. Musste denn unbedingt erst die Insolvenz her? Und mein Geld? Wieso dachte er, er hätte das Recht, es zu nehmen?

Das reichte jetzt. Vergangene Versäumnisse hochzuladen, nützte überhaupt nichts. Floras Worte. Charlotte stand auf und steckte die Hände in die Taschen. »Es ist wirklich kalt hier. Ich werde nachher unser Bettzeug herunterholen, aufräumen und saubermachen, und dann können Flora und ich hier wohnen. Diese paar Tage.«

»Das mache ich schon, geh nur und sieh dir den Rest von dieser Hütte an. Man muss sich ja irgendwie beschäftigen, um nicht anzufrieren.« Floras laute Stimme rollte durch die Räume. »Und Sie, junger Mann, Sie können die Heizung andrehen und sonst das tun, was Sie sollen. Wenn sie sich hier schon breitmachen.«

Quinn tippte an seinen Hut. »Ja, Ma´m, sofort, Ma´m.« Er blitzte kurz in Charlottes Richtung und verließ mit großen Schritten und wehenden Rockschößen den Raum.

»Ich wünschte, du würdest deinen Frieden damit machen, dass er da ist«, sagte Charlotte. »Was Besseres konnte uns doch gar nicht passieren, als dass er Fenster dicht macht und Fußböden repariert.«

»So lange er dich in Ruhe lässt, Lottchen.«

Ein frecher Gedanke durchfuhr Charlotte, entstanden aus ihrem Widerspruchsgeist. Warum sollte er sie denn unbedingt in Ruhe lassen? Was wäre denn mit einem kleinen Abenteuer? Aber wieder einen Mann im Leben? Nein, das brachte nur Ärger. Niemals. Sie lächelte Flora an: »Keine Sorge, ich bin immun.«

Flora stand einen Augenblick still und sah Charlotte in die Augen. Dann schnaubte sie. »Wer´s glaubt. Ich gehe jetzt hoch und hole den Kram runter.«

Der Dritte Mann und Lockenwickler

Um Punkt vier Uhr am Montagnachmittag stand Friederike außen vor der geschlossenen Tür der Intensivstation – eine kleine Schwester, fast eine Handbreit kleiner als sie, vor sich, die sie streng betrachtete.

»Ich kann Sie da nicht rein lassen, es ist die Intensivstation. Und er schläft noch. Machen Sie jetzt keinen Ärger, es hilft weder ihm noch Ihnen.«

Friederike versuchte, sachlich zu bleiben, obwohl sie kaum Luft kriegte vor Angst. »Was haben Sie denn gefunden bei der OP? Und wie lange wird er denn so liegen?«

»Beim CT wurde über dem linken Schläfenlappen ein epidurales Hämatom festgestellt.«

»Und?«

»Man bohrt ein kleines Loch in die Schädeldecke und lässt das Blut abfließen. Ein Routineeingriff.«

»Ist es gut gegangen?«

»Ja, soweit wir bisher wissen, ja. Wenn sich jetzt keine intrazerebrale Blutansammlung mehr bildet, sollte er schnell gesund werden.«

Friederikes Schullatein reichte aus, um zu wissen, dass intrazerebral etwas beschrieb, das innen im Gehirn passierte.

»Also wacht er bald auf?«

»Sie müssen Geduld haben. Er bleibt jetzt bis morgen auf der Intensiv, dann sehen wir weiter. Bis dahin wird er sicher schlafen.« Ein Blick der Schwester zu ihr: »Sie sollten sich auch ein bisschen ausruhen. Kommen Sie morgen wieder, dann wissen wir mehr.«

Hatte sie nicht heute Morgen die gleiche Antwort bekommen? Eine entsetzliche Angst krallte sich plötzlich um ihr Herz. Wenn es so bliebe? Dass sie in regelmäßigen Abständen hören würde: *Haben Sie Geduld* und *Morgen wissen wir mehr*?

Sie lief die Treppen hinunter, kaufte sich in der Cafeteria einen doppelten Espresso und sank auf einen kleinen Sessel. Sie musste handeln, irgendwas tun, was Konstruktives, etwas, das sie ablenkte. Und das sie Christian erzählen könnte, sobald er wach wäre.

Wie hießen die Leute in Altenau? Kastner. Eine Adresse brauchte sie nicht, eine Brandruine würde sich sicher leicht finden lassen. Allerdings war die Dämmerung schon eingetreten. Egal. Irgendwas musste geschehen.

Es war noch kälter geworden. Der Himmel sah aus wie ein dunkelblaues Tischtuch mit hellen Punkten. Eine schmale Mondsichel hing über Goslar. Friederike sah ihren Atem, als sie sich auf die kalten Finger blies, denn wie meistens im Winter war sie ohne Handschuhe aus dem Haus gestürmt.

Auf dem Weg zum Auto rief Friederike Konni an und berichtete. Sie hatte sich mittlerweile etwas gefasst, denn Lamentieren nützte überhaupt nichts. Es vernebelt die Sicht und verhindert konstruktive Pläne, dachte sie.

»Was machst du jetzt?«, fragte er.

»Ich werde versuchen, in Altenau jemand zu finden, mit dem ich über die Sache reden kann.«

»Julia sagte, es gäbe noch eine alte Schwester, sie soll im Haus daneben wohnen. Wilma Kastner, unverheiratet, schwer zu haben, sagte sie.« Julia wohnte in Altenau und war die Mutter einer unverhofften, mittlerweile erwachsenen Tochter, von deren Existenz Konni erst vor etwa zwei Jahren erfahren hatte.

»Danke, gute Idee. Hat sie gesagt, wo ungefähr?«

»An der Hauptstraße, wo eine schmale Straße nach rechts über die Oker führt.«

Friederike kannte die Stelle. War da nicht ... »Bei Café Meyer?«

»Davor.«

»Klasse, danke, Konni, und grüß Sandra. Wie geht es ihr?« Mist, vorher nicht dran gedacht.

»Oh, gut. Mach dir keinen Kopf, alles cool. Sie ist robust. Alter westfälischer Schlag.« Er lachte und Friederike konnte seinen Stolz und seine Freude durchs Telefon fühlen.

Café Meyer kannte sie. Schullandheim Oberstraße, wer sich damals in der Mittelstufe ein Stück Kuchen leisten konnte, ging zu Café Meyer. Später, Freitag abends, Heinz, ein örtliches Original, breitete ein Tuch auf dem niedrigen Tischchen aus, platzierte sorgfältig seine Zither und begann langsam zu spielen. Erst nach mehreren Takten begriffen die Gäste, dass es die Melodie aus dem Dritten Mann war. Er spielte völlig ungerührt, wahrscheinlich war er mit seinen Gedanken wo ganz anders. Wer weiß, wie oft er sie gespielt hat. Es war sein Weihnachtsoratorium, dachte Friederike, seufzte und legte den Gang ein.

Als sie im schwachen Schein der Straßenlaternen auf das Haus der Kastners zufuhr, konnte sie schon lange davor den scharfen Brandgeruch wahrnehmen. Das ehemalige Wohnhaus des alten Mannes war nur noch teilweise erkennbar. Zusammen mit dem ganzen Dach war ein Großteil des Obergeschosses verschwunden, alles nur schemenhaft erkennbar in der schlechten Beleuchtung, dafür umso grausiger.

Gleich dahinter beschien die Außenlampe eines hellblau gestrichenen Holzhauses die Szene, die sich auf der kurzen Treppe abspielte. Friederike bremste, hielt und stieg aus. Ein Mann stand rückwärts auf der zweitobersten Stufe und hielt sich am Eisengeländer fest. In der Tür, nur als Schattenriss erkennbar, die Silhouette einer kleinen Frau offenbar mit Lockenwicklern auf dem Kopf, über die sie ein lebhaft grünrot gemustertes Tuch geschlungen hatte. Ihre Arme hatte sie in die Seiten gestemmt.

Den Rest der Diskussion hörte sie beim Nähergehen. »Ich falle lieber tot um, als an dich zu verkaufen, du Verbrecher. Sieh zu, wo du deinen Puff aufmachst, jedenfalls nicht in unserem Haus, und nicht hier nebenan. Wir sind ordentliche Leute und haben unser Geld anständig mit harter Arbeit verdient. Deine kümmerlichen Kröten steck dir sonstwohin, ich will sie nicht. Und jetzt verschwinde, sonst vergesse ich mich.«

Der Mann, der inzwischen unten angekommen war und an Friederike vorbeilief, hatte ein rundes rotes Gesicht mit außerordentlich wütendem Ausdruck, wenig Kinn und wenig Haaren auf dem Kopf.

Wilma Kastner, und das musste sie ja sein, der Lage des Hauses nach zu urteilen, blieb in der Bewegung, die Tür zu schließen, abrupt stehen. »Was wollen Sie denn? Wollen Sie zu mir?«, in nicht sonderlich freundlichem Tonfall.

»Ja, wenn Sie Wilma Kastner sind.« Inzwischen war Friederike auf die unterste Stufe getreten und im Lichtkegel der Lampe über der Haustür angekommen. Sie musste zu Wilma hochsehen, was nicht einfach war, denn die dicken Schneeflocken fielen dicht und ließen sie blinzeln.

Die Frau trat einen Schritt vor und musterte sie scharf. »Sind Sie nicht diese Frau Wolken ... Sie haben da gesungen, da bei dieser Taufe von ... Wie hieß sie gleich? Die Leute geben so komische Namen heutzutage. Aber Sie haben da gesungen, alleine meine ich, nicht so im Chor. Das war so schön.« Sie begann zu strahlen und hatte ihre feindselige Haltung offensichtlich vergessen. Musik verbindet, dachte Friederike.

»Wolkenreich, Frau Kastner. Ich bin Friederike Wolkenreich, und es kann gut sein, dass Sie mich irgendwo gehört haben.« Offensichtlich auch gesehen, dachte sie. Umso besser, das erleichtert die Sache erheblich. »Ich würde Ihnen gern ein paar Fragen stellen, wenn ich nicht störe. Es ...«, sie schluckte, wegen des Schnees, der auch in ihren Mund fiel, denn sie redete weiter nach oben, und wegen Christian, »es ist wichtig.«

»Melusine hieß das Kind, jetzt weiß ich es wieder. Können Sie sich das vorstellen? Kommen Sie rein, hier, gleich rechts, die Küche ist schön warm. Was die Leute sich heute ausdenken. Da, die Jacke hängen wir über einen Bügel, da kann sie trocknen und ... nehmen Sie den Stuhl bei der Heizung. So, na, ist das nicht besser?«

Eine fürsorgliche Frau, dachte Friederike, mütterlich, umtriebig, und sie redet gern. Mit Kittelschürze und Lockenwicklern am Nachmittag. Entweder hat sie noch was vor, und das hier ist praktisch der Bademantel, oder sie ist halt der Kittelschürzentyp. »Danke, das ist wirklich nett.«

»Und wie wäre es mit einer Tasse Kaffee? Ist frisch aufgesetzt. Ich wollte mich gerade hinsetzen und ... da kam dieser Verbrecher. Aber was rege ich mich auf. Was wollen Sie denn von mir?« Eine Blümchentasse mit Goldrand wurde vor sie hingestellt, daneben ein größerer Krug mit heißer Milch, ein kleines Sieb oben drauf wegen des Flotts.

»Wollen Sie auch Zucker? Nee, was? Ihr dünnen Mädchen wollt das ja nicht.«

Mädchen, dachte Friederike, und dünn? Ich bin über 50 und wirklich nicht dünn, aber nett, wenn das jemand sagt. »Danke, gern.«

Die passende Zuckerdose erschien. »Hier, ich hab noch einen schönen Apfelkuchen. Was halten Sie davon? Nur ein kleines Stück.«

Und ehe Friederike was sagen konnte, stellte Wilma bereits die Kuchenplatte auf den Tisch. »So ... na, lassen Sie es sich schmecken. Wo sind denn meine ... Da, ich esse Kuchen gern mit diesen kleinen Gabeln, schmeckt besser als mit einem Löffel, finde ich.« Sie ließ sich auf den Stuhl gegenüber fallen, stützte die Unterarme auf den Tisch und faltete die Hände. Scharfe dunkle Raubvogelaugen in einem faltigen Gesicht funkelten sie an. »Essen Sie in Ruhe, und dann sagen Sie, wie ich Ihnen helfen kann.«

»Der Kuchen ist wunderbar. Irgendwas ganz Besonderes ist drin, oder?«

»Eine Prise Muskat, etwas Kardamom, etwas Weinbrand, und unter die Apfelmasse mische ich statt Rosinen ganz klein geschnittene Stücke von getrockneten Aprikosen. Die saugen den Saft auf, und der Kuchen wird nicht matschig. Na, dass Sie das schmecken können, freut mich ja.«

Friederike legte die Gabel hin. »Das ist jetzt ein bisschen schwierig. Ich bin hier, weil ...« Sie holte tief Luft. »Wegen dieses Brandes hier nebenan. Bei Ihrem ... Bruder.«

»Ach das, natürlich. Aber von der Polizei sind Sie ja sicher nicht. Nein? Na, außer denen war letzte Woche schon jemand hier, so einer mit langen Haaren, Pferdeschwanz, Sie wissen schon, das tragen die jungen Leute ja heute.«

Ein Kloß bildete sich in Friederikes Hals. »Das ist ... Das war sicher Christian, er ist mein Freund, und er ist ... er ist verunglückt.«

»Oh, das tut mir leid. Ach herrje, Kindchen, das ist sicher schwer zu ertragen.«

Entsetzt wurde Friederike klar, dass Wilma dachte, er sei tot. »Nein, nein, er lebt, aber er ist noch nicht wieder aufgewacht, und kein Mensch weiß, wann ... und ob er ganz wieder gesund wird.«

Wilma streckte ihren Arm aus und streichelte ihre Hand. »Das wird sicher wieder, warten Sie´s ab. Manchmal braucht man einfach ein bisschen Geduld.«

Wieso hatte Konni gesagt, die Frau sei ›schwer zu haben‹? Friederike riss sich zusammen. »Ich bin hier, weil ich jetzt praktisch für ihn einspringe. Er war unterwegs, weil er ...«

»Ja, ich weiß, der Klaus hat mit Rudolph geredet, und der hat ihn losgeschickt.«

War Klaus womöglich der Motorrad-Kastner mit dem Knie? Und Rudolph? »Meinen Sie Rudolph Kahlhut, unseren Bürgermeister?«

»Ja. Meine Mutter war die Schwester von seiner Großmutter. Wir sind hier oben doch alle irgendwie miteinander verwandt, wissen Sie.«

»Ihr Bruder ist bei dem Brand ja umgekommen, das tut mir leid.«

»Also, wissen Sie, das musste ja mal so kommen. Er mit seiner Trinkerei. Immer hoch die Tassen, früher mit seinen Kumpels, dann später allein, als die einer nach dem anderen wegstarben, die meisten mit der Lunge. Bergbau, wissen sie. Seit zwanzig Jahren hab ich ihn nicht mehr nüchtern gesehen. Und das Haus – so verkommen. Es war eigentlich das von seiner Frau Else, eine von den Hüttnertöchtern, aber die ist schon vor langer Zeit gestorben. Schlaganfall, von heute auf gleich. Wissen Sie was, ich hole mir auch noch eine Tasse.« Wilma Kastner brachte nicht viel Mitgefühl für ihren toten Bruder auf.

Friederike überlegte, wie sie es formulieren sollte. »Haben Sie denn einen Verdacht, wer ihm das angetan hat?«

»Verdacht? Verdacht?« Wilma, die mittlerweile bei der Kanne angekommen war, deren Inhalt leise auf einem Stövchen vor sich hin dampfte, drehte sich so schnell um, dass die Tasse auf der Untertasse umfiel. »Ich habe keinen Verdacht. Ich habe eine Gewissheit. Gewissheit, Frau Wolken ...« Sie stellte die Tasse wieder aufrecht und goss mit einem gewissen Schwung den Kaffee hinein. »Die beiden haben damals, meinen Bruder Addi und seine Else, meine ich, als man noch ohne ewige Anträge Sachen machen durfte, diese lange

Veranda über die Oker gebaut, wo die paar Gäste, die sie hatten, frühstücken konnten. Die ist dem Mathias Wohlgemuth immer ein Dorn im Auge gewesen. Dass Addi und Else sie hatten, meine ich, und nicht er. Ein hoher Herr ist er, der Mathias Wohlgemuth. Redet überall mit und ist auch in so einem Geheimbund oder so was da hinten in Braunschweig.«

Sie hatte sich wieder gesetzt, spitzte den Mund und nahm vorsichtig einen Schluck. »Die Wohlgemuths wohnen weiter oben die Straße hoch, die Oker verläuft genauso wie hier in einer steinigen Schlucht direkt hinter dem Haus. Aber als er drüberbauen wollte – nix. Keine Genehmigung. Und die haben Beziehungen, die Wohlgemuths, das sage ich Ihnen. Trotzdem, keine Chance. Sie haben ihn doch eben gerade gesehen, den Mathias Wohlgemuth, meine ich. Er belagert mich, ich soll ihm Addis Haus verkaufen. Aber eher sterbe ich.«

»Sie glauben, die Wohlgemuths stecken dahinter?«

»Natürlich! Das ist doch gar keine Frage. Monatelang haben sie auf ihn eingeredet, erst ordentlich gefragt, dann mit mehr Geld gelockt, dann gedroht und endlich – Sie haben das Haus ja gesehen da nebenan, oder? Eine Schande.« Das Haus schien ihr mehr leid zu tun als der Tod des Bruders. Aber so ist es wohl, das Leben, dachte Friederike. Geschwister entfernen sich voneinander.

»Wissen Sie, ob er es selbst ...«

»Nein, niemals, dafür ist er viel zu schlau. Es hat es so gedreht, dass das Feuer zu der Zeit, na ja, als die Altenauer Hauseigentümer zusammensaßen wegen irgendwas, da hat der Brand angefangen.«

»Also denken Sie, er hat jemand beauftragt?«

»Muss er wohl. Er kennt ja Gott und die Welt. Und er kennt vor allem auch diese kleinen Ganoven, die so was machen.«

»Er wollte da eine Bar aufmachen, habe ich gehört.«

»Ja, diese Tanzerei da, wo die Mädchen ihre Hinterteile vorm Gesicht von den Männern schwenken. Und oben nix an.

Ich weiß nicht. Die zeigen ja öfter im Fernsehen, dass es das gibt. Aber hier bei uns doch nicht. Keiner im Dorf will das. Hören Sie bloß mal beim Einkaufen, was die Leute da sagen. Nur die Wohlgemuths, die finden das modern.«

»Haben Sie in der Nacht mit dem Brand vielleicht irgendwas Ungewöhnliches gesehen?«

»Na, das habe ich ihrem Freund da auch schon gesagt und der Polizei. Da stand so´n fünftüriges Auto die Straße runter. Die wissen schon, so´n Auto, das hinten flach abfällt.«

Friederike verdaute die Information und bohrte dann weiter. »Hätten Sie denn eine Idee, wen er beauftragt haben könnte?«

»Keine Ahnung. Einen aus dem Rotlichtmilieu vielleicht. Er hat doch diese Beziehungen da nach Braunschweig.« Wilmas Blick fiel auf die Uhr über der Spüle. »Oh Himmel, ich muss mich beeilen. Wir haben heute Mädelsabend und ...« Sie fasste an ihren Turban. »Meine Haare... Tut mir so leid, aber mehr kann ich ihnen ja auch nicht sagen. Ist so nett, mal Besuch zu kriegen. Ich bin ja sonst immer allein und habe nichts zu tun.«

Durch Friederike fuhr ein Gedanke wie ein Blitz. »Sagen Sie mal, hätten Sie vielleicht Zeit für einen Job?«

»Einen Job? Was denn?«

Friederike erklärte ihr, dass ihre Freundin Sandra in etwa drei Wochen ein Kind zur Welt bringen würde, und dass die Kochstelle im Tango-Café sicher für eine gewisse Zeit frei wäre. Angesichts der blitzsauberen Küche, des Temperaments der Wilma Kastner und des wunderbar einfallsreichen, delikaten Apfelkuchens schien sie geeignet. Sie bezweifelte, dass Sandra bisher sonderlich besorgt um eine Vertretung gewesen war. Sie hatte im Großen und Ganzen die Überzeugung vermittelt, dass ihr Kind zwischen Mittagstisch und Kaffeetafel geboren werden könnte. »Macht euch keine Sorgen, die Frauen in meiner Familie haben ihre Kinder immer sozusagen im Vorbeigehen gekriegt.«

»Wenn es nicht für ewig ist, ja, warum nicht, ich kann ja mal kucken. Wo ist es denn, das Café?«

Friederike beschrieb ihr die Lage. »Oben auf dem Kronenplatz in Clausthal. Wir haben zwei feste Kellner, Ratte und Otti – denken Sie sich nichts bei den Namen, sie sind beide absolut in Ordnung – und Konni ist der Barmann. Er und Sandra erwarten das Kind. Ich sage *wir*, weil mir das Café früher gehört hat.« Und ich mich auch nach wie vor verantwortlich fühle, dachte sie. Blöd eigentlich. »Ich muss natürlich mit Sandra darüber reden, aber – wissen Sie, das Beste wäre, Sie kommen morgen mal vorbei. Würde das passen?«

Sie einigten sich auf den frühen Abend gegen 17 Uhr, wenn die Kuchengäste weg wären.

»Danke«, sagte Friederike, »ich weiß wirklich zu schätzen, dass Sie mich reingelassen haben. Viel schlauer als vorher bin ich zwar nicht, aber das liegt nicht an Ihnen. Und ich weiß, wo ich weitermachen kann.« Hatte nicht jemand was von einem Braunschweiger Orden erzählt? Die Apothekerin, oder? Eva Dings, de Vries, genau. Wenn das kein Zufall war ...

»Ich heiße Wilma.« Die Frau ging vor ihr her zur Eingangstür, durch die es heftig zog, wie Friederike feststellte, während sie in ihre Jacke schlüpfte. Der Brandgeruch vom Nebenhaus war bis in den Flur vorgedrungen. »Und danke für das Angebot.« Sie reichte Friederike kaum bis zur Nase.

»Und ich Friederike. Tschüss, Wilma. Ich sage Sandra, dass du kommst, wahrscheinlich werde ich unterwegs sein.«

Der Schneefall war womöglich noch dichter geworden, dichter und nasser. Einzelne Flocken taumelten in der Größe von Zweieuromünzen zu Boden. Sie angelte einen kleinen Besen hinter dem Fahrersitz hervor und fegte ihr Auto weitgehend frei. Als sie gerade eingestiegen war, klingelte ihr Telefon.

»Konni. Ich hab gerade erfahren, Friederike, dass die letzte Station, die Christian auf dem Navi hatte, ein Ort namens Caplingen war.«

»Eine bestimmte Adresse?«

»Nein, Zentrum.«

»Okay, danke.« Die Sache entwickelte sich.

»Hör mal, ich weiß, dass du da jetzt hinfährst, aber du solltest das wirklich nicht allein machen. Soll ich nicht mitkommen?«

»Nein, Konni, danke, ich rufe dich an, wenn irgendwas gefährlich aussieht, aber eine Adresse in Caplingen anzusteuern, gehört sicher nicht dazu.«

»Warte mal, einen Moment, es kommt gerade ein Anruf rein.«

Friederike beobachtete die weißen Wölkchen, die ihr Atem hervorbrachte. Ihre Füße wurden immer kälter. Die Windschutzscheibe war von innen beschlagen, außen bildete sich eine lockere Schicht großformatiger Schneeflocken.

Es dauerte nicht lange, bis Konni zurück war. »Hör mal, kannst du nicht nachher mal kurz im Café vorbeikommen? Es geht um ... es ist hier so viel los, ich kann jetzt nicht weiter reden. Es ist nichts Furchtbares, nur Verwaltung. Bis nachher.«

Schneebruch und Sackgasse

Konrad Steiger hatte mit viel Liebe zum Detail eine harte Fassade um sich herum aufgebaut. Seit vielen Jahren war er Präsident des örtlichen Motorradclubs *The Flying Devils* und würde es noch lange bleiben, denn, wie es ein untergeordnetes Mitglied beschrieb, schiene es unwahrscheinlich, dass sich auf längere Sicht jemand trauen würde, gegen ihn anzutreten. Das lag in erster Linie an seiner Größe von knapp zwei Metern, denen er etwa einen Meter Breite hinzufügte. Neben dem bemerkenswerten Bass, in dem seine Stimme aus den Tiefen seiner umfangreichen Brust dröhnte, half ihm auch die langerprobte Methode, wenig zu sagen, den Gesprächspartner während seines Schweigens aber intensiv unter den buschigen grauen Augenbrauen hervor anzustarren, bis es dem zu ungemütlich wurde.

Im Herzen war Konni ein gemütvoller Mensch mit dem unbequemen Hang, sich für seine näheren Mitmenschen verantwortlich zu fühlen. Das führte hier und da zu Konflikten, wie zu dem mit dem einen Kellner des Tango-Cafés, genannt Ratte. Der hatte mehrere Jahre in umliegenden Haftanstalten zugebracht, in der Hauptsache wegen wiederholter Eigentumsdelikte in Form von Einbrüchen und mehr oder weniger versehentlicher Körperverletzungen. Ratte hatte ebenfalls ein gutes Herz, zeigte aber einen bedauerlichen Mangel an Selbstdisziplin und Einsicht in gesetzliche Vorgaben. Gepaart mit sprühendem Leichtsinn, ausgeprägter Unbesonnenheit und fehlender Fantasie für mögliche Folgen seiner Unternehmungen war er häufiger mit dem Gesetz in Konflikt geraten. Konni hatte es das Herz zerrissen, wenn Ratte zum wiederholten Mal von einem vermeintlichen Freund in den Abgrund verpatzter Coups gerissen worden war, und hatte daraus die Berechtigung abgeleitet, sich in gewisser Weise als Vater aufzuführen. Das war für den Betroffenen nicht immer leicht zu ertragen und hatte schon zu längeren Auseinandersetzungen geführt.

Seit längerem aber schien Ratte sich gefangen zu haben, was nicht zuletzt am Modell lag, das sein Freund Otti ihm vorlebte. Der war aus einem Leben, das er geschickt mit Taschendiebstahl finanziert hatte, übergangslos zu einem gesetzestreuen Bürger geworden, voller tiefer Dankbarkeit, dass er hier arbeiten durfte und von seinen Kollegen absolut anerkannt war. Auch Karo hatte zu Rattes Stabilität beigetragen, seine schwarzgeschminkte Freundin mit beachtlichen Brüsten.

In ähnlicher Weise fühlte Konni sich für Friederike verantwortlich. Der wachsenden Liebschaft mit Christian hatte er besorgt zugesehen. Christian war für ihn ein Windhund ohne

Herz, ein Hans Dampf in allen Gassen – diese Art altmodische Formulierungen fand er hilfreich –, der Frauen nur ausnutzte. Dass bei dieser Einschätzung ohne Zweifel etwas Eifersucht mitschwang, würde er entschieden abstreiten, aber so war es. Zwar bestand an seiner tiefen Liebe zu Sandra, Eigentümerin und Köchin des Tangocafés, kein Zweifel, aber Friederike mit ihrem exotischen Flair, die aus einem völlig anderen Kulturbereich kam, war etwas Besonderes. Wer sang schon professionell Oratorien und gewann gleichzeitig derart ausgefuchst an den Doppelkopf-Donnerstagen gegen alle Vernunft.

Was er nicht wusste, war, dass die heftige Liebe, die Christian und Friederike schon zu Schulzeiten verbunden hatte, mindestens ebenso heftig wieder aufgeflammt war, als sie sich vor einigen Jahren hier im Oberharz wiedergetroffen hatten. Und dass aus dieser Glut eine tiefere Variante geworden war, die ruhige Sicherheit, in Verlässlichkeit verbunden zu sein, ob das Schicksal sie zusammen oder getrennt gehen ließ. Beide wussten, dass sie ihre zweite Hälfte gefunden hatten, und dass diese Sicherheit dafür sorgte, dass man sich mit voller Intensität anderen Dingen zuwenden konnte.

Als Friederike jetzt durch die Glastür das Café betrat, nickte er ihr zu. »Du siehst schlecht aus«, sagte er, während seine rechte Hand abwesend mit einem Trockentuch in einem Bierglas herumwischte.

Sie war so müde, dass sie die fällige Antwort *Ich freue mich auch, dich zu sehen*, nicht herausbrachte.

»Es schneit, was nur vom Himmel kommt«, sagte sie, während sie ihre rote Pudelmütze vom Kopf zog und den Schnee abschüttelte. »Einen Kaffee mit ordentlich Milch und stark bitte, ja?«

»Klar, volle Bohnendröhnung, ich weiß.« Er winkte Ratte zu, der gerade den vorletzten Tisch abräumte, an dem noch Gäste gesessen hatten. »Kannst du gleich mal kurz für mich übernehmen?«

Als beide am Personaltsch saßen, sagte er: »Erzähl, wie sieht es aus?«

»Sie haben ihn operieren müssen, es hat sich Blut in seinem Gehirn gesammelt.« Ihre Stimme stockte. Energisch blies sie in ihren Kaffeebecher. »Ich versuche, nicht ununterbrochen an ihn zu denken.« Das reichte aber offenbar schon, denn eine einsame Träne lief an ihrer Nase herunter. »Und tue es doch.«

»Das ist doch kein Wunder.« Konni zog ihren Kopf an seine Schulter. »Komm her, altes Mädchen, heul ruhig, mein Hemd ist farbecht. Die Operation ist ... gut gegangen?«

»Ja, aber er ist noch nicht aufgewacht.« Nach ein paar heftigen Schluchzern machte Friederike sich los und suchte schniefend nach einem Taschentuch. »Es ist so verflucht ungerecht. Christian war in viel gefährlicheren Situationen, und nichts ist passiert. Aber jetzt ... und dieser verdammte Schnee ... Man sieht beim Fahren kaum was. Die Straße von der Talsperre nach Oker runter ist schon gesperrt. Bäume umgefallen.«

»Ja, Schneebruch, hab ich auch gehört. Der Schnee ist zu nass, die Bäume können ihn nicht tragen. Was willst du denn jetzt machen?«

Friederike nahm sich zusammen. »Also erst mal was Schönes. Ich hab vielleicht eine Vertretung für Sandra gefunden.« Sie berichtete von Wilma. »Sie ist nicht mehr ganz taufrisch, aber darauf kommt es schließlich nicht an. Ist ja nicht für lange. Ich mag sie, und ihr werdet sie auch mögen. Eine resolute Person, aber natürlich müsst ihr beide sie sehen. Sie kommt morgen vorbei.«

»Gute Sache, Sandra hat sich schon Sorgen gemacht. Ich weiß ehrlich gesagt nicht, wie lange sie noch die volle Zeit in der Küche stehen kann, abends fällt sie ins Bett wie ein Stein und ist morgens kaum wachzukriegen. Das Beste wäre, diese Wilma käme möglichst bald.« Er goss den Rest seines Bierglases auf einmal die Kehle herunter, ohne zu schlucken.

»Übrigens will die Kripo mit dir reden. Ob du morgen Vormittag nach Braunschweig kommen könntest ins Dezernat.« Er stieß dezent auf.

»Waren sie hier?«

»Ja.«

»Was soll ich denen denn erzählen?«

»Na, woran er gerade gearbeitet hat, denke ich.«

»Ich weiß nur von dieser Altenauer Sache und vom gefälschten Bild. Die haben doch viel mehr Möglichkeiten.«

»Deshalb wollen sie ja wissen – is doch egal. Rede mit denen, dann hast du Ruhe. Ob 10 Uhr passen würde.«

»Ja. Danke, Konni, ich kriege mich schon wieder ein, keine Sorge. Christian ist zäh, das hat er oft bewiesen.« Sie schnaubte kräftig in ihr Taschentuch und wischte sich die Augen trocken. »Blöde Heulerei, völlig überflüssig, verändert überhaupt nichts.« Sie knüllte das Taschentuch zusammen und stopfte es in ihre Tasche. »Ich muss jetzt irgendwas tun, als Erstes die Apothekerin anrufen, vielleicht ist sie bereit, sich mit mir zu treffen, bevor die Straßen ganz zu sind.«

»Nein, du hast einen Vogel, du weißt doch gar nicht, ob du noch durch den Schnee zurückkommst.«

»Egal, Konni, ich kann jetzt hier nicht einfach nur so rumsitzen. Sie räumen doch sicher die Straße nach Goslar runter.«

»Ruf die Frau doch an.«

Friederike stand schon und zog ihre feuchte Pudelmütze über die Ohren. »Persönlicher Kontakt ist immer besser. Ich passe schon auf. Zur Not bleibe ich heute Nacht unten, wenn´s gar nicht anders geht.«

Zur Not, dachte sie, fahre ich noch nach – wie hieß das – Caplingen, wenn ich die Apothekerin nicht mehr erwische. Sie sah auf die Uhr. Eigentlich müsste ich noch pünktlich nach Braunschweig kommen, wenn die Straße nach Goslar frei ist und nicht gerade ein Tourist mit 10 Stundenkilometern vor mir hertrödelt.

Es war die Schwanenapotheke, so weit hatte sie sich schon informiert. Sie gab die Adresse in ihr Navi ein, während sich über die gerade gefegte Windschutzscheibe schon wieder eine dünne Schicht Schnee legte. Irgendwie werde ich schon ankommen, dachte sie. Oder soll ich doch anrufen? Nein. Besser von Angesicht zu Angesicht. Was soll ich am Telefon schon sagen? Mein Freund war in Ihrem Auftrag unterwegs und liegt jetzt schwerverletzt im Krankenhaus?

Und dann erwies sich die Fahrt als weit schwieriger als gedacht. Wegen des dichten Schneetreibens kam sie kaum über 30 Stundenkilometer hinaus und war schließlich heilfroh, als sie einen Bus eingeholt hatte, der eine deutliche Spur im Schnee hinterließ. Sie hielt weiten Abstand und versuchte, durch die saugende weiße Masse in ihrem Scheinwerferlicht hindurchzusehen. Als sie endlich unten in Goslar angekommen war, hatte sie feuchte Hände und das Gefühl, das T-Shirt unter ihrem Pullover durchgeschwitzt zu haben.

Und es wurde kaum leichter. Die vierspurige Straße nach Braunschweig war zwar besser zu fahren, aber auch hier hatten die Räumfahrzeuge nicht gegen das ankommen können, was vom Himmel fiel. Mittlerweile fuhr sie in einer Kolonne, die immer langsamer wurde, bis sie auf der Höhe von Wolfenbüttel zum Stillstand kam.

Um sie versank die Welt, es gab nur noch Weiß und die Lichter der Autos um sie herum. Kaum jemand hatte den Motor ausgestellt, denn die Kälte kroch schnell herein. Friederike angelte sich eine Wolldecke vom Rücksitz, die sie seit einer einschlägigen Erfahrung im Harzer Winter immer mitführte, schob den Sitz zurück, streckte die Beine aus und mummelte sich ein. Wegen des niedrigen Benzinstandes hatte sie die Zündung abgestellt.

Nein, dachte sie nach einer kurzen Weile, nun sollte ich doch wenigstens bei Frau de Vries anrufen. Aha, auch der Akku hatte nicht mehr viel Ladung, das konnte ja heiter werden. Sie wählte die Nummer der Apotheke, es war nur ein paar Minuten nach sechs, eigentlich sollte noch jemand dort sein.

»Wiedemann«, meldete sich eine weibliche Stimme, »Schwanenapotheke.« Sie klang gehetzt und etwas gereizt.

Friederike stellte sich vor. »Kann ich vielleicht mit Frau de Vries sprechen?«

»Sie ist nicht hier.«

»Oh.« Friederike überlegte einen Moment. »Es ist wirklich sehr wichtig. Ein ... Bekannter von mir hat für sie gearbeitet. Jetzt ist er ... er ist verunglückt, und ich habe die Sache für ihn übernommen. Bitte, könnten Sie mir eventuell sagen, wie ich sie erreichen kann?«

Die Frau am anderen Ende schmolz etwas. »Das tut mir ja leid für ihren Bekannten. Nein, ich kann Ihnen nicht helfen. Vielleicht aber doch so viel – sie ist heute nicht gekommen. Und wir können sie auch nicht erreichen, was aber eigentlich nicht unbedingt ungewöhnlich ist. Tut mir leid, vielleicht versuchen Sie es morgen ...«

Friederike wollte gerade fragen, ob die Frau de Vries nicht in der Apotheke erschienen war, weil sie keinen Dienst hatte, oder weil sie schlichtweg blaumachte. Vielleicht ein Kurzurlaub?

Aber gerade da ruckte das Auto vor ihr, und die Schlange setzte sich langsam in Gang. Friederike kam gerade noch dazu, danke zu sagen, dann warf sie das Handy auf den Beifahrersitz und fuhr ebenfalls los.

Was jetzt? Die Apotheke hatte sich als Sackgasse erwiesen, was jetzt blieb, war Caplingen. Ohne jede Vorstellung, wie sie dort vorgehen sollte, ohne einen Gedanken daran, dass der Ort jetzt gegen Abend wahrscheinlich menschenleer sein würde, bog sie an der nächsten Ausfahrt ab, hielt so schnell wie möglich an und tippte Caplingen in ihr Navigationsgerät. 20 km Entfernung, teilte es ihr mit, Ankunft etwa 18.30 Uhr.

Mettwurst und der Gral

Die Standuhr mit dem bemalten Zifferblatt in ihrem Wohnzimmer, von Quinn tatsächlich wieder in Gang gebracht, schlug sechs. Charlotte stand am Fenster der Küche und sah hinaus auf den dickverschneiten Hof. Die Schneekristalle glitzerten im herausfallenden Licht, und es duftete nach frischgebackenem Brot. Flora hatte aus Mehl, Wasser und Hefe einen Teig zusammengeknetet, ihn sachkundig gehen lassen und in die Röhre des gemütlich bullernden Holzherdes geschoben.

»Frischgebackenes Brot«, murmelte sie vor sich hin, »auf die erste Scheibe muss Leberwurst, auf die zweite Käse und auf die dritte Butter und Honig, in dieser Reihenfolge.«

Quinn, der gerade Holzscheite unter dem Herd aufstapelte, hatte sie gehört und räusperte sich. »Soweit ich weiß, haben wir einen Rest Mettwurst, ein hartes Stück Edamer und ein Glas Vierfruchtmarmelade. Ihr beide habt heute Morgen zwar an so etwas Abseitiges wie Hefe gedacht, auch an die nächsten beiden Mittagessen, aber weiter seid ihr nicht gekommen.«

Charlotte drehte sich um. »Flora wollte Hefe. Sie sagte, in so ein Haus gehören Backofendüfte.« Sie sagte nicht, dass es einen – weitgehend von Charlotte bestrittenen – kleinen Wortwechsel gegeben hatte. Grund war, dass Charlotte argwöhnte, sie wolle ihr das Haus schmackhaft machen.

»Du bist inkonsequent«, hatte sie Flora vorgeworfen, als sie ihren Einkaufswagen durch die Gänge des Caplinger Lebensmittelmarktes schoben. »Du hast vor dich hingemurmelt, es sei ein verfallenes Gemäuer, das ich so schnell wie möglich verkaufen soll. Du hast fast wörtlich gesagt, dass sich keine Mühe für den alten Kasten lohne. Und jetzt erzählst du mir was von duftendem Brot und ...« Charlotte lachte, womit die Wirkung ihrer Worte vollends hin war. »Ehrlich gesagt, läuft mir das Wasser im Mund zusammen, wenn ich daran denke. Also, auf zur Hefe.«

»Ich weiß auch nicht, ob der Rotwein reicht. Rotwein ... Quinn, glaubst du, wir kriegen einen Glühwein zustande?«

»Ja, Zimt, Nelken, vielleicht Anis ...«

»Es gibt kleine Beutel mit Glühweingewürz. Ich fahre.«

»Überleg dir das gut, draußen liegt eine dicke Schneedecke, und keiner weiß, ob geräumt worden ist.«

»Diese fünf Kilometer würde ich mit verbundenen Augen und Sommerreifen fahren. Bis gleich.«

Das Lästigste bei Schnee ist immer, die Autoscheiben freizukriegen, dachte sie, während sie unter vollem Körpereinsatz fegte, schabte und wischte.

Stur, dachte Quinn, der ihr vom Küchenfenster aus zusah, und grinste. Nicht zu bremsen. Das ist für sie selbst wahrscheinlich bequemer als für die Leute, die sie mögen.

Charlotte schlingerte zwar im zweiten Gang bis zum Geschäft, aber sie kam an. Es schneite immer noch stark. Die dicken nassen Flocken legten sich auf ihren Kopf, auf die Nase und, als sie endlich den Laden betrat, klebten auch ein paar an ihren Wimpern.

Sie brauchte eine Weile, bis sie die Gewürze gefunden hatte. Danach verglich sie Leberwürste, legte einen großen Camembert in den Wagen, dazu ein Glas Rapshonig und verbrachte dann eine Weile vor dem Weinregal. Der Laden war weitgehend leer, erst an der Kasse traf sie auf eine Frau mit einer roten Pudelmütze im Gespräch mit der Kassiererin.

So eine Mütze hatte ich auch mal, dachte sie. Und in der Erinnerung an die Gelegenheiten, zu denen sie sie getragen hatte, fühlte sie wieder die eiskalten Füße nach dem Schlittschuhlaufen, die blaugefrorenen Hände, die Flora unter ihre Achseln schob. *Da werden sie schnell warm, warte nur,*

Lottchen, gleich ... Bis beißend und stechend das Blut zurückkehrte.

»Ein kleiner weißer Sportwagen mit schwarzem Stoffverdeck«, hörte sie die Frau mit der Pudelmütze sagen.

»Letzte Woche, sagen Sie? Ich kann mich nicht erinnern, aber warten Sie.« Sie drückte eine Taste und beugte sich vor. »Matti? Hier ist eine Frau, die nach einem Sportwagen fragt, der letzte Woche hier in Caplingen war. Ein weißer.«

»Warte«, eine Männerstimme, es polterte. »Was ist denn mit den Fischdosen? Haben die nicht geliefert? Das ist hier ein einziges Chaos. Wir sollten Dennis rausschmeißen, er bringt alles ...«

»Matti, hier steht eine Kundin, die wissen will, ob wir einen weißen Sportwagen letzte Woche gesehen haben.«

Jemand stöhnte, und Charlotte stellte sich vor, dass der Gesprächspartner sich mühsam aufrichtete. »Da war so´n Mann mit ´m langen Pferdeschwanz im Laden. Pelzkragen und alles. Der war auf der Suche nach ´m Orden oder so was. Orden ... Ich dachte noch, wie jetz? Zum Anstecken? Keine Ahnung. Mehr hat er dazu nich gesagt. Ich hab ihn jedenfalls ins Rathaus geschickt, die sagen doch immer, sie würden alles wissen. Ich hab dann gesehen, dass er in so´n kleinen weißen Flitzer gestiegen is.«

Charlotte sah, dass die Frau mit der Pudelmütze die Hände zusammenkrampfte. Sie baute ihre Einkäufe aufs Transportband. »Kann ich Ihnen helfen?«, fragte sie.

Ein Blick flog zu ihr herüber. Ein herzförmiges Gesicht, dunkle Schatten um die Augen, sie sah elend aus. »Danke, ich glaube nicht«, sagte die Frau mit der Mütze und ging in den Schneeflockenwirbel hinaus.

Als Charlotte aus dem Markt herauskam, schwer beladen mit drei Taschen voller Herrlichkeiten für einen gemütlichen Abend, wäre sie fast über die Frau gestolpert, die im Schnee saß und ihren Knöchel hielt. Charlotte stellte ihre Taschen ab und bückte sich zu ihr hinunter. »Was haben Sie denn gemacht? Sind Sie ausgerutscht?«

Friederike stöhnte. »Ja, blöd, ich habe Angst, der Knöchel ist hin. Ich kann nicht aufstehen.«

»Oh je, warten Sie, ich helfe Ihnen, dann sehen wir, ob Sie stehen können.« Sie legte Friederikes linken Arm um ihre Schulter. »Da, halten Sie sich da fest.« Sie zog und zerrte, Friederike schob und stand schließlich unsicher balancierend auf dem rechten Fuß. »Tut weh.«

»Können Sie einen Moment stehenbleiben? Ich lasse jetzt los, versuchen Sie es.« Friederike schwankte, aber stand. »Ich hole Hilfe, warten Sie.«

Während sie die Glastür zum Laden öffnete, schoss ein Gedanke durch ihren Kopf. Jetzt nimmt sie meine vollen Einkaufstaschen und verschwindet. Nein, so hatte sie nicht ausgesehen. Aber wer sah schon danach aus.

»Die Frau, die eben nach dem Sportwagen gefragt hat, hat sich da draußen verletzt. Könnten Sie mir vielleicht helfen? Ich will sehen, ob ich sie in mein Auto kriege.«

Wieder drückte die Kassiererin die hilfreiche Taste und beugte sich zum Mikrofon herunter. »Matti, du wirst draußen gebraucht, hier gleich vorm Laden. Kommst du mal kurz rüber?«

Gleich darauf stand Matti vor Charlotte. Grauer Hausmeisterkittel, grauer Haarkranz, ein rundes unrasiertes Gesicht und ein breites Grinsen. »Wie kann ich wohl helfen, liebe Frau?«

Zusammen stabilisierten sie Friederike, die anfing zu zittern.

»Mir ist nur elend kalt.« Vorsichtig stellte sie den fraglichen Fuß in den Schnee. »Ich kann ganz gut auftreten, aber es tut weh. Mein Akku ist leer, sonst könnte ich Hilfe holen.«

»Sie kommen erst mal mit zu uns«, sagte Charlotte. »Wir können eine warme Küche bieten, es gibt hausgebackenes Brot und einen Glühwein. Ihr Fuß ist nicht gebrochen, wenn Sie drauf stehen können. Flora hat Ahnung von Wickeln und Umschlägen aller Art. Zuhause können Sie auch telefonieren und Ihr Telefon aufladen. Auf geht´s.« Zuhause, dachte sie. Habe ich allen Ernstes zuhause gesagt? So ein Quatsch.

Matti half recht geschickt, Friederike auf den Rücksitz zu verfrachten, indem er sie anwies, zuerst ihr Hinterteil hineinzuschieben und dann, als sie nach hinten gerutscht war, vorsichtig die Beine nachzuziehen.

Eine gute Stunde später saßen alle vier um den Kiefernholztisch in der Küche des Herrenhauses. Flora hatte vorsichtig Friederikes Stiefel ausgezogen und den Knöchel von allen Seiten begutachtet. Schließlich sagte sie zufrieden: »Ich glaube nicht, dass er richtig verstaucht ist. Nicht schlimm. Morgen läufst du wieder, Mädchen.« Dann verschwand sie mit einer kleinen Schüssel nach draußen.

Kurz darauf formte sie mit Schnee, den sie auf einem Trockentuch zu einem festen Brett gedrückt hatte, einen perfekten Wickel. Sie band ihn mit einem zweiten Tuch fest um Friederikes Knöchel, rückte einen zusätzlichen Stuhl heran und platzierte ihr Bein vorsichtig darauf.

Zwischenzeitlich hatte Friederike den Eindruck gewonnen, in einen Zirkus geraten zu sein. Der Mann mit den wirren Haaren und den Huskyaugen, der immer noch seinen Hut aufhatte, die Frau mit Turban, dem Gesicht einer Wahrsagerin und dem ausgefransten Samtkleid, und mitten drin ihre Retterin, die eigentlich ganz besonnen wirkte, aber an ihrer Truppe nichts Besonderes zu finden schien. Der Hund, der sie anfangs kräftig angebellt hatte, lag in der Ecke auf etwas, das wie ein Haufen alter Plüschgardinen aussah, hatte die Schnauze auf den Fliesenboden gelegt und behielt sie argwöhnisch im Auge, ohne zu blinzeln. Natürlich war Bessie erlaubt worden, im Haus zu schlafen. Das arme Tier hätte es ja draußen zu kalt gehabt – Flora hatte über Charlottes Konsequenz gesiegt.

Friederike war von den beiden Schmerztabletten halb taub geworden gegen starke Eindrücke; das Elend um Christian schien weiter entfernt als noch heute Nachmittag, und auch die Gründe, die sie aus dem verschneiten Oberharz ins Flachland getrieben hatten, schienen verschwommen.

Ihr Appetit allerdings war ungebrochen angesichts der Herrlichkeiten, die auf dem Tisch ausgebreitet lagen. Der Glühwein war endlich heiß, und anfängliche Bedenken wegen der Schmerzmittel, die zusammen mit dem Alkohol vielleicht unerwünschte Nebenwirkungen zur Folge haben könnten, verschwanden mit dem ersten Glas.

Nach eingehenden Erklärungen, was die Truppe hier im Haus machte und wer wer war, versuchte Charlotte, die Informationen zu ordnen, die sie bisher gewonnen hatte. »Du suchst also diesen Sportwagenfahrer?«

»Nein, Christian ist verunglückt. Nein, er wurde verunglückt, nein, er ... jemand hat ihn von der Straße gedrängt.« Friederike fiel das Reden nicht ganz leicht.

Quinn richtete sich auf. »Hat das jemand gesehen?«

»Nein, aber die Spuren im Schnee waren ganz eindeutig, sagen die Leute.« Sie berichtete so gut es ging von Christian und seinem Zustand, was nicht ganz ohne Tränen abging. Flora, die mitleidige Seele, rückte ihren Stuhl näher und nahm sie vorsichtig in die Arme. »Das wird schon, Mädchen, es ist zunehmender Mond, da heilt alles besser.«

»Und warum warst du dann heute Abend in Caplingen?« Charlotte ließ das Gespräch nicht abgleiten, denn Esoterik war nicht ganz ihr Ding.

»Sein Navi. Der letzte Eintrag war *Caplingen Zentrum*. Ich weiß nicht, was er hier wollte, aber die Frau im Laden ...« Sie versuchte sich zu erinnern. »Die Frau im Laden sagte, sie hätte ihm den Weg zum Rathaus beschrieben.«

Quinn rührte sich. »Rathaus könnte Strachwitz bedeuten.« Er drehte sich zu Friederike. »Strachwitz ist Caplingens Bürgermeister.«

»Weißt du was über ihn«, fragte Charlotte.

»Ich kann nur was sagen, das länger als zehn Jahre her ist. Er war damals schon Bürgermeister, und vor ihm sein Vater, und vor ihm dessen ...«

»Wir haben´s begriffen«, sagte Flora mit kleinen Augen. Sie ging gern früh schlafen, und bald würde es so weit sein.

»Aus einer Tankstelle und einem Mähdrescher, den die Familie vermietete, hat die Familie im Laufe der Zeit einen großen Landmaschinenhandel gemacht, dann gab es eine Filiale, und noch eine, und soweit ich weiß, gehört ihm inzwischen auch der Lebensmittelladen. Matti ist ein schief gegangener Cousin, der die resolute Carola geheiratet hat. Zusammen schmeißen sie den Laden. Strachwitz hat eine Kita gebaut ...«

»Ausgeprägt soziales Gewissen«, murmelte Charlotte, die auch langsam schläfrig wurde.

»Hm, weiß nicht. Er galt damals als gutmütig, aber gerissen. Man sagte, er würde kein Geschäft machen ohne die Sicherheit eines saftigen Profits. Er ist auch Mitglied in einer kaufmännischen Bruderschaft, die schanzen sich sicher alles Mögliche gegenseitig zu.«

»Was für eine Bruderschaft?«, fragte Friederike, die plötzlich hellhörig wurde.

»Das ist eine Art Orden. Sie heißen, soweit ich mich erinnere, *Vom Goldenen Segel*. Hat was mit Joseph von Arimathäa und dem Gral zu tun.«

»Wie wunderbar«, sagte Charlotte, die sich energisch noch eine Kelle Glühwein einschenkte. »Der Gral soll doch der Kelch sein, in dem das Blut von Jesus am Kreuz aufgefangen wurde, nachdem ihm Spieße in die Rippen gestoßen worden waren. Dieser Joseph hat den Kelch über das Mittelmeer nach Südfrankreich geschafft, heißt es, oder? Und deshalb das *Goldene Segel?* Nach dem Schiff von Joseph von Arimathäa?«

»Ja.« Quinn grinste. »Sagt man. Um den Gral gibt es viele Geschichten. In einer anderen Version heißt es, er sei der Becher, aus dem beim letzten Abendmahl getrunken wurde.«

»Und was ist nun mit der Bruderschaft?« Friederike ließ nicht locker, Einzelheiten um die Kreuzigung ließen sie im Moment kalt. Flora hatte inzwischen leise zu schnarchen begonnen.

»Sie ist die älteste in Braunschweig. Man sagt, oder besser: Sie sagen, dass sie von Heinrich dem Löwen gegründet wurde. Er wollte den Handel beleben und stiftete sogar eine Reliquie, die er aus dem Heiligen Land mitgebracht hatte. Damit gab er der Bruderschaft Gewicht. Die reichen Kaufleute stiegen ein und taten Gutes. Handelten natürlich und fuhren nette Profite ein. Heinrich der Löwe war damals der mächtigste Mann im Deutschen Reich. Zwischenzeitlich regierte er über Bayern, Sachsen, Mecklenburg und Pommern. Eine interessante Gestalt.«

Charlotte wurde unruhig. Das waren zu viele Details nach ihrem Geschmack und zu viel Ritterkram. »Was weißt du denn noch von Strachwitz?«

»Nein, halt«, sagte Friederike, »ich würde das so gern hören, das mit dem Orden. Christian soll was damit zu tun gehabt haben.«

»Wenn er zu Strachwitz wollte, könnte es ja sein, dass er hinter einer Geschichte mit der Bruderschaft her war. Es ist so, dass das Haus des Ordens in der Braunschweiger Bombennacht 1944 ausgebrannt ist. Der alte Strachwitz und, ja, mein Vater war wohl auch verwickelt ... Jedenfalls haben sich die Brüder danach hier im Haus, hier auf der Caplingenburg, getroffen.«

Über so viel Detailwissen staunten beide, Friederike und Charlotte. Nur Flora stand mühsam auf und hielt sich das Kreuz. »Ich schlafe oben«, sagte sie, »denkt nachher dran, wenn ihr volltrunken eure Betten sucht. Das Mädchen kommt ja mit dem Fuß nie die Treppe rauf, sie kann in mein Bett.« Und verschwand.

»Mich interessiert das. Rede weiter.« Friederike hielt Charlotte ihr Glas hin. »Ich bin wieder ganz da.«

»Sie haben sich hier getroffen, erst in der Kapelle, dann, als es ihnen wohl doch zu kalt wurde – erzählte mein Vater –, gab es eine Absprache, dass sie die beiden Räume oben rechts benutzen durften.« Er trank sein Glas aus. »Weiter nichts. Doch!« Er schwieg einen Moment. »Sie suchten ein wichtiges Dokument.«

»Wie jetzt, hier im Haus?« Charlotte richtete sich auf. Sollte ihr Vater etwa auf ein Geheimnis gestoßen sein? Ihr Realitätssinn verurteilte eigentlich Geschichten um mysteriöses Verschwinden von Urkunden und Pergamenten, aber wenn hier im Haus ... Das war ja was anderes, oder?

»Wenn dich das begeistert, wirst du es noch schöner finden, dass zusätzlich mit der Gründungsurkunde des Ordens ein Splitter vom Kreuz Christi gesucht wird.«

Beide Frauen staunten mit offenem Mund. »Das ist doch Blödsinn, oder? Hat nicht jedes Kloster, das auf sich hält, einen Holzsplitter und schwört, er sei original?«

»Hm, ja, das stimmt schon. Aber das hier ist nicht ganz unwahrscheinlich. Heinrich der Löwe war in Jerusalem, nicht mit einem Kreuzzug, sondern als eine Art Tourist. Er bekam den Splitter als Geschenk, heißt es.«

»Ich denke, er hat einen Löwen mitgebracht.«

»Ja, den soll er auf dem Rückweg in Konstantinopel bekommen haben.«

»An der Nordseite des Braunschweiger Domes sind Kratzspuren zu sehen. Er wollte rein, als sein Herrchen tot und begraben war.« Charlotte nahm einen großen Schluck.

Quinn lachte. »Da hätte er lange kratzen können. Man denkt eher, dass die Leute da ihre Messer geschliffen haben.«

»Du bist fantasielos.« Charlotte stützte ihr Kinn mit beiden Ellbogen und betrachtete ihn mit zusammengekniffenen Augen.

Friederike wollte nicht zulassen, dass das Geplänkel der beiden den Informationsfluss störte. »Also sind die Leute von diesem *Goldenen Segel* immer noch hinter der Bestätigung her, dass ihre Bruderschaft vor 900 Jahren gegründet wurde?« Friederike hatte kleine Augen vor Müdigkeit. Und wieso wusste dieser Westernheld eigentlich so viel über diese Dinge? »Bist du Historiker?«, fragte sie.

»Er ist fast ein Pfarrer«, antwortete Charlotte nicht mehr ganz deutlich, »er darf ... hubs ... ´schuldigung ... darf segnen. Ich muss jetzt ins Bett, morgen ist auch noch ein Tag. Komm Friederike, ich zeige dir, wo du schläfst. Der Pfarrer macht das Licht aus.«

Beide sahen nicht mehr, dass Quinn langsam den Kopf schüttelte. Er war kein Pfarrer, und je länger er hier war, desto weniger wollte er es sein.

Akne und ein Leichenfund

Ronni war der frechste und aufsässigste Junge in der 5. Klasse einer Hauptschule, die an diesem Montag einen Tagesausflug in den Oberharz unternahm. Das formulierte Ziel war, den Teamgeist zu stärken, den internetabhängigen Kindern Bewegung zu verschaffen und, als wahrscheinlich ultimative Idee, ihnen die Schönheit des verschneiten Oberharzes näherzubringen. Sie kamen aus einem der kleineren Orte im Braunschweiger Umland, dessen Name an das Wort Salzgitter angehängt worden war, als die Gegend wegen der Stahlwerke boomte und kleinere Gemeinden zusammengelegt wurden.

Ronni war mit einer besonders blühenden Form der Akne geschlagen, zusätzlich schielte er leicht. Beide Tatsachen waren Gegenstand und Ursache von regelmäßigem Mobbing, Veralberungen und Nachäffungen seiner lebhaften Klassenkameraden. Unter den Lehrkräften war er verschrien als schwer lenkbar, als Störenfried und Quelle häufiger Raufereien, im Zuge derer der Junge einen Kampfgeist entwickelt hatte, der ihn immer häufiger als Sieger mit blutender Nase aus den Prügeleien hervorgehen ließ.

Der Lehrer spurte mit langen Schritten auf der Forststraße hoch über dem Innerstetal eine Loipe für die etwa 25 Kinder, die keuchend und schimpfend hinter ihm her schlurften. Am Ende der Gruppe liefen vorschriftswidrig nebeneinander eine alleinerziehende Mutter und ein alleinerziehender Vater, die seit dem letzten Elternabend ein gewisses Interesse füreinander entwickelt hatten. Das letzte Kind direkt vor ihnen war Ronni. Er war echt sauer, weil seine Bindung nicht saß, die Stiefel etwas zu groß waren und er nach dem Aufstehen am Morgen wieder mal eine Reihe unfreundlicher SMSen vorgefunden hatte. *Fick dich du Spacko wer anders machts nich* war ja noch vertretbar. Andere aber, die eher aus einem fortgeschritteneren Bereich sexueller Praktiken stammten, verstand er zwar nicht ganz, ihm war aber klar, dass sie einen Höhepunkt der Demütigung und Erniedrigung vermitteln sollten.

Die beiden Elternteile waren stehengeblieben, da die Mutter ins Schwitzen gekommen war und ihren Schal abnehmen wollte. Diese Gelegenheit nutzte der Vater, und beide versanken in einem ihrer intensiven Küsse.

Ronni – ein Stück weiter vorn – blieb auch stehen, um die Klettbänder seiner Stiefel nachzuziehen, war aber zu weit nach rechts an den Rand geraten, wo eine kleine Schneewehe den Abhang verbarg. Er kippte, verlor den Halt und kollerte unter unüberhörbarem Gebrüll ein paar Meter in die Tiefe, bis sein Fall von einer massiven Fichte gestoppt wurde. Er wühlte sein

Gesicht aus dem Schnee, blies die Nase frei und versuchte sich zurechtzufinden.

Die beiden erotisierten Elternteile waren so schnell wie möglich hinter ihm hergekommen, und da ihn auch die letzten Kinder der kleinen Langlaufkarawane gehört hatten und sicherheitshalber ebenfalls anfingen zu schreien, waren kurz darauf acht Meter über ihm alle Beteiligten des Ausflugs versammelt. Der Lehrer streifte seine Skier ab und machte sich an den Abstieg, als Ronni sich auf den rechten Arm stützte, um sich aufzurichten.

Entsetzlicherweise traf seine Hand auf etwas Weiches. Blitzschnell zog er sie zurück und fing wieder an zu brüllen, denn in dem Loch im Schnee war etwas wie blaue Wolle aufgetaucht, ein Strickstoff, und als sich ein kleines Schneebrett löste und den Abhang herunterrollte, starrte er auf die blicklosen offenen Augen einer Frau mit blauer Skimütze.

Merkwürdigerweise machte Ronni die Tatsache, dass er auf die Leiche der Apothekerin Eva de Vries gefallen war, zum Helden. Keine unverschämten SMS mehr, und Thorben, der unumschränkte Anführer der Jungen in der Klasse, ein bulliger Kerl mit rotem Gesicht, fragte ihn, ob er mit zum Lidl käme. Die Aufforderung, dort gemeinsam die Feinde aus der 5. Klasse der Realschule zu vermöbeln, war eine Art Ritterschlag, und ab sofort spielten Akne und Silberblick keine Rolle mehr.

Spitzenkragen und ein Plan

Friederike wachte auf vom Klingeln ihres Telefons. Es dauerte einen Moment, ehe ihr einfiel, wo sie war. Caplingenburg, Christian ... Oh Gott, Christian.

Es war das Krankenhaus. »Herr Neuville ist aufgewacht und fragt nach Ihnen.«

»Ich komme, ich komme. In einer guten Stunde bin ich da, sagen Sie ihm das bitte.«

Friederikes Erleichterung war so groß, dass sie fast das Telefon fallengelassen hätte. Aber die Polizei, sie musste ja zur Polizei. Und der Fuß ... Sie stieg aus dem Bett und stellte sich drauf. Vorsichtig ... ja, es ging, sie konnte stehen. Sie wippte. Es schmerzte noch, aber auch Autofahren würde funktionieren. Es lebe Floras Schneewickel, dachte sie.

In Windeseile, ohne einen Gedanken an Körperhygiene zu verschwenden – wen interessierte schon ein geputzter Zahn, wenn Christian ... oh, er war wieder da, er würde wieder gesund, alles würde wieder gut werden! In Windeseile zog sie sich an, packte ihre Sachen und zog mit dem Rucksack über der Schulter leicht humpelnd in die Küche.

Es war noch früh, aber Flora kniete schon in ihrem roten Samtkleid mit schmuddeligem Spitzenkragen vor dem Holzherd und schob ein Scheit nach. Sie sah hoch. »Es geht dir besser. Gut. Du willst los? Nicht erst ein bisschen essen? Ich brate dir ein Ei, warte.«

Charlotte tauchte auf, verschlafen in einen Bademantel gewickelt. »Wieso seid ihr alle schon so wach? Habe ich gestern den Glühwein allein getrunken?«

Friederike berichtete vom Anruf des Krankenhauses. »Deshalb möchte ich so schnell wie möglich zurück.«

»Verstehe ich. Du glaubst, du kannst mit dem Fuß Autofahren? Na ja, Not versetzt Berge. Flora, mach ihr ein Brot, ich ziehe mich an und fahre sie zu ihrem Wagen.«

Über Nacht hatte Tauwetter eingesetzt. Die Schneewolken waren nach Osten abgezogen, und jetzt, eine Stunde nach Sonnenaufgang, lag dichter Dunst über dem weiten flachen Land, denn in den wärmeren Luftschichten kondensierte die feuchte Luft. Als Friederike mit Charlotte aus der Haustür trat, hörte sie, wie der tauende Schnee vom Dach tropfte. Es war still, kein Windhauch, nur das tropf, tropf, tropf auf der obersten Treppenstufe. Die Luft roch frisch und feucht.

Wie kann ich den Leuten hier danken, fragte sie sich und schloss den obersten Knopf ihrer warmen Winterjacke. Die feuchte Luft fühlte sich kälter an als die klare Kälte, die sie aus dem Oberharz gewöhnt war. Wie hätte ich diese Nacht oben in meiner Kapelle allein verbracht?

Sie nahm in einer ungewohnten Aufwallung von praktizierender Herzlichkeit Charlotte in den Arm. »Danke für alles, für die Hilfe, für den Glühwein, für ... alles. Ich freue mich so. Es ist so ... Ich bin einfach so erleichtert.«

»Das glaube ich. Fahr jetzt vorsichtig nach Hause, oben im Harz kann es glatt sein, wenn diese Nässe jetzt gefriert. Und grüß deinen Liebsten. Vielleicht kommt ihr ja mal vorbei.« Und nach einer Pause: »Wenn ich den Laden noch nicht verkauft habe, heißt das.« Mit energischen Bewegungen fegte sie ihr Auto ab.

Friederike öffnete die Beifahrertür. »Ich hätte eine große Bitte. Könntest du, wenn du wieder im Haus bist, bei der Kripo in Braunschweig anrufen? Irgendwer erwartet mich dort wegen Christians Unfall. Ich möchte aber gleich nach Goslar – könntest du mich entschuldigen? Und nach einem Alternativtermin fragen?«

»Ja, klar. Hast du einen Namen?«

Friederike schüttelte den Kopf. »Nein. Ich erinnere mich nur daran, dass von der dritten Etage die Rede war.«

»Sei vorsichtig. Willst du nicht erst mal versuchen, ob du die Kupplung auch wirklich treten kannst?«

»Nein, ich kann das. Und wenn ich es nicht kann, ...«

»... kannst du es doch.« Charlotte beendete den Satz. »Ich verstehe das. Ich war auch mal verliebt.«

Das klang fast traurig, sodass Friederike einen Moment stehen blieb, ihre Autotür in der Hand. »Das tut mir leid. Du solltest dich irgendwann wieder verlieben, es lohnt sich.« Sie zögerte. Sollte sie die leichte Spannung erwähnen, die sie gestern Abend zwischen Quinn und Charlotte bemerkt hatte? Nicht Negatives, eher ... unterdrückt interessiert.

»Mach ich.« Charlotte sah auf den Boden, scharrte mit der Fußspitze ein Häufchen Schneematsch zusammen und hob kurz darauf ihr Kinn. »Und du – ruf mal kurz an, wenn du angekommen bist. Gib her, ich tippe meine Nummer eben ein.«

Als Friederike ihr Auto gewendet hatte und um die nächste Kurve gefahren war, stoppte sie für einen Moment und sprach Konni die frohe Botschaft auf die Mailbox. »Ich fahre jetzt hin, sag den anderen Bescheid. Tschüss!«

Dann dachte sie an Charlotte und ihr verschlossenes Gesicht. Da schien eine Menge im Argen zu liegen. Und plötzlich fiel ihr auf, dass sie sich nicht von Quinn verabschiedet hatte. Ein merkwürdiger Mann. Einerseits offen, andererseits hatte er manchmal den Eindruck auf sie gemacht, als sei er gedanklich völlig abwesend. Wie war das? Hatte Charlotte nicht gesagt, er sei eine Art Priester? Das war Quatsch, oder? Aber ihre Antennen hatten ihr gesagt, dass zumindest er nicht uninteressiert an seiner Gastgeberin schien.

Und wie sollte sie jetzt weitermachen mit ihren Ermittlungen? Sollte sie lieber aufhören und warten, bis Christian wieder hergestellt war? Im Grunde interessierte sie sich doch weder für die Altenauer Brandleiche noch für das gefälschte Gemälde. Aber wenn nun wegen ihres Desinteresses wichtige Spuren verlorengingen? Was für ein Blödsinn. Die Polizei war doch zumindest an der Altenauer Geschichte dran. Oder gab es auch hier Leute, die keine Lust hatten, mit der Polizei zu reden? Hatte Christian nicht darauf geschworen und gesagt, dass es überall so jemanden gab, und dass sein Erfolg in den meisten Fällen auf diesen Leuten beruhte? Also – sie riss sich zusammen. Was habe ich eigentlich an Fakten bisher?

Eine Stunde später saß sie an seinem Bett. »Rede du«, flüsterte er. »Ich höre zu und genieße meine Opiumdröhnung.«

Also berichtete sie minuziös von ihren Erlebnissen, den Stuhl so dicht an sein Kopfende gerückt, dass sie mit ihrem Mund dicht an sein Ohr herankam. Ihre Hand umklammerte seine, die erstaunlich fest zurückdrückte. Seine Haut schien gelblich, die Augen hatte er geschlossen, und ein nicht besonders spektakulärer Verband reichte vom Haaransatz bis zum Nacken.

»Der Orden ist die Verbindung«, murmelte er am Ende. »Der Ex von Eva de Vries ist Mitglied in der Bruderschaft und der Altenauer Wohlgemuth auch. Das ist kein Zufall. Geh nochmal zu Kahlhut, er weiß mehr, als er dir gesagt hat.« Er seufzte. »Friedchen, komm in mein Bett, es ist so langweilig hier.« Dann rutschte sein Kopf ein Stück zur Seite, und er begann gleichmäßig zu atmen. Er schlief.

Friederike blieb noch ein bisschen an seinem Bett sitzen und hörte zu. Was für ein vertrautes Geräusch, dachte sie. Wie blöd, dass wir gute 25 Jahre verschwendet haben, als er nicht wusste, was los war, und ich vor Zorn nicht an ihn denken konnte. Andererseits sind wir beide in der Zwischenzeit erwachsen geworden, und vielleicht war genau das wichtig, damit wir jetzt großzügig und – so blöd es klingt – voller Respekt miteinander umgehen können. Weil wir uns aufeinander verlassen können.

Die Tür ging auf. Friederike drehte sich um und sah Konni in der Türöffnung, die er sowohl in der Höhe wie in der Breite mehr oder weniger ausfüllte. Sie machte eine abwehrende Bewegung und stand schnell auf.

»Er schläft«, flüsterte sie und zog ihn weg. »Ich brauche einen Kaffee, komm.«

»Was war denn nun mit Christian?«, fragte er kurz darauf und blies auf seine Kaffeeoberfläche.

»Ein Hämatom im Gehirn, das einen gefährlichen Druck aufbauen kann, frag mich nicht. Die Schwester sagt, eine Drainage hätte zum Glück gereicht.«

»Verstehe«, sagte Konni und nahm vorsichtig den ersten Schluck. Er trank schwarz, was ihn dazu verdonnerte, wegen der Temperatur länger zu warten als seine weicheierigen Freunde, die Milch hineinschütteten. »Wie ein Schlauch ums Haus, damit der Keller nicht unter Wasser steht.«

»Ja, wenn du unbedingt willst. Ich hab so viel verstanden, dass es gut war, dass sie es gleich gemerkt haben. Je länger man damit wartet, desto übler.«

»Na, Gott sei Dank. Und wie geht es ihm?«

»Er hat geredet, aber nicht viel. Schien aber bei Verstand zu sein. Nein, lach nicht, ich meine das ernst.«

»Ich lache nicht. Ich mag deine Art, die Dinge darzustellen. Und jetzt schläft er?«

»Ja, das sei das Beste, was er tun könne, um schnell gesund zu werden.«

»Wir können also nichts unternehmen, um ihm zu helfen?«

»Nein.«

»So, dann erzähl, was du so getrieben hast.«

Friederike berichtete von ihren Erlebnissen der vergangenen Tage, während das Croissant auf ihren Pullover krümelte. Von Caplingen und dem Lebensmittelladen, von ihrem Sturz im Schnee, von der Caplingenburg, von Quinn, Flora und Charlotte, die ihr, je mehr sie von ihnen erzählte, desto merkwürdiger vorkamen. Von der Bruderschaft *Vom Goldenen Segel*, einem Gral und einer verlorengegangenen Gründungsurkunde.

»Echt jetzt? Von Heinrich dem Löwen unterschrieben?«

»Sie sagen, ja. Und ein Kreuzsplitter.«

»Du machst Witze.«

»Nein, eine Reliquie. Sie sollte die Wichtigkeit der Bruderschaft unterstreichen.«

Konni brummte in seinen bemerkenswerten Bart. Friederike beobachtete ihn und war Sandra dankbar, die ihm offenbar abgewöhnt hatte, bei anfallender Feuchtigkeit die Bartenden auszusaugen.

Sie sieht besser aus, dachte er. Es tut ihr gut, was zu unternehmen. »Ich habe auch eine Neuigkeit«, sagte er dann.

»Ja? Erzähle.«

»Na ja, eigentlich traurig. In diesem Zusammenhang aber auch interessant. Die Apothekerin, die mit dem gefälschten Gemälde, haben sie tot im Wald gefunden.«

»Was?«

»Tot, Frieda, leblos. Im Wald, Bäume.«

»Sei nicht albern. Ich bin nur völlig baff. Und? Ermordet? Unfall? Herzinfarkt? Lass dir doch nicht alles aus der Nase ziehen!«

»Horst wollte nicht so richtig mit der Sprache raus.« Horst Lorenz war der lokale Oberpolizist und mit der Belegschaft des Tango-Cafés gut befreundet. »Immerhin ist es eine laufende Mordermittlung.«

»Mord!?«

»Ja. Nein. Vielleicht. Sie lag unter den Schneemassen, die seit Sonntag gefallen sind. Es kann ein Unfall sein, aber weil die Sache mit Christian vorher passiert ist, und weil er, das hat Kahlhut wohl beigetragen, hinter der Gemäldesache her war, schließt man Mord erst mal nicht aus. Immerhin hat ihr das Bild gehört, um das es ging. Sie wird obduziert.«

»Wie passt das denn jetzt in die Sache rein?«

»Ich denke, irgendwem ist die Muffe gegangen, irgendwer wollte nicht, dass die Quelle der Fälschung bekannt wird, wollte die Kohle nicht zurückgeben ... Gibt viele Gründe.«

»Ja«, sagte Friederike langsam und wischte sich eine Strähne aus der Stirn. »Ja, das passt. Christian sagte gerade in seinem lichten Moment, dass die Verbindung wahrscheinlich die Bruderschaft ist. Kahlhut hat von einem Orden geredet oder so was, vom Orden war auch gestern Abend die Rede. Die berühmte Urkunde soll auf der Caplingenburg versteckt sein. Also ...« Sie dachte nach. »Also, drei Fragen: Kennt

Kahlhut die Bruderschaft näher? Dann steckt er womöglich mit drin. Zweitens: Hat die Apothekerin selbst was mit dem Orden zu tun oder reicht die Verbindung ihres Ex dorthin, um einen Zusammenhang zu rechtfertigen? Und drittens: Woher hat sie das Gemälde? Mist, ich hätte Christian fragen sollen, der hat noch mit ihr geredet. Wie konnte ich das vergessen!«

Weil dein bester Freund mehr oder weniger halbtot vor dir lag, dachte Konni, sagte es aber nicht. »Ich würde bei diesem Strachwitz anfangen. Er wohnt in Caplingen, und es ist doch ganz wahrscheinlich, dass Christian genau dahin wollte. Wen sollte er sonst dort besuchen? Ich würde ja mitkommen, aber Sandra ...«

»Nichts da. Du bleibst hier, Sandra braucht dich in der Nähe, Mann. Vielleicht musst du auch mit Wilma kämpfen, bis sie weiß, was ihr von ihr erwartet. Wer könnte dich denn an der Bar vertreten, wenn du ausfällst, weil euer Kind geboren wird?«

»Joschi macht das. Er war schon ein paar Mal hier und weiß Bescheid.«

»Und er wäre nicht selbst sein bester Kunde?« Kann mir doch eigentlich egal sein, dachte Friederike im selben Moment, als sie es aussprach.

»Nee, glaube ich nicht. Und wenn, können wir es nicht ändern.«

»Hat die Polizei eigentlich Christians Telefon gefunden?«

»Nein, aber Fußspuren, die nicht den Leuten zugeordnet werden konnten, also Feuerwehr, Polizei und Abschleppdienst. Teure Latschen, Brogue Derby Stiefel oder so, 250 Steine. Sie haben rumgefragt, aber keinen gefunden, und wie auch. Von den Jungs hat keiner so viel Kohle.«

»Willst du damit sagen, dass irgendwer ...« Friederike konnte es nicht aussprechen. Christian liegt blutend im Auto, während der Täter seelenruhig sein Telefon aus dem Wrack fischt? Zum ersten Mal in ihrem Leben hatte sie echte Rachegedanken. Wenn sie den erwischen würde, was würde sie mit ihm tun? Sie versuchte, sich von dem Bild abzulenken, und rief *Brogue Derby Stiefel* in ihrem Handy auf.

»Das sind – kuck mal, Konni, wer zieht denn sowas an? Handgefertigt, Rindsleder, rahmengenäht, was immer das heißt, whiskeygefärbt, Lochmuster.«

»Dazu passen Knickerbocker und Tweedjacke. Ein Irrer.«

»Ja.« Friederike überlegte. »Aber die wichtigere Frage ist ja, was will er mit dem Telefon? Welche Verbindung sollen wir nicht wissen?«

Sie sieht wirklich schon besser aus, dachte Konni, die Herumschnüffelei tut ihr offenbar gut, lenkt sie ab. »Finden wir heraus, ganz sicher. Ach, noch was. Die Apothekerin hatte eine Wohnung in Buntenbock. Die Adresse habe ich hier, warte, ich schicke sie dir.«

Friederike wurde ganz flau vor Rührung. Er hatte sich gekümmert, er hatte die volle Breite seiner Kontaktmöglichkeiten ausgeschöpft, um ihr zu helfen. Ihr und Christian natürlich. Und Kontakte hatte er über den ganzen Harz.

Ihr Telefon klingelte, es war Sandra. »Ich hab schon gehört, Christian ist aufgewacht, ich bin so froh für euch! Hör mal, Frieda, hier hat eben jemand angerufen und sagt, du hättest dein Portemonnaie auf irgendeiner Burg vergessen. Sie will deine Telefonnummer, aber ich dachte, ich frage erst mal.«

»Das ist Charlotte. Ja, gib sie ihr – ach was, ich kann sie ja anrufen. Nein, nein, das Ding ist hier in meiner Handtasche ...« Sie grub ihre Hand in die Umhängetasche. »Sie hat sich wohl gedacht, dass du sie ohne diesen Trick wohl nicht in meine Nähe lassen würdest. Schlau von ihr. Danke. Wie geht´s dir? Tritt euer Spross wieder mal fest zu?«

Sandra lachte. »Ja, und nicht zu knapp. Ich hoffe, ich hab´s bald hinter mir. Hör mal, wenn du Konni brauchst – von mir aus steht er zu deiner Verfügung. Manchmal wünschte ich, er würde aufhören, Teppiche vor mir auszubreiten, damit ich weich auftrete.«

»Keine Chance, du kannst es dir sparen, drüber zu reden. Ich muss jetzt, mach´s gut!«

Friederike ging ein paar Schritte aus dem Hauptportal der Klinik hin zum Fahrradstand. Charlotte war gleich am Telefon. Sie lachte. »Ja, ich musste mir was ausdenken, deine Freundin wollte deine Nummer eigentlich nicht rausrücken. Ich weiß, dass du dein Portemonnaie mitgenommen hast.« Sie räusperte sich und sprach etwas leiser. »Hier ist was Merkwürdiges passiert«, sagte sie. »Heute Morgen lag ein Briefumschlag vor der Tür. Heraus kam eine lächerliche Zeichnung, die wohl die Caplingenburg darstellen sollte. Und oben auf das Dach hatte jemand schöne große rote Flammen gemalt. Der Text war *Misch dich nicht ein, sonst hast du nichts mehr zu verkaufen.* Kannst du damit was anfangen?«

Friederike stand wie vom Donner gerührt. »Das Einzige ...«, sie stockte. »Das Einzige, was ich mir vorstellen kann, ist ... Die Frau im Lebensmittelladen muss an der falschen Stelle erzählt haben, dass ich da war und nach dem weißen Sportwagen gefragt habe. Und wo Christian hinwollte. Ist das nicht eigentlich völlig harmlos?«

»Nicht, wenn es demjenigen zu Ohren kommt, der deinen Freund angefahren hat.«

»Dann wäre er mit einer gewissen Wahrscheinlichkeit in Caplingen zu finden.«

»Er hat jedenfalls eine Verbindung dahin.«

»Ich müsste die Frau jetzt fragen, wem sie davon erzählt hat.«

»Glaubst du, sie sagt es dir?«

»Ehrlich gesagt nicht.«

»Lass uns doch mal zu Strachwitz ins Rathaus gehen. Quinn sagt, er ist zugänglich. Vielleicht gibt er zu, mit ihm gesprochen zu haben.«

»Wir? Würdest du denn mitkommen?« Friederikes Herz hob sich. Wie schön wäre es zu zweit.

»Ja, Flora sagt zwar, ich hätte einen Vogel und würde mich in Gefahr bringen, und sie müsste mich dann pflegen, aber ...«

»Machst du dir Sorgen?«

»Na ja, noch nicht. Der Schreiber weiß ja nicht, dass er mich mit so lächerlichen Briefen nicht einschüchtert.«

»Und was sagt Quinn?«

»Nichts. Er kuckt mich mit zusammengekniffenen Augen über das kalte Zigarillo weg an und schweigt.«

»Beunruhigt dich das?«

»Nein.«

Friederike überlegte. »Wie wäre es jetzt gleich? Ich stehe vor dem Krankenhaus in Goslar ... Ja, er ist aufgewacht ... Ja, wirklich, das kann man wohl sagen.«

»Ich rufe im Rathaus an und frage, ob es jetzt passt, und sage dir Bescheid. Wie lange brauchst du hierher?«

»Dreiviertelstunde. Ich hole dich ab.«

»Ach so, du sollst heute Nachmittag um 14 Uhr bei der Braunschweiger Kripo erscheinen, Zimmer 307. Das würde doch gut passen, du kannst mit uns mittagessen.«

Gypsy-Jazz und Landmaschinen

Friederike fuhr durch den Schneematsch auf den Hof der Caplingenburg. Der Dunst hatte sich etwas gehoben, und eine bleiche Wintersonne lag auf der langen Front des Herrenhauses.

Sie sah die Burg zum ersten Mal bei Tageslicht und war beeindruckt. Gut, die Fassade war schadhaft. Die Holzbalken des Fachwerks konnten einen neuen Anstrich gebrauchen, denn die Farbe blätterte von den kunstvoll geschnitzten Balken, sie zeigten aber deutlich noch die ehemalige Pracht. Adern des Bewuchses von wildem Wein liefen längs und quer über das Fachwerk – es musste im Sommer ein wirklich eindrucksvoller Anblick sein. Das Malerischste war der dicke Turm, der direkt rechts an das Herrenhaus grenzte. Eine Seite war grün vom Efeu, das Grün fand sich wieder in den Fensterläden ganz oben, direkt unter dem ziegelgedeckten niedrigen Dach mit der blitzenden Kugel auf der Spitze. In diesem unbestimmt weichen, fast unwirklichen Licht hatten selbst die Nebengebäude einen beträchtlichen Charme. Sie waren nicht direkt verfallen, aber heruntergekommen, fand Friederike. Sie zeigten wie der gesamte Rest der dreiflügeligen Anlage ihre ehemalige Schönheit und Größe durch kunstvolle Beschläge und fein ummauerte Tore mit ihrem runden Abschluss der Oberkante.

Charlotte hatte Friederikes Auto auf den Hof fahren hören. Sie stieg vorsichtig durch den Schneematsch die kurze Freitreppe herunter und stellte sich neben sie. »Farbe und Nägel«, sagte sie. »Es braucht viele Stunden Arbeit, Geld und Enthusiasmus, dann wäre es ohne Zweifel wieder in Schuss. Aber das sollen andere machen, ich freue mich auf meinen Blick auf den Wolfenbüttler Schlossplatz und meine kleine Wohnung, die ich in einer Stunde saubermachen kann.« Sie drehte sich zu Friederike. »Wie geht es denn deinem Fuß? Wieder gut?«

Friederike stellte sich drauf und wippte in den Knien. »Wie neu. Dank deiner Flora und dem Schneewickel.«

»Manchmal denke ich, sie ist eine Kräuterhexe. Möchtest du noch schnell einen Kaffee, bevor wir Strachwitz auf die Pelle rücken? Er sagt, er hätte Zeit für uns ab halb 12. Wir sollen zu ihm nach Hause kommen.«

»Gern, aber schaffen wir das denn noch?«

»Er ist fertig. Flora hat dich ins Herz geschlossen, sie hat gesagt, das Mädchen braucht sicher eine Stärkung bei diesem Hin- und Hergefahre, also hat sie ihn vorbereitet. Wir stehen alle früh auf und haben uns sowieso an Kaffee und Kekse um diese Zeit gewöhnt.«

Das klingt eigentlich nach einem gemütlichen Miteinander, dachte Friederike, während sie ins Haus gingen. Das klingt nach Einigkeit und gemeinsamen Zielen. Ob Charlotte das klar ist?

Quinn saß schon am Tisch, Zigarillo im Mundwinkel, Hut auf einem Stuhl neben ihm. Er sah kurz hoch und grinste. »Da bist du ja schon wieder, hallo!« Dann stippte er einen Schokoladenkeks in seine dampfende Tasse.

Flora im grünen Samtkleid und burgunderfarbenem Wollschal um den Kopf gewickelt nahm Friederike in den Arm. »Ich hab´s schon gehört, Mädchen, dass er wieder wach ist.« Ihre tiefe Stimme grollte durch die hohe Küche. »Ich wusste, dass er es mit deiner Hilfe schafft, du hast die Kraft für zwei.«

»Ich konnte doch gar nichts tun«, sagte Friederike hilflos angesichts dieser beinharten Überzeugung.

»Er wollte zu dir zurück, und du wolltest ihn wiederhaben. Das reicht. Außerdem haben wir schon leicht abnehmenden Mond und Monatsmitte, das trägt zur Heilung bei.« Sie hustete. »Ruhe jetzt, setzt euch, ihr beiden. Ich habe Kekse gebacken. Nach langem Kampf mit diesem Ungeheuer.«

»Sie meint den Holzherd. Flora weigert sich, auf Gas zu kochen, sie sagt, durch das Hin- und Herschieben der Töpfe lässt sich die Hitze viel genauer einstellen.«

»Ja, aber er zieht nicht richtig. Es muss irgendwas mit dem Schornstein sein.«

»Was soll ich denn jetzt noch den Schornsteinfeger holen? Wer weiß, was der alles findet, wenn der erst mal auf dem Dach hockt und sich umsieht. Es gibt doch sicher eine Unmenge neuer Bestimmungen, und womöglich müssen wir Schornsteine zumachen. Nee, das überlassen wir dem nächsten Besitzer. Du hast einen funktionierenden Herd, Flora, koch auf dem, dann musst du dich nicht ärgern.«

»Sei nicht so frech, Lottchen, sonst nehme ich dir die Kekse weg.« Beide lachten, und Friederike fühlte einen Stich des Neides. Wie schön musste es sein, noch eine Art Mutter zu haben. Uneingeschränkte Bereitschaft zu verzeihen, Ratschläge, die man missachten konnte, mitternächtliche Gespräche, und immer eine Brust, an der man sich ausweinen durfte.

Quinn beobachtete Friederike. »Ihr wollt also zu Strachwitz?«, fragte er und schaffte es, sie abzulenken.

»Ja, näher kommen wir an die Bruderschaft erst mal nicht ran«, antwortete sie. »Und sie ist zu diesem Zeitpunkt die einzige Verbindung zwischen dem Altenauer Wohlgemuth und Eva de Vries. Ihre Leiche wurde gefunden.«

Als sie auf unverständliche Blicke traf, begriff sie, dass niemand von den Altenauer Ereignissen wusste. »Es gibt dort einen reichen Mathias Wohlgemuth, der eine Tabledance-Bar aufmachen will, mitten in einem beschaulichen Harztal. Er hat sich dafür ein Gebäude ausgesucht, das besonders malerisch über die Oker gebaut ist, aber der Eigentümer wollte nicht verkaufen.«

Quinn nickte. »Da hat er nachgeholfen.«

»Genau. Na ja, das wird vermutet. Das Haus brannte ab, der Eigentümer, ein alter Mann, kam dabei um.«

»Und der Wohlgemuth, was für ein Name, ist in der Bruderschaft *Vom Goldenen Segel*?« Charlotte sah sie mit glänzenden Augen an. Sie liebte Abenteuergeschichten, keine Ritter bitte, aber Abenteuer. Bisher war sie ihnen allerdings nicht näher gekommen als mit ihren Buchillustrationen. Irgendwo tief in ihrem Bauch meldete sich ein Bedenken, das der anonyme Brief verursacht hatte. Aber das würde sie nicht erlauben.

»Ja, offenbar, das habe ich von unserem Bürgermeister Kahlhut.«

»Aber was genau wollt ihr denn fragen?« Quinn erinnerte sich an Robert Strachwitz als einen gutmütigen Mann, der im Geschäftsleben durchaus gerissen vorgehen konnte, was sein Vater und später auch sein Bruder Johnny hier und da zu fühlen bekommen hatten. Er erinnerte sich auch an dessen drei Kinder, an Markus, den Ältesten, ein ernster Junge, an Jiesella mit dem exotischen Namen und an Benno, den Jüngsten. Im Zusammenhang mit ihm sprachen manche von missraten, andere benutzten Wörter wie *lebhaft* und *ein echter Junge*. Die Wahrheit lag wahrscheinlich irgendwo dazwischen. Aber Leute änderten sich ja mit dem Älterwerden, vielleicht war er heute Sozialarbeiter.

Friederike und Charlotte sahen sich an. »Da fällt uns schon was ein«, sagte Charlotte. »Lass uns erst da sein.«

»Ich würde eben gern wissen, was Christian bei ihm wollte, ob er mit ihm geredet hat, und was er ihm gesagt hat. Müssen wir jetzt nicht langsam los?«

Und so standen sie zehn Minuten später vor dem Strachwitzschen Anwesen. Es war auch ein alter Hof; Wohnhaus und zwei Scheunen im rechten Winkel zueinander gebaut, dahinter ein hohes hellgrünes Silo. Die ganze Anlage war bei Weitem nicht so prächtig wie die Caplingenburg, allerdings besser gepflegt. Zwischen den Gebäuden ging der Blick über teils noch weiß beschneite weite Ackerflächen, Baumgruppen, Knicks und Wiesen. Weiter hinten wellten sich die Hügel des Elms mit seinen Buchenwäldern. Seitlich vor der Tür standen ein Geländewagen und ein staubiger BMW. Inzwischen wehte ein kalter Wind.

Robert Strachwitz kam aus einem der Nebengebäude und wischte sich die Hände mit einem ölverschmierten Lappen ab. Er sieht aus wie ein vorzeitig ergrauter Räuberhauptmann, dachte Charlotte, der aber nichts von seiner Autorität und Kraft eingebüßt hat. Groß und breitschultrig, lebhaft und schlecht rasiert mit durchdringendem Blick, scharfem Kinn, großer Nase und lauter Stimme.

Charlotte stellte sie beide vor. »Das ist Frau Wolkenreich, sie hat ein großes Interesse daran, mehr über den ...«

»Ich weiß schon, den weißen Sportwagen zu erfahren, sagten Sie ja am Telefon. Und Sie ...« Robert Strachwitz entblößte ein großes gesundes Gebiss, »Sie sind die neue Burgherrin. Everding, richtig? Die Tochter von Walter Everding?«

Charlotte war baff. Er kannte sie? Nein, er hatte von ihr gehört. Oder hatte er etwa ihren Vater ...

»Womit kann ich also genau dienen?«

Friederike wartete, ob Charlotte, Charlotte wartete, ob Friederike was sagen wollte. Friederike fing an. »Vor ein paar Tagen ist ein Freund von mir bei Ihnen gewesen, mit dem besagten weißen Sportwagen. Ich bin hier, weil ich wissen möchte, was er bei Ihnen wollte.«

Strachwitz beobachtete sie scharf. »Er kam aus dem Oberharz, sagte er.«

Bevor Friederike antworten konnte, machte Charlotte weiter. »Und wir wollten fragen, ob Sie uns etwas über die Bruderschaft erzählen würden.«

Robert Strachwitz fuhr sich durch seinen wirren Haarschopf und hinterließ schwarze Flecke auf seiner Stirn. »Ja ... Das sind ja schon zwei Fragen. Wie kommt ihr denn auf mich?«

Friederike ließ sich nicht ablenken. »Haben wir schon gesagt. Er war hier bei Ihnen. Oder?« Sie sah ihn scharf an. »Wir würden gern wissen, was er bei Ihnen wollte.«

»Können Sie ihn denn nicht fragen?«

Friederike wurde ärgerlich. »Er liegt im Krankenhaus, halb tot nach einem Angriff auf sein Leben. Die letzte Adresse in seinem Navi war Caplingen, und ich möchte jetzt wissen, was er bei Ihnen wollte.«

Strachwitz´ Augenbrauen zogen sich zusammen. »Das tut mir leid.« Er überlegte. »So genau habe ich das eigentlich gar nicht mitgekriegt. Es ging wohl um eine Brandstiftung in ... wie hieß der Ort gleich? ... Altenau. Aber was soll ich schon darüber ...«

Friederike wurde ungeduldig. Es sah so aus, als wäre von diesem Mann nicht viel zu erwarten, also griff sie zum ältesten Trick aus der Kiste der Privatdetektive, mit dessen Hilfe der

Zufall schon häufiger gute Dienste geleistet hatte. »Sagen Sie, dürfte ich vielleicht mal Ihre Toilette benutzen? Ich habe wohl zu viel Kaffee ...« Womöglich entdeckte sie ja unterwegs dies oder jenes, das ihnen helfen würde ...

Das konnte er schlecht abschlagen. »Ja, selbstverständlich. Entschuldigen Sie, lassen Sie uns eben reingehen, es ist ja wirklich frisch heute.« Und Friederike verschwand in der angezeigten Richtung.

Kurz darauf standen sie in einer großen Diele. Teuer, aber geschmacklos, dachte Charlotte, das heißt, die freundlichere Formulierung wäre wohl, dass es nicht mein Geschmack ist. Zwei wuchtige Schränke und ein breites Buffet mit hohem Aufsatz, Möbel mit Messingverzierungen und geflämmten Kanten, stabil, aus der Zeit, als man noch für die Ewigkeit baute.

Eine Frau erschien in einer Tür. »Bring deinen Besuch ins Wohnzimmer, Robert, ihr müsst doch nicht in der Diele stehen.«

Eine schöne hochgewachsene Frau mit kräftigen Gesichtskonturen. Ihr noch fast vollständig schwarzes Haar trug sie zu einem losen Knoten gefasst im Nacken, von beiden Schläfen lief ein schlohweißer Streifen zum Hinterkopf. Einprägsam, dachte Charlotte, als sie ihr die Hand gab, ein Gesicht, das man nicht vergisst. Eine libanesische Konzernchefin würde ich so zeichnen. Oder eine Amazonenkönigin mit Pfeil und Bogen und wehenden Haaren im gestreckten Galopp, die genau deshalb besonders mutig ist, weil zu Hause schon die Konkurrenz darauf lauert zu erfahren, ob sie noch stark genug ist. Zügele deine Fantasie, Charlotte!

Strachwitz konnte schlecht widersprechen, also streckte er den Arm aus in einer ritterlichen Geste. »Das ist meine Frau Sevenna. Bitte, die Dame, hier entlang.«

»Soll ich einen Kaffee ...«

Robert Strachwitz wurde unruhig. Charlotte erlöste ihn. »Nein, nein, danke, wir wollen ja gar nicht lange bleiben.«

Sie standen in einem großen Wohnzimmer, das sehr unbenutzt aussah, offensichtlich und auch fühlbar die Kalte Pracht – der Raum mit den teuren Möbeln, der früher ausschließlich der Präsentation diente, und der nur bei besonderen Anlässen geheizt wurde. Was sollte sie jetzt fragen ohne Friederike? Ihr Blick blieb an einer Reihe Bilderrahmen hängen. »Sind das Goldene Schallplatten?«

Strachwitz nickte. »Ja, mein Schwiegervater war zeitweilig der Produzent von Häns'che Weiß und Django Reinhardt und ein paar anderen.«

Es klickte in Charlottes Gehirn. Die beiden waren berühmt gewesen für einen einzigartigen Musikstil, der als Gypsy-Jazz berühmt geworden war. Sie waren beide ... Sinti ... War das der korrekte Name?

Strachwitz betrachtete sie und grinste. »Jetzt überlegen Sie, wie Sie ihre Frage stellen können, ohne auszurutschen. Meine Frau ist eine Sinteza, eine geborene Reinhardt. Sie hat mich, einen Gadscho, geheiratet, so ist das. Die Sinti dürfen außerhalb ihres Volkes heiraten, wenn es das ist, was Sie erstaunt.«

Zum Glück kam Friederike zurück, der peinliche Moment war vorbei.

»Setzen Sie sich doch einen Moment.« Damit war klar, dass die Unterhaltung von seiner Seite nicht lange dauern würde. »Worüber sollen wir also reden?«

Friederike zog ihren Schal enger um den Hals, es war so kalt im Raum, dass man Atemfähnchen sehen konnte, was Strachwitz nichts auszumachen schien. Vielleicht hatte er Angoraunterwäsche unter seinem Overall. »Zusammengefasst: Mein Freund ist in zwei verschiedenen Fällen unterwegs, die gemeinsam haben, dass Ihre Bruderschaft *Vom Goldenen Segel* darin auftaucht. Es hieß, dass Mathias Wohlgemuth, die Altenauer Verbindung, ein Mitglied ist, und dass die verstorbene Frau de Vries mit einem Mitglied verheiratet war.« Und als

Strachwitz nicht gleich antwortete: »Sie kennen doch den Herrn Wohlgemuth?«

»Ja natürlich.« Strachwitz fuhr durch seine Tolle, offensichtlich war ihm die Frage unbequem. »Ein netter Mann.«

Lahm, dachte sogar Charlotte, die eigentlich keine besondere Vorbildung in detektivischem Spürsinn aufweisen konnte, sehr lahm. Wie holte sie jetzt mehr aus ihm heraus?

»Was wollte mein Freund also bei Ihnen?«

Robert Strachwitz stand auf. »Ihr Freund hat mich genau dasselbe gefragt wie Sie. Aber ich kann Ihnen nichts anderes sagen als ihm.« Er holte tief Luft. »Wissen Sie, unsere Bruderschaft ist ja keine ausschließlich lokale Einrichtung. Wir haben Logen in Lüneburg, in München, in Hamburg ... Heinrich der Löwe hatte ein großes Herrschaftsgebiet – Sie wissen, dass er den Orden *Vom Goldenen Segel* ins Leben gerufen hat?«

Charlotte und Friederike standen auch auf, beide in der Hoffnung, die Blutzirkulation anzuregen und so die absterbenden Füße wiederzubeleben. »Ja, davon haben wir gehört.« Charlotte setzte hinzu: »Ich habe gehört, dass Sie in meinem Haus nach dem Dokument gesucht haben, nach der Gründungsurkunde.« Hatte sie wirklich *in meinem Haus* gesagt? »Nach dem Krieg fanden Ihre ... Treffen ja auf der Caplingenburg statt, richtig?«

»Ja, mein Vater war damals stellvertretender Präsident.«

»Aber es wurde nichts gefunden.«

»Nein. Obwohl man jeden Stein umgedreht hat.« Strachwitz distanzierte sich. Zugegeben, es wäre sicher hilfreich, wenn sich ein Beweis für die Gründung der Bruderschaft finden ließe, der sie tatsächlich so weit zurückdatieren würde. Sonderlich viel versprach er sich aber nicht davon. Zugänge würden sich doch weit besser rekrutieren lassen durch die Öffnung für Frauen zum Beispiel. Leider schienen mehrere Mitglieder die Idee bedrohlich zu finden. Tanno von Kindt zum Beispiel, der gegenwärtige Präsident.

Er ging zur Tür. »War nett, dass Sie mal vorbeigeschaut haben. Tut mir ja leid, dass ich Ihnen so gar nicht helfen konnte. Bruder Wohlgemuth wird noch von Ihnen hören?«

Friederike blieb stehen. »Ja, sicher werden wir ihn noch besuchen. Er wird ja wahrscheinlich davon profitieren, dass das Haus an der Oker in Altenau abgebrannt ist, oder nicht?«

»Keine Ahnung. Ich weiß nicht, ob die Frau, die Schwester von dem ... verstorbenen Mann, verkaufen wird.« Damit hatte er ein erstaunliches Detailwissen in dem Fall offenbart. Er öffnete die Haustür und ging mit ihnen zum Auto.

Charlotte wollte ihn nicht so davonkommen lassen. »Ich habe heute Morgen einen sehr unfreundlichen anonymen Brief bekommen. Irgendwem gefällt nicht, dass ich auf der Burg wohne. Hätten Sie einen Anhaltspunkt, wer das sein könnte?«

Strachwitz schien ehrlich überrascht. »Nein, wir haben immer in Frieden mit den Gutsverwaltern gelebt, sogar freundschaftlich meistens. In der Vergangenheit waren viele sogar Mitglieder der Bruderschaft. Ihr Vater hat sich, soweit ich weiß, auch mal darum bemüht. Leider wurde dann nichts daraus.«

»Mein Vater?« Charlotte fiel aus allen Wolken. Darüber hatte er nie gesprochen. »Sie kannten sich?«

»Ja, früher mal, ist sehr lange her.«

Friederike versuchte durchzusteigen. »Also Sie und Charlottes Vater und der Altenauer Wohlgemuth, alle sind – oder versuchten zu sein – Mitglieder der Bruderschaft! Nicht zu vergessen der Exmann von Eva de Vries, der toten Frau, der das gefälschte Gemälde gehörte.«

»Ich weiß nicht, was Sie daraus jetzt konstruieren wollen, viele Männer sind in der Bruderschaft.«

Friederike öffnete die Fahrertür. »Könnten Sie sich einen Zusammenhang zwischen Ihrem Freund Wohlgemuth und dem gefälschten Gemälde vorstellen? Hat er eine besondere Beziehung zu Gemälden?« Nach einer Sekunde Nachdenken setzte sie hinzu: »Haben Sie eine besondere Beziehung zu alten holländischen Malern?«

Strachwitz schien überrascht. »Von Mathias weiß ich da nichts. Aber ich – ja, ich mag sie. Vor allem Jacob van Ruisdael, er malt schöne Landschaften. Ich habe selbst einen.«

»Sie sind sicher sehr wertvoll?«

Strachwitz streckte seine Schultern. »Ich weiß nicht. Ich denke.«

Friederike betrachtete das Atemfähnchen, das aus seinem Mund kam. Er ist attraktiv, dachte sie. »Wie viel?«

»Herrjeh, was weiß ich.«

»Fünfstellig, sechsstellig, siebenstellig? Ich hätte so gern eine ungefähre Idee.«

»Vielleicht um hunderttausend rum.«

»Woher haben Sie Ihren?«

»Das erzähle ich Ihnen vielleicht wann anders.« Er drehte sich weg und redete über seine Schulter weiter. »Alles Gute bei Ihrer Suche.«

Friederike legte den Gang ein und fuhr los.

»Was war denn das?«, fragte Charlotte.

»Ich habe auf dem Weg zum Klo ein paar Türen aufgemacht. In seinem Arbeitszimmer – ich denke, es war seins – hing ein kleines Landschaftsgemälde an der Wand, an sehr prominenter Stelle, extra beleuchtet. Es sah sehr nach einem alten holländischen Maler aus. Ich erinnere mich, dass Kahlhut sagte, das besagte Gemälde von Eva de Vries sei auch ein kleinformatiger Ruisdal. Eine Landschaft, so wie die in seinem Arbeitszimmer.«

»Sagt uns das was?«

»Ja, auf jeden Fall zu viel Zufall. Und in einem anderen Zimmer hingen Fotos von seiner Frau zusammen mit Schlagergrößen. Eins mit Vicky Leandros, ein anderes mit Marianne Rosenberg.«

»Der Vater war Musikproduzent, unter anderem von diesen Größen im Gypsy-Jazz, Django Reinhardt und Häns'che Weiß.«

Friedrike staunte. »Das ist ja interessant.«

»Ja«, sagte Charlotte, »ich liebe diese Musik. Mein Vater war ein absoluter Fan. Er hatte sämtliche Platten von dem und anderen – an Häns'che Weiß erinnere ich mich noch. Mit der Musik bin ich praktisch aufgewachsen.« Sie überlegte. »Vielleicht hat Strachwitz ja auch Musik gemacht. Oder macht noch.«

»Vielleicht war die Frau in der Szene, das kann doch gut sein. Wenn sie sich schon mit berühmten Schlagersängerinnen fotografieren lässt, ist der Gedanke eigentlich naheliegend.«

Sie waren angekommen. Im Aussteigen sagte Charlotte: »Möglich. Fahr nochmal hin und frag. Da hast du gleich eine super Ausrede, falls du noch was anderes fragen willst, was, das mit deinen Fällen zu tun hat.«

Ein leichter Nieselregen hatte eingesetzt, der Wind war etwas schwächer geworden, und der Dunst hatte sich zu feinen Tropfen verändert. Während sie ins Haus gingen, wurde Friederike das Gefühl nicht los, völlig versagt zu haben. Nichts, aber auch gar nichts hatten sie erfahren. Nichts außer, dass Robert Strachwitz auch so ein kleines Gemälde besaß. Und dass er Charlottes Vater von früher kannte.

Piercings und ein Mettwurstbrot

Friederikes Besuch bei der Kripo brachte wenig Erkenntnisse. Nach einem Mittagessen am langen Holztisch in der Küche der Burg aus kräftiger Erbsensuppe mit Räucherspeck, das merkwürdig still verlaufen war, hatte sie die ehemalige Kaserne, in der die Braunschweiger Kripo untergebracht war, rechtzeitig erreicht. Die junge Beamtin verlor nicht viel Zeit.

»Nett, dass Sie gekommen sind, das spart uns eine Menge Zeit. Tut mir leid für Ihren Freund – geht es ihm denn schon wieder besser?«

Friederike berichtete. Dann ging es hauptsächlich um ein Thema. »Wie haben Sie denn von der ganzen Sache gehört?« Und natürlich: »Was wissen Sie über das Gemälde und Frau de Vries?«

Anschließend hatte sie ein etwas schlechtes Gewissen, weil sie nichts davon gesagt hatte, dass Strachwitz ein ähnliches Bild in seinem Arbeitszimmer hängen hatte. Ich weiß doch gar nicht, ob diese Tatsache überhaupt relevant ist, dachte sie. Viele Leute haben kleinformatige Holländer an der Wand hängen. Sie wusste aber im gleichen Moment, dass sie sich selbst belog. Natürlich hatte das was miteinander zu tun.

Blieb die Frage, ob er wusste, dass es eine Fälschung war. Allerdings wenn ja, wieso ließ er es dann an der Wand hängen? Wenn er es nicht wusste und es tatsächlich nicht echt war – war er dann eventuell auch gefährdet? Hätte ich Strachwitz warnen müssen? Aber er weiß doch von dem de Vriesschen Unglück. Da kann er sich doch selbst einen Reim machen. Alles Ausflüchte, dachte sie, ich hätte was sagen sollen.

Der Gedanke verschwand, als sie darüber nachdachte, was jetzt zu tun wäre. Christian besuchen natürlich als Erstes. Und danach kann ich vielleicht heute noch nach Buntenbock, dachte sie. Vielleicht weiß jemand was über Eva de Vries, die arme Frau. Kurzfristig dachte sie über diese Art des Todes nach. Erfrieren ginge schnell und sei nicht so furchtbar schlimm, weil man frühzeitig einschlief, hieß es. Aber die Apothekerin hatte massive Kopfverletzungen gehabt. Vom Aufprall gegen den Baum? Oder war sie geschlagen worden? Schrecklich, jede gewaltsame Todesart ist schrecklich, dachte sie und bog in Goslar an der Stelle zur Klinik ab, wo es nach Buntenbock geradeaus gegangen wäre.

Als sie die Tür zu Christians Zimmer öffnete, hielt sie den Atem an. Er stand am Fenster, und als er sich halb zu ihr umdrehte, öffnete sich durch den Luftzug für einen kurzen Moment das OP-Hemd und zeigte seine nackte Hinterseite. Christian hatte sich noch nie für seinen Körper geniert. Auch jetzt grinste er nur sein schiefes Grinsen und zeigte aufs Bett. »Wie wär´s?«

Er hat sich eigentlich nie für überhaupt irgendwas geniert, dachte sie. Ich bewundere ihn dafür. Jeder Mensch im offenen OP-Hemd hat von hinten gesehen unweigerlich was Lächerliches – er nicht. Sie konnte sich für einen Augenblick nicht rühren, weil eine Welle aus alles umfassender Liebe und Dankbarkeit, gemischt mit Ärger über seine Nonchalance und entsetzlicher Sorge, dass dies alles, was sie gemeinsam hatten, irgendwann zu Ende sein könnte, sie am Platz festhielt.

»Ich bin´s, Rübe, du siehst aus, als hättest du eine Erscheinung.«

»Ich habe eine Erscheinung. Als ich das letzte Mal hier war, lagst du noch fast im Sterben.«

»Na ja, so schlimm war es doch nicht.« Er nahm sie vorsichtig in die Arme und schnüffelte. »Müsstest du eventuell mal wieder duschen, Frau? Willst du, dass ich wieder ins Koma falle?«

Friederike lachte. Der schwierige Augenblick war vorbei, er war wieder der Blödmann, den sie liebte. Vorsichtig küsste sie ihn. »Glaubst du, dass du Zärtlichkeiten schon wieder standhältst?«

»Ganz sicher«, murmelte er und küsste sie richtig.

»Schluss jetzt«, sagte sie. »Sonst falle ich über dich her und kriege Stationsverbot. Wenn du dich brav hinlegst, erzähle ich, wie weit ich gekommen bin.«

»Kaum bin ich siech, nutzt du die Gelegenheit für dein sinnloses Streben nach Dominanz in unserer Beziehung. Aber bitte, für den Moment ...«

Friederike berichtete, während sie seine Hand hielt und fühlte, wie ihre innere Kälte langsam schmolz. Als sie sah, dass er plötzlich eingeschlafen war, rückte sie so dicht wie möglich ans Bett, legte ihren Kopf neben ihn aufs Kissen, den Arm lang ausgestreckt über seine Brust, und schlief auch ein.

So traf sie die Küchenkraft an, ein munterer 19-Jähriger mit diversen Gesichtspiercings, der sich neben seinem Germanistikstudium Geld verdiente.

»Abendessen, Kollege, zwei Scheiben, grob, Wurst, Käse, Möhrensalat, wie bestellt. Ich stell´s auf den Tisch, du sollst ja aufstehen. Hagebuttentee wie gehabt? Kommt sofort.« Und als Friedrike sich mühsam aufgerichtet hatte, weil ihr wegen der unbequemen Haltung alles weh tat, »Die Gattin wohl, was? Hallo. Tut ihm sicher gut, der Besuch. Gestern sah´s ja noch voll scheiße aus alles.« Damit verschwand er.

Friederike fasste zusammen, während er aß. Das Bild in Strachwitz´ Arbeitszimmer, seine Familie, die Leute auf der Caplingenburg, die Bruderschaft *Vom Goldenen Segel* ... »Alle sind Mitglieder, allesamt. De Vries, Strachwitz, Wohlgemuth und der Präsident, der ... von irgendwas, hab´s vergessen. Und Charlottes Vater wollte gern Mitglied werden, hieß es.«

Sie erzählte auch vom Drohschreiben an Charlotte, von der verschollenen Gründungsurkunde der Bruderschaft *Vom Goldenen Segel*, von Wilma Kastner aus Altenau, der Schwester des alten Mannes, der beim Brand umgekommen war. »Sie wird wahrscheinlich demnächst Sandra im Café vertreten!« Und schließlich: »Konni hat rausgekriegt, dass Eva de Vries eine Wohnung in Buntenbock hat. Bist du immer noch nicht fertig mit Essen? Ich will wissen, was letzte Woche los war. Wo du warst, und wieso du gegen einen Baum gefahren bist.«

Christian hörte auf zu kauen und sah aus dem Fenster. »Das mit der Bruderschaft ... Ich habe mal gelesen, dass in der

Zeit, als die Bauernaufstände näherkamen und katholische Orden evangelisch werden mussten, haufenweise wichtige Kirchendokumente verschwanden. Sie wurden irgendwo sicher untergebracht. Durch die Wirren des 30-jährigen Krieges in der Zeit danach sind Aufzeichnungen über den Ort der Aufbewahrung schon mal verlorengegangen, denn die Verstecke wurden geheimgehalten. Oft so geheim, dass, wenn jemand Entscheidendes starb, niemand mehr wusste, wo die Papiere lagen.« Er sah sie an. »Oder die Reliquie, wie du sagst.« Er überlegte einen Moment. »Ein sehr beliebtes Versteck war übrigens das Sakramentshaus in Kirchen.« Er schob das letzte Stück seines Käsebrotes in den Mund. »Die Bilderstürmer haben zwar Heiligenfiguren die Köpfe abgeschlagen, vor dem Heiligsten aber eine gesunde Ehrfurcht bewahrt. Das Heiligste war die Hostie. Und die bewahrt man noch heute im Sakramentshäuschen auf.«

Friederike hatte inzwischen der Hunger überkommen, denn die Erbsensuppe war tiefe Vergangenheit. Sie nahm die zweite Scheibe Brot von seinem Teller und biss ein Stück ab.

Christian richtete sein Messer auf sie. »Weg da, du gefräßiges Geschöpf, das ist mein Essen. Leg das sofort wieder hin. Frag draußen, sie haben sicher was über. Vielleicht vom Mittagessen.« Sie hörte ihn hinterherlachen, als sie die Tür hinter sich schloss.

Der muntere junge Mann hatte sich ans Ende des Ganges vorangearbeitet, stand an seinem Wagen und beschmierte Brotscheiben mit Butter. »Wollen Sie was?«, fragte er, als er sah, dass sie zögernd stehengeblieben war.

»Sehr gern, egal was, ich sterbe vor Hunger.«

Er hielt in seiner Bewegung inne. »Das ist die Erleichterung. Geht allen so. Wenn die Steine fallen, kriegt man Hunger. Super. Freu mich für Sie. Klar, kein Problem. Mettwurst? Da hinten um die Ecke können Sie sich ´n Tee machen. Wenn Sie Glück haben, gibt´s auch noch ´ne Tassensuppe. Ich bringe Ihnen das Brot.«

Wie Krankenhäuser sich geändert haben, dachte Friederike, als sie mit ihrem heißen Getränk zurücklief. Sie dachte an früher, an die strengen Besuchszeiten, die zugemessene, ärmliche Kost und Götter in Weiß, deren Macht von kurz angebundenen Schwestern bereitwillig unterstützt und weiterentwickelt wurde.

Christian war fertig mit seinem Essen. »So, Rübe. Wie ist der Plan für die Zukunft? Kannst du Notizen machen, hast du was zu schreiben?«

»Wenn du glaubst, ich renne jetzt mit hängender Zunge hinter deinen Mördern her ... komm erst mal aus dem Bett, dann überlege ich mir, ob ich dir helfe.« Zufrieden nahm sie einen Schluck. Auf dem Weg hatte sich das ohnehin nicht sehr heiße Wasser noch weiter abgekühlt.

Gott sei Dank, es war wieder wie früher. Ihre leichtfüßige Art, in der sie miteinander umgingen, hatte eine lange Tradition, und war das gewesen, was sie am meisten vermisst hatte während der vielen Jahre, die sie wegen gegenseitiger Missverständnisse getrennt verbracht hatten.

»Und jetzt wird nicht weiter dumm herumgeredet, jetzt will ich alles hören.«

Das Mettwurstbrot schmeckte himmlisch. Sie aß es in kleinen Bissen, damit es lange vorhielt, während Christian von den Ereignissen der vergangenen Woche berichtete.

»Also, das Dumme ist, dass ich von dem Unfall praktisch nichts mehr weiß. Der ganze Tag ist ziemlich nebelig. Auch das davor schwimmt an den meisten Stellen. An was ich mich sicher erinnere, ist, dass diese ganze Sache mit dem Tabledance-Schuppen in Altenau angefangen hat. Unser Bürgermeister war ziemlich geschockt über den Brand da, ich hatte den Eindruck, dass er echt erschüttert war. Eigentlich, wenn ich das jetzt noch mal so bedenke, war er so von den Socken, dass ich fast denke, er fühlte sich schuldig.« Er überlegte einen Moment, den weißen Becher in der Hand halb erhoben. »Aber wie sollte er da involviert sein? Mit Geld?«

»Es wäre nicht das erste Mal, dass Kahlhut in eine windige Sache investiert.«

Christians schmale schwarze Augen wurden noch schmaler. »Ja, das ist der wahrscheinlichste Grund. Und jetzt sieht er seine Kohle die Oker runterfließen.«

»Geld in schlüpfrige Unternehmen zu stecken passt auf jeden Fall zu ihm. Er hat ein schlechtes Gewissen, weil ihm der alte Mann leid tut. Obwohl – Kahlhut und Mitleid?«

»Schlüpfrig ... Rübe, Leute, die dich nicht kennen, könnten denken, du bist prüde.« Er musterte sie mit leichtem Grinsen. »Ich weiß, dass du es nicht bist. Zeigst du mir erfreulich oft.«

Friederike wurde unruhig. »Hör auf abzuschweifen. Kahlhut hat also in die Bar investiert. Jetzt ist jemand tot, und ihm geht die Muffe. Hast du Mathias Wohlgemuth denn kennengelernt?«

»Ich hab mit ihm geredet, ein unangenehmer Charakter, aber er rückt natürlich mit nichts raus. Ach so, doch, eine Nachbarin, ich glaube, es war die Schwester des toten Mannes, war in der Nacht kurz vor dem Brand mit dem Hund draußen. Sie sagte was von einem schwarzen Kastenauto, das nicht weit entfernt geparkt war. Kennzeichen könnte mit BS angefangen haben.«

»Ich weiß, ich war bei Wilma Kastner, sie hat von deinem Besuch erzählt. Ich hab sie übrigens gefragt, ob sie Sandra im Café vertreten könnte, wenn´s losgeht.« Und tief in Gedanken: »BS – Braunschweig ist groß.«

Christian schob einen Arm unter seinen Kopf und sah sie an. »Dir macht das Spaß, was?« Er lächelte. »Den Kontakt zu Eva de Vries habe ich auch über Kahlhut bekommen. Wir haben uns getroffen, und sie hat mir das Bild gezeigt. Ein Freund hätte sich das Gemälde näher angesehen und festgestellt, dass mit der Leinwand was nicht stimmen konnte. Sie wäre zu neu. Ich konnte das nur bestätigen. Der Fälscher hat den Ruisdael zwar wirklich gut kopiert, war aber mit den

Materialien zu schlampig. Er hat wohl gedacht, sie hat keine Ahnung.«

»Und woher hat sie es?«

»Damit rückte sie nicht richtig heraus. Erwähnte aber ... Ich erinnere mich ganz schlecht daran, Friedchen. Irgendwie ist eine Wand zwischen mir und den Erinnerungen an das, was vor dem Unfall passiert ist. An manchen Stellen ist sie völlig undurchlässig.« Er schloss die Augen. »Der Samstag ist ganz und gar unscharf. Ich weiß nur, dass ich irgendwo was gegessen und mich dann auf den Rückweg gemacht. Es schneite wie verrückt und ...«

Er drehte den Kopf zur Seite und sah durch das große Krankenhausfenster in die dunkle Nacht. Ein Windstoß fuhr um die Hausecke und verursachte ein unheimliches Heulen. »Die Kripo hat sich für morgen Vormittag angemeldet, aber denen kann ich auch nicht mehr sagen.« Er dachte einen Moment nach und fuhr mit dem Zeigefinger die Nase herunter, bis er auf der Spitze stehenblieb. Dann drehte er sich zu ihr um. »Doch, ich erinnere mich an ein Scheinwerferpaar, das schon eine ganze Weile hinter mir hergefahren war. Ich dachte, er freut sich, dass ich die Straße spure und ihm zeige, wo es langgeht. Aber kurz hinter Festenburg ... Du weißt ja wahrscheinlich, wo es passiert ist. An den Zusammenstoß selbst kann ich mich nicht erinnern.«

Beide schwiegen. Friederike wurde wieder übel. Wie verletzlich wir sind, dachte sie. Wir treten jemandem auf den Schlips und werden halb umgebracht. Soll man deshalb aufhören?

Christian, der sie unbewegt betrachtet hatte, hob die Hand und schloss sie um ihre Wange. Seine schwarzen Augen glitzerten. »Du zweifelst, ob ich den richtigen Job habe, oder? Ich auch manchmal. Aber es macht oft Spaß. Und ich kann es gut. Sind das nicht Gründe genug?«

Friederike kniff die Lippen zusammen und antwortete nicht. Der Schock saß noch zu tief.

Christian richtete sich auf und wurde sachlich. »Ich nehme an, als Erstes willst du jetzt nach Buntenbock fahren, was? Und versuchen, was über die de Vries rauszukriegen? Frag die Nachbarn, die haben immer was gesehen. Hatte sie Besuch, hat sie jemandem was über sich erzählt, was hat sie gemacht, wie war sie drauf, du weißt schon. Einer Frau, das wissen wir beide, erzählen die Leute mehr als einem Typen.«

»Vor allem, wenn jemand so verdächtig aussieht wie du.« Damit wich der Ernst aus der Unterhaltung, Friederike beugte sich vor und legte ihre Wange an seine unrasierte. »Ich freue mich, dass es dich wieder gibt, Muschel, komm schnell aus diesem Laden hier raus, ich will dich wieder zu Hause haben.«

Eine gute halbe Stunde später schloss sie ihre Autotür vor dem Zechenhaus, an dessen hintere Seite ihre Kapelle angebaut war. Sie schlurfte durch den Schnee auf die gleiche Art, wie sie im Herbst begeistert durch buntes Laub auf den Straßen schlurfte. Der Himmel spannte sich hoch und dunkelgrün über das Innerstetal, und sie dachte wieder, was für ein unglaubliches Glück sie gehabt hatte, diese Wohnung zu bekommen.

Als sie die letzte Biegung um den hohen eisernen Förderturm herum auf dem Weg zu ihrer Kapelle hinter sich ließ, fiel ihr sofort der weiße Umschlag auf, der hinter dem Türklopfer klemmte. Das Blatt darin zeigte eine ähnlich ungelenke Zeichnung wie diejenige, die Charlotte bekommen hatte. Hier schlugen Flammen aus ihrem roten Auto, und die Unterschrift empfahl ihr nachdrücklich, ihre Fragerei einzustellen.

Brötchen und eine Inkamütze

Es folgte eine Nacht voller wirrer Träume, in denen nicht nur ihr Auto brannte, sondern erstaunlicherweise auch lichterloh der eiserne Förderturm neben ihrer Kapelle. Sie war verzweifelt durch bleiche Winterlandschaften gelaufen, konnte aber nicht dort ankommen, wo sie hinwollte. Ein kräftiges Klopfen an der Tür hatte sie schließlich geweckt.

Sie stand auf, wickelte sich in ihren dicken Bademantel und schlurfte schlaftrunken in ihren Schaffellpantoffeln Richtung Haustür, wobei sie im Vorbeigehen automatisch den Regler des elektrischen Radiators höherstellte.

Es war Konni in seiner schwarzen Ledermontur, rosig von der kalten Winterluft, den Motorradhelm unter dem einen Arm, in der Hand des anderen eine Bäckertüte. Die Straßen schienen wieder schneefrei zu sein, sonst hätte er sich nicht auf seine BMW gesetzt. Vor allem, wo er doch jetzt Vater wurde und jedem von der wachsenden Verantwortung berichtete.

»Die Frauen sagen, du hättest es nötig bei dem, was du gerade durchmachst.«

Sie war gerührt von so viel Mitgefühl. »Komm rein, Konni, ich setze Kaffee auf.«

»Das mache ich, zieh dich an, dann frühstücken wir zusammen.«

Sie drehe sich im Gehen noch mal um. »Ist deine Vertretung denn schon im Café, oder warum kannst du blaumachen?«

»Die Wilma, die du uns besorgt hast, ist der Knaller. Die Frau hat eine Energie, die niemand aushält, und ist wahrscheinlich auch ein Segen in ähnlichem Format. Sandra ist sofort auf sie geflogen, also eigentlich beide aufeinander. Sie darf nur noch auf dem Sofa sitzen und bestenfalls sagen, wo bestimmte Dinge zu finden sind. Heute Morgen stand unsere neue Kraft dann bereits um acht im Café und hat mich zu dir gejagt. Jetzt mach, du frierst sonst an.«

Mit einem Marmeladenbrötchen in der einen und einem Becher voll herrlich duftendem Kaffee in der anderen hörte Friederike kauend und staunend Konnis Bericht zu.

»Das mit der Apothekerin wird erst mal offengelassen. Ob es ein Unfall oder Fremdverschulden ist, meine ich. Die Position der Leiche deutet möglicherweise auf einen kräftigen Stoß hin. Ich kann dir das nicht erklären, kriminaltechnischer Kram. Ihre Verletzungen könnten von der Wucht des Falls gegen die Bäume stammen. Vielleicht aber auch nicht, sie scheint zumindest ein Stück geflogen zu sein. Du hörst, keiner weiß was Genaues, die Obduktion ist noch nicht abgeschlossen.«

Er goss sich die nächste Ladung Kaffee ein. »Es geht von da oben unheimlich steil runter zur Innerste, der Hang ist praktisch senkrecht, und der Baumbewuchs ist schütter. Wenn sie gestoßen wurde, hat sich jemand diese Stelle sorgfältig ausgesucht. Mit ein bisschen mehr Schwung und einem Drall in die richtige Richtung wäre sie fast bis unten gekommen. Dass dieser Junge nicht ganz bergab gegangen ist, ist ein Wunder.«

»Welcher Junge?«

»Es war ein Klassenausflug, therapeutischer Langlauf für Stadtkinder, so was in der Art. Er ist zu weit in die Nähe des Abhangs gekommen und mit einem Schneebrett abwärts gegangen. Er lag schließlich am gleichen Baum wie sie, nur weicher, weil er direkt auf ...«

»Hör auf, Konni, es reicht. Der arme Junge.«

»Ach was, der ist jetzt der Größte und wird die Geschichte immer weiter erzählen und ausbauen.«

Friederike schüttelte sich. »Was ist denn mit Christians Telefon?«

»Konnte bisher nicht geortet werden. Eine interessante Entwicklung ist übrigens, dass bei der Apothekerin eingebrochen wurde. Wertsachen weg, aber auch das Gemälde. Natürlich wird allgemein vermutet, dass es ausdrücklich darum ging, und dass alles andere wegen der günstigen Gelegenheit mitgenommen wurde.«

»Verbrechen zur Verdeckung einer Straftat«, murmelte Friederike undeutlich. Dem Marmeladenbrötchen war eine

Hälfte mit Zwiebelwurst gefolgt. »Was ist denn mit dem Ehemann? Geraten die nicht immer als Erste in Verdacht?«

»Der hat angeblich ein wasserfestes Alibi.«

»Ist das nicht auch verdächtig? Sind diese Alibis nicht immer falsch, und man hat den Verbrecher, kaum sind sie geknackt?«

Konni grinste. »Du hast zu viele schlechte Fernsehkrimis gesehen. Vielleicht war es ja gar kein Verbrechen und die Frau ist nur ungünstig gestürzt.« Er betrachtet sie scharf. »Macht dir das wirklich Spaß, dieses ganze Detektivsein?«

Friederikes Hand mit dem Brötchen sank. »Ich weiß nicht genau. Es ist einerseits faszinierend. Wenn eine Sache gut ausgeht, ist es, wie in einem Spiel zu gewinnen, nur auf einem ganz anderen Niveau, wenn du verstehst. Auch spielt der Teil eine Rolle, in dem man wirklich sehr gut bezahlt wird. Mit meinen Konzerten verdiene ich im Gegensatz dazu Peanuts. Und dann kommt der Teil, in dem ich Angst habe, richtige, echte körperliche Angst. So wie gestern Abend ... warte, ich zeig´s dir.«

Sie kam mit dem Drohbrief in der Hand zurück. »Hier, das steckte gestern Abend unter dem Türklopfer.«

Konni betrachtete sich das Schreiben eine Weile. »Hast du den Umschlag noch? ... Wie kann ich fragen ... Gut erzogen.« Er steckte den Schrieb vorsichtig zurück. »Das kam nicht per Post, das hat jemand hier abgegeben. Hast du eine Plastiktüte? Eine neue ohne Brotkrümel?« Als er zufrieden war, verstaute er alles zusammen in den Tiefen seiner Lederjacke. »Lass es uns ernst nehmen. Horst hat sicher Beziehungen zur Kriminaltechnik, und er schuldet mir noch was. Vielleicht finden die was an dem Ding.«

Friederike erzählte, dass Charlotte auch so einen Brief bekommen habe.

»Sie soll ihn der Polizei geben, so was würde ich lieber nicht auf die leichte Schulter nehmen. Man weiß nie, was für ein Idiot dahintersteckt.« Er trank seinen Kaffee aus. »Muss los, Wilma braucht bestimmt dies und das. Erstaunlich, diese Frau.« Er drückte Friederike an seine beträchtliche Brust und sah sie dann durchdringend an. »Du siehst schlecht aus, achtest du genug auf dich? Es geht Christian doch besser, kannst du da nicht ein bisschen durchatmen?«

»Ich versuch´s. Mich hat diese ganze Sache kalt erwischt. Ich bin sowieso in keinem besonders guten Zustand, ich bin furchtbar müde und hab zum ersten Mal in meinem Leben keine Lust zu singen.« Jetzt lief eine einsame Träne über ihre Wange. »Ich weiß nicht, es ist einfach alles ... zu viel. Ich kann das nicht verarbeiten.«

Konni setzte den Helm auf dem Tisch ab und drückte sie fest an sich. »Hör doch erst mal auf mit dieser Ermittlerei. Überlass das einfach anderen. Was ist denn mit dieser Charlotte? Hat die nicht Lust dazu? Oder besser noch, lass doch die Polizei machen! Was kümmert es dich denn eigentlich?«

»Ich will Christian nicht enttäuschen. Es ist sein Fall, seine Fälle besser besagt. Wenn er wieder aus dem Bett raus ist, will er sicher weitermachen. Nee, Konni ...« Sie wischte sich energisch über die Nase. »Es ist ganz ausgeschlossen, dass ich aufhöre.«

»Und wenn du erst mal nicht mehr ganz alleine hier oben wohnst? Willst du nicht ein paar Tage wenigstens zu uns kommen? Mir wäre das fast lieber, und Sandra sowieso, spätestens, wenn sie von dem Brief erfährt. Du könntest auf dem Sofa schlafen, kein Problem. Ich finde es milde gesagt beunruhigend, dass Leute an deiner Tür Drohbriefe abwerfen.«

Friederike schob ihn ein Stück weg. »Vielleicht, ich verspreche, ich denke drüber nach.« Verlockend erschien ihr die Aussicht auf ein Sofa nicht gerade. Andererseits ...

»Du mochtest diese Frau in der Caplingenburg, oder? Wie wäre es denn, wenn du dich dahin verziehst? Diese Bude hier ist sowieso zu kalt im Winter, das weißt du ganz genau.« Konni erwärmte sich für seine Idee. »Genau das wirst du tun. Du fragst freundlich und höflich an, ob du ein paar Tage dort wohnen könntest. Jetzt gleich. Los, ich bleibe so lange hier stehen.«

»Aber ich will als Nächstes nach Buntenbock, die Nachbarn der Apothekerin befragen, dann muss ich sicher auch nochmal nach Altenau ...«

»Sei nicht albern, du hast ein Auto, du fährst nicht ungern, und es sind wirklich keine weiten Reisen von dort hier hoch in den Oberharz. Und jedes Mal kannst du Christian besuchen. Mach, ich warte.«

Friederike überkam ein ähnliches Gefühl wie unter Floras Fürsorge mit dem Schneewickel. Es war unendlich wohltuend, dass plötzlich jemand die Entscheidungen traf. Wie schön es ist, mal nicht stark sein zu müssen, dachte sie. Konnis Idee ist ja eigentlich nicht schlecht. Ein kurzer Gedanke streifte Quinns Anwesenheit. Ein Mann im Haus angesichts der Drohungen wäre auch nicht zu verachten. Aber ob Charlotte mich da haben will?

Wie sich herausstellte, war es überhaupt kein Problem. Im Gegenteil, Charlotte schien bei der Aussicht auf einen weiteren Gast begeistert. »Bring dein Bettzeug mit, Betten haben wir genug, Zimmer auch, du kannst unter etwa zehn Stück wählen. Nein, einkaufen brauchst du nichts, das machen wir hier zentral. Und über Geld reden wir später. Komm erst mal. Ja, ich hab verstanden, dass es wahrscheinlich erst heute Nachmittag wird. Ich freue mich.«

Nicht lange danach – Konni war davongefahren – belud sie ihr Auto mit sämtlichen Resten aus dem Kühlschrank, ein paar Weinflaschen, ihrem Bettzeug, Wäsche zum Wechseln und ihrem Laptop, stellte das Wasser ab und öffnete die Hähne. Sie schloss hinter sich ab und ging die drei Schritte durch die weichgewordenen Schneereste zu der Stelle, wo ihr kurzes Stück Wiese 150 Meter tief steil abfiel ins Innerstetal.

Es war wärmer geworden, Dunst lag über allem. Ihr Atem kondensierte in der schweren Luft, und sie fühlte förmlich, wie die Feuchtigkeit in ihre Haare kroch und sie kräuselte. Es roch sauber, wie frisch gewaschen, und auch die leisen Gluckergeräusche zeigten, dass Tauwetter eingesetzt hatte.

Sie atmete tief durch, ging zum Auto zurück und stieg ein, nicht ohne sich nach allen Seiten gründlich umgesehen zu haben.

* * *

Die Adresse von Eva de Vries´ Ferienwohnung war ein recht stattliches Haus, nicht besonders schön in den Proportionen, schieferbenagelt mit grünumrahmten Fenstern. Nur eins der sechs Namensschilder der hochmodernen Gegensprechanlage war beschriftet: Meyer. Das war die Apothekerin schon mal nicht, aber vielleicht würde Meyer was wissen und sich auskunftsbereit zeigen. Bevor sie den Knopf drücken konnte, ging die Tür auf.

Eine junge Frau erschien, mit gestrickter Inkamütze auf dem Kopf, bunt gemustert mit langen Ohrklappen und einer Quaste an der Spitze. Darunter ein vollständig farbloses Gesicht, weiße Haut, helle große Augen, fast unsichtbare Lippen. Die paar Haarsträhnen, die unter der Mütze hervorsahen, waren ebenfalls farblos. »Zu wem willst du? Is keiner da. Alle zuhause. Oder weg jedenfalls. Das is n Haus mit Wochenendbelegung, die ham alle noch ne andere Wohnung, außer ich.«

»Ich will zu Eva de Vries.« Vielleicht wusste sie noch nichts.

»Die is tot, weißt du das nich?« Die Frau zog die Nase hoch. »Sie ham se gefunden da hinten im Tal, keine Ahnung, lag am Baum, tot. Die Bullen warn auch schon da. Bist du n Bulle?«

Friederike schüttelte den Kopf.

»Hab ich auch nich gedacht. Die sehn anders aus. Brutal und so«, sagte sie zufrieden und zog ausdauernd die Nase hoch. »Die kesseln dich ein, prügeln auf dich drauf und schon sitzt du im Knast. Mit denen red ich nich.«

Aber vielleicht mit mir, dachte Friederike. »Hast du irgendwas gesehen? Ich heiße übrigens Friederike.«

»Gunni Schwetz. Ich hab mit der Dame nix zu tun gehabt. Ich hab die Wohnung ja nur für n paar Wochen, bis ich, keine Ahnung, was anderes gefunden habe. Gehört meiner Schwägerin. Lässt mich hier ne Weile wohnen. Is ganz okay, mit meinem Schätzchen hier.«

Jetzt erst sah Friederike, dass Gunnis erweiterter Vorbau ein winziges Kind im Brusttuch war, das pünktlich anfing zu weinen. »Ist dir vielleicht dieses Wochenende was aufgefallen?«

»Ja schon, vielleicht.« Gunni hatte angefangen, das Kind so stark zu schaukeln, dass Friederike Angst bekam, es könne herausfallen. Das Schreien ging ins Crescendo über.

»Den Bullen hab ich nix davon gesagt, die können sehen, wo sie bleiben.« Nach kurzem Nachdenken: »Scheißbullen. Also, das war am Samstag oder Sonntag – Jörni war da, also wohl eher Sonntag, keine Ahnung. Er hatte so ´n mega Gras mit.«

»Was ist dir denn aufgefallen?«

»Ich hab ja die Tür aufgemacht und Jörni reingelassen. Also eigentlich soll der ja nich ... Is ja egal. Also jedenfalls stand die Tür einen Moment offen, da war so ne Frau, keine Ahnung ...«

»Wie? Groß, klein, was hatte sie an? Haare?«

Gunni Schwetz drehte den Kopf etwas und sah sie von der Seite an. »Du bist ja schräg drauf. Was geht dich das denn an? Sah voll normal aus, die Alte. Kapuze wie n Eskimo, grün, Haare voll cool, eine Seite rasiert, andere schwarz-rosa, Strähnen, keine Ahnung, aber geil. Und so n schräger Pony. Teuer, das sag ich dir. So n Putz is teuer.«

Der Säugling an ihrer Brust brachte mittlerweile ein schrilles Geheul hervor. »Sorry, muss wohl noch mal rauf, vielleicht hat sie gekackt. See you, Franziska ...« Damit klappte die Tür hinter ihr zu.

So eine Frau sollte doch zu finden sein, dachte Friederike, wieder mal dankbar, einen Ort verlassen zu können. Schräge Frisur rosa-schwarz. Sie stieg in ihr Auto. Da kann ich doch schnell noch Christian besuchen, dann esse ich irgendwo eine Wurst und fahre anschließend bequem nach Caplingen.

Irgendwie ging es ihr jetzt besser.

Ein Koala und ein Leinentuch

Friederike erreichte die Caplingenburg in froher Stimmung, denn Christian hatte ihr bei ihrem kurzen Besuch gerade gesagt, er würde wohl noch vor dem Wochenende entlassen werden.

Während der Fahrt hatte sie versucht, die Ereignisse etwas zu ordnen. Sie fand es schwierig, die einzelnen Fäden in Verbindung zueinander zu bringen – es musste aber doch so etwas geben wie eine Schnittmenge, die alles zusammenhielt, von Altenau über Buntenbock und Caplingen bis zur Braunschweiger Bruderschaft. Die ganze Sache musste mit den Mitgliedern zusammenhängen, irgendwo in deren Kreis musste es eine Kraft geben, die in einer ungeheuren Bosheit an den Fäden zog. Oder nicht?

Drohbriefe. Mordanschlag auf Christian. Und der auf die Apothekerin, wenn es einer war. Ein Einbruch, bei dem das Gemälde gestohlen wird. Würden sich denn Mitglieder eines fast tausend Jahre alten Ordens mit derlei abgegeben, mit kindischen Zeichnungen und feigen Anschlägen? Vielleicht ja, wenn sie sich genügend in die Enge getrieben fühlten. Aber wie war es mit der Gelegenheit? Der Brief an ihrer Tür, die Anschläge auf die Apothekerin und Christian und die Brandstiftung in Altenau ... Dafür hätte jemand extra hoch in den Harz fahren müssen. Oder gab es heimische Helfershelfer?

Nicht ausgeschlossen. Was waren wohl die Motive? Würde man wegen eines gefälschten Bildes derartige Verbrechen begehen? Da musste doch Stärkeres dahinterstecken.

Halt – alle diese Vorfälle setzten eine sehr gute Ortskenntnis voraus. Friederike war den Höhenweg über dem Innerstetal mehrfach gegangen; die Bäume den gesamten schroffen Abhang runter bis zum Flüsschen standen dicht an dicht, nicht viele Stellen waren so vereinzelt besetzt, dass man jemanden erfolgreich hinunterstoßen konnte. Jemand hatte sich ausgekannt. Ebenso, was die Straße hoch von Goslar betraf. Sie war in fast voller Länge von Leitplanken flankiert. Dass der Anschlag an dieser Stelle – ohne Leitplanken – glücken konnte, wusste nur jemand mit guter Ortskenntnis.

Und ihre Kapelle. Jemand wusste, wo sie wohnte, denn der Brief war nicht mit der Post gekommen. Lag sie mit ihren Gedanken richtig?

Wenn sie doch nur mit Christian darüber gesprochen hätte. Warum hatte sie vorhin nicht daran gedacht? Ein Helfershelfer im Harz ... Das war doch was, oder?

Inzwischen hatte sich das Tageslicht abgeschwächt, Wolken waren aufgezogen, die ein kräftiger Wind vor sich her blies. Die Straßen waren frei, im Flachland lag kaum noch Schnee, das Tauwetter war sehr erfolgreich gewesen. Möglicherweise kam ein Sturm, denn die Temperatur war fast unnatürlich gestiegen.

Im Herrenhaus der Caplingenburg herrschte eine merkwürdige Atmosphäre. Charlotte begrüßte sie eher beiläufig, und auch Flora, die sich an der Küchenspüle zu schaffen machte, sah kaum hoch.

»Quinn ist krank. Heute nach dem Mittagessen kam er nur mit Mühe von seinem Stuhl hoch, es scheint, er hat kräftig Fieber. Ich würde eigentlich gern einen Arzt holen, aber Flora sagt, sie kriegt das hin. Sie hat ihm gerade einen ihrer Wickel verpasst. Ich habe Kaffee angesetzt, du kannst sicher einen gebrauchen.«

Friederike liebte bereits die Atmosphäre der alten Gutsküche. Das schwache Licht drang nicht bis in alle Ecken und hoch bis zur Decke des Raumes, es roch nach frischgebackenem Kuchen, und auf dem traditionellen Adventskranz mit seinen roten Bändern flackerten die ersten drei Kerzen. Es gab frischen Apfelkuchen.

»Habt ihr denn eine Ahnung, was das sein könnte mit Quinn? Hat er mal was erzählt, ob er eine Krankheit mit sich herumschleppt?«

»Nein, wir reden nicht über alles miteinander.« Charlottes Stimme klang ruhig. »Ich vertraue erst mal auf Flora, sie weiß viel über Krankheiten.«

»Ja, aber im Sommer, Lottchen, wenn ich Kräuter finden kann, dann kann ich was machen.« Floras tiefe Stimme hallte durch die Küche. »Jetzt ist draußen überhaupt nichts los, ich habe nur die Kraft des Wassers. Sag mal, ihr habt doch erzählt, dass die Frau von diesem Landmaschinenmann im Dorf eine Sinteza ist?«

»Zu den Sinti gehört, meinst du?«

Flora nickte. »Viele von denen können gesundbeten.« Sie versuchte, die Stimmen in ihrem Inneren zu unterdrücken, die eine fast vergessene Vergangenheit nach oben befördern wollten. Es war so lange her, und Erinnerungen brachten nichts.

Friederike wurde es etwas blümerant. Sie hielt nicht viel von homöopathischer Heilweise, geschweige denn Gesundbeterei. Sie fand, dass sie in der Mehrzahl der Fälle mit der Schulmedizin gute Erfahrungen gemacht hatte. Na gut, der erstaunliche Durchfall nach einer Penicillinverordnung, die bemerkenswerte Quaddelbildung nach höherer Schmerzmitteldosis ... Trotzdem, die Chemie hatte geholfen, ohne – und das war ihr immer besonders wichtig gewesen – dass ihre Wehwehchen ihre Gedanken wochenlang dominiert hätten.

Charlotte brachte zum Ausdruck, was sie dachte. »Flora, du spinnst. Niemand kann gesundbeten.«

»Da bist du auf dem Holzweg, Liebchen. Es gibt viele Beispiele. Und dumm ist, wer es von vornherein ablehnt.« Sie stand auf. »Ich sehe mal nach ihm.« Energisch sagte sie sich, die Vergangenheit ist tot.

Friederike hätte einige Argumente vorbringen können, behielt sie aber für sich. »Wenn das Fieber so plötzlich auftritt, könnte es vielleicht Malaria sein? Wisst ihr, ob er mal in solchen Gegenden war, wo die Mücken rumfliegen?«

»Möglich«, sagte Charlotte. »Er war bei der Bundeswehr. Ich weiß nicht, wie lange und wann genau, aber wenn er, sagen wir, etwa 1970 geboren ist, war er etwa 1990 bei der Bundeswehr. Ich glaube, die Auslandseinsätze gab es damals schon.«

»Ich erinnere mich auf jeden Fall an den Irak und die Türkei, außerdem mehrere in Afrika.«

»Das könnte es doch erklären. Ist Malaria eigentlich heilbar?«

Friederike nahm Charlottes Interesse zur Kenntnis und fragte sich, ob sie dieses Maß an Fürsorglichkeit jedem vorbeiwandernden Plattengänger entgegenbringen würde. Allerdings hatte selbst sie seine Wolfsaugen nicht übersehen können. Und den starken Körper. Verdammt, Christian sollte gefälligst schnell aus seinem Bett rauskommen.

»Weiß ich nicht, ich empfehle Internetrecherche.« Um Charlotte zu trösten, fügte sie hinzu: »Es geht ihm sicher bald wieder besser. Oft gehen Fieberschübe schnell vorbei.«

Flora kam zurück. »Das Fieber sinkt schon etwas, er schläft jetzt ruhiger. Wisst ihr was, Mädels, ich lege mich ein bisschen hin. Da könnt ihr in Frieden über eure Hitzewellen reden.« Sie lachte noch vor sich hin, als sie schon an der Treppe angekommen war.

Nachdem Friederike ihre Sachen ausgepackt und das Bett gemacht hatte, legte sie sich einen Moment hin. Nur einen Moment, dachte sie, und war auch schon eingeschlafen.

Als sie aufwachte, stand Charlotte an ihrem Bett. »Wir können jetzt abendessen, wenn du willst. Oder lieber weiterschlafen?«

Flora erschien nicht zum Essen, sodass sie allein unter der schwachen Lampe saßen.

»Der geht es richtig gut«, sagte Charlotte auf Friederikes Frage. »Ich weiß, sie hustet, aber das ist von der chronischen Lungenentzündung übriggeblieben, mit der ich sie gefunden habe.« Sie erzählte, wie sie zufällig auf ihre alte Kinderfrau gestoßen war. »Ich glaube, viel länger hätte sie nicht durchgehalten. Willst du noch ein Glas, oder lieber schlafen gehen?«

»Ja, gern, erst mal bin ich jetzt hellwach. Ich kann mich kaum erinnern, nachmittags je so lange geschlafen zu haben.« Sie zog einen zweiten Stuhl heran und zog die Beine hoch. »Ich habe übrigens auch so einen Brief gekriegt.«

»Und was stand drauf? So wie bei mir?«

»*Aufhören oder* und dann eine Zeichnung, auf der Flammen aus etwas schlugen, das wohl mein Auto sein sollte.«

Beide schwiegen einen Moment, bis Charlotte fragte: »Es beunruhigt dich wohl ziemlich, wenn du jetzt für ein paar Tage lieber hier wohnen willst. Du bist übrigens herzlich willkommen, das sollst du wissen!«

Friederike zögerte. »Ja, danke, ich weiß das zu schätzen. Nur weil ich hinter einem Verbrechen her bin, bedroht zu werden, daran werde ich mich wohl nie gewöhnen. Aber ich bin im Moment einfach in keinem guten Zustand. Vielleicht liegt es daran, dass ich mich so schlecht geschützt fühle. Irgendwie anfällig für alles. Als ob meine Abwehrkräfte nachgelassen hätten. Und du? Hast du Angst?«

»Ehrlich gesagt, ja, aber irgendwie – ich habe meine Wohnung woanders, ich kann hier immer weg, wenn du verstehst, was ich meine. Sollten hier fürchterliche Sachen passieren, wäre ich in Windeseile verschwunden.«

»Spielt Quinn dabei eine Rolle? Ich meine, gibt er dir Sicherheit?«

Charlotte strich sich eine Strähne aus der Stirn. »Das dachte ich anfangs. Aber jetzt, wo er so wehrlos in seinem Bett liegt – jetzt bin ich wohl stärker als er. Dass du hier bist, das ist schön. Auch Flora ist ziemlich wehrhaft. Immerhin hat sie mehrere Jahre auf der Straße überlebt.« Und nach einem Augenblick: »So wie Quinn. Komisch, ich versammele komische Leute um mich.« Sie sah hoch. »Sag mal, diese Detektivspielerei – du machst das also mit deinem Freund zusammen?«

Friederike nahm einen tiefen Schluck und erzählte ihre und Christians gemeinsame Geschichte, die mit einer Schülerliebe angefangen hatte, zerbrochen war wegen eines furchtbaren Missverständnisses, und restauriert wurde, nachdem sie sich im Oberharz wiedergetroffen hatten.

»Du warst aber ja noch verheiratet, oder?«

»Ja, und eigentlich auch sehr glücklich. Aber Mario war dauernd unterwegs – nein, ich bin nicht fremdgegangen, erst als ... ach, das kann man nicht erzählen. Er hatte jedenfalls auch jemand anders. Wir haben uns letztlich im Einverständnis getrennt. Und nein, geschieden sind wir noch nicht. Reden aber drüber, weil Mario, glaube ich, wieder heiraten will.«

»Und du?«

»Heiraten? Das ist mir egal. Es ist irgendwie nicht nötig. Sag mal, du, wie lebst du so zur Zeit? Du bist Illustratorin – kenne ich was von dir?«

Charlotte schenkte beiden nach. »Das glaube ich nicht. Ich illustriere Kinderbücher. Doch vielleicht bist du mal auf Hughie, den kleinen Koala gestoßen. Er landet versehentlich in Irland, macht viel Unsinn und geht den Leuten mit seiner Grobheit auf die Nerven. Süß und grob – der Gegensatz war sehr erfolgreich. Er lernt Eukalyptuslikör kennen und muss begreifen, dass Alkohol nichts Gutes ist. Prost!«

Friederike schüttelte den Kopf. »Nie gehört. Wie bist du an den Auftrag gekommen? Ein irischer Autor?«

Charlotte nickte widerstrebend. Wieso hatte sie bloß dieses Thema angeschnitten?

»Wenn du denkst, ich könnte es kennen, ist es wohl auch auf Deutsch übersetzt worden? Dann war es sicher sehr erfolgreich?«

»Ja, ich habe einen Preis dafür bekommen, für die Illustration.«

»Oh, toll, in Irland oder hier?«

»In Dublin. Du singst also. Was denn so?«

Natürlich merkte Friederike, wenn jemand versuchte, das Thema zu wechseln. »Konzerte, Oratorien, Liederabende, Festivals, Hochzeiten, Bälle. Freiberuflich. Wann war das in Dublin?«

»Vor vier Jahren. Ich rede nicht so gern darüber.«

Das musste sie respektieren, obwohl ... Das war ja sehr merkwürdig. Wer redete denn nicht gern über eine berufliche Auszeichnung?

»Und wie geht es dir hier? Du willst die Burg verkaufen?«

Charlotte kratzte sich den Kopf und verzog das Gesicht. Es folgte ein langgedehntes Ja. Und dann: »Ich weiß nicht. Wenn ich ehrlich bin, gefällt es mir, durch weite leere Räume zu schlendern. Es ist geheimnisvoll. Ich denke mir lauter Geschichten aus, die dort passiert sein können.«

Dafür hatte die nüchterne Friederike zwar kein Verständnis, es beeindruckte sie aber. »Schreib doch ein Buch und illustriere es. Ein Kinderbuch. Kinder ziehen in eine alte Burg.«

Charlottes Augen begannen zu schimmern. »Ein Junge und ein Mädchen – mit einer älteren Kinderfrau, weil der Vater dauernd arbeitet. Die ist entweder sehr nett und hilft, oder sehr böse und muss entlarvt werden.« Sie lachte. »Was für eine tolle Idee. Genug Atmosphäre hat dieses Haus ja. Aber sowas könnte ich nicht. Glaube ich. Bilder ja, aber Text?«

»Ein Versuch lohnt immer. Wo wir einmal dabei sind: Dein Hausgast Quinn – wie geht es dir mit ihm?«

Charlotte streckte ihren Rücken. »Wenn ich das wüsste. Er ist attraktiv, das kommt durchaus bei mir an. Aber er ist furchtbar fromm. An diese Leute macht man sich nicht ran.«

»Was? Wieso denn nicht?«

»Ach, das ist doch alles Quatsch. Er ist auf der Durchreise, auf einer Pilgerfahrt nach Tschenstochau. Reisende soll man nicht aufhalten. Außerdem hab ich die Nase voll von Männern.«

»Bei diesem Wetter will er weiterwandern? Mit der Gefahr von Fieberschüben?«

Charlotte zuckte die Achseln. »Weiß nicht. Muss er wissen.«

Da sitzt mehr, als sie zugibt, dachte Friederike zufrieden. Sie freute sich immer, wenn Leute sich ineinander verliebten. »Übrigens habe ich Christian von der Urkunde erzählt, die diese Bruderschaftsleute suchen. Er sagte spontan und ohne nachzudenken, dass die gern in Sakramentshäuschen versteckt worden wären.« Und um zu zeigen, dass er wusste, über was er redete: »Er hat Kunst und Kunstgeschichte studiert, also eigentlich sollte er kompetent sein, was das angeht. Ich habe heute Morgen hier eine kleine Kirche gesehen. Gehört die zur Burg dazu?«

»Ja, tatsächlich, ich bin auch Eigentümerin einer Kapelle. Das sollten wir unbedingt prüfen – obwohl ... Die Leute *Vom Goldenen Segel*, die sich hier vor 60 Jahren regelmäßig getroffen haben, waren sicher sehr gründlich bei ihrem Durchsuchen der Burg.«

»Trotzdem, ich würde gern mal nachsehen, was denkst du?«

»Das machen wir, gleich morgen früh.«

Sie lachten sich an. Dann fragte Friederike nach der Geschichte der Burg. »Ich kenne die Süpplingenburg, sie ist gar nicht weit weg von hier. Hat dieses Haus eine ähnliche Geschichte?«

»Ja, die kenne ich auch. Und nochmal ja, die Geschichte ist wohl ähnlich. Nur, dass dieses Gemäuer tatsächlich von Heinrich dem Löwen gestiftet sein soll.« Sie trank ihr Glas leer. »Es war ursprünglich eine Sumpfburg, richtig mit Wassergraben und Wall auf einer Insel der Nette, die vom Elm herunterkommt und hier lang läuft, und gehörte schon lange den Welfen. Heinrich der Löwe baute eine Stiftskirche und gab das Anwesen dem Templerorden, nachdem er aus dem Heiligen Land zurück war. Der erste Komtur der Caplingenburg, ein Tempelritter aus der Welfenfamilie, war Roland von Caplingen, daher der Name.«

»Hast du nicht irgendwann mal gesagt, dass du resistent bist gegen Rittergeschichten?«

Charlotte schob eine Haarsträhne hinters Ohr. »Ich gebe zu, ich habe gegoogelt. Ich glaube, wenn man hier wohnt, kann man gar nicht verhindern, dass doch ein gewisses Interesse entsteht.«

»Du sprichst von den Templern. Aber im Tor ist das Johanniterkreuz zu sehen.«

»Anfang des 14. Jahrhunderts wurden die Templer vom französischen König wegen ihres beträchtlichen Reichtums aufgelöst, verfolgt, umgebracht und regelrecht ausgerottet. Ob nun alle Besitztümer, weiß ich nicht, auf jeden Fall aber hier in Norddeutschland wurde praktisch alles dem Johanniterorden gegeben.«

Sie gähnte kräftig. »Ich glaube, ich gehe jetzt schlafen. Nein, nein, lass alles stehen. Es ist furchtbar, wenn man so müde ist, aber noch unbedingt aufräumen muss. Damit habe ich vor langer Zeit schon aufgehört. Morgen früh sind wir wach und tatendurstig. Mach´s gut, Friederike, schlaf gut!« Und damit war sie weg.

Aber Charlotte konnte nicht schlafen. Nachdem sie sich fast zwei Stunden im Bett herumgewälzt hatte, stand sie auf, zog ihren Bademantel an, schlüpfte in warme Hausschuhe und wanderte an der Küche vorbei zu Quinns Schlafzimmer. Er war wach und lag mit offenen Augen auf seinem karierten Kissen.

»War Flora das mit den Wadenwickeln?« Seine Stimme klang erstaunlich wach und klar.

»Ja, sie bestand darauf. Ich wollte eigentlich Paracetamol …«

»Sie hat genau das Richtige gemacht. Es war ein Malariaschub.«

Er drehte den Kopf in ihre Richtung. »Sie kommen selten, aber immer unangekündigt. Ich hab ein Mittel da …« Er zeigte auf ein Tischchen, eine Art Schreibtisch. »In der Schublade. Gestern habe ich es nicht mehr bis dahin geschafft. Es ist eine braune Medizinflasche mit Tabletten, kannst du sie mir hier auf den Nachttisch stellen? Und bitte ein Glas Wasser.«

Als sie zurück war, richtete er sich halb auf. Sie überlegte, ob sie ihm helfen sollte, fand das aber dann zu viel Intimität. Er schluckte zwei der weißen Pillen und legte sich wieder zurück. »Sie helfen schnell gegen das Fieber«, sagte er. »Ich hab sie noch aus Irland.«

»Man kann Malaria doch heilen!«

»Es ist eine etwas längere Prozedur, und ich bin nicht krankenversichert. Bisher bin ich eigentlich gut klargekommen.«

Lieber Himmel. Dass es das gab!

Er hatte seine Augen schon wieder geschlossen, als er murmelte: »Irgendwann müssen wir beide über Irland reden.« Und fast unmittelbar danach war er eingeschlafen.

Er hatte so undeutlich gesprochen, dass sie den Inhalt erst begriff, als er schon schlief. Was konnte er denn um Himmels willen über sie und Irland wissen? Das Land verkörperte einen Tag, der eigentlich hätte triumphal sein sollen, aber letztlich von einem schlechten Gewissen verdunkelt wurde. Aus einer Mischung aus Triumph, Ehre und Gewissensbissen war dann das schiere Grauen geworden. Sie hatten zu einem Erlebnis geführt, das sie nie vergessen würde, in ihrem ganzen Leben nicht. Was konnte er denn darüber wissen? Gut, er hatte offenbar lange dort gelebt. Aber wie hätte er wohl davon hören sollen?

Selbst Flora gegenüber hatte sie sich geweigert, über den Tag zu sprechen. Jedes Mal, wenn die sie aus einem Albtraum geweckt hatte, wurde sie eindringlicher. »Du musst über Dinge reden, die dich so belasten, dass du schreiend aufwachst.« Nein, weg, weg mit dem Gedanken.

Was war das wohl für ein flaches Paket in der Schublade? Ihre Hand hatte es gestreift, als sie das Medizinfläschchen herausgeholt hatte. Weich, der Inhalt war weich, wie ein Tuch. Oder Schaumstoff. Der braune Umschlag war eingerissen und an vielen Stellen geknickt, Quinn musste ihn eine lange Zeit mit sich herumgetragen haben.

Als sie ihre Decke über die Ohren zog und wohlig bis tief in den Bauch atmete, dachte sie, es sei besser, den Leuten ihre Geheimnisse zu lassen. Schließlich wollte sie ja auch in Ruhe gelassen werden.

Aber es klappte wieder nicht mit dem Schlaf. Und auf das, was sie danach tat, war sie nicht besonders stolz.

Sie schlich zurück in sein Zimmer. Quinn schien tief zu schlafen, soweit sie seine gleichmäßigen Atemzüge beurteilen konnte. Bessie lag auf dem Bettvorleger und zeigte nicht mehr Reaktion als ein kurzes Hochziehen der Augenlider. Sie kannte Charlotte und wusste, dass Quinn ihr vertraute.

Im Zeitlupentempo öffnete sie die Schublade. Mit winzigen Bewegungen zog sie an dem flachen Paket, bis sie es ganz heraushatte, und trug es in die Küche. Der Umschlag, der zum Glück nicht zugeklebt war, war brüchig, und sie brauchte große Sorgfalt, um ihn beim Öffnen nicht einzureißen.

Was sie schließlich herauszog, war ein gelblich-weißes Leinentuch, ein schwerer Stoff, offensichtlich handgewebt in der Köperbindung, die eine Art Fischgrätmuster ergibt. Mit größter Vorsicht faltete sie es auf. Es war ein kleines Tischtuch mit Spitzenumrandung. In einer Ecke prangte ein handgesticktes Monogramm, dessen Buchstaben so kunstvoll verschlungen waren, dass man kaum erkannte, welche sie darstellen sollten. Bei Aufbietung aller Fantasie konnte es sich um ein G und ein R handeln, dazwischen eine kleine Raute ... oder was?

Plötzlich schlug ihr das Gewissen. Was machte sie hier eigentlich zum Kuckuck? Der arme Mann lag da krank, und sie spionierte in seinen Sachen herum. Vorsichtig legte sie das Tuch zurück in die vorhandenen Falten und schob es in den Umschlag. Völlig unverdient gelang es ihr, das Päckchen zurück in die Schublade zu legen, ohne dass Quinn sich rührte.

Was sie nicht mitkriegte, war, dass, kaum hatte sie den Raum verlassen, er kurz die Augen öffnete, bevor er wieder einschlief. Das lange Leben auf der Straße hatte seine Sinne so geschärft, dass er Bewegungen in seiner näheren Umgebung niemals verschlief. Bessie hatte sich nicht gerührt.

Lackfarbe und ein Gemeinschaftsgrab

Am nächsten Morgen erschien Quinn zum Frühstück und tat, als wäre er nie von Fieberschauern niedergestreckt gewesen. Flora hatte eine große Portion Rührei hergestellt und schnitt dicke Scheiben von einem selbstgebackenen Brot ab. Sie sah nur kurz hoch, als er zur Tür hereinkam. »Hallo, da bist du ja wieder.«

Über dem burgunderroten Samtkleid trug sie heute ein violettes Dreieckstuch und um den Kopf einen grünen Turban. Mit ihren scharfen Gesichtszügen sah sie umso mehr aus wie eine Wahrsagerin.

Charlotte war die Letzte am Tisch. Sie kam mit roten Backen herein, Bessie sprang vor ihr her. »Wir haben schon einen ordentlichen Marsch hinter uns. Die Luft ist herrlich.« Sie setzte sich neben Friederike, die in ihren Kaffee starrte. »Ziemlich frisch draußen, aber schön, der Wind hat sich weitgehend gelegt. Vielleicht kommt nachher sogar die Sonne raus.«

Das Essen verlief im Folgenden weitgehend schweigend, so wie gestern Nachmittag. Friederike mochte das, es war keine feindselige Stimmung, eher – gemütlich. Sie konnte so früh noch nicht reden, und Charlotte wurde von ihrem schlechten Gewissen geplagt.

Als alle vier mit ihrem Essen fertig waren, stand Quinn auf. »Ich wollte heute an die Stalltore«, sagte er. »Sollen sie grün bleiben oder willst du was anderes, Charlotte?«

Charlotte nickte. »Grün ist gut. Super. Brauchst du was?«

»Farbe, zehn Liter, und schwarzen Lack für die Beschläge. Ich schreibe einen Zettel. Hat aber Zeit, hab noch was anderes zu tun.«

Was für eine Idylle, sie leben zusammen wie eine Familie. Jeder hat seine Stellung und seine Aufgabe, dachte Friederike, es ist wie in den ersten Jahren im Tango-Café. Wann hat sich das eigentlich geändert? Wir haben uns alle weiterentwickelt, natürlich, jeder hat an seinem eigenen persönlichen Glück geschraubt. Und ist sesshaft geworden. Konni hat Sandra, und beide bekommen ein Kind, der Inbegriff von Sesshaftigkeit. Und Christian und ich? Wird das halten? Ja, das glaube ich fest. Aber dann wurde ihr klar, dass das nicht das Problem war. Das Problem war Christians Beruf. Irgendwann überlebt er einen Anschlag nicht, dachte sie. Irgendwann würde jemand vor ihr stehen, oder sie kriegte einen Anruf, dass seine Leiche gefunden worden war.

Mit einer schnellen Bewegung schob sie ihren Stuhl zurück und verließ fast fluchtartig die Küche. Das würde sie nicht aushalten. Aber was tun? Sein fast kindlicher Eifer und seine rücksichtslose Energie für das Detektivspielen waren ... ja, verantwortungslos. Und während sie in der offenen

Haustür stand und tief die feuchte Winterluft einatmete, verstand sie endlich ihre Gefühle seit seinem Unfall. Sie war weit mehr wütend als ängstlich oder traurig. Sie war so wütend, dass sie wieder anfing zu weinen. Schluchzend lehnte sie sich an den Türpfosten und wischte sich mit dem Pulloverärmel unter der Nase lang. Sie hatte nie ein Taschentuch zur Hand, wenn es nötig wurde.

»Hier, ich hab eins.« Charlotte stand hinter ihr und streckte ihr ein weißes mit lila Häkelkante entgegen. »Ich glaube, du heulst nicht vor Angst. Du heulst, weil du sauer bist auf deinen Christian, denke ich. Dass er sich derart in Gefahr begibt. Denn bei allen Spielen um Leben und Tod ist immer der Übriggebliebene der Gelackmeierte.«

»Er ist nicht tot.« Friederike schluchzte noch einmal auf und beruhigte sich dann.

»Du weißt schon, was ich meine.«

»Ja, klar.« Sie atmete tief durch. »Ich hab ja gesagt, ich bin in schlechtem Zustand.«

»Dann lenken wir dich ab und machen eine Besichtigungstour zur Kapelle. Und ich würde gern auch mal auf den Turm steigen, da war ich noch nicht. Zieh dich warm an.«

»Und Quinns Lackfarbe?«

»Das kann warten. Er sollte sowieso noch nicht so viel machen nach diesem Fieberanfall. Flora wird schon dafür sorgen, dass er sich noch etwas ausruht. Löffel schnitzt im Sitzen oder so was.«

Charlotte führte Flora schräg nach links über den praktisch freigetauten Hof zu einer breiten Lücke zwischen der Gutsmauer und dem großen Stallgebäude. Das alte Kopfsteinpflaster war zum Teil eingesunken; darauf hatte sich eine solide Humusschicht gebildet. Zusammen mit der Nässe der letzten Tage war die Erde aufgeweicht und brachte die beiden Frauen dazu, sich mehr oder weniger hüpfend vorwärts zu bewegen. Als sie aus dem Schatten der Stallung heraus waren, gingen sie weiter über Grasbewuchs.

Friederike sah sich erstaunt um. Es war ein kleiner Friedhof. In unregelmäßigen Abständen standen windschiefe kleinere und größere Grabsteine verstreut auf der vom Schnee der vergangenen Tage plattgedrückten Grasfläche. Keine Grabstelle war abgeteilt oder begrenzt, es waren einfach Steine auf einer Wiese, hier und da von ärmlichen Plastikblumen oder echten in vertrockneten Gestecken geschmückt.

»Quinn sagt, so lange wie die Kapelle in Betrieb war, also Gottesdienste für die Bewohner der Caplingenburg abgehalten wurden, so lange durften hier auch die Gutsverwalter und ihre Familien beerdigt werden. Dann gab es in den 60er Jahren das Unglück mit der Caplinger Kirche. Sie war nach dem Krieg erst gebaut worden, so ein modernes Monstrum mit viel Holz und einem hohen Turm. In einer Sturmnacht wurde er vom Blitz getroffen, fiel brennend auf das Kirchendach – die Kirche war hin. Man beschloss, da auch der Caplinger Friedhof voll war und ohnehin erweitert werden musste ... was aber nicht ging, weil die umliegenden Häuser das nicht zuließen ...« Sie lachte. »Du hörst, was etwa herauskommt, wenn ich versuche, eine Geschichte zu erzählen, oder? Also beides wurde gründlich neu bedacht und geplant. Schließlich verlegte man die neue Kirche an den Ortsrand, wo auch Platz war für den neuen Friedhof. In der Zwischenzeit hat man die verstorbenen Caplinger hier begraben. Da, direkt an der Kirchenmauer, siehst du ein paar neuere Gräber.«

»Wieso weiß Quinn das alles?«

»Oh, habe ich das nicht erzählt?«

»Nein, nur, dass er auf der Walz ist.«

Charlotte begann mit dem großen Schlüssel am Ring im massiven Schloss der Kapellentür zu stochern. »Er ist auf der Caplingenburg aufgewachsen, hat auch eine Weile mit seinem Bruder die Geschäfte geleitet.«

Friederike staunte. »Wie kam es denn, dass ihr euch getroffen habt? Ich dachte, du bist erst seit ein paar Tagen da?«

»Er hat auf seiner Wallfahrt hier angehalten, wollte wohl die alten Mauern mal wiedersehen.«

»Und ausgerechnet da erscheinst du auf der Bildfläche?« Sie schüttelte den Kopf.

»Ja. Wirklich komisch.« Charlotte behielt ihren indifferenten Gesichtsausdruck. Sie hielt nichts von langen Begründungen. Es gab Zufälle und fertig. Da, die Tür ging auf.

Friederike hielt die Luft an. Es war, als wäre sie in ein früheres Jahrhundert eingetreten. Ein kleiner Raum ohne Säulen, dunkel, sechs Kirchenbänke auf jeder Seite des Mittelganges, die flache Decke bunt bemalt in schwachen Farben. Wegen der großen Stockflecken und des heruntergefallenen Putzes waren die Darstellungen schwer erkennbar, aber Charlotte konnte im schwachen Licht der schmalen Fenster einige Köpfe mit Heiligenschein entdecken.

Über die breiten ausgetretenen Steinplatten des Mittelganges gingen sie nach vorn zum Altar. Das Halbrund der Apsis wurde oben durch eine kleine Kuppel mit einem Kreuzrippengewölbe abgeschlossen, in dessen Zwischenräumen sie schwach ein paar blasse Sterne auf verblichenem, ehemals wohl blauem Grund wahrnehmen konnten. Zwischen den beiden schmalen Fenstern ein Gemälde, im Gegenlicht nicht gut zu erkennen. Darunter ein schlichter Steinklotz als Altar. Keine Teppiche, alle Fenster vergittert. Hier war lange niemand gewesen.

Gegenüber vom Altar am anderen Ende des Raumes hing wie ein Schwalbennest eine kleine Orgel unter der Decke. Ein paar Pfeifen waren bemalt, an allen vier Ecken des Prospektes turnten nackte Engel herum und bliesen stumme Trompetentöne in die kalte Luft.

Die kleine Kirche war recht dunkel, denn die schmalen hohen Fenster waren zum Teil überwuchert und seit vielen Jahren nicht geputzt.

»Das Sakramentshäuschen«, sagte Charlotte. »Wir sollten das Sakramentshäuschen suchen. Wie sieht so was aus?«

Friederike sah sich um. »Es gibt keins. Aber ...«, sie machte ein paar Schritte die beiden Stufen hoch zum Altarraum, »... soweit ich weiß, gab es oft eine Vertiefung in der Mauer, eine Nische ... Nein, hier ist nichts. Vielleicht gegenüber ... Ja, hier. Komm!«

Charlotte folgte ihr. Es war eine Aussparung in der Wand, verschlossen von einem kunstvollen Gitter, das jetzt vollständig verrostet war. Es ließ sich öffnen, aber dahinter war nichts. Kein Kelch, keine Hostienschale, einfach nichts. »Schade«, sagte sie. »War aber nicht anders zu erwarten. Schließlich haben die Leute *Vom Goldenen Segel* ja alles durchsucht.«

Sie gingen langsam den Gang zurück zur Tür. Draußen fielen inzwischen erste schwache Sonnenstrahlen durch die watteähnliche Bewölkung. Vor einem Grabstein, der eng an die Kirchenmauer gelehnt stand, bückte sich eine Frau mit einer kleinen Gartenhacke in der Hand. Neben ihr ein rotes Grablicht, ein Kranz gebunden aus Tannenzweigen mit Weihnachtssternen verziert und eine kleine Kiste aus Holzspänen mit Christrosen. Etwas entfernt lehnte ein Fahrrad an der Wand.

Sevenna Strachwitz ärgerte sich, dass sie nicht früher im Jahr hergekommen war, um die Grabstelle zu reinigen. Wenigstens die Schrift sollte doch lesbar sein.

Hier liegen Katharina und Hagen
vereint in Frieden
Gott sei ihrer Seele gnädig
14. Dezember 1970

Sie riss mit ihrem Gartengerät die welken Gräser auseinander und rupfte die Wurzeln aus. Dumm, dass der Todestag so spät im Jahr lag. Es passierte ihr immer wieder, dass sie den halbjährlichen Besuch mit obligatorischer Grabpflege bis zum 14. Dezember aufschob, weil sie an diesem Tag ja sowieso hinfahren würde. Es war der Todestag.

Sie sah hoch. Da waren die beiden Frauen wieder, die sie gestern Vormittag mit ihrem Mann zusammen gesehen hatte. Die Neugierige mit den braunen Locken und dem spitzen Kinn, die die Türen zu verschiedenen Räumen ihres Hauses geöffnet hatte, und die andere, dunkelhaarig, kleiner und schmaler in geringelter Strumpfhose, Stiefeln und kurzem Wollrock.

»Ich versuche nur, es etwas herzurichten«, sagte sie zu den beiden, die stehengeblieben waren. »Es wuchert so schnell zu. Und ein bisschen Weihnachten ist doch schön.«

Charlotte kam näher. »Ich weiß nicht, ob wir uns gestern ordentlich vorgestellt haben«, sie streckte die Hand aus. »Ich bin Charlotte Everding.«

»Ich weiß, die Frau, die die Burg geerbt hat.« Sevenna lächelte.

»Und das ist Friederike Wolkenreich, sie wohnt ein paar Tage bei uns.«

Ein ernstes Gesicht hat die Neugierige, dachte Sevenna, sie hat Kummer. Und schöne Augen. Jetzt wollen die beiden wissen, was das hier für ein Grab ist.

Tatsächlich. »Es ist ein Gemeinschaftsgrab?«, fragte Charlotte.

»Ja. Der Bruder meines Mannes und ein Mädchen, das er geliebt hat. Es ist eine traurige Geschichte. Aber lange her.«

Sie bückte sich und riss ein paar trockene Grasbüschel heraus.

»Eine Ballade?« Das hatte die andere gefragt. Friederike Wolkenreich – ein ernsthafter Name, passend zu diesem konzentrierten Gesicht.

»Ja, eine Ballade, die ganz vorschriftsmäßig traurig ausgeht.«

»Sie haben sich umgebracht?« Das war wieder Friederike.

Sevenna stand auf und streckte ihren Rücken. Die Sonne war für den Moment ganz aus den Wolken herausgekrochen und beschien ihr Gesicht. Sie ließ die beiden silberfarbigen Strähnen an ihren Schläfen aufleuchten, machte ihr Gesicht aber auch scharfkantiger. Sie blinzelte und hatte plötzlich viele Fältchen um die Augen. Auf die Frage reagierte sie nicht. Sie wollte die Geschichte jetzt nicht erzählen. Es war zu kalt, und die beiden ging sie eigentlich nichts an. Also lächelte sie nur unbestimmt.

Charlotte zog an Friederikes Ärmel. »Lass doch Frau Strachwitz ihre Arbeit hier machen, komm, wir sehen uns den Turm an.« Dann hatte sie eine Idee. »Hätten Sie vielleicht Lust auf eine Tasse Kaffee? Dann könnten Sie sich kurz aufwärmen, wenn Sie fertig sind.«

Das klang verlockend. Der Wind war eisig, und auf dem Rückweg würde sie auf ihrem Fahrrad sogar mit Gegenwind zu kämpfen haben.

»Na gut«, sagte sie, »eine kurze Tasse Kaffee. Aber ich brauche noch wenigstens eine Viertelstunde.« Schließlich war sie ja früher häufiger Gast in der Burg gewesen. Wie es heute wohl aussah?

»Das passt doch, da haben wir genau Zeit für den Turm, auf geht´s, Friederike.« Charlotte zog Friederike am Ärmel.

Das Schloss in der massiven Holztür bot kaum Widerstand. Allerdings schien es, den dünnen Tropfspuren nach zu urteilen, als habe eine fürsorgliche Hand Rostlöser hineingesprüht.

»Dein Quinn ist phänomenal«, sagte Friederike.

»Es ist nicht mein Quinn«, antwortete Charlotte etwas patzig. War er auch nicht.

Sie standen im Erdgeschoss des quadratischen Turmes, ein bei weitem kleinerer Raum, als von außen zu vermuten war. »Dicke Mauern, tatsächlich, sie sind oft bis zu drei Meter dick«, sagte Friederike, die sich unlängst etwas mit Burgen beschäftigt hatte. Über dem schlichten Holzboden spannte sich ein Tonnengewölbe, unoriginell hellgrau verputzt. Abgesehen von äußerst unpassendem Gartenmobiliar, das man in einer Ecke versammelt hatte, war der Raum leer. Links führte eine schlichte Holztreppe nach oben.

»Angeblich sind die Leute früher über Leitern oder provisorische Außentreppen von außen ins erste Obergeschoss gelangt. Wenn Gefahr drohte, zog man die Leiter hinter sich hoch oder zerstörte die Treppe, so war man unangreifbar.«

»Es sei denn, die Angreifer entschieden sich für eine längere Belagerung.«

»Klar. Von oben ließen sich Feinde auch leichter bekämpfen. Dieser Eingang hier unten ist sicher erst später hineingebrochen worden.«

»Wieso weißt du das alles?«, fragte Charlotte.

»So was lernt man bei Engagements. Es war auf einer württembergischen Burg. Ich hatte drei Stunden Zeit bis zum Konzert und habe mir im Andenkenladen ein Kinderbuch über Burgen gekauft.« Sie lächelte leicht. »Man weiß nie, wann man welches Wissen mal gebrauchen kann.«

Vom ersten Stock aus, der unter einem recht hohen Tonnengewölbe lag und vollständig leer war, führte eine steinerne Wendeltreppe weiter nach oben. »Wenn du noch mehr nutzloses Wissen hören willst – Wendeltreppen wendeln meist im Uhrzeigersinn, weil der hochstürmende Angreifer auf diese Weise nicht mit seinem Schwert ausholen kann.«

Charlotte war trotz eines leichten Widerwillens, ausgelöst von der Erinnerung an ihren Vater und seine Ritterromantik, entsprechend beeindruckt.

Auch das zweite Obergeschoss war leer. Langsam stiegen sie durch die eiskalte abgestandene Luft weiter nach oben. Die Wendeltreppe endete auf der 3. Etage. Nur eine primitive Holztreppe führte weiter noch nach oben.

Sie sahen sich im Raum um, der völlig anders aussah als alle unter ihm. Die Ostwand hatte eine kleine Ausbuchtung, in die ein nicht sehr großes Spitzbogenfenster eingelassen war. Die Bleistege, die die bunten Glasstücke verbanden, hatten in den Jahrhunderten Ackerstaub und Flechten gesammelt, sodass die Darstellung kaum erkennbar war. Direkt davor ein massiver Steinklotz mit einer dicken Steinplatte darauf, der fast den gesamten Raum des kleinen Erkers einnahm. Eine etwas unbeholfen wirkende Steinmetzarbeit verzierte den umlaufenden Rand: Trauben und Ähren, und vorn in der Mitte ein Herz.

»Ein Altar«, murmelte Charlotte ergriffen. »Was für ein Wunder. Er muss vor vielen Jahren heraufgeschafft worden sein. Jetzt weiß ich endlich, welche Funktion der Erker hat, den ich am ersten Tag oben im Turm gesehen habe. Ich dachte, es wäre ein Klo-Erker.«

Sie lachte und sah sich weiter um. »Sieh dir diese schöne Decke an!« Das Tonnengewölbe war in Kassetten unterteilt. Jede zeigte in einem anderen Grad von Undeutlichkeit ein Gesicht, ein Tier, ein Spruchband. »Gedunkelt vom Kerzenruß der Jahrhunderte. Was wohl dabei herauskommt, wenn man sie reinigt?«

Friederike, die in ihrem Kinderbuch auch etwas über Turmkapellen gelesen hatte, berichtete, dass diese Art Gebetsraum vor dem Bau einer eigenen Kapelle als Kirche für die Gutsleute diente.

Charlotte nickte und ging zum Fenster. »Wir müssten jetzt direkt unter den Zinnen sein«, sagte sie. »Was für ein schöner Blick!«

Die Sonne hatte sich schon wieder versteckt, aber die Wolken waren hoch, Regen wohl nicht in Sicht. Der Blick ging nach Norden. Rechts sahen sie auf die kleine Kapelle mit dem Dachreiter, direkt unter ihnen wölbte sich die Krone einer mächtigen Eiche, teilweise noch rostrot belaubt, und darüber hin flog der Blick über die norddeutsche Tiefebene weit ins Land.

»Eine Sakramentsnische«, sagte Friederike plötzlich. »Da, auf beiden Seiten vom Altar.«

Tatsächlich. Links, genau wie in der Kapelle, von einem Gitter in primitivem Eisenguss verschlossen, rechts offen. »Da ist ein Loch gebohrt bis nach draußen«, rief Charlotte. »Kuck dir das an!«

Friederike wusste warum. »Das Kinderbuch kann wieder herhalten. Die rechte Nische ist für eine Schale und einen Krug Wasser. Die katholischen Priester wuschen sich die Hände vor der Opferung. Damit das Wasser direkt ablaufen konnte, wurde eine Rinne gebohrt.«

»Wie, was wurde denn geopfert?«

»Ich glaube, die Opferung beschreibt die Bereitstellung der Artikel fürs Abendmahl. Brot und Wein.«

»Mann, Kinderbücher lesen lohnt sich.«

»Es war ein besonders schönes. Jede zweite Seite brachte eine Pop-up-Szene. Die schönste war die Burghochzeit. Leider war der Pfarrer defekt, er hatte zu wenig Spannung und fiel immer um.«

»Diese Bücher habe ich auch geliebt. Ich hatte eins mit Farmtieren. Und eins mit dem Märchen von Rapunzel. Ihr Zopf war aus Wolle mit einem roten Bändchen.« Sie drehte sich um. »Folgerichtig müsste auf der anderen Seite des Altars die Nische für die Hostien sein.«

Charlotte zog am Griff des Gitters, das sich mit leisem Kreischen öffnete. Der etwa dreißig Zentimeter tiefe Raum war leer. Ihre Schultern sanken. »Mist, hier auch nichts. Sollen wir nicht wieder runtergehen?« Sie drehte sich zur Treppe. »Ich friere wie ein Schneider und brauche jetzt einen schönen heißen Kaffee.«

Friederike lief hinter ihr her. »Lass uns doch schnell einen Blick nach oben werfen, dann haben wir alles gesehen.«

»Okay, obwohl ... wenn es die letzte Etage mit den Fenstern ist, ist es stockdunkel, weil überall Fensterläden davor sind.«

Und so war es.

Völlig durchgefroren landeten sie wieder auf dem Kopfsteinpflaster vor der Turmtür. Charlotte verschloss sie. »Der Gebetsraum da oben ist ja ein Knaller. So was habe ich noch nie gesehen. Du?«

Friederike schüttelte den Kopf. »Nur im Kinderbuch. Ja, wirklich eindrucksvoll. Schade, dass wir keinerlei Dokument gefunden haben. Es hätte so gut gepasst.«

Als sie die kurze Freitreppe hinaufstiegen, verschwand die schwarze Katze mit den grünen Augen gerade in der großen Scheune. Quinn kniete vor dem Kamin in der Halle und fegte die Feuerstelle frei. Er nickte ihnen zu und lächelte, das kalte Zigarillo wanderte von einem Mundwinkel zum anderen. Bessie beobachtete jede seiner Bewegungen.

»Er lächelt immer«, flüsterte Charlotte Friederike zu, als sie sich nach rechts zur Küche wandten.

Friederike wiederum nahm zur Kenntnis, was Charlotte zur Kenntnis genommen hatte. Da bestand eindeutig ein gewisses Interesse, oder sollte sie sich täuschen? Sollte man nicht darauf hinweisen, dass es sinnlos war, sich in einen Mann zu verlieben, der auf der Durchreise war?

Als sie in die Küche kamen, saßen Sevenna und Flora am Tisch und schienen in ein Gespräch vertieft. Flora hatte das Kinn auf die Brust gedrückt und Sevenna redete auf sie ein, hörte aber auf, als die beiden an den Tisch traten.

»Weiht ihr uns ein?«, fragte Charlotte, holte die emaillierte Kaffeekanne vom Herd und kam mit zwei Bechern zurück zum Tisch. »Ihr seht irgendwie ... angeregt aus.«

Holzgraf und Sakramentshäuschen

»Ja«, Sevenna sah hoch. »Das ist wirklich überhaupt nicht zu fassen. Flora ist meine Cousine, und wir haben uns vierzig Jahre nicht gesehen.« Sie sprach erstaunlich indifferent, fand Friederike. Würde man sich nicht um den Hals fallen? Durch den Raum tanzen? Feuchte Augen haben und aufgeregt nach den Erlebnissen der anderen fragen?

Flora schwieg weiter, aber ihre Augen glitzerten. Charlotte wunderte sich. »Ich habe dich noch nie mit roten Backen gesehen. Du freust dich, oder?«

Sevenna schob ihren Kaffeebecher beiseite, kreuzte die Ellbogen auf dem Tisch und erinnerte an ein eifriges Schulkind. »Wir haben uns damals ein bisschen gestritten. Aber, Flora, wir sind doch heute jemand ganz anderes. Ich war 18!« Ihr Kopf lag schräg, was Friederike schon immer als Unterwerfungsgeste gewertet hatte. *Bitte, tu mir nichts,* so in der Art.

»Könnt ihr die Geschichte mal vollständig erzählen? Es ist gemein, nur anzudeuten.« Charlotte und Friederike setzten sich dazu.

Ein kurzer Blick auf die immer noch erstarrte Flora, dann sagte Sevenna: »Ich finde ja, warum nicht. Also es gab da dieses alles entscheidende Konzert, das war im Herbst 1978. Ich habe früher gesungen, müsst ihr wissen. Mein Vater Hojok Reinhardt war ein recht bekannter Musikproduzent, der die Interpreten des sogenannten Gypsy-Jazz produzierte. Für eine Weile, heißt das. Er war, was mich anging, ziemlich ehrgeizig. Immerhin hatte es Marianne Rosenberg, auch eine Sinteza, ganz nach oben geschafft. Also brachte er mich hier und da im Vorprogramm unter, in der Hoffnung, dass mich jemand hört. Ich weiß bis heute nicht, warum er mich nicht produziert hat.« Sie nahm einen tiefen Schluck. »Also, das Konzert des Häns´che Weiß Quintetts im Braunschweiger Jazzkeller *Aquarium*. Ich habe Bossa Novas und Swing und so was gesungen. Flora hatte Geburtstag und war deshalb mitgekommen. Eigentlich sollte es eine Familienfeier zuhause werden, aber weil ich einen Auftritt hatte, sind wir Jüngeren in den Club gegangen.« Sie schwieg. In dem Moment trödelte Quinn mit Bessie an den Hacken zur Küche herein. Sein meist fast unsichtbares Humpeln schien etwas stärker zu sein als sonst.

»Ja, und was denn dann?« Charlotte hielt es nicht aus.

»Ich weiß ehrlich gesagt nicht, was eigentlich los war.«

In Flora kam Bewegung. »Ihr habt euch wahnsinnig betrunken, du und dieser Tanno von Kindt, dieser Typ von dem Orden da, und dein Robert. Die beiden haben eine Wette abgeschlossen, wer dich als Erster flachlegt. Und du hast nicht Besseres zu tun gehabt, als dich schiefzulachen.«

»Es war doch witzig! Der kleine Tanno und der große schöne Robert. Ich dachte nur, lass sie doch wetten. Ich will Robert, und wenn der gewinnt, springt noch was dabei raus für ihn. Aber du, Flora, du, meine Liebe, du hast auch nichts anbrennen lassen. Was war denn mit dem, diesem ... ich habe den Namen vergessen. Werner oder so. Wilhelm, nein, Walter. Genau, Walter.«

Flora presste die Lippen zusammen und sagte nichts. Friederike sah, dass ein kurzer Blick zu Charlotte geflogen war.

Die saß jetzt kerzengrade. »Ihr redet wohl nicht von meinem Vater? Meine gesamte Kindheit habe ich Gypsy-Jazz gehört, er war absolut fanatisch dahinter her. Flora, hast du etwa, habt ihr ... Ihr habt, ich sehe es dir an. Hast du ein Verhältnis mit meinem Vater gehabt?«

Friederike wäre jetzt am liebsten aufgestanden und rausgegangen. Sie fühlte sich wie die Lauscherin an der Wand, schäbig, bei den wahrscheinlich folgenden Geständnissen zuzuhören. Aber es lag eine derartige Spannung in der Luft, dass sie nicht wagte, sich zu rühren.

Quinn versuchte offenbar, die Lage zu entspannen. Er lärmte an der Spüle herum, wusch geräuschvoll einen Becher aus und kam an den Tisch, noch mit dem Handtuch in der Hand. »Soll ich einen frischen Kaffee aufsetzen?«

»Nein«, riefen Sevenna, Flora und Charlotte gleichzeitig.

Sevenna fasste sich als Erste. »Rede, Flora, das bist du Charlotte jetzt schuldig. Ich habe dich und Walter – entschuldigen Sie, Frau Everding – draußen hinter den Mülltonnen gesehen. Ich weiß nicht, ob das nur ein Kuss war.«

Flora seufzte tief. »Es war nur ein Kuss, aber es blieb später nicht dabei. Allerdings dauerte es nicht lange, denn ich fing bei euch beiden als Kindermädchen an, und da wurde er ganz streng. Entweder ... oder, sagte er. Entweder wir erhalten unser Verhältnis aufrecht, oder ich arbeite bei ihm. Er wollte unter keinen Umständen, dass du was mitkriegst. Ich habe mich für dich entschieden, Lottchen, für dich und deine großen grünen Augen, für dein Temperament und deine liebevolle Seele.« Sie kramte ein Taschentuch hervor und blies so laut hinein, dass es unter der hohen Decke der Küche widerhallte.

Charlotte wurde es ganz anders. Flora hatte ein gebrochenes Herz, gebrochen von ihrem nutzlosen Vater. Wieso hatte er sie nicht geheiratet, verdammt?

Flora ahnte, was sie sagen wollte. »Ich war schon verheiratet, Mädchen, er hätte mich sonst genommen. Aber als mein Ehemann Vinto später in einer Messerstecherei umkam, war es zu spät. Er hätte sich niemals scheiden lassen.«

Die Stille im Raum anschließend war mit Händen greifbar. Charlotte rappelte sich auf. »Aber wieso hat er dich rausgesetzt, als ich 18 wurde?«

»Er hat mich nicht rausgesetzt. Du, Schätzchen, brauchtest mich nicht mehr. Und er schwebte schon in seinen Ritterträumen. Er versuchte, einen Ritterroman zu schreiben, aber es wurde nichts. Er verzettelte sich in verschiedenen Projekten und wurde immer unleidlicher, ich musste fortgehen. Da kam diese Wanderbühne nach Braunschweig. Ich war bezaubert, sie wollten mich, und ich hatte meine Bestimmung gefunden.«

»Flora«, sagte Sevenna, »wenn ich das gewusst hätte, dass du so nah wohnst. Und dass es dir nicht gut geht ...«

»Du hattest mit dir selbst zu tun. Der alte Familienstreit zwischen den von Kindts und den Strachwitz′ flammte ja durch dich wieder auf.«

»Ja, Tanno hat sich nicht besonders nett verhalten, als er merkte, dass ich Robert wollte.« Sie rieb an einem unsichtbaren Fleck auf der Tischplatte. »Es musste erst mein Vater eingreifen. Flora, dich haben wir damals verloren. Du hast mir nie verziehen, dass ich die beiden Männer gegeneinander aufgeheizt habe. Du fandest – oder irre ich mich? –, dass ich mit meiner Entscheidung zu lange gewartet habe. Ehrlich gesagt, warst du ein bisschen prüde.«

»So was macht man auch nicht. Du kannst mich gern prüde nennen. Aber man spielt nicht mit zwei Männern.«

»Ich habe schon gesagt, ich war 18. Verzeih mir, Flora, ich freue mich so, dich wiedergefunden zu haben. Komm, lass es uns vergessen.«

Friederike hatte in all den Bekenntnissen etwas Interessantes gehört. »Sie sagen, es gab einen alten Familienzwist zwischen den von Kindts und den Strachwitzens?«

»Sollen wir uns nicht pauschal duzen?«, fragte Charlotte dazwischen.

Alle nickten. Friederike versuchte es noch mal. »Ein alter Krach?«

»Ja«, antwortete Sevenna. »Beide Familien gibt es seit Urzeiten hier im Land zwischen Braunschweig und Elm. Die Zerwürfnisse gehen zurück, sagt man, bis vor vielen hundert Jahren. Es ging um die Waldnutzung im Elm. Mehrere umliegende Dörfer besaßen große Waldstücke, in die sie im Herbst ihre Schweine trieben zur Eichelmast. Ein gewählter, sogenannter Holzgraf entschied darüber, wer sein Vieh wohin treiben durfte. Er entschied auch darüber, wie viel Holz und welche Bäume wo geschlagen werden durften. Die Überlieferung beschreibt, dass es mehrfach Konkurrenzen gab zwischen Strachwitzens und von Kindts um dieses Amt. Später dann wurde, jetzt in neuerer Zeit, die Domstiftung gegründet, eine Art Kirchenvorstand für den Braunschweiger Dom. Und wieder ging es um den Vorsitz.«

»Beide sind in der Bruderschaft *Vom Goldenen Segel*, richtig?«, fragte Friederike. Sie interessierte sich eher für neuere Konflikte.

»Ja«, sagte Sevenna. »Und auch da stehen sie Kinn an Kinn. Tanno verteidigt die alte Satzung, Robert und ein paar andere wollen die Bruderschaft für Frauen öffnen. Allerdings gehen die Konflikte nicht sehr tief. Tanno ist ein müder, wohl auch kranker Mann, der die Präsidentschaft nicht mehr lange halten kann.« Sie schwieg einen Moment und schob eine Strähne hinters Ohr. »Es gab aber einen Moment der Versöhnung, als vor einiger Zeit beide Familien schworen, die Fehde beizulegen.« Sie stand auf. »Ich muss dringend los, es sieht ein bisschen nach Regen aus.«

»Das würde mich interessieren«, sagte Friederike und blieb sitzen. »Was war denn der Anlass für den Versöhnungseid?«

Sevenna sah aus dem Fenster. »Ich muss jetzt wirklich fahren, heute Morgen ist noch viel zu tun.«

»Hat es mit dem Grab zu tun?« Ein Schuss ins Blaue.

Sevenna war schon an der Tür. »Tut mir leid, vielleicht das nächste Mal.«

Tatsächlich hatte sich der Himmel zugezogen, kein Blau, keine Sonne, ein kräftiger Wind blies Laub über den abgetrockneten Hof, und die Wetterfahne auf der Kapelle knarrte.

Die vier Frauen, Quinn, Bessie und selbst der schwarze Kater standen auf dem obersten Absatz der kurzen Freitreppe zum Herrenhaus, Friederike und Charlotte wegen der Kälte eng aneinander gedrängt, Sevenna schon mit einem Fuß auf der zweihöchsten Stufe, als es einen Knall gab und ein Feuerstoß aus dem hinteren Ende des Scheunendaches zum Himmel schoss.

Unglückliche Liebe und Keramik

»Ja, Sie können ihn reinlassen.« Tanno von Kindt drückte auf dem Telefon seinen Assistenten weg, schob seine Papiere zusammen und legte den Füllhalter parallel daneben. Er liebte Ordnung, und genauso liebte er es, als ordentlicher Mensch zu erscheinen. Sein Lebensmotto *Chaos schafft Chaos* hatte sämtliche Mitglieder seiner Familie zu verschiedenen Zeiten in den Wahnsinn getrieben.

Robert Strachwitz erschien in der offenen Tür. »Ich bin etwas zu spät dran«, sagte er.

Tanno war nicht aufgestanden. Er wollte es vermeiden, von unten zu seinem Logenbruder aufschauen zu müssen, denn der war eineinhalb Kopf größer als er.

Robert grinste innerlich, weil er das wusste. Tanno hatte wie viele kleine Männer große Schwierigkeiten mit seinem Selbstbewusstsein, was ihn oft dazu trieb, mit Lieferanten und anderen Dienstleistern herrisch umzugehen.

Er ärgerte sich darüber, dass Tanno darauf bestanden hatte, das Treffen in diesem Büro zu veranstalten. Er mochte es nicht. Tanno hatte diesen Raum so von seinem Vater übernommen, wie er war, und der wiederum von seinem Vater. Das in Öl gemalte Portrait des ersten Verlegers der *Wernerschen Verlagsanstalt* mit Namen Klaus Ludwig Werner hing über der schweren Ledersitzgruppe den beiden hohen Fenstern gegenüber. KLW, wie er von einigen älteren Verlagsangestellten nach wie vor fast ehrfürchtig genannt wurde, hatte in Ermangelung eines männlichen Erben sein einziges Kind mit Tannos Großvater verheiratet, weshalb der Name *Werner* nur noch auf dem Briefpapier vorkam. Damals hätte kein

Mann den Namen seiner Frau angenommen. Also gab es jetzt die *Wernersche Verlagsanstalt, Inhaber Tanno von Kindt.*

Der Raum war nicht hell trotz der beiden Fenster, von denen aus der Blick über eine träge dahin fließende Oker auf die Villen am anderen Ufer fiel. Bücherregale an allen Wänden, ein schwerer Mashad-Teppich von vier mal sechs Metern, der seinen Großvater mit Sicherheit viel Geld gekostet hatte. Die Büroeinrichtung war stimmig, durch ihre Schwere aber deprimierend, fand Strachwitz.

Das Verlagshaus lag etwas abseits ein paar Straßen hinter dem Braunschweiger Theater und war in der furchtbaren Nacht im Oktober 1944 erstaunlicherweise nicht ausgebrannt, was allein dem Hausmeister zu verdanken war. Er hatte die Einschläge beobachtet und zusammen mit seinem erwachsenen Sohn drei nicht gezündete Stabbrandbomben, die durchs Dach geschlagen und in der Mansarde des Laufjungen gelandet waren, beherzt durchs Fenster auf den Hinterhof geschleudert. Eine Gedenktafel, die die mutige Tat der beiden Männer schilderte, hing an einem Ehrenplatz im Vorzimmer des Verlagsvorstands.

»Kommt Wohlgemuth auch?«, fragte Robert.

»Ich weiß es nicht«, brummte Tanno, »er wollte sich nicht festlegen. Hätte was Wichtiges vor, sagte er.«

»Ich verstehe. Um was geht es denn hier?«

Tanno sah auf seine linke Handfläche. »Ich ... Ich ...« Er schluckte und sah hoch. »Ich bin nicht gesund, Robbo, ich ... Ich glaube, ich will den Vorsitz abgeben.«

Das war eine Bombe. Tanno von Kindt hatte an der Präsidentschaft der Bruderschaft *Vom Goldenen Segel* geklebt wie die Schnecke am Kohl. Mit multiplen legalen und illegalen Manövern hatte er sie sich immer wieder gesichert – Brüdern, die ihn unterstützten, Vorteile in Aussicht gestellt, anderen zu Pöstchen verholfen, und einige Male, so argwöhnte Strachwitz, war sogar Geld geflossen. Und nun wollte er aufhören?

»Ist es schlimm?« Er versuchte, sich dem Thema vorsichtig zu nähern. Nicht mit dem naheliegenden *Und wer soll es jetzt machen?* ins Haus fallen.

»Die Ärzte haben keine Ahnung. Ich habe zu niedrigen Blutdruck, der Stoffwechsel macht nicht, was er soll, das Blut ist nicht in Ordnung, und ich bin permanent müde. Weiß nicht, ausgebrannt vielleicht. Burnout ist ja das Schlagwort der Saison und beschreibt alles von Faulheit bis zu tiefster Depression.«

»Was sagt Solveig dazu?«

Solveig war Tannos norwegische Ehefrau, eine schöne großgewachsene, hellblonde Person mit geraden Schultern. Nach der Pleite mit Sevenna Reinhardt, seiner ersten großen Liebe, hatte ihre sexuelle Unverkrampftheit Tanno am Anfang ihrer Bekanntschaft hingerissen und kurzfristig zu einem romantischen Jungen gemacht, der seine Solveig anhimmelte und nicht wusste, wie ihm geschah. Daraus war ein kühles Miteinander geworden. Solveig hatte sich inzwischen vollständig abgekapselt. Sie erfüllte ihre Pflichten, wie sie es gelernt und immer getan hatte, führte aber ein munteres Leben in aller Heimlichkeit mit Gedichteschreiben, komplizierten Solitärspielen, Chats über Skype mit der Verwandtschaft in der alten Heimat und hier und da einer klaren Flüssigkeit in kleinen Gläsern, wenn es wieder mal zu kalt geworden war, denn sie heizten alle nicht ordentlich hier in Norddeutschland.

Tanno zuckte die Schultern. »Was soll sie sagen? Geh zum Arzt, sagt sie. Schon dich, sagt sie. Und dann verlässt sie das Zimmer und ruft in Norwegen an. Übrigens tut es ihr leid. Sie wollte ja eigentlich heute mit Sevenna zum Friedhof, aber im letzten Moment ...«

»... kam was dazwischen.« Nicht das erste Mal, dachte Strachwitz.

Tanno kratzte sich am Kopf mit den dünnen grauen Haaren. »Ich erkläre Sevenna jedes Jahr, dass sie endlich damit aufhören soll. Die Geschichte ist doch uralt, außer uns erinnert sich kein Mensch an die Tragödie.«

»Ach, ich finde es eigentlich nicht schlecht, dass wir uns an den Moment erinnern, als wir die jahrhundertealte Familienfehde aufgegeben haben.«

»Ja, da hast du wahrscheinlich recht, das war eine gute Konsequenz der traurigen Sache.« Er sah hoch. »Glaubst du, wir würden hier sonst gar nicht sitzen?«

»Könnte sein.« Strachwitz hatte eigentlich nicht so viel Lust, das Thema aufzugreifen. Tannos schlechte Gesundheit schien vielversprechender. Aber er tat ihm den Gefallen. »Erinnerst du dich eigentlich an deine Schwester?«

»An Katharina? Nicht so richtig. Sie war ja zehn Jahre älter als ich. Und ich war sechs, als sie starb. Aber ich erinnere mich an die Trauer im Haus. Und das Schweigen.«

»Ich auch, sehr deutlich. Ich war zwar nur fünf Jahre jünger als Bruder Hagen, aber schon elf, als die beiden starben. Die Zeit danach war furchtbar. Mein Vater versteinerte, meine Mutter schloss sich ein. Bis irgendwer auf die Idee kam, dass die Familienfehde aufhören musste. Sie hat tatsächlich zwei Menschen das Leben gekostet.«

Tanno wurde unruhig. »Also so krass kann man das nicht sagen, denke ich.«

»Natürlich. Die beiden waren fest davon überzeugt, dass sie nicht zusammen sein durften.«

»Sentimentaler Unsinn. Sie hätten erwachsen werden und die Sache durchkämpfen können.«

Robert lächelte breit und sah aus wie ein zufriedener Räuberhauptmann. »Du warst doch auch mal jung, Tanno. Erinnerst du dich nicht daran, wie heftig man verliebt sein kann? Und wie sehr man bereit ist zum Kampf, wenn man denkt, es stünden die Verhältnisse im Weg? In gewisser Weise haben die beiden doch gekämpft, was? Wenn auch anders, als unsere Eltern es sich gewünscht hätten.«

Tanno war für einen Moment sprachlos. Das war eine Anspielung auf seine aussichtslose Liebe zu Sevenna, oder? Auf die Liebe und den Verlust? »Das sind Tiefschläge, Robert, selbst für dich unter aller Würde.«

Strachwitz runzelte die Brauen. »Oh, tut mir leid, ich wollte unter keinen Umständen ... Nein, das musst du mir glauben ... Herrgott, denkst du etwa immer noch an diese alten Kamellen?«

Tanno schluckte runter, was er eigentlich antworten wollte. Alte Kamellen waren es nicht für ihn. Noch beim letzten Treffen der beiden Paare war es ihm nicht gelungen, den Unterschied zwischen Solveig und Sevenna zu übersehen. Sevenna, immer noch die leidenschaftliche, temperamentvolle Frau, die ihren Mann anstrahlte. Dagegen Solveig, seine beherrschte kühle Frau, immer noch wunderschön anzusehen, aber so ... kühl. Ihre kleinen scharfen Bemerkungen, ihre immer vorhandene Distanz – er holte tief Luft. *Wie man sich bettet, so liegt man,* eine Binsenweisheit, aber so wahr.

»Lassen wir diesen alten Kram. Wie denkst du wohl über eine Präsidentschaft?«

»Willst du denn aufhören, oder denkst du, du musst?«

»Ich glaube, ich muss.«

»Du glaubst.«

»Herrje, ich *werde* aufhören. Besser? Du sollst das jetzt machen.«

»Ich?« Das musste er erst mal verdauen. Robert stand auf und ging zu dem kleinen Tischchen mit der Kognakflasche und den Kristallschwenkern. Sein erstes Gefühl war ein reiner echter Triumph, während er sich zwei Zentimeter hoch einschenkte. Der zweite Gedanke war schon die Ernüchterung. Die Bruderschaft war in denkbar schlechtem Zustand. Geldmangel, Mitgliederschwund, eine drohende Spaltung wegen der Diskussion um die Aufnahme von Frauen und nicht zuletzt die in Aussicht gestellte Großspende des Braunschweiger Keramikfabrikanten Bierhake, der die halbe Million abhängig gemacht hatte vom Fund der alten Urkunde. Seine Spendenabsicht kleidete er gern in lässigen Spott: »Wenn ihr allen Ernstes das Dokument herschafft, lasse ich schlappe 500 Mille springen.«

Und immer noch spielte die Fehde zwischen den von Kindts und den Strachwitz′ eine Rolle, selbst hier in der Bruderschaft, Jahrhunderte alt und vom Vater auf den Sohn weitergereicht wie ein Staffelstab, der zum Sieg führen sollte. Viele der Mitglieder hatten sich damals für eine Seite entschieden – der Riss war noch lange nicht gekittet. Und dann nicht zuletzt die verdammte Urkunde, die weit und breit nicht in Sicht war. Die Erinnerung an sie ließ ihn misstrauisch werden.

»Du kneifst, denke ich«, war dann entsprechend Roberts Kommentar, kurz nachdem die gesamte Menge des Glasinhaltes auf einmal in seiner Kehle verschwunden war. »Oder du bluffst.« Es gelang ihm nicht, Tanno lautere Gründe zuzugestehen, so gern er das wollte. Dieses Misstrauen hatte sich oft als berechtigt erwiesen und aus einer Klitsche, die Traktoren reparierte, ein großes Unternehmen gemacht.

Andererseits – Tanno sah wirklich schlecht aus. Sein langes hageres Gesicht war noch bleicher als sonst, die scharfen Augen hinter der großen runden Brille wirkten matt und müde, seine Mundwinkel hingen und die Stirn schien noch faltiger als das letzte Mal. Sollte die Sache so stimmen, wie sie sich anhörte, blieb eine interessante Frage.

Er stellte sie. »Was soll denn dann der Wohlgemuth hier? Hast du dir vorgestellt, dass du durch eine Art Konkurrenzgerangel den geeignetsten Nachfolger feststellst?«

Tanno kniff die Lippen zusammen. Dass Robbo immer gleich so leidenschaftlich werden musste. Diese unbequeme Eigenschaft war ja vielleicht in der Jugend noch erlaubt, aber in ihrem Alter? Er hatte sie für sich frühzeitig durch Kalkül ersetzt. »Ich will ihn dazu bringen, für dich zu stimmen.«

Strachwitz blieb der Mund offen stehen. »Dieser ... Du weißt, wie ich zu ihm stehe. Wie ich zu ihm stehe, seit du und die Klosettschüsselleute darauf bestanden habt, ihn aufzunehmen.«

»Es war nicht nur die Bierhakesche Keramik, es waren viel mehr, die für ihn gestimmt haben. Da war der...«

»Hör auf, ich war dabei.«

Tanno hob die Hand. »Wohlgemuth hat viel Gutes für die Bruderschaft getan, vergiss das nicht«, sagte er müde.

»Du meinst, er hat gelöhnt, oder wie? Tanno, man kann nicht alles mit Geld regeln, das funktioniert nicht. Unsere Loge ist schon sehr alt, eine der ältesten in ganz Deutschland. Mit Typen wie Wohlgemuth richten wir sie zugrunde. Das gleiche gilt übrigens für Bierhake. Wenn die Leute anfangen, Spenden an Bedingungen zu knüpfen, verkaufen wir unseren Geist.«

»Findest du es nicht legitim, vorauszusetzen, dass ein Anspruch auf Verifizierung bei so viel Geld gerechtfertigt ist? Wir behaupten, dass unsere Bruderschaft gute 800 Jahre alt ist. Dass die Leute das nicht so ohne Weiteres glauben, muss man ihnen wohl erlauben. Willst du einen Kaffee?«

»Ja, vielleicht doch lieber als Schnaps.«

Tanno verkniff sich den Hinweis, dass dieser Schnaps ein Montaubert XO Imperial war und völlig ungeeignet, in einem Schluck heruntergespült zu werden. Aber Robert war schon immer ein Mann der Tat gewesen. Gewählte Sprache, gemessenes Benehmen waren nicht seine Sache. Gequält von den flapsigen Ausdrücken drückte er die Taste, die seinen Assistenten hereinrief, und bestellte Kaffee.

Mit der Tasse in der Hand fragte Strachwitz: »Und wie geht´s den Kindern? Jakob macht sich gut im Verlag?«

»Ja, er ist milde innovativ. Ich glaube, dass er das Unternehmen halten wird.«

»Wieso? Willst du auch den Verlag aufgeben?«

»Ja, wie gesagt, mir geht es nicht gut.«

Robert Strachwitz wurde kurzfristig von einer warmen Welle des Mitgefühls überflutet. Das musste fürchterlich sein, sich plötzlich an allen Fronten überflüssig zu fühlen. Sein eigener ältester Sohn Ramon war zwar inzwischen auch in seinem Unternehmen tätig, aber beide, Vater und Sohn, hatten gut getrennte Aufgabenbereiche. Ramon betrieb in Peine an der Strecke nach Hannover die Filiale des väterlichen Landmaschinenhandels seit einer gewissen Zeit sehr erfolgreich. Benno, der Jüngste ...

Und als hätte Tanno seine Gedanken gelesen: »Ich habe gehört, dass Benno sich gefangen haben soll?«

»Ja. Er hat eine Autowerkstatt am Braunschweiger Stadtrand. Vor Kurzem ist ein Autohandel dazugekommen, sagt er.«

Früher hätte Tanno an dieser Stelle gelacht oder wenigstens protestiert, heute war er einfach zu ausgelaugt. So, wie er Benno kannte und dessen Werdegang, traute er ihm wenig zu. Aber vielleicht irrte er sich. Mit Autos war der Junge schon immer sehr geschickt gewesen. Junge? Er musste wenigstens Mitte 30 sein, oder?

Prügelst du mein Problemkind, prügele ich deins, dachte Robert und fragte: »Und wie geht es mit Marja?«

Nun schwoll doch eine Ader an Tannos Stirn. »Das ist ein heikles Kapitel. Nachdem ihr Hundesalon ganz gut lief, oder knapp davor war, ganz gut zu laufen, fing sie an mit der Idee, Hundemode dazuzunehmen. Hundemode. Ich fasse es nicht. Dafür haben Generationen in meiner Familie studiert, haben ihren Doktor gemacht, saßen im Stadtrat und wurden angesehene Leute. Die Höhe ist ... Ach, es macht mich fertig.«

»Was denn?«

»Sie will als erste Frau die Mitgliedschaft in der Bruderschaft beantragen.«

Das machte selbst Robert Strachwitz, der viel erlebt hatte in seinem Leben, für einen Moment stumm. Durch sein Gehirn schossen Gedankenblitze wie Maiskörner im heißen Topf. Deshalb will er aufhören, dachte er. Wie wird man um Himmels willen so eine Person wie Marja los? Was macht man als Vater, wenn man so eine Tochter hat? Der arme Mann, ich will mich gar nicht erst in seine Lage versetzen. Und wieder: Was mache ich, wenn ich Präsident bin, und sie beantragt vielleicht mit der Hilfe anderer die Mitgliedschaft? Zwar gibt es die Satzungsregel, dass, wenn ein Mitglied dagegen stimmt, aus der Aufnahme nichts wird. Aber ließe sich das anwenden gegen die Tochter eines über Jahrzehnte hinweg erfolgreichen Präsidenten? Auf der anderen Seite – so erfolgreich war Tanno ja eigentlich nicht gewesen. Trotzdem ...

»Über meine Leiche, habe ich ihr gesagt.« Tanno verbarg sein Gesicht in den Händen. »Aber Solveig hat sie unterstützt.«

»Willst du deshalb aufhören?«

Tanno tauchte wieder auf. »Wenn ich ehrlich bin, spielt das eine Rolle. Denn ich glaube, wenn ich gesund wäre, könnte ich sie draußen halten. Vorausgesetzt, die Bruderschaft entscheidet sich für die Aufnahme von Frauen.«

»Das wird sie.« Robert lachte wieder mit vielen weißen Zähnen. »Niemand wird das verhindern können. Und warum auch.«

»BRUDERschaft?« Tanno betonte den ersten Teil. »Willst du daraus eine Bruder- und Schwesternschaft machen? Oder höflicher eine Schwestern- und Bruderschaft?«

»Das ist egal. Warum nicht. Wir könnten uns ab sofort eine Loge nennen.«

»Und was ist mit der BRUDERschaft *Vom Goldenen Vlies*, die entsprechend unserer Satzung im Jahr 1174 von Heinrich dem Löwen gegründet wurde, nachdem er aus Jerusalem zurückgekehrt war? Du warst es, mein Lieber, der gerade vor ein paar Minuten den Geist unserer ehrwürdig gealterten Loge zitiert hat.«

»Ja. Von mir aus. Es geht mir nicht um das Alter. Es waren Kaufleute, die sich zusammengeschlossen haben, um leichter Handel treiben zu können. Eine sehr weltliche Zielsetzung. Damals waren es halt Männer, die die Gilde der

Kaufleute bildete, heute sind es Frauen genauso wie Männer. Und dieser Entwicklung müssen wir Rechnung tragen, wenn wir nicht untergehen wollen.«

Robert kratzte sich am Kopf. Wieso begriff Tanno nicht, was auf dem Spiel stand? Wenn er noch weiter zusammensinkt, dachte er, ist er überhaupt nicht mehr hinter seinem Schreibtisch zu sehen, der arme Kerl. Er sollte eine Weile alleine wegfahren. Oder sich eine Hütte in der Heide kaufen, wo er über Schafe meditiert. Auf jeden Fall seine krüppelige Familie zurücklassen.

Er wollte gerade zufrieden aufstehen und einen höflichen Vorwand für seinen Abschied vorbringen, als Tanno ihm doch noch einen Schock versetzte.

»Weißt du eigentlich, dass unsere Marja schon häufiger mit deinem Benno gesehen wurde?«

Wollte sein Präsident ihn nur ärgern nach dem Motto: *Wenn es mir schlecht geht, sollst du nicht ungestraft davonkommen?*

»Das ist mir egal, sollen sie selig werden.« Strachwitz stand auf. »Ich muss gehen, mein Freund. Achte auf dich und traue nicht diesem Wohlgemuth. Er ist ein Intrigant, wie er im Buche steht, Geld hin oder her.«

Als er die Tür hinter sich schloss, dachte er, dass ihm die Sache mit Benno und Marja doch etwas ausmachte, und zwar eine ganze Menge.

Und als er schon fast aus dem Verlagsgebäude heraus war, fiel ihm auf, dass er vergessen hatte, Tanno nach diesem ominösen Gemälde zu fragen. Und was Solveig sich gedacht hatte, den Mann in dem weißen Sportwagen aus dem Oberharz zu ihm nach Caplingen zu schicken. Evas Unfall tat ihm ja leid, da er sie aber kaum gekannt hatte, belastete ihn ihr Tod nicht weiter. Tanno und ein gefälschtes Gemälde allerdings wühlten ihn schon eher auf, denn sie passten nicht zusammen, beim besten Willen. Entweder hatte sich dieser Detektiv geirrt, oder sein Präsident auf Abruf war einem Betrüger aufgesessen, aber gründlich.

Brandbeschleuniger und Weihnachtskekse

Der Brand war gelöscht. Zum Glück für alle Beteiligten hatte sich die Freiwillige Feuerwehr Caplingen gerade für die wöchentlich stattfindende Übung versammelt. Das Löschgruppenfahrzeug war aus der Halle herausgefahren, und die Mannschaft stand versammelt für den Empfang der Anweisungen, die heutige Löschübung betreffend, als der Anruf der Zentrale hereinkam. Alles Weitere entwickelte sich genauso günstig: Der Hydrant stand praktisch neben dem brennenden Gebäude, die beiden Schläuche mussten nur über die Mauer gebracht werden.

Allerdings war der ohne Zweifel verwendete Brandbeschleuniger so stark, dass trotz aller schnell eingeleiteten Maßnahmen die halbe Scheune im Vollbrand stand, bis die Feuerwehrleute mit dem Löschen anfangen konnten. Wiederum zum Glück handelte es sich um die dem Herrenhaus abgewandte Seite der Scheune.

Jetzt war alles vorbei. In der Gutsküche standen und saßen kauende Feuerwehrmänner, die ihre Jacken ausgezogen und den Latz der Überhose heruntergeklappt hatten, jeder einen dampfenden Becher Kaffee in der einen, ein halbes Wurstbrötchen in der anderen Hand. Denn Charlotte hatte, kaum war klar, dass der Brand zu beherrschen war, das alte Fahrrad aus dem Stall geholt, sich am Löschwagen vorbeigequetscht, der direkt vor der Einfahrt parkte, und war nach einer knappen halben Stunde mit Brötchen und Aufschnitt für ein Bataillon zurückgekehrt. Flora hatte Kaffee im Akkord gekocht, Friederike unbenutztes Geschirr aus dem Schrank geholt und Spinnenbeine und Staubflocken herausgewaschen. Quinn war draußen geblieben, wie die Wacht am Rhein in seinem Militärmantel neben dem Brandmeister namens Weirauch stehend, den Hut fest auf dem Kopf, und hatte sich bereitgehalten für weitere Maßnahmen, die hoffentlich nicht nötig sein würden.

»Rüdi und Jochen, ihr löst Kalle und Jens ab, raus mit euch.« Weirauch nickte Charlotte zu. »Wir lassen zwei Leute hier als Brandwache, obwohl ich denke, wir haben´s geschafft.« Er holte sich seine vierte Brötchenhälfte. »Die Brandermittler werden bald da sein – Sie verreisen jetzt nicht, oder? Ich meine, die Leute werden sicher Fragen haben.«

Charlotte nahm an, er könnte einen geplant warmen Abriss meinen, den sie als neue Eigentümerin der Caplingenburg aus Versicherungsgründen in die Wege geleitet hätte. »Wir laufen nicht weg«, sagte sie schüchtern. »Ich habe auch die Scheune nicht angezündet, wenn Sie das meinen.«

Floras Stimme dröhnte durch den Raum und übertönte mit Leichtigkeit das gemütliche Schwatzen der Feuerwehrleute. »Ein schwarzer Wagen ist weggefahren. Ich habe ihn kurz vor dem Knall gesehen. So´n größerer, hinten flach runter.«

Alles drehte sich zu ihr um. Sie stand am Holzherd, die Klappe war offen, das Feuer darin brannte hell, und ihr fehlte zum Turban über dem Dreieckstuch nichts als die schwarze Katze auf der Schulter.

»Wer issn das?«, fragte Weirauch, stupste Charlotte an und nickte in Floras Richtung.

»Mein Kindermädchen, sie wohnt bei mir.«

»Und Sie – wollen Sie denn hier bleiben?«

Charlotte sah ihn scharf an, wie sie seit dem Drohbrief jeden mit einer derartigen Frage misstrauisch betrachtet hätte. »Weiß ich noch nicht, vielleicht.« Das war die reine Wahrheit.

»Essen Sie ´n Brötchen, Sie sind ganz blass.« Weirauchs gutmütiges Gesicht sah mitfühlend auf sie herunter. Diese

Städter hatten keine Kondition, obwohl – sie sah eigentlich recht zäh aus, ihre Schüchternheit täuschte ihn nicht. Allerdings was Brandstifter anging, da wusste man ja nie so recht. Na egal, sein Job war gemacht, und zwar ziemlich gut. Das Feuer war im Ganzen nicht ungünstig gekommen, denn für seine Leute hatte es sich ja mal als ganz positiv erwiesen, einen richtigen Brand zu löschen anstelle dieser Übungsfeuer. Jetzt konnte die Kripo den Rest erledigen, wenn die Ruine etwas runtergekühlt war. Nett, dass sie Brötchen geschmiert hatten. Jetzt war er satt und wollte nach Hause.

»Erzählen Sie das mit dem schwarzen Auto der Brandermittlung, wenn die kommen.« Er stellte seinen leeren Becher auf die Arbeitsplatte neben sich. »So, Freunde, aufessen, wir wollen abrücken, zack zack.«

Friederike war tief geschockt. Der Schreck hatte alles aufgerührt, das ihr in den letzten Tagen zugesetzt hatte: Christians Unfall natürlich an erster Stelle, das Gefühl, ohne ihn ungeschützt zu sein, dann der Drohbrief, die alles erstickende Müdigkeit, die sie in den Klauen hielt, und jetzt der Brand, den sie ohne einen einzigen Zweifel dem Drohbriefschreiber zuordnete. Er hatte Ernst gemacht, er hatte ein Haus angezündet. Also würde es mit ihrem Auto womöglich nicht mehr lange dauern.

Sie war mit einem Stuhl in die hinterste Ecke gezogen, hielt sich an ihrem Kaffeebecher fest und versuchte, ihr Zittern zu unterdrücken. Bessie war eng an ihre Beine gerückt und lag mit der Schnauze auf dem rechten Fuß. In dem Moment tauchte hinter dem Brandmeister, der mit Charlotte an der Tür stand, ein Gesicht auf. Graue Locken, grauer Bart, ein rotes Halstuch mit weißen Punkten im Nacken geknotet – es war Konni. Lieber, netter, zuverlässiger Konni, die Verbindung zu ihrem alten, sicheren Leben. Er sah sie sofort durch alle Leute hindurch hinten zusammengesunken auf ihrem Stuhl sitzen und pflügte sich einen Gang durch die Feuerwehrleute.

»Was is denn hier los? Friederike, was hast du angestellt!« Seine tiefe Stimme rollte wie die kurz zuvor von Flora durch den hohen Raum. Er stellte seinen Helm und das Paket, das er unter dem Arm getragen hatte, auf die Ecke des Holztisches.

Friederike sprang auf, lief zwei Schritte auf ihn zu und ließ sich fest umarmen. »Was machst du denn hier? Wieso ... Du kannst doch Sandra nicht allein lassen! Was ... Ist was mit Christian?«

»Alles gut, mach dir keine Sorgen«, sagte er, während er den Reißverschluss seiner Lederjacke aufzog. »Ihr habt hier ja eine Höllenhitze. Christian ist okay, ich war gerade da. Sandra ist in der scharfsichtigen Obhut von Wilma, und ich bin auf dem Weg nach Wittingen. Ein Kumpel braucht ´n Rat wegen seiner Harley. Ich dachte, ich kucke mal nach dir. Wo du gelandet bist und so. Und Wilma ...« Er hob die Plastiktüte vom Tisch und zog einen mit Weihnachtspapier beklebten Karton heraus. »Wilma lässt grüßen. Sie kniet im Staub vor Dankbarkeit, weil du ihr diesen Job bei uns verschafft hast. Na ja, so hat sie es nicht gesagt. Ich interpretiere ihre auf dich gerichtete Backwut. Hier, es sind vier verschiedene Sorten Weihnachtskekse. Eine besser als die andere. Wir mussten Ratte davon fernhalten, sonst wäre nichts übrig.«

Friederike bekam feuchte Augen. »Oh, wie nett ... Ihr seid so nett. Ich ... Ich weiß auch nicht, was mit mir los ist.« Alle Schleusen öffneten sich, und sie weinte in Konnis blau-grünkarierte Hemdbrust.

»Was ist denn hier los bei euch?«, fragte er. »Wieso brennen hier Häuser? War es der Drohbriefschreiber?«

»Wissen wir nicht.« Friederike schnupfte laut und fühlte sich besser. »Ich vermute.«

»Na, gut, dass du hier bist. Wenn du in deiner Kapelle wärst, hätte ich keine ruhige Minute. Schlaf ja im Erdgeschoss, damit du rauskannst im Ernstfall, klar?«

Darüber hatte sie auch schon nachgedacht und sich vorgenommen, in der nächsten Nacht Flora unter allen Umständen von oben herunterzuholen.

»Aber erst mal hat er ja vielleicht genug. Oder er wird gefasst.« Konni sah sie scharf an.

»Ja, wie denn? Flora sagt, sie hat ein schwarzes Auto gesehen. Ein schwarzes Auto – so ein Quatsch, alle Welt fährt ein schwarzes Auto.«

»Aber Wilma redete auch davon, das ist doch was. Also könnten die Fälle zusammenhängen. Habt ihr noch einen Kaffee übrig für einen müden Wanderer?«

Inzwischen waren die Feuerwehrleute in der Mehrzahl verschwunden. Draußen stand nur noch ein Privatauto mit zwei Männern, die die Scheunenruine im Auge hielten. Quinn war wieder hereingekommen und saß am Tisch mit dem Teller voller restlicher Brötchenhälften vor sich. Charlotte hatte sich zu ihm gesetzt. Drei Kerzen des Adventskranzes brannten. Flora trug gebrauchtes Geschirr zusammen und fegte mit einer großen Geste Krümel vom Tisch. »Kommt her, ihr beiden, ist noch genug da!«

»Das ist Konni Steiger, Barmann im Tango-Café in Clausthal. Und das sind Quinn, Wanderer zwischen zwei Welten, Charlotte, Burgherrin, und Flora, Charlottes Freundin und Faktotum.«

Alle nickten sich zu und sahen gebannt Friederike zu, die Wilmas Kekse auf einen großen Teller leerte. Ein schwacher Duft von Zimt mischte sich in den beißenden Brandgeruch, der durch die offene Haustür bis zur Küche gedrungen war.

»Ich habe eure Türen bereits zugemacht«, sagte Quinn, »und Flora, dein Bettzeug ist schon unten auf dem Bett im Zimmer hier gleich nebenan. Lass uns erst mal abwarten, wie es weitergeht, bevor du wieder …«

»Ist mir lieber, danke.« Nun setzte sich endlich auch Flora.

Quinn saß neben Konni, und Friederike nahm die Ähnlichkeit der beiden Männer zur Kenntnis. Quinn war nicht ganz so groß wie Konni, und Haare und Stoppelbart waren noch nicht ganz und gar grau. Das Gesicht mit den Längsfalten aber und die scharfen Augen, die ihre Umwelt sehr wach wahrnahmen, hatten sie gemeinsam. Beide hatten langsame Bewegungen, und in beiden Bärten, ob kurz oder lang, hingen Krümel bereits nach dem ersten Keks.

Charlotte sah das Gleiche und musste grinsen. Ihr wurde langsam wieder warm, denn der Schock angesichts der lichterloh brennenden Scheune hatte sie zittern lassen wie im Fieber. Bis zum Schluss hatte sie gefürchtet, das Feuer könne überspringen aufs Haupthaus. Jetzt fragte sie sich, ob ihre Sorge angesichts der Tatsache, dass sie das Gut verkaufen wollte, nicht übertrieben gewesen war.

»Ich habe Neuigkeiten«, sagte Konni und strich die Keksreste aus seinem Bart. »Also erst mal haben sie Christians Handy geortet. Das heißt, nein, sie wissen nicht, wo es ist. Sie wissen, wo es kurz war, und das war am Ortsrand von Braunschweig. Das Signal war nur kurz, dann gleich wieder weg. Jemand hat wohl damit rumgespielt. Zweitens wurden Reifenspuren isoliert, die höchstwahrscheinlich zum Auto von Christians Angreifer gehören. Es könnte ein Audi Q5 gewesen sein, ein Geländewagen. Schwarze Lackreste klebten auch vorn links an dem, was von seinem Alfa übrig ist. Beides könnte auf einen dicken Audi hindeuten.«

»Aber dann ist es ein schwarzer Audi mit einem Schaden vorn rechts und ganz bestimmten Reifen. Kann man den nicht finden?«

»Vielleicht. Sie versuchen es sicher. Wilma sagt, es wäre eine Braunschweiger Nummer gewesen. Immer vorausgesetzt, es ist wirklich in allen Fällen der gleiche Wagen, und das Nummernschild ist nicht gestohlen. In Braunschweig gibt es aber nicht nur einen Q5.« Er goss den Rest aus seinem Kaffeebecher die Kehle runter. »Muss los. Ach ja, die Apothekerin ist tatsächlich geschubst worden. Konnte irgendwie bewiesen werden. Jedenfalls wird es jetzt als Mord behandelt.«

Friederike hob ihre Hand. »Eva de Vries hatte Besuch am Sonntag. Eine Nachbarin hat eine Frau mit lila Haarsträhne gesehen. Und so einem schrägen Haarschnitt. Links viel, rechts rasiert.«

»Das musst du der Polizei sagen.« Er stand auf, Friederike gleich mit. Draußen an der Haustür sagte er: »Bleib erst mal hier, hörst du? In deiner Kapelle bist du nicht so sicher wie hier. Schließt ordentlich ab. Dieser ... Quinn scheint ja ziemlich wehrhaft zu sein, der lässt sich die Wurst nicht vom Brot nehmen, denke ich. Geh nicht allein raus, und – nein, der Hund reicht nicht als Schutz. Geht zu zweit wenigstens. Hast du genug hier zur Unterhaltung? Brauchst du Wäsche zum Wechseln? Geld?« Er sah besorgt auf sie nieder wie ein Vater im Wilden Westen, der seine Familie für die nächsten vier Monate schutzlos zurücklässt.

»Ich habe alles, danke Konni. Du glaubst nicht, wie ich mich gefreut habe, als du da plötzlich gestanden hast. Und geht es Christian wirklich gut? Ich kann das durchs Telefon nicht immer so richtig beurteilen. Er klingt immer so ... gelassen.«

Konni lachte hinter dem Halstuch hervor, das er sich schon über den Mund gezogen hatte. »So ist er halt. Du hast ihn so genommen. Nein«, er drückte sie kurz noch mal an sich, »er sieht besser aus, glaub mir, und sein Gehirn scheint auch nicht gelitten zu haben. Als ich ging, rief er hinter mir her, ich solle seine störrische Freundin grüßen.« Dann verschwand sein Gesicht unter seinem Helm und er stapfte die Stufen herunter, immer beobachtet vom schwarzen Burgkater, der sich seitlich neben die Treppenwange gesetzt und für den Moment aufgehört hatte, sein Fell zu waschen.

Rosinenbrot und ein Siegel

Zwei Tage vergingen ohne weitere spektakuläre Ereignisse. Charlotte hatte ihr Zeichenzeug ausgepackt und beschäftigte sich mit zwei Kindern, die, behütet von einer skurrilen alten Frau, plötzlich auf einer Burg wohnen. Am Ende des zweiten Tages fiel ihr ein brauchbarer Anfang der Geschichte ein, und sie schrieb unter die erste Zeichnung: *Die Vorfreude auf das neue Leben überwog, als die Zwillinge hinten in Vaters Auto einstiegen und die Kastanienallee hinter ihnen im Nebel des frühen Morgens verschwand.* Sie las es wieder und wieder und dachte plötzlich, ich kann es doch. Vielleicht kann ich tatsächlich ein Kinderbuch schreiben. Obwohl ... die Zweifel kamen zurück. Der Satz war für Kinder ein bisschen lang, oder? Sie radierte ihn aus, hatte aber große Lust, es weiter zu versuchen. Probierte, schrieb, radierte und bekam rote Ohren vor Konzentration und Begeisterung.

Friederike leistete sich Faulheit. Sie hatte die Zeit hauptsächlich zwischen drei Orten wechselnd verbracht. Sie machte lange Spaziergänge über die Feldwege, die auf unvorhersehbare Weise durch die Landschaft führten, eingemummelt in ihren langen weißen Schal und die rote Pudelmütze, Bessie immer an der Seite. Alternativ lag sie auf ihrem Bett und las. Dazwischen bummelte sie in die Küche und nahm an den Mahlzeiten teil, die Flora bereitete, oder telefonierte lange mit Christian, der ihre Faulheit lobte und sie immer wieder beschwor, dort ja nicht wegzugehen.

Jeder Versuch, Flora einen Teil der Küchenarbeit abzunehmen, hatte zu nichts geführt. »Das ist meine Sache, lasst mich in Ruhe, ihr alle, ich kann allein arbeiten oder gar nicht. Raus mit euch!«

Quinn hatte neben seinen anderen Arbeiten die Einkäufe übernommen, anfangs von Flora heftig beschimpft, wenn er irgendeinen Artikel nicht passgenau besorgt, sondern improvisiert beschafft hatte. Er merkte, dass er unruhig wurde. Eigentlich war es sein Ziel gewesen, Weihnachten in Tschenstochau zu verbringen, das konnte er sich aber inzwischen abschminken. Gleichzeitig fühlte er, dass, seit er vor einer guten Woche auf dem Gut angekommen war, eine Veränderung in ihm stattgefunden hatte. Wenn er ehrlich sein sollte, ging es ihm gut, so gut wie seit einer sehr langen Zeit nicht mehr. Die beißenden Schuldgefühle waren gemildert, was er sich allerdings nicht eingestehen wollte. So begrüßte er es fast, als sich die alte Unruhe wieder meldete. Ihr Ursprung beruhte jetzt allerdings nicht auf dem Drang zum Ortswechsel, sondern rührte daher, dass er sich den beruhigenden Einfluss einer Gruppe von Menschen, die sich mochten, nicht erlauben wollte – ganz nach dem Motto: *Was schön ist, ist verdächtig.*

Am dritten Tag morgens saßen sie am Küchentisch, jeder einen Becher heißen Kaffee vor sich. Alle standen normalerweise früh auf, das Frühstück verlief weitgehend in einvernehmlichem Schweigen, und so hatten sie sich angewöhnt, sich gegen halb zwölf auf einen Kaffee mit Keks zu treffen. Dann war man wach, die Sprache stand wieder zur Verfügung und die Pläne für den Tag oder auch die segensreiche Untätigkeit der folgenden Stunden waren Thema.

Das Wetter hatte sich beruhigt. Der Sturm hatte sich woanders ausgetobt, und nun war es recht warm für Mitte Dezember, was aber nicht ungewöhnlich war angesichts der zu erwartenden weihnachtlichen Wetterdepression, die oft Regen und mildere Temperaturen über das Land brachte. Friederike stand auf und stellte ihren Becher in die Spüle. »Ich gehe wieder ein Stück. Oder braucht ihr mich hier?« Das war zum Standardspruch geworden, auf den sie regelmäßig ein lautes Nein erwarten durfte.

Sie öffnete die Haustür und bückte sich, um Bessie anzuleinen. Sie hatte es sich zur Angewohnheit gemacht, sie erst auf dem Feld frei laufen zu lassen, um zu verhindern, dass sie – um Himmels willen – auf dem Friedhof anfing zu graben.

Sie waren auf der zweiten Stufe angekommen, als Friederike ein Auto näher kommen hörte, dann bog mit elegantem Schlenker ein winziger Fiat um die Ecke.

»Das ist doch nicht möglich!« Sie stand starr und hielt sich mit der freien Hand am Geländer fest.

Christian wand sich aus dem kleinen Auto, was wegen seiner Körperlänge eine Weile dauerte, denn vor allem das rechte Bein hing hinter dem Steuerrad fest.

»Ich bin´s, Friedchen«, sagte er. »Du siehst aus wie die Kuh, wenn´s donnert.« Und mit einem Blick zu den schwarzverkohlten Balken der Scheunenruine: »Konntest du es nicht lassen?«

»Ich dachte schon, ich täusche mich, aber an deinen Frechheiten bist du leicht zu erkennen. Schickes Auto übrigens.« Sie ließ Bessie los, der Friedhof war egal, und lief in seine Arme. »Vorsicht, Rübe, der Arm!« Sie lockerte ihren Griff auf der Seite, und beide standen eine Minute lang eng umschlungen ganz still. Dann war alles gesagt, und sie machte sich los.

»Bist du entlaufen? Suchen sie dich jetzt mit Bluthunden?«, fragte sie, das Gesicht in seinen Hals gegraben.

»Ich dachte, eine Burg bietet Schutz und Zuflucht.« Die Spannung war vorbei, beide lachten, Friederike pfiff Bessie her, die tatsächlich aus der Richtung kam, in die sie nicht hatte laufen sollen, und alle drei stiegen die Treppe zum Herrenhaus hoch.

Christian blieb in der Halle stehen und sah sich um. »Schön«, sagte er. »Das ist noch der alte Schnitt, ganz original mit Treppe und Kamin. Die allererste Burg wird kaum größer gewesen sein als dies hier mit einem Wirtschaftsflügel bis zum Turm.«

»Kannst du vielleicht mit deinen kunsthistorischen Betrachtungen warten, bis wir ...« Aber da kam die ganze Truppe schon aus der Küche, denn sie hatten am Fenster Ankunft und Begrüßung verfolgt.

Friederike erklärte, wer Christian war, was Flora dazu brachte, sich zu Charlottes Ohr zu bücken und laut und vernehmlich zu flüstern: »Sie sieht glücklich aus. Auch 50-Jährige ...«

Charlotte stieß sie in die Rippen. »Hör auf, alle hören dich.«

Die Runde hatte sich um eine Person vergrößert. Die Stimmen in der Küche hallten von den Wänden und der Decke wider, selbst Bessie beteiligte sich hier und da mit einem kurzen Gebell, weil sich niemand um sie kümmerte. Schließlich reichte es ihr, und sie zog sich auf ihr Lager aus alten Gardinen in der Ecke zurück.

Quinn war fröhlich, weil alle fröhlich waren, Charlotte hatte rote Backen und Flora saß mit auf dem Tisch gefalteten Händen und hörte zu. Friederike gähnte. Diese Reaktion kannte sie, es bezeichnete immer das Ende einer starken Anspannung.

Alle Aspekte der schrecklichen Ereignisse der letzten Tage wurden hochgeladen und begutachtet. Christian war auf der Höhe der Ermittlungen, da Konni ihm alles berichtet hatte. »Es war tatsächlich ein Q5, der Lack an meinem Alfa passt dazu. Sie haben aber noch keinen Verdächtigen, man nimmt an, dass das Nummernschild gestohlen war. Sie suchen das Auto, haben aber wenig Hoffnung. Auch die Frau mit der lila Haarsträhne ist noch nicht aufgetaucht.«

»Vielleicht ist sie jetzt rosa.« Charlotte lachte. Was für eine schöne Runde. Niemals hätte sie gedacht, dass sie es genießen könnte, viele Leute in der eigenen Küche zu bewirten. In der kleinen Küche ihrer Appartementwohnung wäre das allerdings nicht möglich ...

Flora hatte Rosinenbrot mit Butter bestrichen, denn Wilmas Kekse waren lange gegessen. Sie saß auf ihrem Stuhl und freute sich an Charlotte, die froh aussah. Sie sah auch, dass ihr Schützling, wie sie Charlotte nach wie vor sah, die verschränkten Hände von Friederike und Christian wahrnahm. Vielleicht kommt sie ja doch noch zur Besinnung und kümmert sich um einen neuen Mann, dachte sie. Das Mädchen ist zu jung, um allein zu sein.

»Und das Gemälde?«, fragte Friederike. »Wie kommen wir denn damit weiter?«

»Na ja, erst mal ist es jetzt verschwunden, was darauf hindeutet, dass jede weitere Begutachtung vermieden werden soll. Ich weiß noch nicht, wie und wo ich weitermachen soll«, antwortete Christian. »Aber ich habe eine Idee. Ich erinnere mich an einen Studienkollegen an der Hochschule für Bildende Künste in Braunschweig, den ich vielleicht ... Mal sehen. Und was habt ihr so erlebt? Dass nun gleich ein Haus gebrannt hat, lässt auf eine gewisse Feindseligkeit schließen, die euch hier entgegenschlägt. Habt ihr noch weitere Drohbriefe gekriegt?«

»Nein, aber Geheimnisse gibt es.« Charlottes grüne Augen funkelten vor Begeisterung. Sie strich sich eine Strähne hinters Ohr. »Wir können mit einem verschwundenen Dokument und einer unglücklichen Liebe dienen. Zwei Teenager, zusammen gestorben. Und Flora hat eine Cousine. Sevenna, sie ist mit Strachwitz verheiratet. Und die von Kindts und die Strachwitze sind seit Jahrhunderten zerstritten.«

»Nein, sie haben sich versöhnt, sagte Sevenna, erinnere dich«, sagte Flora.

»Dann war hier ja nicht schlecht was los.« Christian griff nach dem nächsten Rosinenbrot. »Habt ihr denn mal in den Sakramentsnischen nachgesehen? Wegen der Gründungsurkunde.«

»Ja.« Charlotte erklärte, dass sogar zwei Stellen infrage kämen. »Aber alle Nischen sind leer.«

»Manchmal scheinen sie nur leer zu sein.«

Quinn äußerte sich zum ersten Mal. »Willst du´s mal sehen?«

»Ja, gern.«

Also zogen alle außer Flora ihre Jacken an und marschierten zur Kapelle, Bessie rannte um die kleine Gruppe herum, als hätte sie Schafe zu bewachen.

Aber sie fanden nichts. Christian klopfte gegen die hintere Wand und fühlte mit dem Finger die Fugen entlang – nichts.

Charlotte war enttäuscht. »Ich würde es ihnen so gönnen«, sagte sie. »Der Strachwitz ist doch ein netter Kerl. Und für die Bruderschaft wäre es der Knaller.«

»Dann lass uns doch auch oben im Turm nachsehen.« Charlotte hatte ein Hochgefühl entwickelt, denn schließlich war sie die Burgherrin mit dem Schlüsselring an der Schürze.

»Ist da oben etwa ein Gebetsraum?«

»Ja, mit Steinaltar und buntem Fenster.«

Draußen auf dem Friedhof sah Christian nach oben zum obersten Turmgeschoss. »Das da? Der kleine Erker?«

»Ja. Der Altar steht mitten drin und füllt ihn fast aus.«

»Das sollten wir uns auch noch mal ansehen.«

Oben angekommen schritt Christian den Raum ab. »Er sieht wirklich aus, als versteht er was davon.« Charlotte war beeindruckt.

»Tut er. Kunstgeschichte war immer sein Lieblingsfach.« Kurz fiel ihr ein gewisses Gemälde ein, das vor langer Zeit bei der Erneuerung ihrer gegenseitigen Bekanntschaft eine gewisse Rolle gespielt hatte. Christians Rolle damals war nicht so rühmlich gewesen.

Inzwischen stand er vor der rechten Sakramentsnische und öffnete das quietschende Gitter. »Hier stand das Gefäß zum Händewaschen.« Er wiederholte, was er unten in der Kapelle schon getan hatte: klopfen, Fugen abtasten ... Er lief zur Nische auf der anderen Seite des Altarerkers. Gitter öffen,

Fugen langfahren, klopfen ... Wieder zurück. Nochmal. »Hört mal, das klingt anders.«

Alle standen mäuschenstill und lauschten dem hin und herlaufenden Christian, wie er erst hier, dann da an der Hinterwand der Nischen klopfte. Sein linker Arm war durch ein schwarzes Tuch fixiert. Friederike überlegte, ob es wohl in Ordnung gewesen war, dass er schon wieder Auto fuhr. Einarmig?

Da – das klang tatsächlich irgendwie anders, dumpfer vielleicht. »Es kam vor, dass die wertvollen Stücke in schlechten Zeiten eingemauert wurden. Wir brauchen einen Vorschlaghammer.«

Quinn war schon halb die Stufen runter und in kürzester Zeit zurück, rechts den Hammer schwingend wie Thor im Gewitter, links einen schweren Steinmeißel.

Ein kurzer Blick zu Charlotte: »Erlaubst du ...?« Und als sie nickte, hämmerte Christian los. Der Arm war aus der Schlinge gezogen, die linke Hand den Meißel. Nach ein paar Schlägen gab er auf, was Friedrike dankbar stimmte. Typisch Christian, Arm halb gebrochen, aber benutzen. Er wischte sich den Schweiß von der Stirn. »Ganz schön hart, der Stein. Und ich glaube, es sollte jemand von euch filmen. Sonst glaubt uns das nachher niemand, falls wir tatsächlich was finden.«

Friederike und Charlotte nickten beide und brachten sich in Position.

Quinn stellte sich neben Christian und nahm den Hut ab. »Lass mich mal, du bist noch leicht angeschlagen, während ich hier nur faul herumgesessen habe. Ich sehe die Umrisse des Steins, den wir rausholen müssen.« Dann begann er zu hämmern, dass die Brocken flogen.

Charlotte, Christian und Friederike hielten die Luft an. Eine Seite war frei, dann die nächste, dann ... Und hurra, der Stein war los.

Er drehte sich zu Charlotte. »Wenn ich den Stein jetzt rausziehe, machst du mich haftpflichtig, wenn der Turm einstürzt?« Dabei lachte er, was sie beruhigte, denn genau darüber hatte sie gerade nachgedacht.

»Nein, mach, natürlich nicht.« Und mit einer unendlichen Vorsicht ruckelte er an dem Stein, bis er etwas schräg stand und sich herausziehen ließ. Christian nahm ihn entgegen und legte ihn sorgfältig auf den Boden an die Wand. Quinn schob seine Hand in die Öffnung und blieb stecken. »Keine Chance, wir brauchen eine kleine Frauenhand«, sagte er und trat zurück.

Charlotte drückte Christian ihr filmendes Telefon in die Hand, stellte sich an Quinns Stelle, zog ihren rechten Ärmel hoch und schob die Hand hinein, dann den Arm hinterher ... und ... »Da ist was«, sagte sie. »Da ist allen Ernstes was, was ... Rundes. ... Aber die Öffnung ist nicht breit genug.«

Quinn hatte im Nu den nächsten Stein gelöst, griff in die Öffnung und zog eine metallene Rolle in der Größe eines Nudelholzes heraus. Er reichte sie weiter an Charlotte, schob dann noch einmal die Hand hinein. »Mehr ist nicht drin. Das ist alles.«

Sie drehte sich um. »War nicht auch die Rede von einem Reliquiar? Diesem Kreuzsplitter? Probier du noch mal, Friederike.«

Aber auch die fand nichts, so sehr sie ihre Hand nach allen Seiten ausstreckte.

Quinn holte einen weiteren Stein heraus. Jetzt sah man deutlich das gesamte Versteck. Es war vollständig leer.

»Schade, tut mir leid für die Bruderschaft.« Charlotte betrachtete die metallene Rolle in ihrer Hand.

»Lass sie zu«, sagte Christian, »wir machen sie unten auf dem Tisch auf.«

In der Küche standen dann alle um ihn herum, als er – als Fachmann für historische Kunst durchaus anerkannt – die Ehre hatte, mit der größten Vorsicht den Deckel zu lösen. Den nach wie vor verbundenen Arm hatte er wieder aus der Schlinge gezogen. Die rollenförmige Verpackung war aus

Messing, altersfleckig mit Sprenkeln aus Grünspan, und ließ sich erstaunlich leicht öffnen. Friederike und Charlotte filmten.

Heraus kam eine Pergamentrolle, ihre Oberseite quer in den Spalt eines dunklen Holzstabes geklemmt, von einem Lederband zusammengehalten. Als Christian es gelöst hatte, zog er das Blatt vorsichtig gerade. Ein eigenartig gleichmäßiges Schriftbild mit hochgezogenen senkrechten Buchstabenlängen erschien über einem grob skizzierten Abbild eines Herrschers auf dem Thron, das Szepter in der Hand. Der erste Buchstabe war so stark verziert, dass er ein Quadrat einnahm, das über vier Zeilen reichte. Unten ein rotes Siegel mit einem verblichenen roten Band. Darauf ließen sich die Worte SIGILLUM HENRICI DUCIS entziffern, angeordnet im Kreis um einen Löwen, dessen Schwanz s-förmig in die Luft stand.

Alle schwiegen ergriffen. Charlotte war schließlich die Erste, die ihre Stimme wiederfand: »Das ist ja nicht zu fassen. Kann jemand die Schrift lesen?«

Nein, denn es war auf Lateinisch verfasst. Aber ... »Hier«, sagte Friederike und zeigte auf drei Wörter in der dritten Zeile des Dokuments. »Die drei Wörter kann ich lesen. *De Velo Aureo.* Aureum heißt golden, und Velo – Moment, ich sehe nach ... Ja, Leute. Es ist das *Goldene Segel.* Und kuckt mal, wie wunderschön jeweils die ersten Buchstaben eines neuen Absatzes verziert sind.«

Sie betrachteten ehrfürchtig das fast 900 Jahre alte Papier, bis Christian sagte: »Wir sollten es zurücklegen und nicht weiter anfassen.« Er rollte es vorsichtig zusammen, befestigte das Lederbändchen mit einer halben Schleife und schob es zurück in die Metallhülle.

»Was machen wir jetzt damit?«, fragte Charlotte. »Ich würde es am liebsten Strachwitz geben, näher sind wir doch der Bruderschaft noch gar nicht gekommen.«

»Das würde ich auch machen«, sagte Quinn zu aller Überraschung. »Ich erinnere mich, dass mein Vater nicht besonders nett von Tanno von Kindt gesprochen hat. Er hat mehrfach über den alten Streit zwischen den Familien berichtet, und dabei kam der von Kindt weit schlechter weg als Strachwitz. Ruf ihn doch an, Charlotte, und hol ihn her. Dann kann er das Ding mitnehmen und du bist die Verantwortung los.«

Charlotte fühlte sich immer mehr als Burgherrin, suchte die Nummer von Robert Strachwitz heraus und rief ihn an.

Robert Strachwitz glaubte es erst, als die Pergamentrolle noch einmal aus der Messingrolle herausgeholt worden war. Dann rief er Tanno von Kindt an. »Du wirst es nicht glauben. Setz dich erst mal hin ... Und – sitzt du? ... Die Leute hier auf der Caplingenburg haben das Pergament gefunden ... Ja, echt. Sie haben den ganzen Fund gefilmt. Ich habe es hier vor mir ... Ja, Wahnsinn, der helle Wahnsinn. Eine Fälschung? ... Nein, das glaube ich nicht ... Wie? Sie mitbringen? Allesamt?« Er sah kurz zu der gespannt zuhörenden Truppe, die eng beieinander am Küchentisch stand. »Es sind fünf.«

Flora ahnte, um was es ging. »Ich komme garantiert nicht mit.«

»Okay, also vier ... Jetzt gleich? ... Mittagessen? ... Was im Ernst? Und Solveig, was sagt die dazu? ... Gut, gut, ich hab´s verstanden. Eine halbe Stunde.« Er drückte das Gespräch weg.

»Er will Sie alle zum Essen einladen. Er sagt, es ist ein festlicher Anlass, der gefeiert werden muss.«

»Zum Mittagessen?«, fragte Charlotte schüchtern. »Wer schafft es, aus nichts ein Mittagessen für sechs Personen aus dem Ärmel zu schütteln?«

»Solveig. Sie bestellt das Essen, und Sie können glauben, sie hat gute Verbindungen, die sich hüten werden, sie im Stich zu lassen. Es wird vielleicht nicht gleich auf dem Tisch stehen, aber es ist ja vorher noch eine Menge zu besprechen.«

Kalbsfilet und Rattenkopf

Hinterher erinnerte sich Friederike hauptsächlich an den Moment, als Tanno von Kindt zusammensackt auf seinem Stuhl saß. Nein, noch zwei merkwürdige Dinge waren geschehen: Sie hatte Charlotte beobachtet, wie die verstohlen ihren halbgeleerten Teller fotografierte. Das Zweite war die Erstarrung von Quinn angesichts der gedeckten Tafel, die angehalten hatte, bis sie sich auf dem Hof der Caplingenburg von den beiden verabschiedeten. Das eine hatte sie bestürzt, das andere war ihr merkwürdig vorgekommen.

Christian neben ihr im Bett seiner Wohnung, die sie seit einem guten Jahr teilten, hatte leise angefangen zu schnarchen. Er schien noch ziemlich angestrengt nach seinen Verletzungen. Erstaunlich leicht hatte er den Verlust seines kleinen weißen Sportwagens weggesteckt. Fast schien er Friederike mehr zu fehlen als ihm. »Es ist nichts weiter als ein Auto«, hatte er leichthin gesagt. »Es fährt, oder es fährt nicht. Dieses jedenfalls nicht mehr. Also werde ich ein Neues brauchen.«

Friederike dachte mit vielen Gefühlen an die Zankereien, die sie beide in dem Wagen gehabt hatten. Wie lange war das her. Sie dehnte sich und überlegte, wie sehr ihre Gefühlslage sich geändert hatte, seit er aus dem Krankenhaus heraus war. Selbst die vielen Telefongespräche mit ihm hatten ihre Ängste nicht beruhigen können, dass es doch noch einen Rückfall geben könnte, dass er wieder in den Tiefen einer Intensivstation verschwinden würde.

Sie drehte sich auf die Seite. Schlafen konnte sie noch nicht, denn der ganze Tag war einfach zu aufregend gewesen. So ließ sie die Mittagseinladung noch einmal vorbeiziehen.

Beide hatten sich gewundert, dass sie mit zu den von Kindts eingeladen wurden. Im Auto auf dem Weg zur Braunschweiger Sophienhöhe sagte Christian: »Na, ihr beide, klar, Charlotte ist womöglich die Eigentümerin der Urkunde und muss günstig gestimmt werden. Aber wir, Friedchen und ich, haben ja eigentlich gar nichts damit zu tun. Auf der anderen Seite soll man ein Gratismittagessen ja nicht ausschlagen, oder, Frieda?«

Quinn beugte sich vom Rücksitz etwas vor und sagte: »Ich kann mir vorstellen, dass Niedersachsen etwas so Wichtiges wie die Urkunde behalten will. Ich nehme an, sie landet im Niedersächsischen Landesmuseum. Vielleicht kriegst du eine schöne Belohnung dafür, Charlotte.«

»Ich weiß nicht, irgendwie verfluche ich bereits die ganze Sache. Wenn das so läuft, wie Quinn es beschreibt, werden Horden von Journalisten auftauchen, mit denen niemand reden will.«

Friederike dachte, dass das ja nicht so schlimm wäre, wenn sie erst die Burg verkauft und wieder in Wolfenbüttel in selbstgewählter Einsamkeit wohnen würde. Sie hielt aber ihren Mund fest geschlossen, denn sie vermutete so einiges.

Sie hielten vor der prächtigen großen Villa mit dem Relief eines Schiffes über der schweren Eichenholztür, das mit seinem vergoldeten Segel offenbar von kräftigen Windstößen getrieben wurde, denn die Leinwände waren dick gebläht. Hinter der zweiflügeligen Eingangstür stiegen sie die Treppe hinauf, vorbei am Portal zu den Räumen der untersten Etage, das das Bild eines Schiffes mit vergoldetem Segel wiederholte, darüber auf einem Schriftband *Bruderschaft Vom Goldenen Segel*. Friederike fühlte sich von dem vielen Gold, das selbst die geprägte Tapete schmückte, und dem reichlich verarbeiteten dunklen Holz etwas erdrückt, versuchte aber, gerecht zu sein. Um zahlungskräftige Brüder anzuwerben, musste man Pracht und Reichtum demonstrieren. Schließlich würde niemand mit Macht und Geld einer Klitsche beitreten.

Solveig geleitete sie ohne große Begeisterung ins Arbeitszimmer ihres Mannes, wo sie mit einer knallenden Flasche Champagner empfangen wurden. Tanno brachte vorsichtigen Enthusiasmus auf, und gleich nach dem ersten Schluck entrollte Charlotte das Dokument auf dem ehrwürdigen Schreibtisch mit den Löwenklauen.

»Das ist unglaublich«, murmelte er, fuhr über die Schrift, ohne sie zu berühren und blieb über dem Siegel stehen. »Das Siegel von Heinrich dem Löwen, ich fasse es nicht. Das ist es wirklich. Und die Zeichnung«, er schwankte leicht und legte eine Hand auf die Schreibtischplatte, um sich zu stützen, »die Zeichnung deutet auf die große Wichtigkeit hin. Ein Herrscher ließ sich nur auf wirklich wichtigen Urkunden als Bild verewigen.« Er begann murmelnd den Text zu lesen. »Mittelalterliches Latein, da müssen wir den Albrecht fragen, der wird es übersetzen können. Aber da«, sein Finger blieb an der gleichen Stelle stehen wie Friederikes vor einer guten Stunde. »*De Velo Aureo*, das sind wir. Solveig, das ist meine Bruderschaft ...«

Aber Solveig hatte schon unbemerkt und effizient den Raum verlassen, denn es hatte an der Tür geklingelt. Vermutlich war das Essen gekommen. Stirnrunzelnd verstaute Tanno die Urkunde in einem Wandsafe.

Strachwitz, der mit eigenem Wagen gekommen war, stand im Hintergrund und strahlte durch seinen gepflegten Räuberhauptmannbart, als hätte er die Urkunde gefunden. Er hatte bisher weitgehend geschwiegen und redete auch während des folgenden feierlichen Mittagessens nicht viel.

Es gab eine sehr gute Suppe vorneweg, über die Charlotte auf Nachfrage erfuhr, dass es sich um eine getrüffelte Maronensuppe handele. Friederike schmeckte den Portwein heraus, mit dem sie gewürzt war. Es folgte ein Kalbsfilet in Weißwein mit Speckbohnen und Käserosenkohl. Nach der Hälfte begann das interessante Gespräch.

Christian beugte sich vor, eine Gabel mit aufgespießten Bohnen in der Luft. »Frau de Vries, die ja am vergangenen Wochenende ums Leben gekommen ist, hat den Ruisdael von Ihnen gekauft, sagte sie mir. Woher hatten Sie den?«

Alles verstummte und hörte auf zu essen, nur Solveig biss ungerührt in einen Rosenkohl.

Tanno von Kindt schwieg stirnrunzelnd einen Moment, dann hob er den Kopf, sah seitlich in die Luft und antwortete nebenbei: »Ach, daran kann ich mich gar nicht mehr erinnern. Er war schon lange in meiner Familie.«

Es rettete ihn die Türklingel vor weiteren Fragen. Solveig hörte draußen Stimmen und sprang auf. »Da werde ich noch ein Gedeck ...«

Eine junge Frau in weißer Schürze öffnete die Tür. »Da ist der Herr Wohlgemuth.«

In diesem Moment, als Tanno für alle sichtbar die Röte den Hals heraufstieg, er aufsprang und zur Tür lief, beobachtete Friederike Charlottes Griff zur Handykamera. Sie beobachtete auch die Blicke, die sie Quinn zuwarf. Der schien sie nicht zu bemerken. Er hatte ein schmutziges Taschentuch aus seiner Tasche gezogen und betrachtete es mit zusammengezogenen Brauen, während er es langsam unaufhörlich knetete.

An der Tür entspann sich ein halblaut geführtes Wortgefecht, von dem leider kaum etwas zu verstehen war. Strachwitz hatte sich dazugestellt. Das ist ja alles sehr merkwürdig, dachte sie, als Christian ihr zuflüsterte: »Hier ist irgendwas im Gange« und deute mit dem Kopf an die Wand, ihnen gegenüber. Ein sehr kleinformatiges Gemälde, eine Szene am Meer hing dort. Ein altertümliches Schiff war angelandet, Männer in Arbeitskleidung rollten Fässer hin, zwei andere mit Federschlapphüten gestikulierten. Einer schien einen Beutel in der Hand zu halten. »Ein alter Holländer«, flüsterte er. »Ich würde ja gern mal ...«

»Untersteh dich«, zischte Friederike. »Wir sind hier als Gäste, ich werde versuchen, es zu fotografieren.«

»Das hilft uns nicht, Frau.« Er stand auf, trödelte zur Anrichte, über der es hing, und nahm es mit einer geschwinden Bewegung vom Haken. Genauso schnell hing es wieder, denn Tanno kam mit Robert Strachwitz und seinem Gast herein, dahinter Solveig mit Teller, Besteck, Serviette, und am Schluss das servierende Mädchen mit Schüsseln.

Christian streckte sich und trödelte weiter zum Fenster. »Eine schöne Aussicht«, sagte er. »Der Theaterpark?«

»Darf ich Ihnen Herrn Wohlgemuth vorstellen, unseren Schatzmeister?« Tanno schien nichts bemerkt zu haben. Er schob einen mittelgroßen untersetzten Mann in ihre Richtung mit rotem Gesicht und vorwurfsvollem Blick. Runde Backen, kurzes Kinn und ein kleiner Mund, die schütteren Haarsträhnen quer über den Kopf gestriegelt. Mit Schönheit ist er wirklich nicht gesegnet, dachte Friederike. Sie erkannte ihn wieder, den Mann, den sie auf den Treppenstufen vor Wilmas Haus gesehen hatte. Aber was erwartet man von einem Mann, der Tabledance in ein Harztal tragen will, und dafür Häuser ansteckt.

Quinn, der sein Taschentuch wieder in der Hosentasche untergebracht hatte, schien immer noch tief in Gedanken, denn er stand nur knapp auf, als er Wohlgemuth vorgestellt wurde. Friederike sah, dass Charlotte eine Hand auf seinen Unterarm legte.

»Ich höre, man hat ohne mich angefangen, Tanno, das ist unverständlich. Schließlich hätte man auf die Versammlung des Vorstandes warten sollen. Die Enthüllung einer solchen Sensation hätte durchaus einen würdigen Rahmen verdient.«

Friederike verschluckte sich fast an der eigenen Spucke. Hätte seine Gegenwart dem Vorgang wohl die entscheidende Würde verliehen? Aus dem Augenwinkel sah sie, dass auch Charlotte grinste. »Wir haben es gefilmt«, sagte sie. »Ich kann Ihnen gern eine Kopie ...«

Wohlgemuth wedelte mit kleinen fleischigen Händen. »Der Augenblick ist vorbei. Wenn man von vornherein schon kein Gespür dafür hat, ist wohl nichts zu ändern. Die Presse hätte anwesend sein sollen. Das Fernsehen. Wo ist sie denn, die Urkunde? Und war nicht immer auch die Rede von einem Reliquiar? Von einem Splitter vom Kreuz unseres Herrn?«

Charlotte fühlte sich angegriffen. »Wir haben leider nichts weiter gefunden als das Dokument der Gründung Ihrer Bruderschaft. Wie gesagt, es gibt einen Beweis, wir haben den Prozess gefilmt.«

»Wie günstig, dass man daran rechtzeitig daran denkt.«

»Wollen Sie sagen, wir hätten die Reliquie unterschlagen?«

Friederike hielt es nicht. Sie sah ihn falsch freundlich an. »Vielleicht haben wir das. Aber das würde Ihnen nichts helfen, oder? Vielleicht hätten wir ja in dem Fall auch die Urkunde unterschlagen sollen. Auf dem Schwarzmarkt würde man sicher einiges dafür bekommen. Sie sind ein ...«

Christian legte die Hand auf ihre. »Frau Wolkenreich denkt, dass unser Fund eher Ihr Wohlwollen verdient, vielleicht eine größere Belohnung, als eine Verleumdung. Sind Sie nicht auch dieser Ansicht?«

Solveig als gute Gastgeberin versuchte, die Situation zu retten. »Die Urkunde liegt im Safe, Mathias, und wir wollen jetzt erst essen. So viel Zeit ist doch sicherlich. Und wenn es ein Stück Holz gegeben hätte, denke ich, läge es jetzt daneben.«

Friederike zitterte vor Zorn. Sie hatte durchaus seine Reaktion zur Kenntnis genommen, als Christian ihm vorgestellt worden war. Das merkliche Zögern, der zusammengepresste Mund, der arbeitende Kiefer und die Tatsache, dass er kein Wort zu ihm sagte, beschrieben, dass er sich durchaus an den Privatdetektiv erinnerte, der vor einer guten Woche bei ihm aufgetaucht war. Dieser ganze Mann hatte alles an sich, das sie hasste. Und das sie aus der Fassung brachte.

Die leicht gespannte, aber immer noch höflich-distanzierte Atmosphäre kippte vollends, als Christian im Laufe des

Desserts sich umdrehte, auf das kleine Gemälde zeigte und fragte: »Das ist ein van der Vinne, richtig? Ein Zeitgenosse von Jakob Ruisdael, glaube ich. Ein seltenes Sujet, Herr von Kindt. Van der Vinne ist für seine Stillleben berühmt. Landschaften hat er nicht viele gemalt.« Er legte den Kopf schief und fixierte ein kleines silbernes Salzfass, als er weiter sprach. »Vor allem Seestücke sind eigentlich gar nicht bekannt. Eine echte Rarität.«

Solveig stand auf. »Vielleicht wollen die Herrschaften jetzt ins Arbeitszimmer gehen und ...«, als ihr Blick ihren Ehemann traf. Der lehnte zusammengesunken in einem unnatürlichen Winkel über seinem Dessertteller und hatte die Augen geschlossen.

Darauf erhob sich ein gewaltiges Durcheinander. Der wiedererwachte Quinn trug ihn zusammen mit Strachwitz, begleitet von einem heftig gestikulierenden Wohlgemuth, auf das Sofa im Salon, dessen Flügeltüren weit geöffnet wurden, flankiert von Solveig und der Servierhilfe mit großen Augen.

Friederike blieb ratlos mit Charlotte und Christian zurück. »Wir sollten gehen«, sagte sie schließlich, ging zur Garderobe und zog ihre Mäntel vom Bügel. »Die Leute haben hier jetzt was anderes zu tun, als uns zu bewirten. Ich würde eigentlich am liebsten gleich mit dir nach Hause fahren.«

»Wir kommen mit, wenn ihr so nett seid und über Caplingen fahren wollt.« Charlotte zog schon, während sie redete, ihre Winterjacke an und riss Quinns Militärmantel vom Haken. »Du willst doch deine ganzen Sachen sicher einsammeln und mitnehmen.« Friederike überlegte kurz, ob sie gerade aus der Burg geworfen wurde, entschied sich aber dagegen.

Solveig erschien. Von ihren exquisit gepflegten hellblonden Haarsträhnen hatte sich keine einzige in eine unerwünschte Richtung bewegt. »Sie wollen gehen, das ist sicher das Beste. Mein Mann hat einen Schwächeanfall erlitten, es ist leider nicht der erste. Warten Sie, ich hole Herrn Voigtländer.«

Charlotte nahm zur Kenntnis, dass die kühle Solveig bei allem Desinteresse sich Namen, zumindest Quinns Nachnamen, offenbar gut gemerkt hatte.

Sie saßen kaum alle vier im Auto, als Christian sagte: »Es war ein gefälschter van der Vinne. Die Leinwand stimmt nicht. Und Männer, die Boote beladen ...« Er drehte sich weg, und seine Stimme trödelte ins Weite.

Friederike konzentrierte sich auf den Verkehr. Auf dem Rücksitz war es still. Ein kurzer Blick in den Rückspiegel zeigte, dass sowohl Quinn als auch Charlotte zu ihren Seitenfenstern hinausstarrten. Was war mit den beiden los?

Sie wich aus. »Lass uns nachher darüber reden, ich überlege gerade, wo ich überall Sachen liegen habe, die eingesammelt werden müssen.«

Keiner von ihnen hatte die Frau mit einer lila Haarsträhne gesehen, die in einem schwarzen Audi Q5 gegenüber der Villa auf der Sophienhöhe stand und sie beim Wegfahren beobachtete. Sie hatte Gunni Schwetz, der Nachbarin von Eva de Vries in Buntenbock geschickt entlockt, dass die einer Frau mit roter Pudelmütze und großen blauen Augen von ihrem Besuch am Sonntag berichtet hatte. Und hier war die rote Pudelmütze, gerade aus dem Haus gekommen, und stieg mit drei anderen Personen in den kleinen Renault.

Bessie rannte ihnen entgegen. Flora stand auf der Treppe zum Herrenhaus, die schwarze Burgkatze mit sauber eingeringeltem Schwanz malerisch neben sich. Ein perfektes Bild, dachte Friederike. Alles, was ein Burggeheimnis ausmacht, auf einer Stelle. Wenn ich zeichnen könnte, würde ich damit anfangen. Jetzt war sie müde und wollte schnell nach Hause.

Alle halfen, Bücher, Kleidungsstücke und Bettzeug zusammenzusammeln, sodass Christian und Friederike nach einer knappen halben Stunde im Auto saßen.

Es wurde langsam dunkel, während sie auf das Harzgebirge zufuhren. Der mittlerweile wolkenlose Himmel schien nach Osten dunkelgrün, nach Westen zeigte ein orangeroter breiter Querstrich die letzten Zeichen der untergegangenen Sonne. Über dem Brocken stand eine blasse Mondsichel.

Christian rührte sich nicht auf dem Beifahrersitz. »Woran denkst du?« Friederike versuchte eigentlich, diese Frage zu vermeiden, weil sie von sich selbst wusste, dass Gedanken, die man nicht teilen wollte, mit einer Lüge oder einem Ausweichmanöver zugedeckt wurden. Wer antwortete schon ehrlich mit *Das will ich nicht sagen* oder frecher *Das geht dich nichts an.*

»Ich denke an die gefälschten Bilder und überlege, wer wohl so perfekt fälschen könnte.« Das schien die Wahrheit zu sein. Und wenn nicht, auch egal.

»An wen denkst du?«

»Ich hatte einen Studienkollegen, wir nannten ihn Bodo Tintenklecks. Er hieß irgendwas wie ... Tingelkes oder so. Ja, Bodo Tingelkes, genau. Er war eine Niete in moderner Kunst, er verweigerte sich ihr förmlich, war aber absolute Spitze in allem, was alte Meister angeht. Seine Kopien waren damals schon perfekt. Ich überlege, ob er noch lebt, und wenn ja, wo.«

Das brachte Friederike auf. »Was heißt das denn? Der Mann wäre so alt wie wir. Willst du sagen, dass wir am Rande des Grabes wandeln? Wieso sollte er tot sein? Hör mal, wir sind knapp über 50, mein Lieber, und viel älter wird dein Tintenklecks wohl auch nicht sein.« Sie war leicht erschrocken. Ging es ihm etwa so schlecht, dass er übers Sterben nachdachte? Großer Gott.

»Nein, Friedchen, ich will nicht sterben und denke auch nicht darüber nach.« Wie so oft hatte er ihre Gedanken gelesen. »Bodo war Kettenraucher, wenn er nicht gerade eine Tüte durchzog und einschlief. Er aß nichts, hatte auch nichts. Wenn der Hunger zu stark wurde, fuhr er mit seinem klapperigen schwarzen Holländerrad auf den Burgplatz, sperrte seine Aktentasche auf und jagte eine Taube hinein. Gerupft und gebraten ...«

»Hör auf, das ist ekelhaft.«

»Bodo war irgendwie so. Ungewaschen, pelzige Zähne, wirre Haare, in denen es krabbelte ...«

»Christian hör auf, sage ich. Du spinnst. Niemand läuft so herum.«

»Na ja, ein bisschen habe ich vielleicht übertrieben. Aber er hat mir mal einen Rattenkopf ...«

»Du bist der widerlichste, scheußlichste ...«

»Na, da bist du wieder, wie schön, Friedchen. Ich hatte schon Angst um dich. So zahm wie den ganzen Tag über habe ich dich lange nicht erlebt.«

»Ich bin einfach müde.«

»Das verstehe ich.«

Den Rest der Fahrt lag seine Hand auf ihrem Oberschenkel, und plötzlich war alles besser.

Kurz bevor sie am Clausthaler Kronenplatz ankamen, sagte er plötzlich: »Bodo Tingelkes wohnte noch bei seiner Mutter, beide waren sehr arm. Während des Studiums war ich mal da, und ich glaube, das war in Caplingen oder in der Nähe jedenfalls.«

Läuse und ein mürrischer Koala

Charlotte konnte nicht schlafen. Sie wälzte sich von der linken zur rechten Seite, versuchte es auf dem Rücken, zählte rückwärts, spielte mentales *Stadt, Land, Fluss* – es war sinnlos. Die Erinnerungen an die Ereignisse des Tages ließen sich nicht unterdrücken. Der zusammengesackte Tanno von Kindt, die Urkunde auf ihrem Küchentisch, Christian und Friederike händchenhaltend, ja, und ... Sollte sie darüber sprechen? Sollte sie es für sich behalten? Aber Quinn hatte es auch gesehen, oder? Hing denn so viel davon ab?

Dann wieder dieses Haus, die Burg. Wenn nur die Gefahr nicht wäre, die Gefahr, die aus dem anonymen Drohbrief hervorgegangen war, die sie gar nicht genau benennen konnte. Galt sie eigentlich für die Nachforschungen, die die beiden Oberharzer hier anstellten, oder galt es ihr, wenn sie hier wohnen bliebe? Das war eine ganz entscheidende Frage, denn wie gesagt, sie mochte das Haus, nein, es war noch mehr. Sie war gern hier. Weiter traute sie sich nicht zu denken, denn der Grund für diese Empfindung ...

Energisch richtete sie sich auf. Aufstehen, warme Kleidung anziehen, Wollsocken und Bademantel, ein warmes Tuch oben drüber dicht um den Hals geschlungen, so wanderte sie langsam durchs Haus, die Hände in den Taschen vergraben. Es war zwar kalt, aber, sie musste es sich eingestehen, seltsam vertraut. Der Geruch der alten Halle, etwas muffig, wie alte Steine halt riechen, etwas nach frisch gebackenem Kuchen, nach Scheuermitteln, die Flora reichlich verwendete, selbst der leichte Brandgeruch, der immer noch in der Luft lag, gehörte schon dazu.

War da Licht in der Küche? Konnte Flora nicht schlafen? Plötzlich schien ihr die Aussicht auf einen warmen Kräutertee sehr verlockend.

Quinn saß etwas seitlich am Tisch, sodass das Licht der Deckenlampe ihn nicht traf. Er saß dort in seinem Militärmantel, gebeugt, die Ellbogen auf dem Tisch, die Haare wirr, in den Händen ein helles Tuch. Das war ... ja, das war das Tuch, das sie vor ein paar Tagen in seinem Nachttisch gefunden hatte. In einem verknickten braunen Umschlag hatte es dort in der Schublade gelegen, als sie ihn in einem Fieberschub ins Bett gebracht hatten.

Obwohl sie sehr leise auftrat, hörte er sie und hob den Kopf. »Komm herein, ich habe dich schon gehört, als du aus dem Bett gestiegen bist.«

Also versteckte er das Tuch nicht vor ihr? Das konnte ja nur heißen, dass er darüber reden wollte. »Ich hatte gedacht, ein heißer Tee wäre jetzt schön, soll ich dir auch einen machen?«

Ablenken, Gedanken sammeln. Wusste er etwa, dass sie in den Umschlag gesehen hatte? War er denn wach gewesen? Sie hatte ihn falsch zurückgelegt vermutlich. Gehörte er zu den Leuten, die ein Haar auf einen Gegenstand legen, den niemand sehen soll, um zu erkennen, ob sich jemand daran zu schaffen gemacht hatte? Niemals. Also?

»Ja, gern. Egal was.«

So lange sie den Moment auch herauszögerte, er kam, und sie saß ihm gegenüber, die Hände um den heißen Becher gelegt. Die Heizung knackte, der Thermostat hatte sie offenbar wieder anspringen lassen. Was sollte sie bloß sagen?

»Ich weiß, dass du es heute Mittag auch gesehen hast. Du hast sogar ein Foto gemacht.« Er blies über die Oberfläche seines Tees.

Sie holte tief Luft. Gott sei gepriesen, er setzte voraus und/oder akzeptierte, dass sie herumgeschnüffelt hatte. »Ja. Das Monogramm auf den Servietten vorhin. G und R. Du hast in deinen Händen ein Tuch mit genau dem gleichen Monogramm und der gleichen Stickerei. Und du überlegst, wie es zusammenpasst.«

»Ich weiß, wie es zusammenpasst. Das heißt, ich ahne es.« Er sah sie an mit seinen hellen Augen. »Es gibt an der Gutskapelle einen Grabstein für Hagen und Katharina, der Todestag ist der 13.12.1970.«

»Ich weiß, Friederike und ich haben Sevenna dort getroffen vor zwei Tagen. Sie hat Blumen und eine Kerze zum Grab gebracht.«

»Mein Geburtstag ist der 11.12.1970.«

Charlotte starrte ihn an. »Was willst du damit sagen?« Erst als es heraus war, fiel ihr auf, dass er wohl vor ein paar Tagen Geburtstag gehabt hatte. Hätte sie nachträglich gratulieren sollen?

»Ich war gestern bei Sevenna. Sie hat mir die Geschichte von Katharina von Kindt und Hagen Strachwitz erzählt.«

Charlotte runzelte die Stirn. »Die Familien waren verfeindet. Ist das eine Romeo und Julia-Geschichte?«

»Ja«, sagte er, »nur, dass ich glaube, dass Katharina ein Kind hatte.«

»Hat man das nicht bei der Untersuchung ihrer Leiche definitiv feststellen können?«

»Ich weiß nicht. Vielleicht hatten die von Kindts die Mittel, das Ergebnis nicht publik werden zu lassen. Oder sie wussten es und haben geschwiegen, froh, dass es weg war. Oder ... sie wussten, wo es gelandet ist, haben vielleicht sogar dafür gesorgt.«

»Du willst also jetzt andeuten ...« Charlotte stand der Mund offen.

»Ja, ich glaube, dass ich Katharinas Kind bin. Sie hat es geboren, geheimgehalten, und schließlich in ihrer Verzweiflung hier auf die Stufen gelegt, wo meine Eltern ...«, er zögerte kurz, »es, also mich, gefunden haben. Und ich glaube, dass Hagen der Vater war. Und dass sie sich gemeinsam umgebracht haben.« Er nahm vorsichtig einen Schluck von dem heißen Gebräu. »Den Suizid hat Sevenna mir bestätigt.«

Wie entsetzlich. Was für eine Geschichte. »Den Beweis siehst du jetzt in diesem ...?«

»Ja«, er hielt ihr das vergilbte Tuch hin. »Da, es ist das gleiche Monogramm wie auf den Servietten. Du hast es auch gesehen.« Er lachte kurz. »Ich weiß, dass du in den Umschlag gesehen hast. Ich war wach.« Das klang zum Glück nicht unfreundlich.

Charlotte überlegte kurz, ob sie ihn jetzt dafür beschimpfen sollte, dass er sie heimlich beobachtet hatte. Nein, ihr Vertrauensbruch war weit schlimmer gewesen.

Quinn redete schon weiter. »Katharina von Kindt hat ihren Sohn, mich, in eine Tischdecke gewickelt, die ihre Mutter mit in die Ehe gebracht hat, vermute ich. Ihre Mutter hieß Gudrun und war eine geborene von Rautenberg. Das habe ich heute Abend herausgekriegt. G v R, das gestickte Monogramm.« Seine Finger strichen leicht über die Stickerei.

»Oder die Mutter hat ihre Tochter gezwungen, dich auf diese Weise loszuwerden. Worauf die Tochter nicht mehr leben wollte.«

»Ja«, sagte Quinn. »Dafür spricht eine Menge. Dann hätte Gudrun nicht daran gedacht, dass das Monogramm sie verraten würde.«

Charlotte hob langsam den Kopf und sah in an. »Es ist doch auch möglich, dass Katharina und Hagen dich richtig geplant den Voigtländers übergeben haben. Hinter dem Rücken ihrer Eltern. Vielleicht hat deine biologische Mutter sogar die letzte Zeit hier im Haus verbracht.« Stille. Dann seufzte Charlotte aus tiefstem Herzen. »Du wirst es nicht herausfinden, denn alle Älteren von damals sind tot, soweit ich weiß. Und wie geht es dir nun mit dieser Ballade?«

Quinn hob die Schultern. »Eigentlich nicht anders als vorher. Meine Eltern sind und bleiben Achim und Iris Voigtländer. Ich finde es nicht so wichtig, wer mich letztlich gezeugt hat. Ich habe schon immer die Sozialisation für entscheidend gehalten. Wie, in welcher Umgebung, mit welchen Eindrücken ein Kind aufgezogen wird. Das ist wichtig.«

»Ich verstehe. Du hast ja auch keine Ahnung, was für Menschen die beiden waren. Nur, dass sie sich so sehr geliebt haben, dass sie zusammen sterben wollten. Und dass sie so verzweifelt waren, dass sie nicht mehr leben wollten. Wie entsetzlich, keine Erwartungen mehr an das Leben zu haben, ich kann mir das gar nicht vorstellen. Die Eltern müssen unverantwortlich gewesen sein. Monster. Wenn sie ihren Kindern verbieten, zusammen glücklich zu werden.«

Quinn war sachlich. »Ja, das ist unvorstellbar, war aber damals gar nicht unwahrscheinlich. Immerhin haben Katharina und Hagen mich am Leben gelassen. Zum gemeinschaftlichen Suizid gehört oft der erweiterte Selbstmord. Die Kinder sollen mit ihnen sterben.«

Charlotte wurde flau im Magen. Mit wem würde sie denn dann hier in der Küche sitzen? Und was war das für ein Gedanke! Fing sie etwa an, sich an seine Gegenwart so sehr zu gewöhnen, dass sie ihn vermissen würde?

Sie riss sich zusammen. »Also ist Robert Strachwitz dein ... Onkel, und Tanno von Kindt auch. Wahnsinn. Was willst du jetzt machen?« Sie stand auf und holte die Schachtel Streichhölzer vom anderen Ende des Tisches. Sorgfältig zündete sie eine Kerze nach der anderen auf dem Adventskranz an.

Quinn schüttelte den Kopf. »Weiß nicht, sacken lassen. Stört es dich, wenn ich ein paar Züge nehme?«

Geistesabwesend schüttelte sie den Kopf. Sie mochte den Geruch seiner Zigarillos. Außerdem hatte der Holzherd einen so starken Abzug, dass ohnehin nicht viel vom Rauch übrigbleiben würde. »Mach ruhig, ich brauche auch was. Ich mache mir ein Brot.«

Quinn sah seine Gelegenheit gekommen, als sie mit einem dicken Käsebrot ihm wieder gegenüber saß. »Ich wollte gern mal mit dir über Irland reden.«

Charlotte bieb in der Bewegung stehen. »Wieso? Reicht es dir noch nicht mit ...« Enthüllungen hatte sie sagen wollen, stoppte aber rechtzeitig, denn er konnte ja nicht wissen, dass es etwas gab, das man Enthüllung hätte nennen können.

»Ich würde dir gern eine Geschichte erzählen.« Die dünne blaue Rauchsäule seines Zigarillos stieg nicht senkrecht zur Decke, sie wurde tatsächlich leicht vom Schornsteinabzug des Herdes abgelenkt. »Aber du musst weiteressen. Also. Es geht um meine Eltern, meine Adoptiveltern, die ich Eltern nenne, verstehst du? Nicht die biologischen.«

»Alles klar.« Charlotte hatte wieder angefangen zu kauen. Eine Geschichte konnte ja nichts Schlimmes bedeuten.

»Als beide tot waren und mein Bruder Johnny auch gestorben war, wurde mir das Gut zu viel, und ich beschloss, meine irischen Verwandten in Curragh zu besuchen, die Verwandten meiner Mutter. Das war im Jahr 2009. Ich geriet dort in den Kreis sehr gläubiger Katholiken. Nach einer Weile überzeugte mich ihre Glaubenspraxis, ich konvertierte und wurde katholisch.«

Charlotte hatte ihn gespannt beobachtet. Was hatte das mit ihr zu tun? Nichts hoffentlich. Wie wurde man wohl plötzlich strenggläubig? Ihre Vorstellung von katholischen Riten und Gebräuchen war rudimentär. Sie wusste aber, dass es viel mit festen Gebetszeiten und der Pflicht zu tun hatte, regelmäßig an Gottesdiensten teilzunehmen. »Wie kam es denn, dass du plötzlich mitgemacht hast? Hat das Übertreten zu einem anderen Glauben nicht üblicherweise mit irgendwas wie Einkehr oder ...« Sie überlegte, wie sie es sagen könnte. »... oder Buße zu tun? Auf jeden Fall Überzeugung. Man muss sehr überzeugt sein, glaube ich.« Sie tastete sich voran. Katholizismus bedeutete im Gegensatz zum Protestantismus ... Sündenvergebung nach der persönlichen Beichte. Herrje.

»Du wolltest dir Sünden vergeben lassen. Deshalb die Pilgerreise. Du hast gedacht, es reicht nicht, was die Protestanten darunter verstehen. Denke ich zu schlicht?«

Quinn lächelte jetzt etwas mehr als von Natur aus. »Du bist auf der richtigen Spur, Charlotte.«

Hatte er je ihren Namen gesagt?

»Aber wenn ich dir jetzt von meiner Schuld erzähle, und warum ich denke, ich muss meinen Weg bis Tschenstochau gehen, erwarte ich von dir auch was.«

»Was denn?«

»Sage ich am Ende. Einverstanden?«

Er rechnete mit ihrer Neugier. Und hatte recht. »Leg los.«

Quinn zupfte eine Nadel vom Adventskranz und hielt sie in die Flamme. »Meine Mutter Iris hat meinen Vater im Krankenhaus in Curragh kennengelernt.« Es knisterte und eine winzige graue Wolke schlängelte sich senkrecht in die Luft.

»Das hast du schon erzählt. Er hatte Irland mit England verwechselt, war abgeschossen und verletzt eingeliefert worden. Weiter.«

»Ja. Nach einer Weile hier auf dem Gut wurde meine Mutter schwermütig, so nannte man das damals. Sie hat es nie richtig verkraftet, dass sie ihre Familie verlassen musste, um mit meinem Vater nach Deutschland zu ziehen. Sie hat sich tagelang da oben im Turm eingeschlossen, um zu beten. Irgendwann fand man sie tot.«

Er schluckte. »Sie hatte wohl Tabletten genommen. Weißt du, ich erinnere mich kaum an sie. In diesen wenigen Erinnerungen beugt sie sich über mich, und ihr Gesicht ist ernst. Diese Tatsache, dass ich mich nicht an ein lachendes Gesicht in Zusammenhang mit ihr erinnern kann, hat mich letztlich dazu gebracht, dass ich ihre Herkunft kennenlernen wollte. Und so kam ich auf die Idee, nachdem hier alles den Bach runtergegangen war, ihre Familie aufzusuchen. Ich brauchte einen Tapetenwechsel. Und wollte sehen, wo meine Mutter herkam.«

»Das ist praktisch das Gleiche, was du mir vorhin erzählt hast.«

»Ja, vielleicht will ich den Moment herauszögern ...« Er holte tief Luft und faltete die Hände vor sich auf dem Tisch. »Ich hatte eine Frau und zwei Kinder.«

Wieso war sie nie auf die Idee gekommen, dass er eine Familie gehabt haben könnte?

»Jetzt kommt der schwierige Teil, ich mache es kurz. Unser zweites Kind war unterwegs, als unsere Tochter krank wurde, sehr krank. Ich war damals, ich hatte ... ach verdammt, ich hatte getrunken und habe Johnny gebeten, sie zum Arzt zu fahren, meine Frau, meine Tochter und das ungeborene Kind. Er fuhr schnell und etwas leichtsinnig, er dachte, es war eilig. An einer unübersichtlichen Ecke schoss ein Wagen von rechts auf die Vorfahrtsstraße. Die Autos kollidierten, Johnnys Wagen wurde mit der Beifahrerseite gegen eine Laternenmast geschleudert, Ellen war sofort tot und Cathy auf dem Rücksitz überlebte die Nacht nicht. Sie war angeschnallt, aber nicht richtig, sie war aus dem Gurt herausgerutscht. Johnny lag nur zwei Tage im Krankenhaus. Obwohl der andere Fahrer Schuld hatte, wurde ihm eine Mitschuld gegeben, denn er war zu schnell gefahren. Er hat sich mental nie richtig erholt. Eine Woche später habe ich auch ihn begraben, er hatte sich erschossen.«

»Großer Gott, Quinn, was für eine furchtbare Geschichte. Du musst furchtbar gelitten haben.«

»Ich war wie taub. Ich kündigte den Verwalterjob, zum Glück war die Caplingenburg noch eine Domäne, und ich musste mich nicht mit dem Verkauf herumschlagen. Ich packte das Nötigste ein und machte mich nach Irland auf. Dort traf ich auf die Schwester meiner Mutter. Sie hatten, sie haben eine Pferdefarm, wo ich arbeiten konnte. Tante Cathleen hat mir den Erbteil ihrer Schwester ausgezahlt, was ich als ungerechtfertigt empfand. Sie bestand aber darauf. Dann wurde ich katholisch, und den Rest habe ich schon erzählt. Ich habe vor mir selbst ein Gelübde abgelegt, eine Pilgerreise nach Tschenstochau, zu Fuß, und irgendwie habe ich mich selbst davon überzeugt, dass meine Schuld danach getilgt wäre.«

Charlotte wandte das ein, was jeder eingewandt hätte. »Aber du hast keine Schuld.«

Quinn lächelte. »Doch. Wenn ich nicht vollständig betrunken gewesen wäre, wäre Johnny nicht gefahren und hätte keinen Unfall gebaut. Ja, okay, vielleicht wäre mir das Gleiche passiert, aber nur vielleicht. Johnny war ein leichtsinniger Mensch, einer, der pfeifend weitergeht, wenn hinter ihm irgendwas umfällt oder brennt. Ich hätte ihn niemals fahren lassen dürfen. Doch, es ist meine Schuld.«

Er sprach ohne Aufruhr in der Stimme, und Charlotte dachte bewundernd, er hat es verarbeitet, eingetütet, etikettiert und in einer Schublade abgelegt. Jetzt kann er damit leben. Genau das sagte sie ihm.

»Ja«, sagte er. »Das habe ich. Aber es hat lange gedauert. Und ganz einverstanden war ich nicht immer mit meiner Entscheidung, vor allem, wenn ich mir wieder mal Läuse aufgesackt hatte. Oder Frostbeulen entwickelte.«

Sie saßen schweigend für ein paar Momente. Dann sah er sie an. Charlotte wich ihm nicht aus und erwiderte den Blick fest und direkt in seine hellen Augen, denn jetzt würde es weitergehen, jetzt würde er ihren Teil einfordern.

Quinn hob die Augenbrauen und lächelte sie an. »Ich kenne dich, Charlotte. Ich bin dir schon mal begegnet. Es war ein Abend vor etwa vier Jahren. Ich war auf dem Weg zu einem sterbenden Bruder meiner Tante Cathleen. Er war mir eine Art Mentor gewesen – die Gespräche über Religion, Gott und die Welt mit ihm waren das Wichtigste gewesen in meiner ganzen Zeit bei den irischen Verwandten. Seine Frau rief bei uns an, er läge im Sterben und wollte mich unbedingt vorher noch sehen. Ich fuhr los. Es war eine Nacht mit strömendem Regen und starkem Sturm. Der Regen peitschte auf die Windschutzscheibe, sodass die Scheibenwischer kaum nachkamen. Ich hatte es eilig, genauso wie das Auto vor mir.«

Charlotte presste die Hände vor den Mund.

»Da sah ich plötzlich, wie der Wagen vor mir ins Schleudern kam, rechts über die Gegenfahrbahn schoss, an einem Baum abprallte und den kurzen Abhang runter ins Wasser des Loch Earon fiel. Das Wasser war nicht tief, es reichte aber, dass es ganz und gar versank.«

Charlotte nahm die Hände vom Gesicht. »Du warst das. Du hast mich aus dem Auto gezogen? Und du bist verschwunden, weil du ...«

»Ja, ich wollte zu meinem Onkel Liam, und ich habe ihn auch tatsächlich noch angetroffen. Ich habe dich beatmet, bis du zurückgekehrt bist und ich die Sirenen hören konnte, dann bin ich losgefahren. Ich war knapp, aber noch rechtzeitig da und konnte mich von ihm verabschieden.«

»Das ist ja nicht zu fassen.« Sie stand auf, ging die Strecke bis zur Tür, stützte sich mit beiden Händen an ihr ab und lehnte die Stirn daran. Alles war wieder da. Der Knall, als ihr Auto gegen den Baum prallte, der Aufschlag, das gurgelnde Wasser, das durch die Schlitze in Tür, Fenster und Karosserie hereinschoss, es stieg und stieg und stieg. Die Tür ging nicht auf, in Todesangst ruckelte sie daran, versuchte, das Fenster zu bewegen, aber die Elektrik hatte ausgesetzt, es ging nicht auf. Das Wasser stand schon bis zu ihrem Kinn, sie hob sich an, so weit es ging. Dann stieg es über ihr Gesicht, die Brust wollte platzen, Blitze erschienen vor ihren Augen, sie wollte schreien, wusste aber, dass das ihr Ende sein würde. Dann brach endlich die schwarze Nacht über sie herein und löschte alles aus. Das vorläufige Endes des grauenhaften Schreckens, den sie nicht vergessen konnte, die Todesangst, die regelmäßig in ihren Albträumen zurückkehrte.

Sie drehte sich um und atmete tief. »Hat deine Beinverletzung damit zu tun?«

»Nein«, er lachte kurz. »Die stammt aus Anatolien. Wie meine Malariaschübe, damals war sie dort noch ziemlich verbreitet.«

Charlotte kam zum Tisch zurück. »Ist das alles nicht eigentlich zu viel Zufall?« Sie blieb stehen und stützte sich auf die Lehne des Stuhls, auf dem sie gerade gesessen hatte. »Dass wir uns ausgerechnet hier treffen? Dass du, nur weil wir plötzlich den von Kindts wegen der Urkunde nähergerückt sind, erfährst, wer deine biologischen Eltern sind?«

»Na ja, ich habe gelernt, dass nichts zufällig geschieht.«

»Du willst sagen, dass alles zu irgendwas gut ist? Ja, du bist hiergeblieben, obwohl Flora mich mit allen Mitteln vor dir gewarnt hat. Wärst du das nicht, hätte ich nie erfahren, wer mich gerettet hat. Aber wofür war der Tod deiner Familie gut? Du musstest so viel Schreckliches erleben – es tut mir so furchtbar leid um dich.«

»Dein Mitgefühl ehrt dich, aber ich brauche es wirklich nicht. Ich muss dir nicht leidtun, Charlotte. Von außen betrachtet, sind einfach nur Menschen einer Familie plötzlich nacheinander gestorben. Das hat es immer gegeben. Nur hat es halt mich dieses Mal getroffen. Aber dafür habe ich eine neue Familie gefunden, eigentlich zwei. Ich bin fest davon überzeugt, dass es immer einen Ausgleich gibt. Manchmal muss man sich eben anstrengen, um ihn zu sehen. Ich nenne es Gottes Plan. Ich mache mir noch einen Tee. Willst du auch einen?«

Charlotte nickte überwältigt von so viel Schicksal auf einem Haufen. Aber Gottes Plan? Daran konnte sie nicht glauben. Dass irgendwo jemand saß und Fäden zog ... Nein. Bewundernswert, wenn jemand so einen festen Glauben hatte. Aber er hatte auch gesagt, dass er sich erst erlöst fühlen würde, wenn er seine Pilgerreise beendet hätte.

Und das wollte sie nicht. Sie wollte nicht, dass er wegfuhr. Er sollte bleiben. Sie krampfte die Finger um die Stuhllehne. Da stand dieser Gedanke und starrte sie an. Hatte sie das wirklich gerade gedacht? Und selbst wenn Quinn nicht weiterreisen würde, würde sie dann auch weiter hier wohnen wollen? Was zum Teufel wollte sie eigentlich?

Während er auf das Kochen des Wassers wartete, drehte sich Quinn plötzlich zu ihr um. »Willst du dich nicht noch mal hinsetzen und mir erzählen, warum du ausgerechnet zu der Zeit am gleichen Ort wie ich warst? An einem Ort, der so weit von hier entfernt ist?«

Jetzt ging es ans Eingemachte. Mit gesenkten Augen, die Hände um den heißen Becher gepresst, begann sie. »Grob gesagt und stark komprimiert habe ich einen Preis in Empfang genommen, der mir eigentlich nicht zustand.« Der erste Schluck aus dem Becher war so heiß, dass sie sich die Zunge verbrannte. Wieder eine kleine Strafe. Und eine Sühne hoffentlich.

»Es ging um ein irisches Kinderbuch, Hughie, ein Koala auf Abwegen. Eine Kollegin und ich waren angeschrieben worden, um Vorschläge einzureichen. Zwei deutsche Kinderbuchillustratoren, weil das Buch eine irisch-deutsche Koproduktion war, Jack O´Connell hatte es mit Laura Binns zusammen geschrieben. Es gab auch zwei Iren, die Ideen für die Bilder einreichen sollten. Meine deutsche Kollegin war schon lange weit erfolgreicher als ich gewesen. Sie hatte allerdings gerade eine Schulbuchreihe an Land gezogen und war im Stress, wollte aber unbedingt mitmachen. Ich sah ihre Entwürfe, flüchtige Skizzen, die aber so viel besser und pfiffiger waren als meine, dass ich sie ... nein, ich habe sie nicht kopiert. Ich habe sie weiterentwickelt. Das Entscheidende aber, seinen witzig-mürrischen Gesichtsausdruck und den blauen Beutel, den er immer schräg über der Schulter trug mit der australischen Fahne drauf, das war von ihr. Nein, es war ihr Entwurf, ganz eindeutig, ich darf mir da nichts vormachen.«

Sie legte ihre Hände flach auf den Tisch und atmete tief aus. »Ihren Entwurf habe ich zugrunde gelegt, zwar weiterentwickelt, aber er war ganz eindeutig ausschlaggebend. Sie haben sich für mich entschieden. Das Buch erschien und war ein Riesenerfolg mit Übersetzungen in mehrere Sprachen. Schließlich wurde ich für den Kinderbuchillustrationspreis 2015 vorgeschlagen. Und ich erhielt ihn. Meine Kollegin hat, als sie meine fertigen Entwürfe sah, ihre aus der Ausschreibung zurückgezogen und nie wieder ein Wort mit mir gesprochen.«

»Ja, ich kann mir vorstellen, dass dir das auf der Seele liegt. Aber es ist vorbei. Wie bist du also zu dem See gekommen?«

»Ich wohnte außerhalb in einem kleinen Hotel am Loch Earon und war auf dem Nachhauseweg. Ich hatte eine Menge Sekt getrunken und hätte nicht mehr fahren dürfen. Das wusste ich die ganze Zeit, selbst als ich den Abhang runterflog und wusste, dass ich gleich im Wasser landen würde ...«

Quinn war stehen geblieben und rührte in seinem Becher. »Du hattest Schuldgefühle. Du dachtest, du hast deiner Kollegin den Preis weggenommen.«

»Ja, aber anders als du habe ich kein Gelübde abgelegt, um mich von der Schuld zu befreien. Nein. Ich habe immer noch regelmäßig Albträume, in denen ich aus dem verdammten Auto nicht herauskomme. Es sinkt und sinkt und sinkt und ich ... ich habe Schuld daran. Ich hätte den Preis nicht annehmen dürfen. Ich kann mich noch nicht mal über das gemeine Schicksal beschweren. Ich hätte nie dort sein dürfen, ich hätte ...« Sie konnte nicht weiterreden, weil ihr Hals zugeschnürt war.

Quinn zog sie von ihrem Stuhl hoch. »Komm«, sagte er. »Es ist doch alles gut.« Er zog ihren Kopf an seine Schulter. »Sieh es doch so: Du hast deine Schuld gesühnt. Du hast dein Auto verloren, bist von jemandem gerettet worden, der sich anschließend aus dem Staub gemacht hat, und bist auf Jahre hinaus traumatisiert. Und deine Kollegin redet nicht mehr mit dir. So viel Sühne!«

Charlotte schluchzte aus Leibeskräften in seine Brust. »Ich hab das noch keinem erzählt, nur Flora weiß es. Sie weckt mich nachts auf, wenn ich anfange zu schreien. Und drückt mich.«

Ihr wurde plötzlich klar, wo sie war, und löste sich von ihm. »Ich muss jetzt schlafen gehen, Quinn. Ich muss das Ganze erst mal alles verdauen. Mann, was sind wir für Krücken, was?« Das konnte sie schon wieder mit einem leichten Lachen sagen. Sie blies fest in das Taschentuch, das sie in der Tasche ihres Bademantels gefunden hatte.

»Leute in unserem Alter haben eine Vergangenheit, Charlotte, das ist so, und das ist gut so. Die entscheidende Frage ist, wie wir damit umgehen.«

Sie räumten den Tisch leer, pusteten die Kerzen aus und gingen nebeneinander zur Tür.

Plötzlich blieb er stehen und sah auf sie herunter. »Charlotte, ich ...« Und dann nahm er ihr Gesicht in beide Hände und küsste sie.

Ein Telefongespräch

Die Frau mit der lila Haarsträhne, die ihr linkes Auge fast bedeckte, wartete, bis der rote Renault um die nächste Ecke gebogen war. Dann schüttelte sie mit einer nervösen Bewegung die Haare aus dem Gesicht und drückte die 1 auf ihrem Handy.

»Hör mal, ich krieg langsam Schiss. Sie waren eben hier.«

»Über wen redest du?«

»Du weißt schon, die Frau mit der roten Pudelmütze, ein Typ mit ´m langen Pferdeschwanz, so grau irgendwie, und die beiden vom Gut.«

»Und wo is hier?«

»Sophienhöhe.«

Ein Moment Stille an der anderen Seite. »Der Typ mit dem Pferdeschwanz ... so´n langer?«

»Ja.«

»Dann is der wieder raus aus´m Krankenhaus? Fuck.« Stille, die männliche Seite atmete laut.

»Ich hab gedacht, die hören auf nach den Briefen und dem Brand. Was sollen wir denn jetzt machen? Ich will nicht, dass die hier aufkreuzen.«

»Hör mal, du hast den Scheiß mit der Apothekerin gemacht. Du hast die Kacke angerührt. Du hast die Leute erst auf uns aufmerksam gemacht.«

»Ich wollte dir doch nur helfen, Schnauzi.«

»Hör auf mit dem scheiß Schnauzi, du blöde Bitch, wir hätten einfach stillhalten müssen n paar Tage, dann hätte sich kein Arsch mehr drum gekümmert. Der Brand war genug Warnung.« Die Stimme wurde lauter. »Ich habe ne ganze Menge zu verlieren.«

»Aber ich doch auch ...« Sie fühlte sich ungerecht behandelt.

»Halt mal n Moment die Schnauze.«

Stille. Die Frau spielte mit ihrem Nasenring, an dem eine winzige rote Kugel hing. »Ich würd gern was machen.«

»Weiß noch nich, muss nachdenken.«

»Sehe ich dich bald?«

»Komme vielleicht morgen Mittag kurz vorbei. Ja, vielleicht kannst du was machen.« Und weg war das Gespräch.

Faust mit Blitz und Blut aus dem Ohr

Das war die Atmosphäre, die Friederike, seit sie vor vielen Jahren das Café aufgebaut hatte, am schönsten fand. Die Gäste waren gegangen, die Tür abgeschlossen, das Licht ausgeschaltet bis auf die Lampe über dem Personaltisch, die Tangomusik aus dem Lautsprecher leise gestellt, und ihre Freunde saßen mit ihr um den Tisch, jeder ein Getränk vor sich. Wilma hatte nicht mit Keksebacken aufgehört und einen großen Teller, der liebevoll mit Weihnachtspapier überzogen war, in die Mitte gestellt. Der große Adventskranz brannte mit seinen drei Lichtern, und abwechselnd ließ irgendwer eine Tannennadel in der Kerze verkokeln. Der Duft mischte sich in die Back- und Kochgerüche des Tages.

Friederike seufzte und sagte aus ihrem tiefen Wohlgefühl heraus etwas Sinnloses wie: »So sieht es also aus.« Sie saß neben Christian auf dem mitgenommenen Ledersofa an einer Seite des großen runden Tisches.

Wilma war kaum wiederzuerkennen. Ihre schlecht gefärbten Haare waren einer Grundbehandlung unterzogen worden, hatten einen guten Schnitt bekommen und schimmerten in sattem Kastanienbraun, das gut zu ihrem brombeerfarbenen Kittel passte. Ihre flinken Vogelaugen huschten von einem zum anderen, sie schien – so dachte Friederike – kein bisschen müde nach einem vollen Tag in der Küche des Cafés. Warum nimmt man alten Leute, die noch arbeiten wollen und können, bloß ihre Arbeit weg. Ja, gut, die Nachwachsenden brauchen auch Arbeit, aber woher sollen sie die Erfahrung nehmen, die für manche Entscheidungen so dringend nötig wäre? Wie hilfreich, wenn dann jemand Älteres für Ratschläge in der Nähe wäre.

Ratte kaute auf einer Makrone und krümelte dabei auf den Tisch. »Also glaubt ihr, dass alles, die Drohbriefe, die Anschläge und der Brand zusammenhängt? Und alles, was ihr wisst, is, dass ein Q5 beteiligt is? Bisschen mager, was?« Den Rest sagte er mit vollem Mund, was einen neuen kleinen Krümelschauer zur Folge hatte.

Konni stellte seinen Bierhumpen wieder hin. Er hatte seit einiger Zeit einen eigenen aus Steingut, der einen vollen Liter fasste und geschmückt war mit dem Relief einer Harley-Davidson, komplett mit schwarzvermummtem Fahrer. Ein flatterndes Spruchband darüber stellte fest: ›Immer am Start Konni 50‹.

»Ja«, sagte er. »Blöd.«

Alle schwiegen, bis Wilma sich räusperte. »Dieses große Auto, von dem ich geredet habe, das ein Stück die Straße runter gestanden hat ...«

Alle Köpfe drehten sich in ihre Richtung.

»Ich gehe ab und zu mit dem Hund meiner Nachbarin. Sie ist ... na ja, sie hebt manchmal das Glas zu oft, und wenn ihr Fenster offen ist, höre ich den Hund jaulen, weil er raus will. Inzwischen weiß er, dass ich dann komme, jedenfalls werde ich immer ziemlich herzlich ... Ich weiß, ich rede zu viel. Also wenn ich mit Emmis Hund ne Runde drehe, komme ich bei Wohlgemuth vorbei, bei seinem Alpenprotzhaus.«

Ihr wurde klar, dass niemand wusste, was sie meinte. »Er hat sich so ´n Haus da hingesetzt, wie sie sie in den Alpen haben, so ein ... na, mit drei Balkons übereinander quer über die ganze Fassade und das Dach so breit, ihr wisst schon. Und dann über die ganze Länge Geranien im Sommer. Das sieht dann ganz schön aus.« Alle sahen sie an. »Jedenfalls steht da öfter mal so´n schwarzes hochgesetztes Auto davor, so einer wie beim Brand die Straße runter. Und ich hab nachgedacht. Es war irgendwas dran an der hinteren Tür, die, die man hochklappen kann.«

»Die Heckklappe.« Konni war behilflich.

»Es war ein kleines Schild, wie ´n großer Stocknagel, oben flach, unten rund, mehr hoch als breit. Und da drauf war ´ne Faust, die ´n Blitz festhält. Und ich bin ziemlich sicher, dass dieser Wagen auch die Straße runter stand neulich da. Jedenfalls erinnere ich mich jetzt, dass an der Stelle irgendwas klebte. Genau hingesehen habe ich nicht, weil ich ja was anderes zu tun hatte, aber an der Stelle war was Helles. Ganz sicher.«

»War er vorn rechts angebeult, also als du jetzt mit`m Hund draußen warst, meine ich«, frage Konni.

»Oh, danach hab ich nicht gekuckt. Mach ich aber das nächste Mal.«

Sandra hielt eine Tannenadel in die Kerzenflamme. Sie wurde zusehends zu hellgrauer Asche. »Da habt ihr doch was. Gut beobachtet, Wilma, jedes bisschen hilft.« Sie drehte sich zu Christian und Friederike. »Euer Besuch bei den Bruderschaftsleuten hat ja auch nichts zutage gefördert, oder?«

Christian schwieg. Er hatte leichte Kopfschmerzen, sagte aber nichts, weil er Friederike nicht beunruhigen wollte.

Friederike sah ihn von der Seite an. Er hatte den ganzen Abend noch nichts gesagt, und plötzlich war ihr klar, dass der Grund dafür nicht seine übliche Schweigsamkeit war, sondern dass es ihm nicht gut ging. Und als sie genau hinsah, bemerkte sie einen feinen Blutfaden, der aus dem Ohr lief, das ihr zugewandt war.

Mit einem Schlag war alles vorbei, die gemütliche Sicherheit unter ihren Freunden, das Wohlgefühl des nahenden Weihnachten, die interessante Spannung ihrer Detektivtätigkeit mit ihrem Liebsten zusammen – alles weggeblasen, ersetzt durch eine allumfassende Panik angesichts eines möglichen Rückfalls und etwas, das noch schlimmer war. Sie konnte kaum ihre Lippen bewegen. »Wir fahren ins Krankenhaus, Muschel«, sagte sie. »Komm, wir holen unsere Mäntel.«

Alle schreckten hoch. »Was is denn«, fragte Ratte, »kippst du ab, Alter?«

Tatsächlich sah es so aus, denn Christian hatte einen weißen Strich um die Lippen und eine unnatürlich rote Gesichtsfarbe.

»Nein«, sagte er, »ich hab nur leichte Kopfschmerzen.«

»Und dir läuft Blut aus dem Ohr, mein Liebster.« Friederike hatte schon ihre Mäntel über dem Arm.

»Konni, du fährst mit«, Sandra übernahm energisch die Leitung. »Wir räumen hier auf. Friederike, ruf an, wenn ihr was wisst, aber sofort bitte, okay, auch wenn es mitten in der Nacht ist.«

Konni fuhr wie der Teufel die kurvige Strecke nach Goslar hinunter. Friederike auf dem Rücksitz betete und fluchte abwechselnd, während Christian neben ihr beruhigende Worte murmelte, die aber nicht bis zu ihr durchdrangen.

Nach drei Stunden auf einem harten Krankenhausstuhl kam eine müde Schwester zu ihnen in den Warteraum. »Es ist nichts Schlimmes«, sagte sie. »Ihr Mann hatte offensichtlich zu viel Stress. Bei seinem zu hohen Blutdruck kann es dann passieren, dass ein Äderchen platzt. Nichts, was Sie beunruhigen müsste. Wir haben ein CT gemacht, alles in bester Ordnung, Frau Neuville. Wir behalten ihn sicherheitshalber einen Tag hier, um seinen Blutdruck zu stabilisieren, übermorgen …« Sie sah auf die kleine Uhr, die an einer Kette über der linken Brust an ihrem Kittel hing, »... Vormittag bekommen Sie ihn wieder. Aber nicht aufregen, er braucht jetzt wirklich Ruhe.«

Friederike murmelte mechanisch: »Wir sind nicht verheiratet«, aber da war die Schwester schon wieder auf ihren leise quietschenden Gesundheitsschuhen davongelaufen. Die Erleichterung war so riesengroß, dass Konni und sie sich einen Kaffee aus dem Automaten holten; dazu gab es zur Feier des Tages einen Schokoladenriegel und ein Anstoßen auf Christians Gesundheit.

Auf der Rückfahrt, während Konni neben ihr leise schnarchte, kreisten ihre Gedanken lange um den Grund dafür, dass einem das Blut aus den Ohren läuft. Christian und zu hoher Blutdruck? Keiner von ihnen wäre auf die Idee gekommen. Wir werden alt, dachte sie, und mit dem Blutdruck soll man keine Witze machen. Schlaganfälle drohen, Lähmungen, Sprachverlust und schließlich ... Nein, das würde ihnen nicht passieren. Sie nahm sich streng vor, ihn aus den weiteren Ermittlungen in diesen Fällen herauszuhalten, koste es, was es wolle. Jedenfalls erst mal, bis es ihm wirklich besser ginge. Christian und Krankheit, darüber hatte sie nie nachgedacht. Für sie war er der Inbegriff von Gesundheit, unanfechtbar durch Krankheit, abgesehen von den Fällen, wenn er sich anschießen ließ, oder im Graben landete ... Wie verletzlich wir sind, dachte sie zum wiederholten Mal. Vielleicht soll uns dieser elende Fall genau das deutlich machen.

Sie fuhr Konni zu seiner Sandra nach Hause und verbrachte die Nacht im Tango-Café auf dem hässlichen Sofa, das ihnen zur Einweihung gestiftet worden war. Hässlich, aber bequem hatte schon mancher festgestellt, der nach einer lebhaften Nacht nicht mehr nüchtern genug gewesen war, um nach Hause zu fahren. Friederike wollte nicht heim, weil zu viel an Christian erinnern würde. Wenn er wieder da ist und ganz gesund, dann ... Ja, was dann? Konnten sie denn so weitermachen wie bisher und so tun, als wäre nichts geschehen? Und sie mit ihrem eigenen Beruf? Ich will doch noch singen, oder nicht? Mit dieser völlig unerwarteten Fragestellung schlief sie ein.

Gelber Turban und Rattenschiss

Charlotte hatte tief geschlafen mit einer Reihe wunderlicher Träume, in denen sie lauter Dinge sah, die sie lange vergessen zu haben glaubte. Träume sind immer wunderlich, dachte sie, wir vermischen in ihnen Fett mit Wasser, Sommer und Winter, und heraus kommt ein Blödsinn. Vor langer Zeit hatte jemand gesagt, dass nicht die Erlebnisse oder Bilder in Träumen zählten, sondern die Gefühle, die man bei einem bestimmten Thema erlebt.

»Stell es dir so vor. Du weißt nicht, ob du ein Kind haben willst oder nicht. Jetzt träumst du, jemand hält dir einen Säugling hin und sagt, das ist jetzt dein Kind. Welches Gefühl hast du dabei? Empfindest du Angst, oder Widerwillen, Verlust oder Wohlgefühl, vielleicht Sehnsucht? Oft ist dieses Gefühl das echte, das, welches auf deine innerste Haltung zu einem bestimmten Thema hindeutet. Träume können Entscheidungshilfen sein, aber verlass dich nicht darauf.« Womit die ganze schöne Betrachtung im Eimer war, dachte sie.

Charlotte streckte sich und schob einen Fuß unter der Decke hervor. Vielleicht war es die Kälte, die sie unmittelbar in die Gegenwart katapultierte. Jedenfalls war da plötzlich die Erinnerung an gestern Abend. An Quinn. Quinn hatte sie geküsst, und sie hatte kräftig zurückgeküsst. Du lieber Himmel, und jetzt? Aber es war ja nichts passiert, oder? Er hatte sie danach sanft weggeschoben, gute Nacht gesagt, noch einmal über ihre Wange gestrichen, sich umgedreht und angefangen, den Tisch abzuräumen.

Und jetzt? Was sollte sie jetzt tun? Sich über die eigenen Gefühle klar werden? Ausgeschlossen, es war ein einziger Wirrwarr aus Nein und Ja. Ihn fragen, was er sich dabei gedacht hätte? Genauso unmöglich. Männer konnten nie ihre Gefühle beschreiben. Oh, was für ein lächerliches Vorurteil. Egal, sie würde ihn nicht fragen. Sie würde so tun, als wäre nichts gewesen. Charlotte atmete ein paar Mal tief ein und aus, um das Staccato in ihrem Inneren zu beruhigen.

Dann fiel ihr der Rest ein. Quinn war ein Abkömmling sowohl der Strachwitzens als auch der von Kindts. Was würde er wohl aus diesem Wissen machen? Ihr praktischer Sinn meldete sich. War er nicht auch erbberechtigt dadurch? Aber das war wahrscheinlich erst mal uninteressant. Wie würde er es den Familien beibringen wollen?

Floras dunkle Augen, heute von einem kanariengelben Turban beschattet, huschten beim Frühstück zwischen Quinn und Charlotte hin und her. Da hatte sich was verändert zwischen ihnen, was sie allerdings bei ihrem Mädchen mehr spürte als bei Quinn. Sollte es doch gefunkt haben?

Charlotte merkte, dass Flora sie betrachtete, und versuchte abzulenken. »Ich fahre nachher nach Wolfenbüttel und hole meine Post ab. Braucht jemand von euch was?«

Quinn musterte sie mit seinem Wolfsblick und lächelte. »Holzdübel und 8er Schrauben, ich will heute die Tür zum Kriechkeller instand setzen. Terpentin ist alle, und ich brauche Holzlasur. Nimm nicht die billige, sie hält nur ein Jahr.« Dabei lächelte er noch mehr.

Es war für einen Moment, als ob alle drei den Atem anhielten. Der Satz bedeutete ja, dass er nicht glaubte, dass sie das Gut verkaufen würde. Charlotte wurde schwindelig. Behalten, aber ohne Quinn?

Flora griff über den Tisch und legte eine Hand auf ihre. »Du musst jetzt nicht entscheiden, ob du hierbleibst oder nicht, Lottchen. Kauf einfach die etwas teurere Lasur, dann bist auf der sicheren Seite.«

Da klingelte ihr Telefon. Charlotte griff danach mit dem Gefühl, vor dem Ertrinken gerettet worden zu sein.

Sie riss sich zusammen, nickte Quinn zu, der sie amüsiert betrachtete, murmelte: »Die teure«, und nahm das Gespräch an.

Es war Friederike, die etwas zusammenhanglos von einem Bodo Tintenklecks berichtete, den sie aufsuchen wollte, was Charlotte vollends nervös machte. Sie war neugierig, aber auch etwas unwillig, weil ihre eigenen Probleme im Moment wichtiger schienen. Erst als Friederike zu Christians Zustand kam und ihre Angst um ihn deutlich durchschien, wurde sie wach.

»Was ist denn mit ihm? Ist es schlimm?« Sie brauchte kein Interesse zu heucheln – sie hatte ihn gemocht, seine Ruhe, auch seine Distanz, das Abwartende, das sie an Quinn erinnerte. Und natürlich seine tiefe Verbundenheit mit Friederike, die sie etwas neidisch zur Kenntnis genommen hatte.

»Nein, eigentlich nicht, aber ich bin noch so ... ich weiß nicht, seit seinem Unfall ist alles furchtbar, mir geht es sowieso nicht so gut, ich ...« Charlotte hörte, dass Friederike mit den Tränen kämpfte.

»Es wird wieder besser, glaub mir, es wird immer alles wieder besser. Wenn es tatsächlich nur der zu hohe Blutdruck war, lässt sich der einstellen. Man nimmt morgens eine kleine Pille und denkt nicht mehr drüber nach. Wir kommen jetzt in das Alter, wo diese Dinge eine Rolle spielen.«

Flora klapperte mit den Frühstückstellern. »Sag ihr, sie soll wieder herkommen, wir passen auf sie auf.«

»Willst du wieder herkommen? Wir würden uns freuen.«

»Nein, ja, nein. Es ist so, dass Christian sich an einen Studienkollegen erinnert, an einen, der schon damals sehr gut kopieren konnte. Er heißt Bodo Tingelkes, und er scheint bei euch da irgendwo gewohnt zu haben. Christian erinnert sich daran, ihn mal besucht zu haben. Er wohnte bei seiner Mutter im Gartenhaus.«

»Warte mal einen Moment, wir haben hier ja einen Eingeborenen.«

Charlotte nahm kurz das Telefon vom Ohr und wandte sich an Quinn. »Kennst du einen Bodo Tingelkes von früher?«

Der war gerade aufgestanden und auf dem Weg zur Tür. Er drehte sich um. »Bodo Tintenklecks. Ja, seine Mutter jedenfalls, wenn sie noch lebt. Sie wohnte da hinten, da ... Der Straßenname ist weg, aber ich würde das Haus finden.«

»Quinn weiß, wo die Mutter wohnt. Wieso, willst du hin?«

»Ja, am liebsten mit einem von euch. Zu zweit beobachten wir besser.«

»Weißt du denn, was du fragen willst?«

»Nee, aber das fällt einem ein, wenn man da steht.«

»Komm doch erst mal her, dann überlegen wir, wer mitkommt.« Ich will das, dachte Charlotte, der die Sache mit der Gründungsurkunde und dem Essen bei den von Kindts gut gefallen hatte. Ihr gelebter Unternehmungsgeist hatte sich erfreulich produktiv auf ihre Arbeit ausgewirkt.

Quinn erinnerte sich plötzlich doch. »Diestelkamp, es ist ... es war ein grünes Haus. Wir sind da Rad gefahren und haben vor dem Fenster wie wild geklingelt. Die Tingelkes waren Sonderlinge, vor allem der alte Tingelkes. Er hob abends alle Mülltonnendeckel, wenn am nächsten Morgen Leerung war, und fischte heraus, was ihm gefiel.« Er lachte in sich hinein und ging mit langen Schritten aus der Küche.

»Quinn erinnert sich an die Straße. Ich will gern mitkommen. Du fährst jetzt erst mal los, dann sehen wir weiter.«

»Ja, ich fahre vorher nur noch bei Christian vorbei, gegen 12 bin ich spätestens da.«

»Dir ist schon klar, Lottchen, dass das nicht ganz ungefährlich ist«, sagte Flora mit dem Rücken zu Charlotte. »Wenn er es tatsächlich ist, der die Gemälde fälscht, lässt der euch doch nicht freundlich rein und begleitet euch auf einem Rundgang durch sein Angebot. Er hat was zu verlieren, und nicht nur er. Er hat einen Auftraggeber, er hat sicher jemand, der Expertisen schreibt, er hat auch einen Strohmann, der verkauft, und vielleicht jemand, der die ganze Sache von oben schiebt. Überleg dir gut, auf was du dich da einlässt.«

Flora war völlig klar, dass sie ihrem Atem verschwendete. Charlotte würde genau das tun, was sie wollte. Aber mein Gewissen ist rein, wenn ich sie auf die Gefahr aufmerksam mache, dachte sie. Was mir aber einen Rattenschiss nützt, weil ich mir ewig Vorwürfe machen würde.

* * *

Christian wanderte im krankenhauseigenen Bademantel den Gang auf und ab, als Friederike im 4. Stock der Klinik den Aufzug verließ. Er wirkte, als ginge es ihm besser, und kam munter auf sie zu.

»Friedchen, du siehst sorgenvoll aus, hör auf damit. Ich bin nicht gestorben, mit einem Erbe ist also nicht zu rechnen, und auch der Liebhaber muss wieder nach Hause geschickt werden.«

Bei aller Flachserei sah sie, dass er sich Sorgen über sie machte. »Ich bin in Ordnung, hier geht es wohl eher um dich.«

Als alles besprochen war und sie versichert hatte, sie würde auf direktem Weg zur Caplingenburg aufbrechen, sich unter keinen Umständen mehr Sorgen um ihn machen, genügend essen und sich nicht in Gefahr begeben, stieg sie halbwegs beruhigt in ihr Auto und fuhr nach Norden.

Tintenklecks und Pandaaugen

Dunkle Wolken ballten sich über dem Elm, der Wind sauste in kurzen Stößen, und die Luft roch nach Herbst. Noch regnete es nicht, aber es sah aus, als würde es demnächst losgehen.

Es gab kein grünes Haus im Diestelkamp. Friederike und Charlotte mussten einen Nachbarn fragen.

»Die wohnen da hinten, das vorletzte Haus vorm Feld rechts. Erkennen Sie gleich.« Ein rundlicher Mann zeigte in die entsprechende Richtung. Er hatte eine Wollmütze über seine Ohren gezogen und befüllte sorgfältig sein Vogelhaus in Form einer japanischen Pagode, deren oberstes Dach von einem grünen Drachen gekrönt wurde, der zwei lange Reihen beeindruckender Zähne zeigte.

Charlotte, die für ihre Frage den Kopf aus dem offenen Autofenster gesteckt hatte, überlegte, während sie es hochkurbelte, wieso sie es gleich erkennen sollten.

Das Haus war vor nicht langer Zeit gestrichen worden und hatte auch ein neues Dach bekommen. Über schneeweißem Rauputz prangten königsblaue Glasurziegel, vorn neben der kurzen kiesbestreuten Auffahrt zur Haustür stand ein gusseiserner englischer Briefkasten, halbhoch, in leuchtendem Rot gestrichen, komplett mit Rosetten, Delphinen auf den Ecken und einer Krone als Spitze. Aus Gusseisen bestanden auch die beiden verschnörkelten Laternen rechts und links des Weges und die Wandleuchten, die im Abstand von 2 Metern um das Haus herum führten.

»Hier sitzt das Geld im Schrank«, murmelte Charlotte, während sie mutig die Klingel drückte, eine Augenweide aus Schmiedeeisen mit zwei Flügelchen, die sich nach oben um eine Bourbonenlilie schmiegten.

Eine Frau riss die Tür auf. »Wenn Sie was verkaufen wollen, haben Sie Pech gehabt. Oder sind Sie von einer Religion?« Sie war ein echter Anblick. Über der engen schwarzen Hose, die jedes Pölsterchen abbildete, trug sie ebenso eng einen Pulli in lebhaftem Leopardenmuster. Ein Mieder presste den beachtlichen Busen hoch, sodass im Ausschnitt eine tiefe Kerbe prangte. Goldschmuck hing an ihr wie an einem Weihnachtsbaum, ihre blondierten Haare waren zu wahren Lockentürmen aufgebaut und das Gesicht einschließlich zu langer falscher Wimpern hatte so viel Schminke wie ein gealterter Clown, der auf Nahwirkung keine Rücksicht nehmen muss.

Friederike machte sich zur Sprecherin. »Beides nicht. Wir suchen einen Bodo Tingelkes.«

Die Frau trat einen Schritt heraus und zog die Tür halb hinter sich zu. »Und dann? Was wollen Sie von ihm?« Aus der Nähe wirkte ihr Make-up wie eine dünne beigefarbene Mörtelschicht.

Friederike erinnerte sich an Fersehkrimis und log, dass sich die Balken gebogen hätten, wären sie vorhanden. »Mein Mann hat mit ihm studiert. An der Kunsthochschule. Jetzt plant er eine Ausstellung mit dem Titel *Facetten in der Bildenden Kunst der 90er Jahre*, und hätte gern ein Exponat von Bodo Tingelkes dabei. Wo können wir ihn wohl erreichen?«

Die Frau kam noch näher, was sowohl Charlotte als auch Friederike zurückzuweichen ließ, denn der Geruch nach Patschuli war so stark, dass er fast Übelkeit erregte. »Mein Bodo ist nicht hier, und er hat sicher auch kein Interesse an einer Ausstellung.«

In diesem Moment wurde die Tür hinter ihr aufgerissen und ein kahlköpfiger Mann erschien. Ins offene Hemd unter dem burgunderfarbenen Jackett hatte er ein Schaltuch in persischem Muster gesteckt, ein ähnliches sah aus einer Brusttasche heraus. Beide waren kräftig braun gebrannt, was angesichts der Jahreszeit auf eine Sonnenbank oder lange Urlaube unter strahlender Sonne hindeutete.

»Was is denn los, Schnuckel? Was wollen die Leute?«

»Gar nichts, geh wieder rein, es ist kalt. Ich mach das schon. Und Sie gehen jetzt besser, und lassen Sie meinen Sohn zufrieden. Er braucht keine Ausstellung.« Zack, war die Tür zu. Die kleinen Scheiben, aus denen der rotbemützte Zwerg mit Laterne im Buntglasfenster zusammengesetzt war, vibrierten sanft.

Friederike und Charlotte gingen langsam zurück zum Auto. Als sie glaubten, außer Hörweite zu sein, sagte Charlotte: »Und was machen wir jetzt?«

»Wir gehen ums Haus. Christian hat mir das erklärt, man kann da oft eine Menge entdecken.«

Und tatsächlich, nach ein paar Schritten Richtung Feld stieß Charlotte Friederike in die Seite. »Kuck mal, da.«

Am Ende des langen trostlosen Gartenstücks der Tingelkes stand eine flache längliche Wellblechhalle mit einem kleinen Schornstein am hinteren Ende, aus dem es kräftig rauchte. Ein großer Teil der vorderen Wand schien verglast zu sein.

»Vielleicht kommen wir von hinten ran.« Friederike zog Charlotte mit sich. Sie umrundeten das letzte Haus und fanden tatsächlich auf der Rückseite einen schmalen grasbewachsenen Weg zwischen zwei Häusern, der zu der Halle führte. Die Klinke der heruntergekommenen Doppeltür gab nach, und sie standen in einem großen Raum, dessen eine Seite wie auch das halbe Dach vollständig aus Glas bzw. durchsichtigem Wellplastik bestand.

Bodo, um den es sich wohl handelte, tauchte hinter einer Wand aus aneinandergelehnten großformatigen Gemälden in schweren Bilderrahmen auf und kam auf sie zu.

Friederike überlegte, ob sie Angst haben müssten, entschied sich aber dagegen. Er war zwar sehr groß, aber so dünn, dass es schien, man könne ihn umblasen. Dazu ging er stark vornübergebeugt, was ihm das Aussehen eines Storches gab. Ein hageres Gesicht, lange wirre weiß-gelbliche Haare, ungeschickt auf Schulterlänge geschnitten, hohle Wangen, große dunkle Augenhöhlen und unregelmäßiger Stoppelbart. Dem schmalen Strich der Lippen mit den vielen dünnen, auf sie zulaufenden Falten zufolge fehlten ihm sämtliche Zähne.

»Was wollt´n ihr?«

Er war kaum zu verstehen. Den Grund dafür schien ihm erst jetzt aufzufallen, denn er schlurfte wieder hinter die Wand aus Bilderrahmen und kam mit einem strahlenden Gebiss im Mund zurück. Sein Malerkittel schien ehemals hellgrau gewesen zu sein, jetzt prangte er in allen Farben. Am Hals sah ein ausgefranster Hemdkragen im Schottenmuster heraus.

Charlotte und Friederike hatten sich kein Konzept zurechtgelegt, es sollte sich ergeben.

Friederike begann mit der gleichen Geschichte wie bei seiner Mutter. »Wir sind auf der Suche nach Bodo Tingelkes. Mein Mann ist Christian Neuville. Er hat mit ...« Sie stockte kurz. Sollte sie ihn siezen oder duzen? »Er hat mit dir studiert, wenn du Bodo bist.«

Bodo stand vor ihnen und ließ die Arme hängen. »Krischan, du meinst Krischan, den Schürzenjäger. Er kleckste so herum wie die meisten.« Er schien nicht viel von ihm gehalten zu haben.

»Na ja, kann sein. Jetzt geht es um eine Ausstellung. *Facetten in der Bildenen Kunst des ausgehenden 20. Jahrhunderts.*« Inzwischen zweifelte sie, dass er darauf hereinfallen würde.

Charlotte strahlte Bodo an. »Ich bin so aufgeregt, ich war noch nie in einem richtigen Atelier, darf ich mich mal umsehen?«

»Aber nichts anfassen. Nee, ich komme mit. Du auch. Wie heißt du?«

»Friederike.« Hätte sie lieber einen falschen Namen sagen sollen?

»Und deine hübsche Freundin?«

Unverschämtheit. Wieso war Charlotte hübscher als sie? Aber das konnte man vielleicht ausnützen. »Sie heißt

Charlotte und ist sehr an Kunst interessiert. Allerdings mag sie die modernen Maler nicht so.«

Niemals hätte sie gedacht, dass eine plumpe Schmeichelei funktionieren würde, aber sie tat es.

»Na, gut, denn mal rein in die gute Stube.« Bodos falsche Zähne strahlten wie eine Werbung für ein Weißwaschmittel. Er schob sich sofort neben Charlotte.

Es war enttäuschend. Abgesehen von mehreren Tischen, alle buntbekleckst, mit Gläsern voller aufgestellter Pinsel, unzähligen herumliegenden Eierschalen, Plastibehältern mit bunten Pulvern und Kanistern mit durchsichtigen Flüssigkeiten gab es mehrere Staffeleien mit moderneren Bildern, keine abstrakte Kunst, aber deutlich keine alten Holländer. Dazwischen überall grob gezimmerte Gerüste für aneinandergelehnte Gemälde.

»Du sammelst auch Kunst?«

»Ja, ich tausche manchmal. Aber das ist fast alles Schrott.« Er hatte die Hände in die Taschen seines Kittels gestopft, und Friederike sah, dass sie zu Fäusten geballt waren. Er ist ein Fanatiker, dachte sie, sei vorsichtig.

»Und du rührst deine Farben selbst an?«

»Das macht man, wenn man was von sich hält.«

»Und wie? Farbpigment, Leinöl und Eigelb?«

»So etwa.« Er wollte nicht drüber reden. »Kein Leinöl. Walnussöl.« Dann doch.

»Dies gefällt mir besonders gut.« Es war das Bild einer Frau im Stil von Gustav Klimt gemalt, etwas gröber ausgeführt, aber auch sehr dekorativ mit vielen bunten Mustern und schönen Linien.

Sie versuchte, Bodo in ein Gespräch zu verwickeln, denn sie hatte aus dem Augenwinkel gesehen, dass Charlotte begonnen hatte, in eine bestimmte Richtung zu trödeln. An einer Wand der Halle stand ein schmuddeliger Schreibtisch mit Papierhaufen neben Kaffeebechern und einer Pinnwand darüber. Offensichtlich war das ihr Ziel.

Er schüttelte den Kopf. »Schrott. Er brauchte Kohle, ich hab jetzt das Bild.« Das Gemälde stand deutlich exponiert. Friederike überlegte, ob er, wenn er denn tatsächlich der Fälscher war, als Nächstes einen Klimt vorhätte. Und interessant war auch, dass er offensichtlich Geld hatte, das er armen Schluckern geben konnte.

»Könntest du dir denn vorstellen, ein Bild in die Ausstellung zu schicken?«, fragte sie, legte den Kopf schief und hoffte, sachkundig auszusehen.

»Er will doch keine gegenständliche Kunst, was?« Bodo kratzte sich am Kopf, ohne dadurch an den verfilzten Haaren eine Wendung zum Besseren oder Schlechteren herbeizuführen.

»Warum nicht? Wir können ja noch ein bisschen weiter kucken, aber letztlich entscheidest du, mit welchem Bild du dich beteiligen willst.« Aus dem Augenwinkel sah sie, dass Charlotte etwas fotografierte.

»Wo soll die Ausstellung denn stattfinden? Und wer macht noch mit?«

Friederike geriet ins Schwitzen. »In Kassel. In der Galerie einer Bekannten.«

»Heißt?« Er war bedenklich nah gerückt. Seine Augen lagen in tiefen geröteten Höhlen.

»Kunstgalerie Sandra Emmerich«. Ihr fiel nichts anderes ein, als den Namen von Konnis Sandra, der Köchin des Tango-Cafés, zu nennen. »Sie war auch eine Studienkollegin von euch.« Frechheit führte vielleicht zum Ziel.

»Sandra? Keine Ahnung. Wahrscheinlich hässlich.«

Sie waren am Ende des Raumes angekommen, als ihr zwei Dinge auffielen. Zum einen war es lausig kalt im Raum. Wo war also der Ofen, dessen Schornstein so lustig gequalmt hatte? Zum anderen war die Abmessung zu kurz, wenn sie sich an die Ausdehnung erinnerte, die sie von der anderen Seite des Grundstücks wahrgenommen hatten. Da sah sie einen Ausgang in der hinteren Rückwand.

»Und was ist das hier?« Mit diesen Worten riss sie die Tür auf. Da war er, der Fälscherraum. Da war auch der Ofen. Die untere Klappe war offen und zeigte fröhlich flackernde Flammen. Eine Wand und das Dach bestanden wie der Hauptraum aus durchsichtigem Material, sodass das helle Tageslicht auf ein paar kleinformatige Gemälde mit Darstellungen fiel, wie sie die alten holländischen Meister gemalt hatten. Sie befanden sich in unterschiedlichen Stadien der Fertigstellung, standen auf zwei Staffeleien und lehnten an der Wand. Dazwischen wieder ein großer Holztisch mit angerührten Farben in kleinen Porzellanschalen, zwei Paletten, Gläsern mit umgekehrt stehenden Pinseln, einem angebissenen Butterbrot und einem Kunstband, der auf einer Seite aufgeschlagen war.

»Deine Schatzkammer? Wie wunderschön!« Hoffentlich fiel er auf ihren Enthusiasmus herein. »Ich finde diesen Stil um so viel schöner als die moderne Malerei. Charlotte, komm, sieh nur, was für eine Herrlichkeit!«

Bodo schwankte zwischen *Raus hier* und der echten Freude darüber, dass jemand seine Vorliebe teilte. Dann fiel ihm seine Mutter ein. *Und niemand, hörst du, niemand lässt du in diesen Raum. Bei deinem Leben hütest du ihn, er ist unser großes Geheimnis!* Die Angst packte ihn. »Ihr müsst jetzt gehen, ihr müsst jetzt wirklich gehen. Hier darf keiner rein. Schnell, raus, raus hier!«

Friederike wusste, wann sie verloren hatte. »Na klar, Bodo, wir sind schon weg. Kann ich vielleicht deine Telefonnummer haben wegen der Ausstellung? Und du entscheidest dich, welches Bild du beisteuern wirst?«

»Ich hab kein Telefon. Macht meine Mutter alles. Ruf sie an.«

Er tat ihr inzwischen leid. Ganz offensichtlich stand er vollständig unter der Fuchtel der Dame im Leopardenmuster, die sich ihre Nase mit seinen Fälschungen vergoldet hatte. Und sie schämte sich wegen des Märchens mit der

Ausstellung, das sie ihm erzählt hatte. Charlotte zerrte sie aus der Halle, sie fürchtete, Friederike könne einknicken.

»Ja«, zwitscherte sie, »wir müssen wirklich los, aber es war so schön bei dir!«, wobei sie ihn mit schiefgestelltem Kopf anleuchtete.

Meine Güte, Charlotte. Friederike war heilfroh, als sie beide wieder im Auto saßen. »Habe ich übertrieben?« Charlottes Schultern zuckten vor Lachen.

Friederike fuhr langsam los. Im Zentrum von Caplingen hielt sie an. »Ich hab gedacht, es geht schief, aber er hat es geschluckt. Du bist nicht schlecht, Frau. Was hast du fotografiert?«

»Du bist auch nicht schlecht. Dass du das Hinterzimmer gefunden hast, alle Achtung. Also hier, kuck, da ist es.« Sie hielt ihr das Handy hin und vergrößerte Zeile für Zeile.

Es war eine Art Notizzettel mit dem Namen *Herzog-Anton-Ulrich-Museum Braunschweig* im Kopf, daneben das Logo des Museums, ein Kreis mit der Büste des Herzogs, Weiß auf Hellblau, darunter: *Abteilung für Expertisen und Provenienzen.* Jemand hatte mit einer ungeduldigen Handschrift darauf gekritzelt: *Betr.: Hooveland. Kein Zobelpinsel! Schwungvoller Pinselstrich mit breitem Borstenpinsel! Muster in die nasse Farbe kratzen!*

Friederike atmete tief aus. Das war der Durchbruch. Nun mussten sie herauskriegen, wer in der Abteilung der Experte war, der die Bilder beglaubigte, der die Expertisen schrieb.

»Schick ihn an Christian, ich gebe dir die Nummer.«

Dann drückte sie die Eins. Christian antwortete so schnell, als hätte er die ganze Zeit das Telefon angestarrt.

»Geht es dir gut?«

»Ja, ich mopse mich und pfeife den Schwestern hinterher. Morgen kannst du mich abholen, ich sage dir Bescheid, wenn ich so weit bin.«

»Bis dahin reden wir sicher noch miteinander.« Sie berichtete von ihrem Fund. »Charlotte ist noch frecher als ich.

Sie hat den Zettel fotografiert, er müsste schon bei dir sein. Vielleicht kannst du rauskriegen, wer in der Museumsabteilung arbeitet und wer passen könnte.«

»Na ja, ohne Namen ist das schwierig. Ich sehe mal, was ich machen kann. Passt auf euch auf!«

Eine halbe Stunde später kam eine Liste mit Namen. *Angest der bes Abt v 2012. Jemand bekannt?*

Charlotte und Friederike starrten auf die Reihe von Namen. Charlotte zeigte auf einen. »An der Tür von Bodos Mutter waren zwei Namensschilder. *Evelyn Tingelkes* und *Klaus-Walter Kasischke*. Da, da ist ein oder eine Kasischke. Wenn die nun verwandt sind?«

Friederike, voller Bewunderung über die Beobachtungsgabe, die allerdings nicht ganz ohne Neid war, schickte Christian eine SMS. *Kasischke könnte es sein. Was jetzt?*

Seine Antwort war eindeutig. *Macht nichts. Alles morgen. Macht ja nichts* und zehn Ausrufezeichen.

Charlotte glühte auf ihrem Beifahrersitz. »Nein, wir fahren hin und stellen ihn zur Rede. Wir fragen ihn ...«

»Nein«, Friederike blieb bombenfest. »Wenn er sagt nein, dann nein. Ich habe mir schon so oft die Finger verbrannt, dass ich lieber mache, was er sagt. Glaub mir, er hat wirklich die größere Erfahrung. Außerdem brauchen wir einen Vorwand. Christian hat Ahnung von Kunst, er kann was konstruieren. Vielleicht kann er als Kunde auftauchen.«

»Willst du nicht noch schnell mit uns essen, bevor du nach Hause fährst?«

»Nein, ist nett, aber lieber nicht.« Sie musste nachdenken.

Auf der Heimfahrt klickte es plötzlich in ihrem Gehirn. Wieso war Christian eigentlich so überrascht über den Namen des Experten? Hatte Eva de Vries ... Sie fuhr auf den nächsten Parkplatz und rief ihn an. »Du hast doch die Apothekerin letzte Woche besucht.«

»Ja, sicher.«

»Und – hat sie dir die Expertise nicht gezeigt?«

»Die war verschwunden oder sie hatte keine. Sie wollte danach suchen und versprach, mir dann gleich ein Foto zu schicken.«

»Und sie hat sich nicht an den Namen erinnert?«

»Friedchen, nein. Was beunruhigt dich denn so?«

»Na ja, wir haben jetzt den Fälscher, wir haben auch den Experten, aber trotzdem ist die ganze Sache völlig im Dunkeln. Und du bist so ... indifferent.«

»Du hörst die Flöhe husten. Also, warte mal, ich setze mich mal kurz. Lass mich die Sache mal sortieren. Ich war am Donnerstag bei Eva de Vries. Oder Mittwoch? Irgendwie schwimmt alles noch, was in der Woche vor meinem Unfall passiert ist. Aber der Doktor sagt, das würde weggehen. Mein Navi könnte vielleicht helfen.«

»Der Wochentag ist doch wurscht. An was erinnerst du dich denn von dem Besuch bei ihr? War das abends nach Feierabend oder war das während des Tages? Sie hätte doch in der Apotheke sein müssen.«

»Es war abends.« Friederike hörte, wie er einen Schluck trank. »Ich habe geklingelt. Sie holte mich rein. Sie zeigte mir das Bild. Jemand hätte gesagt, es sei gefälscht. Sie hätte umgehend Kahlhut angerufen, den sie ... den sie über Wohlgemuth kennengelernt hat. Es gab ... Sie sagte, die Bruderschaft hätte einen Abend mit Frauen organisiert, da hätten sie und ihr Mann, der Mitglied ist, mit Wohlgemuth an einem Tisch gesessen. Wohlgemuth hätte mit seinen Tabledance-Plänen geprahlt. Sie machte sich darüber lustig. Irgendwie war Wohlgemuth wohl auf Kahlhut gekommen, und dass der einen guten Privatdetektiv kennt.«

»So, ihr beide steht also jetzt vor dem Bild. Du nimmst es runter und dann?«

»Dann habe ich es umgedreht und sofort gesehen, dass die Leinwand zu hell war. Alles stimmte, nur die Tönung der Leinwand nicht.«

»Das hast du ihr gesagt.«

»Ja, und sie bestätigte, dass auch ihr Bekannter das gesehen hätte.«

»Sein Name?«

»Wollte sie nicht sagen. Schien mir auch unwichtig, denn es ging ja um die Fälschung, nicht darum, wer sie als Erstes entdeckt hat. Vielleicht ein Fehler.« Das sagte er völlig neutral.

»Wo war denn ihr Mann eigentlich die ganze Zeit? Wenn ihr das Gemälde über die Bruderschaft vermittelt wurde, müsste er doch mit drinhängen.«

»Ihr Mann lebt von ihr getrennt. Sie seien noch gut befreundet, aber von vornherein hat sie immer wieder betont, dass er mit der Sache nichts zu tun hätte. Sie hätte das Bild gekauft mit ihrem Geld. Es klang ein bisschen so, als hätte er sie schon rundgemacht, und sie wollte die Sache jetzt allein wieder geradebiegen.«

»Ja, klingt, als hätte er sich die Hände gewaschen, so nach dem Motto *Du hast das Geld in den Sand gesetzt, jetzt sieh selbst zu, wo du es dir wiederholst.*«

»Möglich.« Er schwieg einen Moment, Friederike hörte seinen Atem. »Wenn ich jetzt so zurückdenke – an das, was an Erinnerung noch da ist, meine ich – sie war irgendwie mit allem vage, ganz anders als zu dem Zeitpunkt, als sie mir am Telefon zum ersten Mal von der Sache berichtet hat. Da war sie wütend. Und wollte dem Maler oder Verkäufer unbedingt einen reinwürgen.«

»Vielleicht genierte sie sich inzwischen dafür, dass sie reingefallen war. Sie hat das Gemälde von dem von Kindt gekauft, oder?«

»So hieß es anfangs. Aber du hast ja selbst gehört, dass er sich daran nicht erinnern will.«

Friederike kaute auf ihrer Unterlippe. Da stimmte doch Verschiedenes nicht. »Weißt du, wie das für mich klingt? Als ob zwischen ihrer Entdeckung, dass das Ding nicht echt ist, und deinem Besuch jemand auf sie eingewirkt hätte.«

»Du meinst, sie wäre von wem bedroht worden?«

»Ja, vielleicht. Keine Expertise, über die Herkunft keine Angabe ... Weißt du, dein Bodo Tintenklecks kam mir harmlos vor, von der Mutter kann ich das nicht behaupten.«

»Hm.«

»Ja, finde ich auch. Okay. Was geschah denn dann, nachdem du das Bild untersucht hattest?«

»Dann habe ich gefragt, von wem sie es hatte. Da wurde sie einsilbig. Ich hab weiter gefragt, ob eine Expertise dabei gelegen hätte. Da fing sie an zu drucksen. Erzählte eine traurige Geschichte von einer Witwe, die eine kleine Sammlung mit alten Holländern über den Krieg gerettet hätte, jetzt aber verkaufen müsse, um ihren Enkeln die Ausbildung zu bezahlen. Die Tochter sei praktisch ohne Einkommen. So wäre ihr die Herkunft des Bildes erklärt worden. Ich hatte den Eindruck, es gab keine Expertise, und sie hat das Bild für einen erheblich niedrigeren Preis gekauft. Das bestritt sie, nein, es gäbe die Einschätzung eines Sachverständigen, aber sie könne sie nicht finden. Vielleicht hat sie versprochen, ihn zu beschützen, das schien mir die wahrscheinlichste Erklärung.«

»Hatte sie mit der armen Witwe persönlichen Kontakt? Oder lief die Sache mit Strohmann?«

»Sie hat mit einem Vermittler geredet. Vor Kurzem hieß der ja noch Tanno von Kindt.«

»Ich verstehe die ganze Sache nicht, Christian. Sie muss doch irgendwie auf die Idee gekommen sein, das Gemälde eines alten Holländers haben zu wollen. Und es muss irgendwen gegeben haben, der es ihr angeboten hat.«

»Sie hatte einen bei den von Kindts gesehen und gefragt. Da hätte sie eine Telefonnummer bekommen, zusammen mit der Geschichte der armen Witwe.«

»Na, immerhin, das ist ja eine Aussage. Und dann hat sie gezahlt – was – eine fünfstellige Summe?«

»Wenn man was ganz doll haben will ...«

»Okay. Sie hat dir also diese Nummer gegeben?«

»Ja, aber da meldete sich niemand. Über mehrere Tage hin nicht. Das Telefon wurde aber auch nicht abgestellt. Laut Sendemastrecherche war es eine Mobilnummer, die auf Caplingen oder Umgebung hindeutete.« Christian hatte immer wen, der ihm half, eine Telefonnummer mit einem Menschen oder einem Ort zu verbinden.

»Ah, deshalb bist du also dahin gefahren.«

»Ja. Ich dachte, ich sehe was, treffe wen oder kann mich irgendwie durchfragen.«

»Du warst beim Bürgermeister angeblich.«

»Ja, am Samstag, oder? Aber da ist Schluss. Daran erinnere ich mich nicht. Ich weiß erst wieder das, was ab dem Krankenhaus passiert ist.«

»Letztes Mal hast du gesagt, du hättest noch angehalten und was gegessen. Und du hast dich an ein Scheinwerferpaar erinnert, das dich verfolgt hat.«

»Ja, stimmt.«

Friederike hielt die Luft an. Wieso wusste er das nicht mehr?

Christian lachte. »Ich höre dein Misstrauen durchs Telefon, Rübe. Ich meinte nichts ausdrücklich Fallrelevantes.«

»Erinnerst du dich, ob du mit von Kindt gesprochen hast? Du wolltest vielleicht was über dessen Gemälde wissen.«

»Nur sehr kurz am Telefon, das war schon vor der Fahrt nach Caplingen. Denn Kahlhut hatte mich ja auf Wohlgemuth angesetzt, dem angeblich von ganz Altenau der Brand angehängt wurde, der Brand mit der Leiche.«

Friederike überlegte. Die Geschichte bestand aus mehr Löchern als Fakten, die zusammenpassten. Na gut, einem Mann mit Erinnerungslücken wegen einer Kopfverletzung muss man das nachsehen. »Hm. Was hat von Kindt denn gesagt?«

»Er versuchte, korrekt zu sein. Nein, sein Bild wäre ein Geschenk und ohne Zweifel echt. Er habe auch nie einen Kauf vermittelt. Die Telefonnummer sei die eines Freundes gewesen, der Frau de Vries vielleicht hätte weiterhelfen können.«

»Warst du damit zufrieden?«

»Nein, Friedchen. Aber ich kam in ein Harzer Mobilfunkloch. Danach war wieder was anderes. Jemand rief an, der seine Frau beschatten lassen wollte. Und dann ...« Friederike hörte, wie er aufstand. »Und dann kam wieder was dazwischen. Konni brauchte Hilfe bei irgendwas. Ich hab nichts weiter gemacht in der Sache. Ich weiß, das ist komisch.«

»Kannst du mir die Nummer aufs Handy schicken? Die Telefonnummer von deinem Caplinger Kontakt meine ich.«

Damit ließ Friederike ihn in Ruhe. Retrograde Amnesie war nicht ungewöhnlich bei solchen Unfällen. Oft löste sie sich Stück für Stück langsam auf. Es war auch verständlich, dass Christian bei zu intensiver Fragerei unwirsch wurde. Aber man müsste unbedingt mit Tanno von Kindt reden. Wenn der eine Telefonnummer hatte und bereit gewesen war, sie weiterzugeben, dann würde er auch mehr wissen.

Jetzt war allerdings erst mal Ekkehard Kasischke fällig. Wenn nicht er es war, der die Expertisen schrieb, dann musste er einen anderen Grund haben, Bodo Tingelkes zu erklären, worauf beim Malen eines Hooveland zu achten sei.

Es schien, als hätte Eva de Vries gar kein Interesse daran gehabt, die Fälschung aufzudecken. Oder doch? Und wurde tatsächlich bedroht? Das schien wahrscheinlicher. Jemand hatte Christians Besuch beobachtet oder davon erfahren, klingelte bei ihr und bedrohte sie. *Du sorgst dafür, dass die Nachforschungen aufhören oder du erlebst was.* Das schien plausibel.

Tief in Gedanken versunken legte sie den Gang ein und fuhr zurück auf die Autobahn.

* * *

Evelyn Tingelkes sah zufällig aus dem Küchenfenster, wie die beiden Frauen in den roten Renault einstiegen. Sie schnappte nach Luft. Wo waren sie so lange gewesen? Etwa ... Sie rannte durch die Hintertür in den Garten und durchquerte ihn der Länge nach, so schnell es ihre 72 Lebensjahre, ihre mangelnde Fitness und ihre kleinen schwanenfederbesetzten Pantöffelchen zuließen. Keuchend und stöhnend riss sie die Hintertür der Wellblechhalle auf. »Bodo«, schrie sie, hielt sich am Türpfosten fest und hustete. »Bodo, Junge, wo bist du?«

Er kam langsam näher. »Was ist denn, Mama?«

»Bodo, Liebling, du hast doch nicht das Hinterzimmer aufgemacht? Du hast dich doch ...« Sie hielt sich die Seite und humpelte einen der engen Gänge in Richtung seines Schreibtisches, wo sie auf den Stuhl sank. »Um Gottes willen, hast du sie da rein gelassen?«

»Nein, bestimmt nicht, Mama.« Bodo zitterte und presste die Lippen zusammen.

Dann passierte es. Evelyns Augen, so schwarzgeschminkt, dass sie mit den langen falschen Wimpern wie Pandaaugen aussahen, fielen auf den gelben Zettel des Herzog-Anton-Ulrich-Museums. Sie schoss hoch. »Nein«, schrie sie. »Nein! Wie oft habe ich dir gesagt, dass Onkel Ekkehards Notizen sofort verbrannt werde müssen. Sofort, habe ich dir gesagt, SOFORT!« Damit schoss ihre rechte Hand hoch und knallte auf Bodos Jochbein.

Der taumelte zurück und hielt sich die Wange. Tränen bildeten sich in seinen Augen. »Es tut mir leid«, stotterte er. »Es tut mir leid, ich habe nicht nachgedacht.«

Evelyn bereute ihren Ausbruch schon und nahm ihn in die Arme. »Mein Lämmchen«, sagte sie, »ich weiß doch, ich weiß«, während ihr intriganter Geist nach einer Lösung suchte.

Hundeshampoo und türkischer Kümmel

Konni kam hinter seinem Tresen vor, kaum dass Friederike das Tango-Café betreten hatte. »Das Labor hat angerufen. Du weißt schon, wegen des Drohbriefes, den du gekriegt hast.«

»Ja. Haben sie was gefunden?«

»Ja, und du wirst lachen, es waren Spuren von Shampoo.«

»Wie, Haarshampoo, ganz normales?«

»Nein, es hatte einen pH-Wert von etwa 7,5. Die menschliche Haut hat nur einen Wert von 5.«

»Also? Was bedeutet das? Rede doch, verdammt.«

»Es könnte ein Hundeshampoo sein.«

Friederike zog ihre dicke Winterjacke aus und hängte sie im Hinterzimmer an die Garderobe. Ein Hundesalon? Wer würde aus einem Hundesalon einen Drohbrief abfeuern? Man müsste ...

Die nächste Viertelstunde verbrachte sie im Internet mit Braunschweiger Hundefrisören und deren Inhabern. »Ich bin hier im Urlaub bei einer Bekannten. Mein Ivan braucht dringend eine Fellpflege, und Ihr Salon ist mir empfohlen worden. Er hat so eine sehr empfindliche Haut, das liebe Tier. Nur zur Sicherheit, damit ich auch an die richtige Stelle komme, wie heißt denn der Inhaber ihres Salons?«

Es gab 13 Hundesalons, aber beim achten hatte sie Glück. »Unsere Inhaberin ist Frau von Kindt. Wollen Sie sie sprechen?«

»Nein, nein, aber einen Termin bei ihr persönlich würde ich gern abmachen.«

Friederike kaute auf ihrem rechten Daumen. Frau von Kindt. Hatte Tannos skandinavische Ehefrau gewirkt wie eine Frau, die Hunden die Haare wäscht und die Nägel schneidet?

Und Drohbriefe schreibt? Eher nicht. Aber der Zufall wäre zu groß, wenn ... wenn nicht sie das anonyme Schreiben verfasst hätte.

Trotzdem – es wollte einfach nicht passen. Zu bedenken war, dass es doch sicher haufenweise Privatleute gab, die ihre Hunde wuschen. Mit Hundeshampoo. Aber wieso sollte dann ausgerechnet an dieser Stelle der Name von Kindt auftauchen, so vielfältig verbunden mit allem, was geschehen war. Selbst zum Altenauer Brand gab es Verbindungen über das Bruderschaftsmitglied Wohlgemuth. Zum Scheunenbrand, denn der Orden suchte ein Dokument, das letztlich auf der Caplingenburg gefunden worden war. Immer wieder tauchte die Bruderschaft auf, Bruderschaft, Bruderschaft, Bruderschaft.

Langsam ging sie durch die Schwingtür ins Café zurück. Es war alles so ein fürchterliches Durcheinander. Christian fehlte ihr, der kühl die Fäden auseinanderhalten konnte, der in aller Ruhe einem nach dem anderen nachging, und am Ende lagen sie da, wunderbar parallel fast bis zum Schluss, wo sie sich zu einem einzigen zusammengefunden hatten. Ich kann das nicht, dachte sie plötzlich. Ich bin für dieses Spiel nicht gemacht. Ich kann singen, ich kann Chöre leiten ... was eigentlich noch? Dies jedenfalls nicht. Und ohne Christian will ich auch nicht. Sie holte tief Luft. So, jetzt würde sie in den Überlebensmodus wechseln und mittagessen, denn das Loch im Magen war überdeutlich.

»Habt ihr noch irgendwas übrig«, fragte sie Ratte, der mit seiner langen rot-schwarzen Schürze gerade ein Tablett voller gebrauchter Teller Richtung Küche stemmte.

»Yes, Ma´m, Pilzrisotto, Huhnroulade oder Karotte-Lauch-Eintopf mit Meerettichjoghurt und Kerbelcroutons. Salat kann Wilma auch noch machen.« Er blieb kurz vor ihr stehen.

Friederike betrachtete ihn. Selbst Ratte wurde älter. Sein braunes Haarschwänzchen hatte graue Strähnen bekommen, und um die Augen, die meistens lachten, hatten sich Fältchen gebildet. Ratte hatte grundsätzlich gute Laune, was ihm bei seinem Kellnerjob half, denn es regnete Trinkgelder.

Was sollten eigentlich diese endzeitlichen Gedanken? Alle wurden älter, das war ein Fakt, und ein Narr, der ihn bewertet. »Suppe, und ich möchte, wenn´s geht, ein schönes Stück Baguette dazu. Danke, Ratte. Wo ist Otti denn?«

»In der Küche. Wilma hat ihn ins Herz geschlossen, er ist oft da. Er hilft ihr bei irgendwas.«

»Aber er lässt dich hier nicht allein, oder?«

»Nein, nein, er ist nur da, wenn hier Ruhe herrscht. Ich schaff das schon.«

Es war nicht mehr viel los um diese Zeit, die Kaffeegäste waren noch nicht eingetroffen, die Mittagsgäste schon weg. Konni kam zu ihr an den Personaltisch und setzte sich ihr gegenüber.

»Friederike, wir alle machen uns Sorgen um dich. Und wenn man so befreundet ist wie wir, geht derjenige, um den man sich Sorgen macht, darauf ein. Er oder sie sagt nicht ›mir geht es gut‹, denn alle wissen, dass es nicht stimmt. Also. Du siehst grottenschlecht aus, und ich möchte, wir möchten, dass du mit diesem Detektivscheiß aufhörst.«

Mitten in seiner Rede hatte er ihre Hand ergriffen und drückte sie leicht. Seine blauen Augen blitzten aus dem Bart- und Haargewirr. Auch er hat gelernt, sich zu pflegen, dachte sie plötzlich. Auch da sind Wunder geschehen. Und mit einem Mal dachte sie, ich habe das alles angestoßen. Wenn ich nicht in den Harz gekommen wäre, hätte Konni seine Sandra nicht kennengelernt. Sie hätte ihm nicht beigebracht, dass man einen Bart auch kämmen und trimmen kann. Ratte säße womöglich im Knast, weil es kein Tango-Café gäbe. Allerdings Christian ... würde er vielleicht munter herumlaufen und nicht im Krankenhaus herumwandern auf dem Weg zu einem justierten Blutdruck?

Alles hat zwei Seiten. Also weder verzweifeln noch jubilieren. Es ist, wie es ist, und fertig. Aber könnte sie diese

Betrachtungsweise wirklich akzeptieren? Es schien nicht so, wenn sie bedachte, wie oft in den letzten Tagen die Tränen geflossen waren.

»Ich weiß, Konni, dass ihr euch Sorgen macht. Nur, ich will Christian helfen, und da ...«

»Du willst«, er drückte mit seinen Pranken stärker zu, »du willst helfen, ja. Aber wenn du ehrlich bist, meine Liebe, willst du deinen Herzallerliebsten beeindrucken. Verständlich, aber blöd.«

»Blöd, aber verständlich.«

»Oh, darauf lasse ich mich nicht ein. Du weißt haargenau, was ich meine.«

Ratte stellte einen hohen Suppentopf mit duftendem Inhalt vor sie hin, dazu ein halbes Baguette mit Käseraspeln überbacken und türkischem Kümmel bestreut. Sie schöpfte sich einen Teller voll und rührte einen großen Löffel von der Joghurt-Meerettichmasse in die Suppe.

Konni holte sich einen Kaffee und sah zu, wie sie schaufelte. »Mann, du musst ausgehungert sein«, sagte er. »Was hältst du denn davon, wenn du anschließend nach Hause in deine Kapelle fährst und ein paar Tage schläfst? Ich kann Christian morgen abholen.«

Friederike hörte kurzfristig auf zu essen und sah ihn über ihren Suppenlöffel hinweg mit schwimmenden Augen an. »Das klingt eigentlich wunderbar, lieber, netter Konni. Ich bin so froh, dass du und Sandra ...«

»Du lenkst ab, und nicht mal ungeschickt. Nein, ich glaube, ich werde rabiat, wenn du noch irgendwas unternimmst, bevor Christian wieder zurück und gesund ist. Und den Scheiß weiter bearbeitet.«

Ich könnte jetzt einwenden, dass er mir anscheinend nichts zutraut, dachte sie. Weil ich aber weiß, dass er Recht hat, überspringe ich den Teil. Auch, weil die Suppe so gut ist. Wilma schmeckt mit Zucker ab, jedenfalls den Joghurt. Raffiniert.

Als sie jetzt langsamer aß und der warmen Flüssigkeit nachspürte, wie sie bis in die Tiefen ihres Magens lief, fand sie plötzlich die Aussicht auf einen vollen Tag Ferien verlockend. Ein heißes Bad, lang, mit viel nachlaufendem heißen Wasser, dazu ein englischer Tee mit etwas Zucker und Milch, leise Musik und dann stundenlang schlafen. Und wenn ich aufwache, ein Spaziergang. Und dann ... kommt Christian zurück und ...

»In Ordnung, Konni, du hast Recht, ich mache nichts mehr. Ich möchte nur Charlotte anrufen und ihr von dem Hundesalon erzählen. Sie hat bei diesem Tintenklecks vorhin Großes geleistet.«

Feuerlöscher und Marmeladenbrot

Charlotte hörte mit großen Augen dem zu, was Friederike berichtete. »Ein Hundesalon, denkst du. Aber es könnte doch auch ein ganz normaler Hundebesitzer ... Nein, ich verstehe schon. Der Name von Kindt ist vielsagend. Welcher ist es? Auf der Sonnenstraße? ... Nein, nein, ganz sicher nicht. Wir machen auch eine Pause. Quinn hat angefangen, den Pumpenkeller neu zu verputzen. Er sagt, es sei alles voller Salpeterblüten. Und ich habe gerade eine großartige Idee für mein Kinderbuch. Sie haben eine zahme Ratte, und die drangsaliert die böse Tante, die das Schloss verkaufen will. Die Ratte heißt Herkules, und Anni hat ihr das Fell in Streifen gefärbt. Lila und orange.«

Sie verabschiedeten sich voneinander mit vielen guten Wünschen für das weitere Wohlergehen der anderen. Friederike dachte anschließend, wie vielsagend die Existenz einer bösen Tante doch sei, die das Schloss gegen den Willen der

Kinder verkaufen will. Und Charlotte fragte sich, warum sie Friederike nichts von Quinns wahren Eltern berichtete.

Zwei Stunden später legte sie ihren Zeichenstift hin. Der Hundesalon ließ ihr keine Ruhe. In der Küche hatte Flora angefangen, die Kupfertöpfe und -pfannen zu putzen. Einige leuchteten bereits hell von ihren Haken herunter, so hell, dass man sich drin spiegeln könnte. Gab es früher nicht tatsächlich Kupferspiegel?

»Ich würde ganz gern noch mal kurz wegfahren. Soll ich was mitbringen?«

Flora, heute im roten Samtkleid mit leuchtend blauem Turban, funkelte sie an. »Fährt Quinn mit?«

»Nein, weiß nicht. Warum?« Der Gedanke, dass er als Kopilot für die Sache, die sie sich vorgenommen hatte, im Grunde nicht schlecht wäre, gefiel ihr.

Floras Gesicht legte sich in Lachfalten. »Warum nicht, vielleicht hat er Lust auf einen Ausflug. Frag ihn doch.«

»Na ja, wenn ich soll …«

Flora lachte noch hinter ihr her, als sie die Tür schon hinter sich zugezogen hatte.

Charlotte stolperte nach rechts um das Herrenhaus herum. Die Dunkelheit war schon dicht, und der schmale Schein ihrer Taschenlampe leuchtete offenbar immer dorthin, wo sie gerade keinen Fuß hinsetzte.

Der Kriechkeller mit der Pumpe der Hauswasserversorgung befand sich auf der Rückseite des Herrenhauses. Ein paar Treppenstufen führten in den verliesähnlichen Raum. Von unten hörte sie schabende Geräusche. Aha, er putzte, schmierte Mörtel auf die Steinwände.

Der kleine Raum war taghell erleuchtet von einem Scheinwerfer, den Quinn an die niedrige Decke gerichtet hatte. Er saß auf einem Hocker und strich gerade sein Maurerwerkzeug an einem blauen Eimerrand ab. »Ich bin fertig, ganz und gar.«

Charlotte bewunderte seine Arbeit und fühlte, dass sie nicht vom Fleck kam mit ihrem Anliegen. Als er alles zusammengepackt hatte und beide samt Material wieder über Tage aufgetaucht war, sah er sie an. »Du wolltest irgendwas.« In der Dunkelheit fühlte sie mehr, als dass sie es sah, seine Augen auf ihr. Er hat diese verstörende Präsenz, dachte sie, die aus Ruhe besteht. Aber warum reagiere ich so darauf?

»Ich ... Vielleicht hast du Lust mitzufahren. Flora, sagt, ich soll dich fragen. Also, Friederikes Drohbrief wurde labortechnisch untersucht, und sie haben Hundeshampoo gefunden. Jetzt denkt Friederike, der Verfasser könnte jemand sein, der in einem Hundesalon arbeitet. Und sie hat alles durchgewühlt und ist auf einen gestoßen, dessen Inhaberin eine Frau von Kindt ist. Ich wollte mal hinfahren und einfach mal kucken ... Auf der Sonnenstraße.«

»Haben die nicht inzwischen zu?«

»Sie sagt, bis 20 Uhr wäre wer da. Ich weiß auch gar nicht, ob ich mit jemandem dort reden will, ich dachte nur, man sieht mal nach. Würdest du vielleicht mitkommen?«

»Lass mich vorher duschen, dann ja, klar.«

Als sie um das Haus herum zurück auf den großen Hof kamen, sah Charlotte im Licht der Stalllaterne einen Schatten an ihrem Auto. »He, hallo, was machen Sie denn da ...«, und begann loszurennen. Leider hatte sie das Pech, mit der rechten Fußspitze gegen einen Stein des unregelmäßigen Kopfsteinpflasters zu stoßen, und fiel lang hin. Quinn war im Nu da und half ihr hoch. »Bist du verletzt? Tut dir was weh?«

»Mein Stolz ist verletzt, und jetzt is er weg. Verdammt. Da, hörst du, er fährt gerade weg.« In dem Moment knallte es, und aus dem Fenster des Beifahrersitzes schoss eine helle Flamme.

»Das ist doch nicht wahr.« Charlotte stand stocksteif wie Lots Frau, als Sodom und Gomorrha hinter ihr brannten. »Das ist doch wirklich ...«

Quinn hatte alles fallen gelassen, was er Händen hielt, rannte in die Halle des Herrenhauses und kam mit einem Feuerlöscher zurück, und tatsächlich gelang es ihm schnell, den Brand zu löschen. Inzwischen waren über die Bewegungsmelder die anderen Lichter des Hofes angesprungen.

»Wo hast du den Feuerlöscher her?«

»Gleich nach dem Scheunenbrand gekauft. Wir haben drei davon.« Wir, dachte Charlotte, er sagt wir.

Flora war inzwischen auch auf dem Hof erschienen, eingewickelt in ihren langen burgunderroten Schal. Neben ihr drückte sich die Burgkatze mit funkelnden grünen Augen an ihr Bein. Bessie rannte im Kreis um das Wrack herum, ihr Gebell überschlug sich fast. »Es nimmt Überhand, Lottchen, du solltest doch langsam die Polizei holen.«

Charlotte nickte. Das Auto war hin. Nicht nur war der Sitz verschmort, das Feuer hatte auch schon am Armaturenbrett genagt. Außerdem waren alle vier Reifen platt, jemand hatte ganze Arbeit geleistet. Charlotte war etwas übel, weil ihr aufging, dass sie jetzt, abgesehen vom Fahrrad, keine Möglichkeit mehr hatten, vom Gut wegzukommen. Es sei denn laufend. »Na ja, gut. Es war sowieso langsam betagt. Aber irgendwie reicht es mir auch. Quinn, was denkst du, die Polizei?«

Flora traute ihren Ohren nicht. Ihr selbstbewusstes Lottchen fragte Quinn, was sie tun sollte?

Ihr Misstrauen gegen den unerwarteten Mitbewohner hatte sich schon vor ein paar Tagen gelegt. Quinn hatte nie versucht, sie durch irgendein besonderes Benehmen zu bestechen, er war grundsätzlich wortkarg und höflich. Mit Lottchen ging er anders um, fürsorglich fast, auf jeden Fall teilnehmend.

Mit zusammengebissenen Zähnen sagte er: »Jetzt hätte ich wirklich Lust, den Hundesalon mal zu besuchen. Du musst aber die Polizei holen, schon wegen der Versicherung.«

Es ging schnell. Die Beamten waren innerhalb von 20 Minuten da, anfangs etwas steif wegen Quinns Erscheinungsbild mit Militärmantel und Westernhut, dann erinnerte sich aber der ältere der beiden an die Voigtländers auf dem Gut. »Du hast dich ganz schön verändert«, sagte er und fotografierte das derangierte Auto von allen Seiten. »Und irgendwer hat wohl was gegen euch. Hat´s hier nicht gerade gebrannt?«

Beide nickten; Flora war im Haus geblieben. Der jüngere hatte ein Klemmbrett mit Formular in der Hand und schrieb nach Charlottes Diktat Daten und Fakten auf. »Das Auto ist hin«, sagte der ältere schließlich. Sag mal«, er drehte sich zu Quinn um. »Das Ding fährt ja nicht mehr, braucht ihr vielleicht einen Ersatzwagen? Mein Schwager hat Leihwagen und könnte euch einen vor die Tür stellen. Vielleicht ganz gut, falls man schnell weg möchte.«

Der Gedanke, schnell weg zu müssen, gefiel Charlotte nicht, der mit dem Leihwagen aber umso besser. Die beiden Beamten folgten Quinn und ihr in die Wärme der Küche, wo Flora bereits mit heißem Kaffee und Marmeladenbroten auf sie wartete.

Innerhalb von weiteren 20 Minuten war der Schwager da und brachte einen zitronengelben kleinen Opel mit. »Is nich der Neueste, aber fährt zuverlässig. Scheibenwaschanlage und Sitzheizung gehen nich, aber ansonsten – top.« Auch er bekam noch einen Kaffee und ein Brot, die Formalitäten waren erledigt, dann stiegen alle drei in den Polizeiwagen und fuhren ab, einer von ihnen besonders zufrieden wegen des schönen Anschlussgeschäftes.

Charlotte sah Quinn an. »Wir könnten in einer knappen halben Stunde an Ort und Stelle sein«, sagte sie. »Ich wäre ja sehr neugierig.«

Quinn stand einen Moment still. »Du hast keine Angst? Du denkst nicht, du solltest vielleicht eine Weile in deinem normalen Zuhause in Wolfenbüttel wohnen?«

Charlotte hatte ganz sicher Angst, würde aber den Teufel tun und es zugeben. So lange Quinn in der Nähe war und Flora, an der sie sich festhalten konnte, würde sie hierbleiben, koste es, was es wolle. »Nein«, sagte sie, innerlich immer noch zitternd und hoffend, dass man es nicht sah. »Er wird ja das Haus nicht anstecken.«

»Nein, das glaube ich auch nicht, aber wir müssen unbedingt dazu übergehen, das Hoftor geschlossen zu halten.«

Es sei denn, er wirft den nächsten Molly durch ein Hinterfenster des Herrenhauses, dachte Charlotte. Sollte sie vielleicht doch ... Der Hundesalon, er würde sie ablenken.

Träume und ein Russischer Terrier

Sie waren gerade auf die Hauptstraße eingebogen, als Quinn sagte: »Du musst dir darüber klar sein, dass er näher kommt. Das war jetzt noch eine Sachbeschädigung, so wie der Scheunenbrand. Es wird aber nicht so bleiben, wenn er nicht langsam gefasst wird.« Und als sie nicht reagierte: »Du versprichst dir hoffentlich nicht zu viel vom Hundesalon der Frau von Kindt.«

Charlotte antwortete nicht. Sie hatte ein anderes Thema, über das sie gern mit ihm reden wollte. Genau genommen spukte es in ihrem Kopf seit dem Mittagessen beim Präsidenten der Bruderschaft.

Sie warf ihm einen kurzen Seitenblick zu. Er saß vollständig ruhig auf dem Beifahrersitz neben ihr, den Hut gerade auf dem Kopf, ein Profil wie eine Figur aus einem Film von Sergio Leone, komplett mit Zigarillo im Mundwinkel. »Willst du eigentlich ... ich meine, willst du denn die Verwandten deiner richtigen Eltern nicht darüber in Kenntnis setzen, dass es einen neuen Neffen und Cousin gibt?«

Er antwortete eine ganze Weile nicht. Dann nahm er den Zigarillo aus dem Mund. »Ich weiß es noch nicht«, sagte er. »Eher nicht. Es verändert nichts. Ich weiß im Moment gar nichts.«

Aus dem Augenwinkel sah Charlotte im Licht eines entgegenkommenden Autos, dass er sein Gesicht weggedreht hatte.

Jetzt musste sie mutig sein. »Was weißt du denn nicht? Weißt du nicht, ob du mit deiner Pilgerreise weitermachen sollst? Ob du vielleicht hierbleiben willst?« Das letzte sagte sie mit fester Stimme, damit er sie nicht für feige hielt.

»Ich werde ganz sicher nach Tschenstochau gehen«, antwortete Quinn. »Aber ... Im Moment bist du in Gefahr, das ... gefällt mir nicht. Deshalb denke ich, so lange du auf der Burg bleibst, werde ich wohl auch bleiben, vorausgesetzt du und vor allem Flora, ihr wollt es und erlaubt es. Bis jemand erwischt wird jedenfalls.«

Das war nicht das, was sie zu hören gehofft hatte. Aber was wäre das eigentlich? Moment, langsam, dachte sie. Er hat deutlich gesagt, er bleibt. Allerdings war der Grund, sie sei in Gefahr, ihr zu schwammig. Nach dieser Aussage müsste sie eigentlich so was sagen wie: »Das will ich natürlich nicht. Ich werde umgehend in meine kleine Wohnung in Wolfenbüttel zurückziehen, wo ich sicher bin, und du kannst in Ruhe deine Wallfahrt vollenden.« Aber genau das wollte sie nicht sagen. Sie saß in einer Sackgasse fest. Was würde sie denn tun, wenn er sagte, er wolle bleiben? Mit ihr? Gut so, dachte sie. Besser so. Sei vernünftig, Frau.

Quinn hatte seinen Zigarillo wieder in den Mundwinkel geschoben. Das, was er zu hören gehofft hatte, dass er bitte bleiben sollte, hatte sie nicht gesagt. Diese Frau hatte von Anfang an eine beträchtliche Unruhe in seinem Inneren verursacht, eine Unruhe, mit der er nicht mehr gerechnet hatte in seinem Leben. Wenn er ehrlich war ... Er fragte schließlich in einem Tonfall, aus dem er jedes Gefühl herausgefiltert hatte:

»Willst du, dass ich bleibe?« Und wenn sie Ja sagt? Wie erfahre ich, aus welchen Gründen sie Ja sagt?

Charlottes Hände krampften sich um das Lenkrad. Was sollte sie jetzt antworten? Mit einem Ja würden alle Dämme brechen, ihre Verteidigungslinie wäre dahin. Mit einem Nein ... gar nicht auszudenken.

Ablenken, die Antwort verschieben. »Ich habe die letzten Nächte durchgeschlafen, kein einziger Alptraum. Vielleicht weil ich weiß, wer mich gerettet hat.«

Quinn war fast erleichtert, dass sie nicht mit einem überwältigten Ja geantwortet hatte. Also blieb er sachlich, ließ den Zigarillo wandern und erklärte in seiner langsamen Art: »Ich glaube, wenn man eine Situation ganz und gar kennt, lässt sie sich leichter verarbeiten, als wenn überall Fragen und Lücken geblieben sind. Man kann sie verwalten. Und das tust du wohl jetzt. Dein Unterbewusstsein kommt zur Ruhe und wird dir in zukünftigen Träumen vielleicht bestenfalls einen Teil des Ereignisses zeigen, aber ohne die Angst. Wir träumen ja oft Gefühle, die mit dem Bild, das uns gezeigt wird, gar nichts zu tun haben. Weiß nicht, hat mal jemand erzählt.«

Er hatte langsam Satz hinter Satz gesetzt, mit Pausen dazwischen. Es klang, als hätte er selbst damit zu tun gehabt. Als teile er eine Erfahrung.

Es war ein fähiger Therapeut gewesen, der ihm geholfen hatte, nachdem er nach Johnnys Unfall und dem Tod von Frau und Tochter schweißüberströmt japsend aufgewacht war. Er hatte sie im Traum von einer Klippe gestürzt, oder ein Messer an die Kehle gehalten. »Gehen Sie das Ereignis Schritt für Schritt durch und lassen Sie Ihre Gefühle zu. Es wird besser werden.« Ganz verschwunden waren die Träume erst, seit er auf seiner Wanderschaft war. Allerdings hatten die harten Nachtlager, die schmerzenden Füße, Hitze, Kälte, Regen, Flöhe und Dreck ohne Zweifel ein Übriges getan. Und dass sie seiner Frage ausgewichen war, hatte er durchaus mitgekriegt.

Charlotte sagte nach einer Weile: »Das kann sein.« Sie räusperte sich und versuchte es noch mal. »Du musst deinen Verwandten sagen, wer du bist. Ich finde, sie haben ein Recht darauf.«

Sie fuhren gerade über den weihnachtlich beleuchteten Altstadtmarkt. Das Alte Rathaus, die Martinikirche und das Gewandhaus waren angestrahlt. »Die Sonnenstraße müsste das hier jetzt sein, an der Kirche entlang.«

Sie fanden den Laden sofort. Ein Russischer Schwarzer Terrier aus Plastik saß aufmerksam auf seinen Hinterbeinen davor, ein Schild im Maul *Mein Laden ist offen WUFF* im Maul. Es war eine kurze Ladenstrecke unter Arkaden mit einem Parkstreifen davor. Ein Parkplatz war frei, einer der anderen war von einem schwarzen Audi Q5 besetzt.

»Sieh an«, sagte Quinn, »da haben wir Glück«, stieg aus und ging auf das Auto zu.

Charlotte flitzte hinter ihm her. »Wir sollten etwas beiläufig tun«, sagte sie. »Vielleicht beobachtet uns jemand aus dem Laden.« Dabei stand sie und öffnete ihre Handtasche, als ob sie etwas suchte. Ihre Augen waren seitlich in den Laden gerichtet. Er war hell erleuchtet, kitschig hellblau und gold eingerichtet, mit Regalen und Ständern voller kleiner Hundekostüme, Kosmetika, Hundespielzeug, Tierfutter und Kauknochen. Ein größerer Tisch in der Mitte, hinten ein großes Waschbecken, daneben eine Trockenhaube. Niemand war zu sehen. Ihre Bedenken verließen sie, und sie ging auf die Eingangstür zu. Im Schein ihrer Handytaschenlampe entzifferte sie das kleine Schild oben rechts *Inh.: Marja von Kindt.*

Marja! Nicht ... wie hieß Tannos Ehefrau? Egal, lieber schnell weg. In dem Moment kamen zwei Leute aus einem hinteren Zimmer. Sie sahen ernst aus und schienen eine Meinungsverschiedenheit zu haben. Charlotte warf einen näheren Blick auf die Frau und zog sich in den Schatten zurück. »Quinn«, rief sie leise, »komm, lass uns wieder fahren. Ich habe was entdeckt.«

»Ich auch«, sagte er und verstaute seine langen Beine mühsam in dem kurzen Fußraum.

Charlotte gab Gas und fuhr aus der Parklücke. »Es ist eine Marja von Kindt, nicht die Ehefrau von Tanno, die hatte einen skandinavischen Namen.«

»Ich weiß, es ist die Tochter.«

»Und die Haarsträhne war heute grün und weiß. Es ist die Mörderin von Eva de Vries.«

»Wenn ihre Anwesenheit in Buntenbock am Tag ihrer Schneewanderung tatsächlich mit ihrem Tod zusammenhängt.«

»Na klar tut sie das. Hör mal!« Charlotte wollte sich ihre Mörderin nicht nehmen lassen.

Sie fuhren langsam im späten Feierabendverkehr durch das weihnachtlich beleuchtete Braunschweig. »Schön ist das, so schön. Ich habe schon als Kind dunkle Straßen im Advent geliebt. Die leuchtenden Sterne über den Straßen versprechen so viel.« Und wir haben damals so viel vom Leben erwartet, dachte sie. Welche Wünsche sind eigentlich in Erfüllung gegangen? Wenige. Überhaupt keine? Aber wenn nicht – habe ich nicht oft stattdessen etwas völlig Unerwartetes bekommen? Ihr ging auf, dass sie darüber nie nachgedacht hatte. War sie womöglich grundsätzlich undankbar und nörglerisch? Quinn schwieg einen Moment. Seine Gedanken gingen ähnliche Wege. War je das eingetroffen, was Charlotte sich gewünscht hatte? Und wenn – hätte sie sich darüber freuen können? Jeder wäre über die Würdigung der eigenen Arbeit mit einem Preis selig gewesen. Charlotte aber haderte noch nach Jahren damit und hatte ein schlechtes Gewissen wegen der australischen Flagge auf dem Brotbeutel eines Koalas.

Er lenkte seine Gedanken um. »Ich habe auch was gesehen«, sagte er. »Der Audi hatte einen Aufkleber mit der Faust und dem Blitz. Und sein rechter vorderer Kotflügel war leicht beschädigt.« Welcher Idiot repariert das nicht sofort, dachte er, oder verkauft das Ding. Der Täter muss sich sehr sicher fühlen. Vielleicht, weil er so weit weg vom Harz wohnt. Aber wir kommen ihm näher, er wird unvorsichtig.

Charlotte riss sich auch aus ihren Gedanken. »Ich dachte es mir schon. Den Aufkleber habe ich auch gesehen.« Wie merkwürdig, noch vor ein paar Stunden wäre sie angesichts dieser Entdeckungen Feuer und Flamme gewesen.

»Noch was Interessantes«, sagte Quinn. »Auf dem Beifahrersitz lagen ein paar Visitenkarten *Lada Autozentrum* und eine Adresse in Mascherode.«

Doch, da, das Feuer flammte wieder auf. »Mehrere? Dann gehören sie zum Fahrer des Autos. Da müssen wir hin. Jetzt gleich? Ich habe übrigens eben einen Mann mit Marja von Kindt aus dem Hinterzimmer kommen sehen. Weiße Haare und Schaltuch. Brauner Ledermantel mit Pelzinnenfutter. Vielleicht ist das der Komplize, der Christian angefahren und mein Auto gerade angezündet hat.«

»Möglich. Es könnte auch ein Kunde sein.«

»Dann wäre der Fahrer des Q5 noch im Laden. Sollen wir nicht doch ...«

»Wir hören jetzt auf, Charlotte. Das hier war schon riskant genug. Diesen Autoladen lassen wir in Ruhe. Friederike wollte sowieso nicht, dass wir was unternehmen. Es reicht für heute, denkst du nicht?«

»Hast du die Autonummer aufgeschrieben?«

»Im Kopf, sie ist aber wahrscheinlich falsch.«

»Das könnte ja die Polizei klären. Oh, Quinn, rechts denke ich, wir sollten sie wirklich einschalten. Links denke ich, unter keinen Umständen, es ist so spannend, so aufregend. Und – es scheint, als ob wir Kasischke, den Experten, gar nicht brauchen, was?«

Quinn antwortete nicht, was sie nicht störte. Die Frage war eigentlich ja auch nur rhetorisch gemeint gewesen. Er war kein Freund der Polizeiidee. Auf seiner Wanderschaft war er nicht nur einmal festgenommen, lange und unfreundlich befragt und überprüft worden. Sie waren jetzt so tief involviert, dass viele Stunden auf einer Polizeidienststelle folgen würden. Sein Fluchtinstinkt meldete sich immer nachdrücklicher.

Schweigend fuhren sie durch die Nacht zurück zur Caplingenburg. Ein paar Sternschnuppen jagten über den Himmel, der aussah, als wäre er aus dunkelgrünem Glas. Charlotte wurde es schwer ums Herz. Wie konnte sie ihm sagen, was sie wollte?

Später am Abend, Flora war im Bett und auch Quinn war in sein Zimmer verschwunden, stand sie lange am Fenster und sah über die Felder und Wiesen, die sich weit durch die Dunkelheit vor ihr erstreckten. Rechts gab es einen fast unsichtbaren Schatten, die Asse, dachte sie, und darüber ist nichts, gar nichts, nur Atmosphäre, Sterne, Sterne und nochmal Sterne. Wie wäre es, wenn man sich dort oben auflösen könnte?

Dann ging sie zu ihrem Sessel, setzte sich, schenkte sich ein großes Glas Rotwein ein und machte zwei Telefongespräche, für die sie die Nummern vor einer halben Stunde herausgesucht hatte.

Später nachts wachte sie auf von einem Geräusch. Ihr Herz klopfte den ganzen Hals hoch. Sie zog ihren dicken Bademantel an und schlüpfte in die Fellpantoffeln. Nichts, sie ging durchs ganze Haus, es war nichts. Ein altes Haus knackt, dachte sie. Es hat lange leer gestanden und wird jetzt erstmalig wieder geheizt, da knacken Balken und Dielenbretter. Aber da war ein Schatten, oder? Und er schien um die Ecke in die Küche zu gleiten. Sie halluzinierte wohl nicht, oder?

Charlotte hob einen Schürhaken vor dem Kamin auf und schlich leise durch die Tür in den rechten Flügel des Hauses. Die Küche war leer, der Flur war leer, es war nichts. Der Blutdruck, dachte sie, er kann Sehstörungen verursachen, das weiß man.

Da kam ein Schatten aus Quinns Zimmer. Sie hob den Schürhaken und blieb stocksteif stehen.

»Charlotte, leg das Ding weg, ich bins.« Quinns Stimme, Quinns Arme, Quinns Schulter, Quinns Geruch und schließlich und endlich Quinns Bett, warm, weich und sicher.

Vierter Advent und ein Sohn

Friederike wachte auf, weil ihr Handy klingelte. »Hier ist Konni. Es ist so weit, ihre Fruchtblase ist geplatzt. Oh, Mann ich bin so aufgeregt, ich weiß gar nicht, was ich machen soll.«

»Hat sie denn schon Wehen?«

»Ja, aber in weiten Abständen.«

»Egal. Ich fahre euch ins Krankenhaus, sie kann ja schlecht auf deinen Sozius. In 10 Minuten bin ich da.«

Sandra lächelte mühsam, als sie sie ins Auto verfrachteten. »Keiner hat gesagt, dass es so weh tut, fahr schnell, Frieda, mach hin.«

Konni saß mit ihr auf dem Rücksitz und redete dummes Zeug, abwechselnd glücklich und verzweifelt. Schließlich riss er sich zusammen. »Friederike, kannst du mich im Café vertreten? Joschi ist nicht da, er musste wegen irgendwas nach Hause.«

»Aber klar, mach dir keine Sorgen. Mach dir um nichts Sorgen, Sandra ist in Herzberg in besten Händen.« Sie fuhr wie der Teufel über die zum Glück fast leeren Straßen, denn es war fünf Uhr morgens. Sandra war nicht die jüngste Gebärende, und das Baby kam drei Wochen zu früh. Das Wetter war zum Glück trocken und windstill, der Himmel vollständig dunkel, kein Mond, kein Stern.

Nachdem sie beide gut abgeliefert hatte, konnte sie nicht wieder einschlafen und drehte sich von einer Seite auf die andere. Die traumatischen Ereignisse der letzten Woche ließen sie nicht los. Sie fragte sich, wie Charlotte wohl damit umginge, denn der war der Mistkerl durch den Scheunenbrand weit näher gerückt. Allerdings wurde aus dem mulmigen Gefühl eine unbändige Wut, wenn sie an Christians Unfall dachte. Der Bastard sollte nicht wegkommen damit, sie wollte es ihm persönlich heimzahlen.

Dann nickte sie doch endlich wieder ein und träumte unmittelbar eine lange Geschichte von Geburt und Gewalt, Schneemassen und einem kichernden Bodo Tingelkes.

Wieder klingelte ihr Handy. Noch leicht desorientiert sah sie auf die Uhr. Es war halb neun. Christian. »Ich werde um 11 hier sitzen und sehnsüchtig warten. Kommst du, Rübe?«

»Natürlich.« Sie schüttelte den Traum ab, und Sandra fiel ihr ein. »Nein, tut mir leid, ich muss Konni vertreten, weil Joschi nicht da ist. Kannst du den Bus nehmen?«

»Ja, sicher, aber ... wieso? Ist Sandra so weit?«

»Ja, die Fruchtblase ist heute Nacht geplatzt.«

»Dann ist dir wahrscheinlich im Moment auch nicht weiter nach Detektivspielen?«

»Nein, lass uns eine Pause machen. Allerdings ...« Nein, er sollte ein paar Tage Ruhe haben, kein Hundesalon sollte dabei stören, sie würde ihn verschweigen. Wenn die Polizei nicht darauf kam, blieb ja genug Zeit, sich um den Hundeladen zu kümmern. »Ich erkundige mich, wann die Busse fahren und melde mich wieder.«

Sie hatte kaum aufgelegt, als Konni anrief. »Er ist da«, schrie er. »Wir haben einen Sohn, ein richtiges Baby, Friederike, ich kann es nicht fassen.«

»Geht es Sandra gut?«

»Ja. Sie wurde von hinten und von vorn gelobt, weil sie eine alte Mutter ist und trotzdem alles so glatt lief.«

»Also ehrlich!«

»Du weißt genau, wie ich das meine. Und hör mal, ich bleibe jetzt noch eine Stunde hier, ich – oh, Friederike, ich bin so furchtbar glücklich.« Friederike hörte den Kloß in seiner Kehle und war selbst gerührt. »Ich bin ab 14 Uhr wieder im

Café, Sandra hat gesagt, ich brauche Beschäftigung, ich würde alle Leute aufregen. Also, danke, wenn du bis dann da bleibst, ist es nett, aber dann übernehme ich wieder.«

Friederike rief Christian an. »Wenn du bis halb drei warten kannst, bin ich da.«

»Ja, gut, ich lenke so lange die Stationsschwester ab und stehle Oxycodon. Ich freue mich auf dich, Rübe, ich will nicht mehr im Krankenhaus sein, nie wieder.«

* * *

Auf dem Rückweg vom Goslarer Krankenhaus hoch nach Clausthal-Zellerfeld erzählte sie ihm vom Hundeshampoo und den Braunschweiger Hundefrisören. Sie war mitten im Bericht, als ihr Telefon klingelte. Sie stellte das Gespräch laut. Es war Charlotte, die merkwürdig glücklich klang.

»Mein Auto wurde gestern abgefackelt und die Reifen zerstochen.«

»Oh Gott, seid ihr alle heil?« Die Nachricht passte irgendwie nicht zum Tonfall.

»Ja, aber die Kiste ist hin.«

»Ist zu verschmerzen, oder?« Charlotte hatte ihr irgendwann vom Riesenhonorar der Trickfilmfirma erzählt.

»Ja. Und wir haben uns gestern Abend den Hundesalon von Marja von Kindt angesehen.«

»Nee, ihr solltet doch nicht …« Eine leichte Enttäuschung konnte sie nicht unterdrücken. »Das hast du davon, dass dein Auto hin ist.« Sie lachte, um den Eindruck zu verwischen, sie würde es ernst meinen.

Charlotte war taub für Untertöne. »Das Auto war vor dem Laden, der Audi, du weißt schon, der Q5. Hör doch mal zu. Quinn und ich …«

Da war es. Das war der Grund für den Tonfall. Es hatte gefunkt zwischen den beiden.

»... sind nur in die Sonnenstraße gefahren und haben uns das Geschäft angesehen. Die schräge Strähne der Frau ist nicht mehr lila, sondern jetzt halb grün und halb weiß. Man sieht nicht viel von ihrem Gesicht, aber wenn man die Haare beiseiteschiebt, könnte Frau Schwetz, Nachbarin von Eva de Vries, sie sicher wiedererkennen.«

»Nicht schlecht.« Christian neben ihr hörte schweigend zu, seine Augen waren fast geschlossen, wie immer, wenn er sich konzentrierte. Einen Moment wurde Friederike schwindelig vor Glück, dass sie die Woche bisher überlebt hatten.

Charlotte sprudelte über. »Das ist nicht alles. Quinn hat den Q5 gesehen, also wir beide, aber er hat ihn sich genau angesehen. Auf dem Beifahrersitz lag ein Stapel Visitenkarten ...« Undeutliches Gemurmel auf der anderen Seite. »Na gut, kein Stapel, ein paar. Visitenkarten jedenfalls von einem Lada Autohaus in Mascherode, östlich von Braunschweig. Und da wollten wir eigentlich ... also ich wollte unbedingt hin, aber Quinn sagte, wir sollten auf euch warten. Ich hab heute Morgen schon im Tango-Café angerufen, weil ich dich nicht stören wollte, und hab gefragt, wie es dir geht. Sie sagten, du würdest schlafen. Und deine Freundin würde ein Baby kriegen, und deshalb hat es bis jetzt gedauert, dass wir euch das alles erzählen.« Charlotte war völlig fertig vom Reden. Es ging ihr so unglaublich gut, obwohl von viel Schlaf in der vergangenen Nacht nicht die Rede sein konnte.

Christian räusperte sich. »Ich sitze hier neben Friederike, wir fahren gerade das Gosetal hoch zurück nach Hause.«

»Wie schön, du bist wieder gesund.«

»Ja, ganz und gar. Ich habe eine Schachtel Tabletten mitgekriegt und ein Rezept und bin jetzt wie neu. Hört mal, diese Lada-Vertretung – lasst die bloß in Ruhe. Diese Art Autosalons, wenn er tatsächlich unserem Schurken gehört, mit denen sollte man keine Witze machen. Dahinter steckt oft noch was anderes.«

»Hat Quinn auch schon gesagt. Die verschieben geklaute Autos nach Osteuropa. Spritzen sie im Schuppen hinten auf dem Grundstück um und so. Oder verkaufen gefälschte Ersatzteile.«

»Kann alles sein. Jedenfalls müssen wir das anders angehen.«

Friederike äußerte einen sensationellen Gedanken. »Und wenn wir es der Polizei überlassen?«

Von Charlotte kam ein enttäuschter Seufzer. Christian schüttelte langsam den Kopf. »Wir brauchen Beweise. Wenn die Polizei da bei denen auf der Matte steht und nichts findet, ist alles vorbei.«

Friederike hob die Augenbrauen. Eigentlich gab es ja genug Beweise, oder? Sie hatten Gunni Schwetz für die Gegenüberstellung, sie hatten das Auto und die Verbindung zur Lada-Vertretung, sie hatten Bodo Tintenklecks und Ekkehard Kasischke als Experten, sie hatten Wilma, die den Q5 mit dem Aufkleber an Ort und Stelle gesehen hatte, und sie hatten den Hundesalon wegen der Drohbriefe. Nichts war offen, sie konnten den Fall so übergeben. Eigentlich fehlte nur der Name von Marjas Komplizen. Warum also warten? Warum sich nochmal in Gefahr bringen? Warum nochmal riskieren, dass sich jemand verletzte? Plötzlich merkte sie, dass es in ihr brodelte. Rache. Ungenierte Rachlust. Jemand hatte Christian und ihr das angetan, hatte diese unsägliche Angst verursacht, dieser Jemand sollte büßen, und sie wollte ihren Teil beitragen. Oh ja. Sie sah Christian kurz von der Seite an. Und wenn er ähnliche Gedanke hatte?

Der hatte kurz nachgedacht und sagte jetzt: »Ich hab eine Idee, lasst uns mal bis morgen warten ... Charlotte, haben sie euch gesehen da in diesem Hundeladen?«

»Nein, ich glaube nicht. Auch unser Auto konnten sie nicht erkennen, wir waren mit dem Leihwagen da, ein zitronengelber ...«

»Gut, aber verrammelt euch gut heute Nacht. Wir melden uns spätestens morgen Abend. Ich muss noch ein bisschen herumtelefonieren.«

Ostpreußische Rosinenkekse und ein Komplott

Es war Nachmittag. Die Dunkelheit kündigte sich schon an. Den ganzen Tag über waren Wolkenberge über den Himmel gesaust, mit jeder Stunde sich verdunkelnd, und die kurzen Momente der scharfen Sonnenstrahlen dazwischen waren immer seltener geworden, bis sie schließlich ganz ausblieben. Ein heftiger Wind blies und schüttelte das Wellblechdach des Stallgebäudes. Bessie lag auf ihren ausrangierten Plüschgardinen, hatte sich kunstvoll eine übers Hinterteil drapiert und betrachtete argwöhnisch die vier Frauen am Tisch.

Im Herd knisterte ein Feuer, die Heizung summte und knackte, und auf dem Tisch stand neben dem Adventskranz mit seinen vier hell leuchtenden Kerzen ein Teller mit ostpreußischen Rosinentaschen. Floras frischgeputztes Kupfergeschirr übernahm das Licht der kleinen Flammen und strahlte es wider. Die Decke des hohen Raumes verlor sich in der Dunkelheit.

Charlotte hatte Quinn weggeschickt. Ihre Ausrede war eine vorgetäuschte heftige Lust auf gebrannte Mandeln gewesen. »Auf dem Burgplatz in Braunschweig ist der schönste Weihnachtsmarkt weit und breit. Mach doch einen kleinen Ausflug und hol uns welche. Flora braut heute Abend einen Krambambuli, und dazu passen sie so gut.« Floras Machwerk aus Trockenobst, Tee, Rotwein, Zuckerhut und hochprozentigem Rum war legendär.

Quinns Bedenken hatten nicht nur dem Wetter gegolten, das eigentlich jeden Ausflug verbot. Auch kannte er den

Weihnachtsmarkt. Er war ohne Zweifel einmalig wegen seiner Lage mitten zwischen den historischen Gebäuden des alten Gildehauses, der Burg und dem Dom. Wieso jetzt so dringend ...? Doch Charlotte schien stark daran zu liegen. Also dachte er nicht lange darüber nach, zog ein weiteres T-Shirt unter den Militärmantel, klemmte den Hut auf den Kopf, das Zigarillo in den Mund und sauste zitronengelb davon.

Charlotte deckte den Küchentisch, weihte Flora in ihren Plan ein und holte Quinns Tuch mit dem Kreuzstichmonogramm aus seiner Nachttischschublade. Sie war sich nicht sicher, ob sie das Richtige tat. Leute zu ihrem Glück zu zwingen, war nicht immer die beste Idee, aber dies lag ihr so am Herzen. Rehabilitiert zu werden schien ihr wichtig, er war schließlich das Mitglied von zwei hoch renommierten Familien der Gegend. Dass er mit dem zufrieden war, was er hatte, kam ihr nicht in den Sinn. Auch dass er denken könnte, er würde seine Stiefeltern nachträglich verletzen, daran dachte sie nicht.

Solveig erschien vor Sevenna. Charlotte hatte beide am Vorabend angerufen und für ein Stündchen am nächsten Tag eingeladen. Es würde nicht lange dauern, und es gäbe eine Überraschung. Solveig hatte sie zusätzlich darum gebeten, eine ihrer Servietten mitzubringen.

Nun saßen sie am Tisch, Flora als weitgehend stumme Zeugin, Charlotte mit der Hand auf dem ramponierten braunen Umschlag. Solveig, leicht ablehnend angesichts der Situation, Sevenna gespannt, beide saßen Charlotte gegenüber.

Sie hatten die erste Viertelstunde mit belanglosen Themen zugebracht, dann schwiegen plötzlich alle. Charlottes Gewissen war nicht ganz rein, wenn sie bedachte, was Solveig bevorstand. Immerhin würde ihre Tochter Marja später, wenn nicht eines Verbrechens, so doch der Beihilfe beschuldigt werden. Auch schien es ihr nicht ganz sauber, dass sie so viel wusste, während ihr Solveig ahnungslos gegenübersaß. Aber würde es ihr so viel ausmachen? Oder täuschte der kühle, distanzierte Gesamteindruck, den Tannos Frau aufrechterhielt?

Sevenna brach die Stille. »Nicht, dass wir uns nicht darüber freuen, dass du uns eingeladen hast, Charlotte. Ich sehe, wie schön ihr die alten Sachen hergerichtet habt, das Kupfer blendet ja fast. Es ist auch wunderbar, dich, Flora wiederzusehen, aber warum sind wir eigentlich hier? Du hast was von einer Überraschung gesagt.«

»Ja.« Charlotte zog langsam Quinns Tuch aus dem Umschlag. »Frau von Kindt, hätten Sie wohl Ihre Serviette, um die ich Sie gebeten habe?«

Dann lagen beide Tücher, das gelblich gefärbte und das schneeweiße, nebeneinander auf dem Tisch mit dem Monogramm nach oben, und selbst ein Mensch, der keine Ahnung von Stickerei hatte, hätte gesehen, dass sie, wenn auch nicht in vergleichbarem Erhaltungszustand, doch identisch waren.

»Was heißt das?« Solveigs Stimme hallte durch den Raum, sie war sichtlich erschrocken.

Sevenna legte eine Hand auf Quinns Tuch. »Das heißt, meine Liebe, dass Charlotte Zugang zu jemandem hat, der mit deiner Familie zu tun hat. Aber warum ... Oh, mein Gott. Das ist nicht möglich, oder? Das Kind. Du weißt, wo das Kind ist.«

Solveig saß wie erstarrt. Sie fühlte sich noch weniger als sonst diesen Leuten zugehörig. Alte Dramen, und jetzt noch dieses kühle unpersönliche Weihnachten. Sie wollte nach Hause. In Norwegen konnte man Weihnachten feiern. Es gab siebenerlei Kekse, es wurde um den Baum getanzt, gesungen, gelacht, die Familie war zusammen, Spiele wurde gespielt und nachts um elf ging man zusammen durch den hohen Schnee in die Kirche, während die Wellen leise ans Ufer schwappten und die Sterne hoch, hoch, hoch im glasklaren Himmel standen. Am nächsten Tag besuchte man Freunde, später gegen Abend wurde ein Pony vor den Schlitten gespannt und bimmelnd fuhr man fest eingemummelt durchs Dorf um die Landzunge herum, bis es nicht weiterging, und vor einem nur noch Wasser und Himmel waren, hoch darüber die grünen wehenden Bilder des Nordlichts.

Die Erinnerungen nahmen ihr fast die Luft. Offenbar hatte ihre selbstmörderische Schwägerin ein Kind gehabt. Ja, und? War das nicht immer bekannt gewesen? Und wieso hatte man sich nicht früher schon darum gekümmert und gesucht?

Plötzlich breitete sich in ihr ein Gedanke aus, eine feste Gewissheit. Sie würde ihre Koffer packen und zurückgehen in das Dorf am Polarmeer. Ihr kleiner Bruder hatte ihr nicht nur einmal angeboten, bei ihm einzuziehen. »Die Kinder sind weg, der Untermieter auch, wir haben Platz, und Marit würde sich freuen. Du bist doch nicht glücklich da unten in Deutschland, und du weißt das, wenn du ehrlich bist.«

Sie atmete aus. »Ich freue mich, wenn sich eine Sache so gut fügt, aber ich muss jetzt gehen. Ich lasse Ihnen die Serviette hier, Sie müssen damit tun, was Sie für richtig halten. Ich werde Weihnachten zu Hause verbringen.«

Sevenna und Charlotte sahen sich an, denn keine verstand den letzten Teil ihrer Rede. Flora begleitete Solveig in den Flur und half ihr in den Mantel. »Sie machen das Richtige, Kindchen. Ich habe es gesehen, sie wollen nach Norwegen zurück, was?« Solveig fühlte einen Kloß in der Kehle, ließ sich die Umarmung dieser großen merkwürdigen Frau gefallen und fühlte sich immer besser, je näher sie ihrem Auto kam. Sie hatte eine gute Entscheidung getroffen.

»Wie kommst du darauf?«, fragte Charlotte.

Sevenna sah sie an. »Man muss nur eins und eins zusammen zählen. Eine alte Tante meines Mannes hatte immer gesagt, das Mädchen, damit meinte sie Katharina, sei schwanger gewesen. Sie hatte sie und den Bruder meines Mannes ab und zu zusammen gesehen, aber nie was gesagt, auch nicht nach diesem furchtbaren Tod der beiden. Sie sind vor einen Zug gesprungen, weißt du das? Unsere Tante hat sich die Geschichte so zu Herzen genommen, dass sie kaum noch gesprochen hat. Sie wäre mit schuld, hatte sie immer gemurmelt, was aber natürlich niemand verstand. Dann wurde sie merkwürdig und starb bald darauf. Es ist Quinn, oder? Wer sollte es sonst sein? Aber ... Wieso ist er denn ... Und was weißt du darüber?«

»Ich weiß auch nichts Genaues. Ja, es geht um Quinn. Er erzählte, er sei hier auf dem Gut aufgewachsen. Aber dann hättet ihr ihn doch zumindest ab und zu sehen müssen, auch wenn die Familien keine engere Verbindung hatten.«

»Ich hab ihn sicher herumlaufen sehen, aber wir hatten mit den Leuten auf der Caplingenburg nie viel zu tun.«

»Er sagt, er sei ein Findelkind. Seine Eltern Iris und Achim hätten ihn auf den Stufen hier zum Herrenhaus gefunden.«

Es entstand eine Stille, in der alle etwa das Gleiche dachten. Dass die Geschichte etwas unwahrscheinlich klang.

Floras tiefe Stimme hallte unter der hohen Decke wider. »Ich denke eher, dass das Mädchen Katharina hier Zuflucht gesucht und gefunden hat. Ich denke an die Feindschaft, die damals zwischen den Familien bestand. Sie war schwanger, das Kind war vom Feind, ihrer Mutter wurde die Schwangerschaft verheimlicht. Hast du denn ihre Mutter Gudrun noch kennengelernt?«

»Flüchtig, ich erinnere mich an eine sehr strenge Frau, die ihr Kinn hoch trug. Ihr Mann Ulrich, Quinns Großvater, war wie Tanno ein schmächtiger Mann, der sich eine starke Frau genommen hatte, ohne darüber nachzudenken, dass sie auch ihm gegenüber stark sein würde. Ja, ich kann mir vorstellen, dass Katharina sich eine Brust zum Ausweinen gesucht hat. Und sie fand vielleicht Quinns Adoptivmutter.«

»Also wurde die Findelkindversion vielleicht tatsächlich aufgestellt, um die echte Mutter zu schützen.« Charlotte wandte sich an Sevenna. »Und bei euch in der Familie? Wie war das mit Hagen? Hätte er sich nicht mit seiner schwangeren Freundin an Roberts Eltern wenden können?«

»Ach, das war ganz ähnlich wie bei den von Kindts. Marianne und Ludwig Strachwitz, meine Schwiegereltern, waren strenge, sehr religiöse Leute, die sich schwer hochgearbeitet hatten. Sie hätten es kaum verkraftet, wenn ihr hoffnungsvoller Sprössling mit einem von Kindtschen Bastard auftaucht. Ich kann mir gut denken, dass Katharina und Hagen so verzweifelt waren, dass sie ihr Kind weggaben und zusammen in den Tod gingen.«

»Katharina müsste ihr Kind dann ganz allein zur Welt gebracht haben.«

»Oder mit der Hilfe von Iris Voigtländer. Aber das werden wir nie erfahren.«

»Also hätten Quinns Adoptiveltern vielleicht Katharina zuliebe gelogen, als sie sagten, sie hätten das Kind gefunden.« Charlotte fuhr mit dem Finger dem Muster einer Holzmaserung auf dem Tisch nach. »Was für eine traurige Geschichte.«

»Ja, und ihr könnt euch vorstellen, was in seinem strengen Elternhaus los war, als Robert nicht lange danach mit mir auf der Matte stand, und sagte, er wolle eine Zigeunerin heiraten.« Sevenna lachte in sich hinein. »Die Feindschaft zwischen den Familien wurde nach dem Begräbnis der beiden hier auf dem Friedhof der Kapelle beigelegt. Im Zuge dieser Liberalisierung wurde ich gnädig in die Familie aufgenommen.«

Und weil ihr Vater dem darbenden Landhandel wahrscheinlich eine ordentliche finanzielle Spritze verpasste, dachte Charlotte.

»Während des Begräbnisses lag der kleine Enkel in diesem Haus hier im Bettchen und schrie«, sagte Flora.

»Ja«, Charlotte musste ihr zustimmen. »Das war eigentlich gemein. Vielleicht hätten die beidseitigen Großeltern sich ja gefreut.«

»Das Schicksal wollte es so.« Flora stand auf. »Ich habe noch was zu tun, schwatzt ruhig noch ein bisschen, ihr beiden, es gibt ja noch viel zu organisieren. Machs gut, Sevenna, wir sehen uns sicher gelegentlich.« Mit etwas mühsamen Schritten ging sie aus der Küche und schloss die Tür hinter sich.

Eine der vier Kerzen auf dem Adventskranz war heruntergebrannt und verlöschte lautlos. Eine schmale Rauchsäule stieg senkrecht in die Luft.

»Was machen wir denn jetzt?«, fragte Sevenna.

Charlotte erklärte Quinns ambivalente Haltung zu seiner neuen Verwandtschaft.

Sevenna wurde eifrig. »Oh, ich habe eine Idee. Dienstag am späten Nachmittag ist ein Empfang in der Burg Dankwarderode angesetzt, und natürlich ... ach, verdammt, ich habe doch glatt vergessen, die Einladungen ... Sie müssten hier ...« Sie wühlte in ihrer Tasche und zog schließlich ein Bündel Umschläge hervor.

»Ich habe Robert gesagt, dass ich sie abliefern wollte, schicken würde zu lange dauern. Der Empfang des Rates der Stadt Braunschweig zu Ehren der aufgefundenen Urkunde ist etwas überstürzt angesetzt worden, weil Robbie und Tanno ihn gern noch vor Weihnachten haben wollten. Die Spendengelder vom Keramik-Bierhake sollten nicht ins nächste Jahr geschafft werden müssen, da gibt es irgendwie Schwierigkeiten, weiß der Teufel, vielleicht die Steuer. Wo ist Quinn denn?«

Charlotte erklärte, dass sie ihn für eine Stunde entfernt hatte. »Ich wollte das erst mit euch besprechen.«

»Na, nun bin ja nur ich übrig. Ich weiß nicht, ob ihr wisst, dass Tanno den Vorsitz der Bruderschaft aufgeben und Robert zum Nachfolger machen will? All das soll übermorgen Abend ... Ach, wie machen wir das jetzt mit dem neuen Neffen?«

»Könntest du nicht Robert einweihen und ihn dazu bringen ...« Charlotte erklärte, wie man die Sache regeln könnte.

Ihr Plan wurde von allen Seiten beleuchtet, abgeändert, verworfen und neu formuliert. Schließlich lag er fertig, auf Hochglanz poliert vor ihnen auf dem Tisch; nun mussten sich nur noch die Akteure an ihre Rollen halten bzw. nicht vorher das Weite suchen.

Vaterstolz und kurzläufige Gewehre

Konni saß an Sandras Bett im Krankenhaus und sah seinem kleinen Sohn zu, der mit leise schmatzenden Geräuschen an ihrer Brust nuckelte.

Er konnte sein Glück nicht fassen. Schon die Tatsache, dass Sandra, diese schöne große Frau, die nie Angst vor ihm entwickelt hatte, die in ihrer Ruhe und ihrem ausgleichenden Wesen Ordnung in sein Leben gebracht hatte, die ihm geholfen hatte, Prioritäten zu setzen und durchzuhalten – schon sie war ein Wunder gewesen. Aber dass sie zusammen dieses winzige Wesen zustandegebracht hatten, einen kleinen Sohn mit diesen unbegrenzten Möglichkeiten vor sich, an deren Entwicklung er teilnehmen würde, das alles war unbegreiflich.

Aber Konni war neben aller Verliebtheit und allem Vaterstolz auch ein loyaler Mensch, der Friederike und Christian vor Jahren in sein Herz geschlossen hatte. Jetzt hatte jemand die beiden geärgert, und zwar kräftig, so sehr, dass sein Freund leicht hätte sterben können. Seine Wut darüber hatte dazu geführt, dass er am Vorabend mit mehreren Leuten geredet hatte, unter anderem mit Friederike.

»Sollen wir nicht auch Charlotte und Quinn Bescheid sagen?«, hatte sie gefragt. »Immerhin war es ihre Scheune und ihr Auto.«

»Nein«, sagte er. »Es werden zu viele.« Er hob Sandras freie Hand von der Bettdecke und küsste sie hingebungsvoll. »Du verstehst, dass ich das noch machen muss?«, fragte er sie, die mit gesenktem Kopf ihr Baby anbetete.

Sie sah hoch. »Ja«, sagte sie, »das verstehe ich, aber steh nicht in der ersten Reihe, das musst du mir versprechen.«

Dafür, dass das auch tatsächlich nicht eintreten würde, dafür hatte sie sicherheitshalber gesorgt. In einem Telefonat mit Konnis Freund und Motorradkumpel Joschi hatte Sandra ihre Position unmissverständich klargemacht. »Wenn ihm was passiert, Joschi, wirst du mich kennenlernen. Ich mache keine Witze, aber ich werde dafür sorgen, dass du nicht mehr froh wirst, glaub mir.« Und was Sandra in ihrer ruhigen Stimme sagte, glaubte man. Joschi hatte unmittelbar gehandelt und ebenfalls telefoniert.

Konni stand auf. »Ich muss jetzt los, wir treffen uns in einer Viertelstunde, und dann geht´s los.«

Sandra nickte und umschlang ihn mit dem freien Arm. »Komm wieder«, sagte sie, »und vor allem, ruf an, wenn es vorbei ist, klar?«

Zwanzig Minuten später brachte sich der fast vollständige Motorradclub *The Flying Devils* aus Clausthal-Zellerfeld auf die Straße, Maschine an Maschine, 28 Mann und Frau stark, brummend das Gosetal hinunter.

* * *

Massoud Amirkhani saß in seinem kleinen Büro, das direkt an den hellen Verkaufsraum der Lada-Vertretung angrenzte. Plötzlich hörte er ein tiefes Dröhnen, das stetig näher kam. Er stand von seinem Schreibtisch auf und ging zum Bürofenster. Lieferungen waren nicht angekündigt, und Kunden waren sowieso nicht zu erwarten, was also ...

Zum Teufel, was war das? Das breite Tor, das den einzigen Durchlass durch den hohen Stahlzaun bildete, und nachts mit vielen Maßnahmen gesichert wurde, stand jetzt weit offen. Motorrad nach Motorrad fädelte sich hindurch. Sie fächerten sich auf, eins fuhr nach rechts, das andere nach links, und stellten sich knapp überlappend hintereinander auf. Alle Fahrer, alle in der gleichen roten Lederjacke, stiegen ab, kamen näher und bauten sich in weitem Halbkreis auf. Wie auf einen Befehl öffneten sie ihre Visiere.

Massoud witterte Ärger. Er zog die oberste Schreibtischschublade auf und holte eine Beretta 92 hervor. Er hatte sich vor einiger Zeit, als sein Kumpel mit diesen Aktivitäten da in der hinteren Werkstatt anfing, für diese Waffe entschieden, weil sie leicht zu pflegen und gleich nach dem Auspacken zu benutzen war. Außerdem hatte sie mit ihren 15 Schuss im zweireihigen Magazin eine erheblich höhere Feuerkapazität.

Massoud wunderte sich kurz, dass die Bedrohung, und als solche schätzte er die Truppe da draußen ein, nicht in einem polizeilichen Sonderkommando bestand, sondern in einer Gruppe Zivilisten. Was hatte der Idiot da hinten bloß wieder angestellt. Eigentlich waren sie sich einig gewesen, denn seine Anweisungen waren klar gewesen: »Du sitzt hier vorn im Büro neben unserem Verkaufsraum und hältst den legalen Betrieb aufrecht. Du sorgst dafür, dass niemand auf die Idee kommt, sich auf den Weg zur hinteren Werkstatt zu machen. Wenn du das einhältst, geht es dir gut. Du wirst ein regelmäßiges Einkommen haben und ein bequemes Leben.«

Mit seiner vielen Zeit – denn wer kaufte schon einen Lada! – hatte er ein gutgehendes Internetportal für den Vertrieb von türkischen Lebensmitteln eröffnet. Sein Kundennetz umfasste Restaurants und Läden in ganz Deutschland; alle waren von verschiedenen Clanchefs recht überzeugend dazu aufgefordert worden, ihre Waren über ihn zu beziehen. Seine Lieferanten in der Türkei standen der Regierung nah, auch von deren Seite waren also keine Überraschungen zu erwarten. Alles das kostete zwar einen gewissen Anteil an seinem Umsatz, den er an die entsprechenden Clans und türkischen Regierungsbeamten auszuzahlen hatte. Aber die Sache lohnte sich durchaus. Und jetzt dieser Mist!

Massoud fasste die Pistole mit der rechten Hand, wunderte sich kurz, wie schwer sie war, verfluchte die Tatsache, dass er lange nicht geschossen hatte, und ging mit weichen Knien nach draußen.

Der gestrige Regen hatte alles blank gewaschen. Die paar Gebrauchtwagen, die er für den Ankauf eines neuen Lada in Zahlung genommen hatte, glänzten in der Sonne, die Luft war scharf, kalt und feucht.

Ein Biker mit einem schwarzen Helm trat vor. Seitlich schlängelte sich ein roter Drachenkopf bis zum Visier. »Wir suchen einen Q5. Und denjenigen, der am Samstag vor einer Woche damit gefahren ist. Und steck die Knarre weg, wir sind unbewaffnet.«

Massoud fror. Er hätte seine Pelzjacke anziehen sollen. Wieso sollte er eigentlich kämpfen? Sollte sein Kumpel sich doch um seinen Scheiß kümmern.

Der Biker mit dem schwarzen Helm kam näher. Wie an einer Schnur gezogen folgten die anderen. »Bleib cool, Alter, wir wollen nur das Auto und den Fahrer. Bist du das?«

Massoud überlegte, wenn er ja sagte, hätte er nichts zu lachen. Wenn er nein sagte – kein Unterschied.

»Nee«, sagte er. »Ich fahre den da.« Er zeigte auf einen etwas mitgenommenen 4er BMW.

Joschi wusste nicht weiter. Er sah hilfesuchend zu Konni, der schräg hinter ihm stand. Er hatte Sandra zuliebe diesen Part übernommen, aber das Reden war grundsätzlich nicht seine Sache.

Konni erbarmte sich. »Komm, Alter«, sagte er und trat auch einen Schritt vor, was Joschi, dem Sandras Worte sehr gegenwärtig waren, sichtlich nervös machte.

»Es ist wirklich offensichtlich, dass du genau weißt, um was es geht. Und wir wissen, dass das Arschloch hier irgendwo ist, er und das Auto. Er hat meinen Freund fast getötet, und jetzt ist er dran. Geh ans Telefon und sag ihm das. Ich hab die Halle da hinten gesehen, ich hab auch gesehen, dass da ´ne Heizung an ist, und ich hab ´ne Reihe Autos davor stehen sehen. Also, Abmarsch, wir gehen jetzt zusammen rein, und du holst deinen Kumpel hierher nach vorn, ohne ihm zu verraten, um was es geht. Hast du das begriffen?«

Massoud nickte.

»Und der, den du jetzt holst, hat den Audi gefahren, richtig? Hat das Auto was Besonderes? ʹn Aufkleber oder so?«

»Er hat ne Faust und n Blitz drauf, und vorn rechts ist er beschädigt. Ich weiß, dass er an dem Samstag spät unterwegs war. Wir haben den Geburtstag meiner Freundin gefeiert, und er kam erst nach zwölf nachts. Am Montag habe ich die Beschädigung gesehen.« Wenn er heil hier raus käme, wäre er in Windeseile verschwunden. Die Schwester seiner Freundin hatte in Tripolis gerade ein Bordell aufgemacht, das so gut lief, dass sie expandieren wollte. »Wir können immer Leute wie dich gebrauchen. Du weißt, wie man mit Lieferanten umgeht, und du hast gute Verbindungen«, hatte sie gesagt.

Er gab Joschi die Waffe, worauf der sichtlich stolz war und beschloss, die Verhandlungen wieder zu übernehmen. Zu dritt gingen sie im Gänsemarsch durch die Verkaufshalle zum Büro. »Du weißt, was du zu tun hast?«, fragte er und schob Konni zurück in die zweite Reihe, wie er es Sandra versprochen hatte.

»Ja.«

»Und du machst das jetzt?«

»Ja.«

»Vergiss nicht, dass deine Beretta auch in dich Löcher machen kann.« Auf diesen Satz war Joschi ein bisschen stolz.

»Ja doch.« Massoud drückte eine Taste. »Hol mir mal den Strachwitz ans Telefon.«

Praktisch unbemerkt waren zwei Fußgänger auf den Hof gekommen, hatten den Halbkreis der Motorradfahrer durchschritten und standen jetzt – von Massoud noch unbemerkt – gleich hinter der Bürotür.

Friederike und Christian hatten sich diesen Augenblick nicht entgehen lassen wollen. Als Konni von seinem Plan erzählte, dass er mit seinen Kumpels die Lada-Vertretung stürmen wollte, hatte Friederike sofort gesagt, dass das nicht ohne sie geschehen würde. »Ich will dabei sein, Muschel, und wenn es das Letzte ist, was ich tue. Ich will dieses Arschloch sehen, das dich fast umgebracht hat.«

Christian hatte sich in sein Schicksal gefunden, allerdings nicht ohne einen B-Plan, der durch ein unbemerktes Telefonat in Gang gesetzt worden war.

Den Strachwitz. Friederike fasste es nicht. Etwa der alte Strachwitz? Der Räuberhauptmann mit den blitzenden Augen, der Ehemann der lebhaften Sevenna? Niemals. Es musste mehrere Strachwitze geben. Andererseits, sie hatten schon eine von Kindt-Tochter, warum nicht noch einen Strachwitz-Sohn? Würde ja passen. Die beiden würden alle Informationen der Bruderschaft nutzen können, kannten die betuchten Mitglieder, eine geeignete Klientel für gefälschte Gemälde, oder? Aber Mord?

Massoud gab sein Bestes, als er seinen Chef am Telefon hatte. »Tut mir leid, Alter. Ich hab ´n Problem mit ´m Lieferanten. Er will unbedingt den Boss sprechen, und ich dachte, dann machst du das lieber selbst ... Nee, ich skype gerade mit ihm, ich kann dich nicht rüberlegen. Er ist ziemlich sauer, komm doch mal kurz her. ... Ja, tut mir leid ... okay, zwei Minuten, ich sag Bescheid, wir warten so lange.«

Draußen stellte Friederike sich in den Ring der Biker. »Er ist es, Leute«, sagte sie wie die Amazonenkönigin zu ihren Kriegerinnen kurz vor dem Angriff. »Strachwitz hat Christian abgedrängt, ihn verletzt am Baum kleben lassen und in Kauf genommen, dass er stirbt.« Ihre Rede wurde mit einem Raunen quittiert.

»Gute Motivationsrede, Rübe«, sagte Christian leise und zog sie sicherheitshalber ganz nach hinten.

Benno Strachwitz kam um die Ecke der Verkaufshalle geschlendert, während er das Display seines Handys betrachtete. Der Goldpreis war gefallen, er sollte unbedingt kaufen. Als er hochsah, stand er Joschi direkt gegenüber.

»Was´n hier los? Seid ihr noch dicht?« Er drehte sich zu Massoud. »Hast du mich etwa ... Wenn ich dich erwische ...«

Joschi packte ihn am Jackettkragen seines Gucci-Anzugs. »Wir haben ein paar Takte mit dir zu besprechen.«

»Ihr habt ja nicht alle. Was wollt ihr denn von mir?« Er versuchte Zeit zu gewinnen, denn er war unbewaffnet. In der Tasche fummelte er einen Moment an seinem Handy herum und drückte dann die Drei.

»Du hast am Samstag vor einer Woche unseren Kumpel in den Graben gerempelt, Alter.« Konni hatte übernommen und zog den Kragen zu.

Das Gesicht von Benno Strachwitz rötete sich bereits bedenklich, als ein Wagen vom Hinterhof her um die Ecke schoss, zwei Gestalten heraussprangen und ihre kurzläufigen Gewehre in Anschlag brachten. Konni drehte sich leicht und nahm Benno mit, sodass er hinter ihm stand. »Wenn ihr schießen wollt, tut es, aber dann ist euer Boss hier nichts mehr wert.« Er beugte sich zum wesentlich kürzeren Benno. »Strachwitz, wolltest du was sagen?« Er lockerte für einen Moment den Zug, sodass sein Opfer etwas Unverständliches herauspressen konnte. »Er will sagen, dass ihr sehen sollt, wo ihr bleibt. Er will mit uns kooperieren.«

In dem Moment wurden direkt vor dem Tor zum Hof Sirenen in Gang gesetzt, drei Autos kamen hintereinander durchs Tor gefahren und sechs Beamte sprangen heraus. Kaum sahen die beiden Männer sie, ließen sie ihre Gewehre fallen und rannten um die Ecke zurück zum Hinterhof. Vier Beamte stürmten hinterher. Ihr Tempo schien vielversprechend angesichts der beiden etwas fülligeren Angestellten der Lada-Vertretung.

»Ich hoffe, Sie haben wirklich so viele Beweise, wie Sie behauptet haben«, sagte einer der beiden übriggeblieben Beamten zu Joschi. Und zu Christian: »Wir waren schon benachrichtigt worden.« Er nickte zu Joschi rüber. »Ihr Freund da hat das erledigt. Aber vielen Dank für Ihren Hinweis.«

Bevor irgendetwas weiter geschah, ging Friederike mit festen Schritten auf Benno Strachwitz zu, der immer noch im eisenharten Griff von Konnis rechter Faust steckte. Sie deutete auf seine Stiefel. »Schöne Teile«, sagte sie. »Whiskybraun mit Lochmuster. Wie hießen die gleich, Konni, die Dinger, die die Spuren da an Christians Unfallort hinterlassen haben? Brogue Derby?« Sie nickte Konni zu. »Halt ihn mal kurz gut fest«, sagte sie, stellte sich dicht vor Benno, holte aus, so weit es ging, und trat ihm mit angewinkeltem Knie so fest in die Weichteile, wie sie konnte.

Der schrie und ging zu Boden, die Hände fest um seine geschundenen Genitalien gepresst. Konnis Kumpel johlten und schrien begeistert durcheinander, Konni selbst nickte anerkennend, und ein Polizist sagte: »Ich hoffe, das ist Ihnen aus Versehen passiert.«

Christian holte sie ab. Er fasste sie um die Schulter und drückte sie an sich. »Das hast du richtig gut gemacht, Rübe, aber untersteh dich, das jemals an mir zu probieren, wenn du dich über mich geärgert hat.«

Als sie sich kurz umdrehten, winkten und ein lautes Danke über den durcheinanderredenden Haufen von Kumpels in ihren roten Kutten riefen, sahen sie gerade noch die vier Polizisten von hinten zurückkommen. Jeweils zwei hatten einen von Bennos Mitarbeitern zwischen sich.

In ihrem kleinen roten Renault wieder angekommen stieß Friederike ein tiefen Seufzer aus. »Ich glaube, das war´s, Muschel. Ich glaube, jetzt haben wir Ruhe. Und – es war mir ein echtes Bedürfnis.«

Ringelrock und Fischbrötchen

Dienstag morgen nach dem Frühstück, es waren noch drei Tage bis Heiligabend, als Flora an der Spüle stand und die Frühstücksteller abwusch, hielt Charlotte Quinn fest und zog ihn auf den Flur.

»Wir sind heute Nachmittag alle zusammen eingeladen, wir und Friederike und Christian. Die Stadt Braunschweig gibt einen Empfang für die Bruderschaft, weil die Gründungsurkunde aufgetaucht ist. Wir werden in der Burg Dankwarderode sein, Quinn, sie haben den Empfang dorthin verlegt, weil die Sache höchstfeierlich abgehen soll. Schließlich ist ein echtes Dokument von Heinrich dem Löwen aufgetaucht.«

Charlotte hatte so lange mit dem Übermitteln der Einladung gewartet, weil sie eine kurze Vorlaufzeit für besser hielt als ein paar Tage, in denen man seine Meinung ändern konnte.

Quinn sah auf sie hinunter. Sie glühte vor Eifer. »Ich bin nicht für sowas gemacht«, sagte er. »Könnt ihr nicht ohne mich gehen?«

»Nein«, sagte sie fest. »Ganz bestimmt nicht. Du hast das Ding mit uns zusammen gefunden, ohne dich ...« Den Rest sagte sie nicht, denn sie konnte ihm nicht sagen, dass sie ohne ihn schon lange wieder in ihrer kleinen Wolfenbüttler Wohnung sitzen würde.

Quinn hob seine Augenbrauen, seine hellen Augen blieben einen Moment auf sie geheftet, dann verzog sich sein Gesicht in viele Fältchen, und er lächelte noch mehr als sonst. »Dann kann ich wohl nicht nein sagen. Wir müssten also vielleicht meinen Anzug bügeln, was?«

Und tatsächlich erschien er kurz darauf mit einer dicken Wurst in der Hand, die er auf dem Tisch aufrollte. Heraus kam ein säuberlich zusammengefalteter dunkler Anzug samt Hemd, die um eine Papprolle gewickelt alle Stürme und Anfechtungen der Landstraße überstanden zu haben schienen, nur heillos zerknüllt dalagen.

Charlotte war ratlos, aber Flora kam näher und hatte eine Idee. »Ich hab ein altes Bügeleisen gefunden. Oben stand es als Türaufhalter. Wenn ich das Ding entroste und auf dem Herd heiß mache, müsste es eigentlich funktionieren. Lass mich mal machen, Lottchen, ich kriege das schon hin. Jetzt raus mit euch beiden, und kommt nicht auf die Idee, dass ich heute Nachmittag mitgehe.«

* * *

Dann kam der Moment. Friederike und Christian, vor zwei Tagen telefonisch benachrichtigt von der Ehre, die sie erwartete, mussten mit einem Parkplatz zufrieden sein, der recht weit vom Burgplatz entfernt lag. Aber der Spaziergang war schön durch die trockene kalte Luft des dämmerigen Nachmittags, immer näher auf das Geklingel, Gedudel und Geschwätz des Weihnachtsmarktes zu, begleitet vom Duftgemisch aus Bratwürsten, Punsch und Schmalzkuchen. Sie mussten sich den Weg bahnen durch kauende Menschen, zum Teil schon leicht angetrunken, und Kinder, die voller Weihnachtsvorfreude all die Herrlichkeiten bestaunten. Die großen erleuchteten Sterne über den Straßen blinkten, und jeder Laden war mit Lichterketten geschmückt. In den Schaufenstern nickten Rentiere vor dem Schlitten, Weihnachtsmänner verdrehten den Hals, hier war eine kleine Szene aufgebaut, in der Zwerge Pfannkuchen brieten, dort gab es einen amerikanischen Santa, dessen Ho Ho Ho aus dem Lautsprecher klang.

Friederike hatte ihr Leben lang Weihnachten geliebt, bis ihr klar wurde, dass es ein Teil ihrer Kindheitserinnerungen war. Die Gerüche und Lichter des Advents versetzten sie in die erwartungsvolle Zeit ihrer Jugend, des Erwachsenwerdens, der Sicherheit, etwas erreichen zu können, der Wünsche und Sehnsüchte. Es war gar nicht so sehr das Fest selbst, das sie zurückersehnte, sondern die Zeit, in der alles noch möglich war: Anerkennung, Liebe, Erfolg.

Seitdem riss sie sich am Riemen, wenn sie sentimental wurde, und verkniff sich sowohl Weihnachtsbaum als auch rote Glaskugeln. Trotzdem erschien jedes Jahr der Gedanke, dass ein bisschen jahreszeitliche Herrlichkeit vielleicht doch ganz schön wäre, und baute ihr Engelsorchester auf, komplett mit Chor und Orgel auf den hellblauen Treppenstufen, geliefert von der Erzgebirgsfirma Wendt und Kühn, nur echt mit elf Punkten auf den Flügelchen. Mittlerweile konnte sie die Zeit wieder rundherum genießen, vor allem dieses Jahr, weil sie, oh wie wunderbar, keinerlei Konzertverpflichtungen mehr hatte.

Charlotte und Quinn standen schon vor dem Eingang zur Burg Dankwarderode und warteten auf sie. Quinn wirkte merkwürdig geschoren, bis Friederike sah, dass er aus seinen kinnlangen Haaren ein Schwänzchen gebunden hatte. Unten aus seinem Militärmantel sahen dunkle Anzughosenbeine heraus. Um Charlottes Beine spielte ein langer farbenfroh geringelter Rock, und in ihre dunklen Haare hatte sie einen Reifen gesteckt, der neben ihrem Ohr eine rote Blume blühen ließ. Beide wirkten bunt, unternehmungslustig und merkwürdig vereint, passend zueinander.

Lange Zeit zum Wundern und für die Begrüßung hatten sie nicht, denn die Uhr war fünf und der Mann, der ihre Eintrittskarten kontrollierte, sagte, es würde genau jetzt anfangen, sie sollten sich beeilen. »Lassen Sie Ihre Mäntel hier, ich hänge sie hinten auf.« Zusammen mit den Garderobenmarken stiegen sie die Treppe hoch. Auch Friederike raffte ihren langen Rock, damit sie nicht hineintrat und stolperte.

Oben der Saal hatte die Form einer dreischiffigen Säulenhalle, Reihen von mittelalterlichen Messingleuchtern mit leicht gedimmten elektrischen Kerzen erleuchteten den prächtig ausgemalten Raum. Friederike erkannte Ritterszenen, Pferde, Turniere, Krönungen, Engel mit Heiligenschein und eine Unzahl ornamentierter Felder zwischen den Zwillingsfenstern mit abschließendem Rundbogen. Eine geschnitzte Holzkonstruktion verbarg die Zuganker, die das spitze rotgetäfelte Dach sicherten. Hier war sie schon mal gewesen, vor einigen Jahren, auf der Suche nach einem Gemälde.

Über die gesamte Länge waren kleine runde Stehtische aufgebaut mit weißer Tischdecke, je einem roten Weihnachtsstern und Schälchen mit süßen und salzigen Knabbereien. Überall standen Leute in festlicher Nachmittagskleidung. Sie sahen schnell, dass es Namenskärtchen gab, also machten sie sich auf die Suche nach ihrem Tisch, während vorn, etwas heller beleuchtet, ein Mikrofon angeschaltet wurde. Über die gesamte Breite und Höhe der hinteren Wand war eine weiße Leinwand gespannt worden mit der ins Riesige vergrößerten Projektion der Gründungsurkunde.

»Sehr verehrte Damen und Herren, begrüßen Sie bitte den Herrn Oberbürgermeister der Stadt Braunschweig.«

Während des leichten Applauses fanden sie schließlich ihr Tischchen ganz vorn rechts vor der Bühne, und Friederike konnte endlich Quinn in seinem frisch gebügelten Anzug bewundern samt weißem Hemd, dessen Kragen sogar gestärkt schien.

»Floras Werk«, flüsterte Charlotte ihr zu. Ein junger Mann mit gegelten Haaren bot schweigend Getränke auf einem Tablett an. Dann ging es auch schon los.

»Sehr verehrte Bürgerinnen und Bürger unser schönen Stadt Braunschweig, liebe Freunde, liebe Gäste. Dies ist ein denkwürdiger Tag für uns alle.« Mit seiner etwas hohen Stimme gab er Erklärungen zum Hintergrund des Dokuments, betonte dessen Einmaligkeit, berichtete über den Fund

und warum eine sehr hohe Wahrscheinlichkeit bestand, dass es auch wirklich echt sei.

Anfang des 16. Jahrhunderts, vor etwa 500 Jahren, seien bei einem Hofschreiber von Herzog Otto II. von Braunschweig Hinweise darauf gefunden worden, dass wichtige Dokumente aus der Stadt wegbefördert wurden, weil die protestantische Kirche anfing, auf katholische Einrichtungen Druck auszuüben. Denn die Braunschweiger Herzöge hatten sich der reformatorischen Bewegung angeschlossen. Bei diesem Hofschreiber war zu lesen, man habe deshalb auch die Zerschlagung der katholischen Bruderschaft *Vom Goldenen Segel* erwartet, was mit Sicherheit eine Vernichtung der Gründungsdokumente und Reliquien zur Folge gehabt hätte. Plünderungen und Vandalismus seien zu befürchten gewesen, denn die Bauernkriege waren bis ins Harzvorland vorgedrungen. Damals sei die Gründungsurkunde weggeschafft worden, daran würde kein Zweifel bestehen. Der heutige Fundort nun, die Caplingenburg, sei im Jahr 1175 als Schenkung von Heinrich dem Löwen an seinen Verwandten, den Tempelritter Roland von Caplingen, gegangen.

»Sie war eine der letzten Kommenden gewesen, die sich schließlich dem evangelischen Druck beugte. Und deshalb, liebe Freunde, wurde über die ganze lange Zeit vermutet, dass die Gründungsurkunde der Bruderschaft *Vom Goldenen Segel* dort versteckt worden war, dort auf der Caplingenburg. Aber man fand nichts, weder die feindlichen Protestanten noch später die Freunde der Bruderschaft. Sie schien verloren.«

Er machte eine rhetorische Pause und fuhr dann mit triumphalem Unterton fort: »Bis heute, meine verehrten Damen und Herren. Bis heute. Der heutigen Herrin der Caplingenburg, Frau Charlotte Everding, gelang das Unmögliche. Zusammen mit ein paar Freunden fand sie die Urkunde eingemauert in die Sakramentsnische der Turmkapelle. Ich hebe mein Glas auf diesen unglaublichen Fund, auf dieses wunderbare Dokument, das Frau Everding und der Präsident der

Bruderschaft ganz uneigennützig unserem Landesmuseum zur Aufbewahrung überlassen haben. Ich hebe mein Glas auch auf die Bruderschaft *Vom Goldenen Segel*, heute erwiesenermaßen der älteste und ehrwürdigste Zusammenschluss von Kaufleuten in unserer Stadt und der Umgebung, eine neue Verbindung zu Heinrich dem Löwen, der untrennbar mit unserem schönen Braunschweig verbunden ist. Und jetzt bitte ich den Präsidenten der Bruderschaft *Vom Goldenen Segel* zu mir auf die Bühne.«

Ein kleiner dünner Tanno von Kindt stieg auf die Bühne. Er schien noch kränklicher als bei dem Mittagessen vor einigen Tagen. »Er weiß das mit seiner Tochter Marja«, flüsterte Charlotte. »Der arme Kerl. Es muss ihm den Rest versetzt haben, vor allem, wenn Solveig tatsächlich ihre Koffer gepackt hat.«

»Er hat noch einen Sohn, Jakob, der ganz gut geraten sein soll«, murmelte Christian, der immer bestens Informierte. »Er übernimmt den Verlag.«

»Ruhe jetzt«, zischte Friederike, die ab zwei verschiedenen Geräuschquellen nichts mehr verstand. Schularbeiten mit Radio im Hintergrund hatte nie funktioniert. Wenn zwei Leute gleichzeitig auf sie einredeten, pflegte sie aufzugeben.

»Ich danke dem Herrn Oberbürgermeister.« Tannos müde Stimme wurde beim vierten Wort von einem Quietschen begleitet. Jemand hatte den Ton lauter gedreht. »Als Präsident der Bruderschaft *Vom Goldenen Segel* bin ich unendlich dankbar für die Entwicklung der Ereignisse. Ich stehe staunend und demütig vor diesem Dokument, das meiner, unserer Bruderschaft endlich das zurückgibt, das wir so lange vermisst haben: Beweis und Anerkennung für die Gründung unserer Gemeinschaft durch den großen Heinrich, den Löwen, den Patron unseres wunderbaren Braunschweig.«

Er atmete schwer, worauf ihm in Windeseile ein Glas Wasser nach oben gebracht wurde. Tanno trank, hielt sich dann mit beiden Händen am Pult fest und sprach weiter.

»Der Lauf der Geschichte lässt sich nicht aufhalten, das Rad nicht zurückdrehen, Werden und Vergehen gehören zusammen wie Licht und Schatten, wie Fallen und Aufstehen. Dieser Tag, dieser ganz besondere Tag soll ein Neuanfang werden für die Bruderschaft. Ein Neuanfang nicht nur durch die Stärkung, die wir mit der Urkunde erfahren, sondern auch, was den Vorsitz angeht. Ich habe mich entschlossen, meine Damen und Herren, den Vorsitz, die Präsidentschaft aufzugeben. Es bewegen mich in erster Linie gesundheitliche Gründe, es ist aber auch die Gewissheit, dass mein langjähriger Freund und Stellvertreter, Robert Strachwitz, sich dieses Amtes mehr als würdig erweisen wird, sollten die Brüder sich meinem Wunsch anschließen und ihn wählen. Ich danke Ihnen, und möchte jetzt Robert Strachwitz aufs Podium bitten.«

Der Applaus und das anschließende Raunen und Rauschen im Saal verebbten erst, als Robert das Mikrofon zu sich hochbog und anfing zu reden.

Seine tiefe kräftige Stimme flößte Vertrauen ein. »Ich kann nicht ehrlich sagen, dass ich vollkommen überrascht wäre, denn mein Freund Tanno hat mir schon vor ein paar Tagen von seinem Entschluss erzählt.« Er sah sehr festlich aus, sehr stark mit seinen breiten Schultern im tadellosen Anzug, die Bruderschaftsnadel blitzte im Revers. Charlotte betrachtete Sevenna links am Nachbartisch, die zu ihm hochsah mit einer solchen freudigen Rührung im Gesicht, dass Charlotte ein bisschen Neid entwickelte.

Sie verlor sich in Gedanken, denn Quinn war ihr den ganzen Tag merkwürdig vorgekommen. Sie fürchtete, dass er seinen Abschied vorbereitete. Ihr war noch im Ohr, dass er Weihnachten in Tschenstochau sein wollte. Das würde er ja sowieso nicht mehr schaffen, also wäre die Gefahr vielleicht vorbei. Aber Leute waren komisch, was Weihnachten anging. Einige verwandelten ihren Vorgarten in einen Albtraum aus bunten Glühbirnen, andere konnten gar nichts damit anfangen und wurden schwermütig.

Charlotte hatte sich Knall auf Fall in Quinn verliebt. Sie bekam rote Ohren, wenn er den Raum betrat, und fand morgens erst Ruhe, wenn er am Frühstückstisch saß, ein Beweis, dass er noch da war. Es reicht, dachte sie, heute Abend frage ich ihn, wie es weitergeht ... Und wenn er mit nichts herausrückt, dann ... Ja, was? Sollte sie ihn rauswerfen? Ja, dachte sie, dann werfe ich ihn raus. Nein, niemals. Sie holte tief Luft. Egal wie er sich entscheidet, ob er sagt, er würde bis Ostern bleiben, oder ob er mir mitteilt, dass er schon gepackt hat – eine Entscheidung muss her. Dann kann ich nachdenken und entscheiden, was ich machen will und kann. Wenn er sich für nichts entscheidet oder nur ausweicht, werde ich mich von ihm trennen. Basta.

In ihre Gedanken versunken hatte sie Roberts Rede nicht verfolgt. Jetzt fuhr sie hoch wie von der sprichwörtlichen Tarantel gestochen. Denn plötzlich hörte sie, dass es um sie alle ging, die hier am Tisch saßen.

»Es gab in den letzten Tagen eine sehr traurige Entwicklung für unsere Familien ...« Er meinte wohl den ungeratenen Benno und seine Komplizin. »Aber es gab auch eine ganz außergewöhnlich erfreuliche. Vorgestern habe ich erfahren, dass mein verstorbener Bruder Hagen ein Kind hinterlassen hat, einen Sohn, von dem niemand in unserer Familie etwas wusste ...«

Quinn neben Charlotte erstarrte. »Und dieses Kind, inzwischen ein ausgewachsener Mann, ist heute hier.« Er drehte sich in Richtung ihres Stehtischchen. »Quinn, du glaubst nicht, wie ich mich freue. Sei herzlich willkommen in unserer Familie, ich hoffe, dass wir viel von dem nachholen können, was ein Onkel mit seinem Neffen erleben kann.«

Brausender Applaus, Quinn entspannte sich, verbeugte sich leicht und lächelte wieder. »Das hast du verbrochen, gib es zu«, flüsterte er in Charlottes Ohr.

Sie sah zu ihm hoch. »Ist es denn in Ordnung für dich?« Und als er sie ansah, nickte und lächelte, war sie für diesen einen Moment vollkommen glücklich.

Die Veranstaltung setzte sich nicht mehr lange fort. Tanno und Robert wurden am Ende noch einmal auf die kleine Bühne geholt und bekamen vom Oberbürgermeister mit der goldenen Halskette einen großen Blumenstrauß überreicht. Für die freundliche Leihgabe der Urkunde, wurde betont.

Direkt vom Podium herunter steuerten Robert und Tanno ihrem Tisch zu.

»Na«, sagte Tanno etwas steif und hielt Quinn die Hand hin. »Da habe ich einen neuen Neffen. Wie schön.« Solveig war nicht zu sehen, aber hinter ihm stand ein jüngerer Mann, der ihm etwas ähnlich sah. »Das ist mein Sohn Jakob, er wird den Verlag übernehmen.« Jakob schüttelte ihm auch die Hand, etwas herzlicher als sein Vater, aber nicht sonderlich beteiligt.

Robert nahm Quinn ohne Umschweife in den Arm und klopfte ihm ein paar Mal auf den Rücken. »Das ist ja nicht zu glauben«, sagte er danach, als er immer noch seinen Arm festhielt. »Was freue ich mich, dass mein Brüderchen nicht ganz verschwunden ist, sondern so ein wunderbares Exemplar von Sohn hinterlassen hat. Du siehst ihm ähnlich, er hatte die gleichen Wolfsaugen wie du«, und da hatte Robert tatsächlich etwas Wasser in den Augen.

»Lass mich auch mal«, Sevenna schob sich nach vorn und drückte Quinn, dass ihm die Luft wegblieb. »Das ist die schönste Überraschung der letzten Zeit. Und Robert«, sagte sie etwas leiser zu Charlotte, die eng neben Quinn stand, »hat es wirklich nötig gehabt nach dem Schlag mit Benno.« Sie fuhr sich über die Augen. »Dass der Junge zu so was fähig ist. Ich kann es nicht fassen. Es muss dieses Weib sein, die Marja, die ihn dazu gebracht hat.«

Friederike hatte sich das alles angehört und verstand, dass eine Mutter einen Ausweg aus ihrem Kummer suchte. Sie fragte Sevenna leise: »Ist eigentlich der Herr Wohlgemuth heute auch hier?«

Sevenna lächelte. »Nein, der ist zur Befragung nach Braunschweig abgeholt worden. Es heißt, dass er an dem Brand in Altenau nicht ganz unbeteiligt war.« Dann drehte sie sich um, denn der Herr Oberbürgermeister stand hinter ihr und schien mit ihr reden zu wollen.

Friederike hakte sich bei Christian ein. »Hörst du, alles ist gut. Ich glaube, wir beide machen uns jetzt vom Acker.«

»Ich weiß«, sagte er und lächelte mit seinen schmalen schwarzen Augen auf sie runter. »Du möchtest jetzt auf dem Weihnachtsmarkt ein Schaschlik, ein Fischbrötchen und Puffer mit Apfelmus, in dieser Reihenfolge, dazu wenigstens einen Eiergrog. Aber klar, Rübe, ich fahre dich danach nach Hause und hoffe, dass du nicht ins Auto brichst.«

Krambambuli und ein kleiner Flying Devil

Später am Abend, als die Türen des Tango-Cafés geschlossen waren, saßen sie um den runden Personaltisch. Alle waren da, Sandra und Konni, Friederike und Christian, Ratte und seine schwarzgeschminkte Freundin Karo – nach unbedeutenden, aber leidenschaftlich ausgefochtenen Streitereien zum wiederholten Mal treu vereint. Dazu Otti, der vor einem guten Jahr als Aushilfskellner angefangen hatte, mit seiner ausgeprägten Fähigkeit zum garantiert unbemerkten Taschendiebstahl, und schließlich Wilma, zum Umfallen müde, aber glücklich über ihre neue Rolle und die Tatsache, dass sie gebraucht wurde. Max, der Neuzugang der Runde, lag in seinem Wagen in der Küche und schlief, die winzigen Fäuste an die Brust gedrückt.

Überall in den dunklen Ecken des Cafés glitzerte und glänzte der Adventsschmuck, Girlanden und kleine Lampions aus bunter Goldfolie, Strohsterne und kleine gläserne Figuren aus Lauscha zusammen mit duftenden Fichtenzweigen hingen ringsum an den Wänden, gesteckt hinter die Rahmen mit eindrucksvollen Schwarz-Weiß-Fotografien wütender Tangotänzer. Die Theke entlang ringelte sich eine Lichterkette, eine weitere zog sich um die Eingangstür, und noch eine markierte die Schwingtür zum Hinterzimmer.

Alle beobachteten die blaue Flamme über dem schmelzenden Zuckerhut, von dem lange gläserne Fäden durch die Zange, die ihn hielt, nach unten in die Flüssigkeit liefen. Friederike hatte interessiert von Floras Krambambulirezept erfahren und mit Wilma eine Umsetzung beschlossen. Unten im eisernen Topf simmerten getrocknete Früchte, Zitronen- und Apfelsinenschale, Zimt, Nelken, Vanille und Anis in einer Mischung aus bitterem schwarzen Tee und Rotwein leise vor sich hin. Der zweiundsiebzigprozentige Rum, den Konni mit großer Ruhe gleichmäßig auf den Zuckerhut schöpfte, hielt die Flamme am Leben, und ein unglaublich reicher Duft durchzog das gesamte Café.

»Hab Durst«, krähte Ratte. »Wann is´n so weit?«

»Wenn der Zucker ganz aufgeschmolzen ist, du Nase.« Konni löffelte den nächsten Schub über den Zuckerhut.

»Dann könnt ihr doch mal in der Zwischenzeit erklären, was so passiert is, und wieso ihr ohne mich zu diesem Dingsda gefahren seit, dem Ladatypen. Fand ich echt kacke.«

Alle waren an Rattes Vokabular gewöhnt, deshalb wunderte sich niemand.

»Wir haben dich hier gebraucht«, sagte Wilma. »Wir konnten den Laden doch nicht allein schmeißen, auch wenn ich eine Küchenhilfe hatte.«

»Carlo war ja anscheinend kein Totalausfall«, brummte Konni. »Ich wusste nicht so recht, ob er das schaffen würde hinter der Bar.«

Otti meldete sich. Seine großen, etwas schielenden hellen Elfenaugen sahen Friederike an. »Er hat am Ende in die Kasse gegriffen, nicht viel, etwa 80 €. Ich hab´s ihm wieder abgenommen. Nix passiert.«

»Wusste ich´s doch«, brummte Konni. »Windhund, der, aber wenn wir´s wiederhaben, isses ja gut. Er kommt nich wieder jedenfalls.« Er sah hoch. »Hat er gemerkt, dass du es ihm wieder abgeknöpft hast?«

»Na hör mal!« Ottis fühlte sich in seiner Ehre gekränkt. Alle lachten. Sie kannten sein Expertentum auf dem Gebiet, es hatte bei einem früheren Fall eine entscheidende Rolle gespielt.

Friederike seufzte und kuschelte sich an Christian. Dies waren die Momente, wo es ihr einfach nur gut ging. Ich habe viel richtig gemacht, dachte sie. Nicht alles, aber viel. Und Christian ist zurück. Sicherheitshalber sah sie in sein Ohr. Nichts.

Das Babyfon neben Konnis Glas gab weinerliche Geräusche von sich. Konni stand sofort stramm. »Hier, Christian, mach weiter.«

»Gib Ratte den Löffel, der kann das auch. Und wenn nicht, zahlt die Brandschutzversicherung das Café.«

Sandra rückte näher. »Ich hab eine ganze Menge nicht verstanden. Wer hat denn nun das Haus in Altenau angezündet?«

Friederike sah Christian an. »Nee, Friedchen, du erzählst das jetzt, du hast die ganze Arbeit gemacht. Ich hab weitgehend im Bett gelegen und geschlafen auf Kosten der Krankenkasse.«

»Wie es aussieht, gab es ein Schurkenpärchen, Benno Strachwitz und Marja von Kindt. Sie müssen sich über ihre Eltern kennengelernt haben, die in dieser Bruderschaft *Vom Goldenen Segel* sind. Da war auch Wohlgemuth Mitglied, der Mann, der in Altenau das Haus von Wilmas Bruder haben wollte.«

Alle Blicke wanderten zu Wilma, aber die hatte ihre Unterarme auf dem Tisch gekreuzt und den Kopf darauf gelegt. »Sie schnarcht«, sagte Otti. »Sie hat die letzten Tage wirklich geschuftet.«

Friederike redete weiter. »Marja und Benno hatten eine Menge laufen. Da war der Handel mit Gemälden, die Bodo Tingelkes, genannt Tintenklecks, gemalt hatte. Dessen Mutter, eine fürchterliche Frau, hat den Vertrieb organisiert zusammen mit ihrem Freund, dessen Bruder die Expertisen ...« Sie sah in die gläsernen Augen um sich herum und verstand, dass dies zu viele Informationen waren.

»Also Benno malte, Mutter empfing über Marja oder Benno oder beide die Bestellungen, lieferte aus und kassierte, Onkel gab Echtheitserklärungen heraus. Wahrscheinlich hat Marja sich mit der Apothekerin angefreundet. Vielleicht war es so, dass sie zusammen eine Langlauftour durch den frischen Neuschnee unternommen haben, und Marja hat Eva de Vries im Innerstetal an einer besonders steilen Stelle runtergeschubst.«

Karo schob ihr Kaugummi auf die andere Seite. »Bringt man denn wen um wegen so falscher Bilder? Is doch voll scheiße, oder?«

»Ich, wir glauben, dass die beiden uns als Bedrohung für ihr ganzes Imperium ansahen, denn Benno Strachwitz hatte in der hinteren Werkstatt eine Umschlagstelle für gestohlene Wagen, die er nach Osteuropa exportierte. Der türkische Mitarbeiter vorn im Laden hatte angeblich keine Ahnung davon, hatte aber selbst was laufen, heißt es.« Diesmal war Christian die Quelle aller Informationen gewesen. Er kannte einen Büroangestellten im Kriminalkommissariat Braunschweig, der ihm was schuldete.

»Und die Scheune, und die Drohbriefe und Charlottes Auto?«

»Alles sollte Angst einjagen. Vermutlich wäre Benno Strachwitz sogar zu drastischeren Mitteln fähig gewesen, wenn er nicht rechtzeitig gestellt worden wäre. Oder Marja war die

Gewalttätige, um ihn zu beeindrucken. Wer was verschuldet hat, das herauszufinden überlassen wir am besten der Kripo.«

»Und ihr glaubt, Wohlgemuth hat Benno angestiftet, das Haus niederzubrennen?«

Friederike nickte. »Benno war derjenige, der sich im Harz gut auskannte. Sevenna sagte, er habe schon als Kind seine Ferien regelmäßig bei den Wohlgemuths verbracht. Mathias war sein Patenonkel. Christians Telefon ist übrigens in seinem Büro gefunden worden.«

»Aber wie hing denn Kahlhut mit drin? Warum hat er Christian beauftragt, sich um die Sache zu kümmern?«

»Das ist uns auch nicht recht klar. Wir nehmen an, dass er in der Idee mit dem Tabledance Geld roch. Ihm wurde dann vielleicht unwohl, als Wohlgemuth unter Verdacht stand. Der sollte erst mal ausgeräumt sein, bevor er sich weiter engagierte. Ich denke allerdings eher, dass für ihn das Projekt schon gestorben war, als der Kasten brannte.«

Zu weiteren Erklärungen kam es nicht, denn die blaue Flamme erstarb, es war kein Zucker mehr übrig. Die Zange wurde entfernt, und Ratte löffelte andächtig die duftende Flüssigkeit in die bereitstehenden Tonbecher.

Ahs und Ohs von allen Seiten, die Gespräche wurden lauter, jemand fing an Witze zu erzählen, bis endlich Konni zurückkam. Durch den Lärm hindurch, denn jemand hatte eine Tango-CD eingelegt, fragte Friederike, wann sie denn ihren kleinen Max zu einem *Flying Devil* machen wollten.

»Morgen ist Weihnachtsfeier im Clubhaus«, sagte Sandra und drückte sich an Konni. »Da wird er getauft.«

Einc Stunde später verließen Christian und Friederike das Café. Sandra hatte Konni schon vor 20 Minuten hochgescheucht. »Unser Mäxchen schläft hier nicht richtig, komm, Liebster, wir machen den Abflug.«

Wilma hatte sich im Hinterzimmer aufs Sofa verkrochen, die kratzige Wolldecke, die bisher jeder verflucht hatte, der dort müde niedergesunken war, über sich gezogen. Sie hinterließen Ratte, Karo und Otti, die am historischen Flipper an der anderen Seite des Cafés ein lebhaftes Turnier begannen.

Die Nacht war sternenklar, mit einem Stich Frost in der Luft. »Vielleicht wird es ja doch ein weißes Weihnachten aller Unkerei zum Trotz«, sagte Friederike in Christians Ärmel hinein.

Christian blieb stehen und nahm sie in die Arme. »Wir gehen jetzt nach Hause und schlafen wenigstens 10 Stunden. Dann frühstücken wir, machen eine langen Spaziergang und überlegen, wie wir uns unsere Zukunft vorstellen. Ich glaube, das ist fällig, meine schöne Weihnachtshexe.«

Friederike nickte. Etwas musste sich ändern, denn so viele Tränen, wie sie in den letzten zehn Tagen vergossen hatte, sollten nicht noch mal fließen.

Dann küsste Christian sie lange und sehr zufriedenstellend, bis beide begannen zu frieren und schnell weitergingen, um das Angefangene in diskreterer Umgebung fortzusetzen.

Krampfadern und ein Abschied

Nach dem Abendessen stand Charlotte am Fenster der Küche. Flora war schon zu Bett gegangen, und Quinn hatte sich gleich danach verdünnisiert.

Er hatte sich kaum geäußert zu den Erlebnissen des Nachmittags, noch schweigsamer als sonst waren sie zu ihrem Zitronenflitzer zurückgekehrt. Die ganze Fahrt über traute sich Charlotte kaum, etwas zu sagen.

Erst als Flora ihnen auf der Freitreppe entgegenkam und Bessie um Quinns Beine sauste, löste sich die Schweigsamkeit.

»Na, nun ist es wohl raus, was?«, sagte sie und sah Quinn an. Der blieb kurz stehen, lächelte aber nur, ging um sie herum und blieb bis zum Abendessen verschwunden.

Charlotte berichtete Flora ausführlich von Quinns Anerkennung als Mitglied der Strachwitzfamilie, von Sevennas Herzlichkeit und dass Robert ihn sogar umarmt hatte. Flora hörte sich alles an, brummte nur und begann mit dem Geschirr fürs Abendessen zu klappern.

Charlotte verstand nicht genau, was sie sagte. Es klang wie »Hoffentlich begreift er jetzt, um was es geht.« Es könnte aber auch was ganz anderes gewesen sein.

Flora hatte in den letzten Tagen die Veränderung im Verhalten der beiden beobachtet und die richtigen Schlüsse gezogen. Seitdem überlegte sie, ob sie mit Charlotte reden sollte. Ihre Befürchtung war, dass ihr Lottchen es nicht schaffen würde, die Klammer des stets konsequenten Verhaltens als Lebensmotto zu brechen. Irgendwie musste es ihr gelingen, den Satz *Nie wieder einen Mann* fallen zu lassen. Flora war nicht entgangen, dass die beiden bereits wenigstens eine Nacht miteinander verbracht hatten. Trotzdem fürchtete sie, dass Charlotte es sich verbieten könnte, den möglicherweise notwendigen ersten Schritt zu tun. Denn ihr war klar, dass tief im Inneren Quinn ein schüchterner Mann war, immer noch voller Schuldgefühle, die ihn vielleicht daran hindern könnten, die Initiative zu ergreifen. Frei nach dem Motto: *Ich verdiene das Glück nicht, denn ich bin schuldig.* Oder ein ähnlicher Quark von Aussage. Trotz dieser Bedenken hatte sie bisher den Mund gehalten und auf das Beste gehofft.

Charlotte stand am Fenster und sah auf den Hof. Schnee war nicht in Sicht. Sie dachte an Friederike und Christian. Vielleicht bekommen die da oben im Harz Schnee, vielleicht sollten wir sie mal besuchen, dachte sie. Dann wurde ihr die Bedeutung des Wortes *wir* klar, und sie fühlte zu ihrem Entsetzen, wie sich Tränen in ihren Augen sammelten.

Quinn wollte weg, das war wirklich überdeutlich.

In dem Moment hörte sie Schritte hinter sich. »Charlotte, ich wollte ...«

Sie drehte sich um. »Ich weiß, was du willst. Du willst los.« Ihr Gesicht war kalkweiß.

»Ja.«

»Morgen?«

»Ja.«

Zwei einzelne Tränen lösten sich und rollten lautlos die Wangen runter. Ihr ganzes Elend schob sich zwischen sie und das Leben: der untreue Vater, der ihr Geld für etwas verwendete, das sie nachher am Hals hatte, ihre Einsamkeit, der Gedanke an ihre Albträume, die wieder anfangen würden, und ein Weihnachten, das sie mutterseelenallein mit Flora in der kleinen Wolfenbüttler Wohnung verbringen würde. Denn unter keinen Umständen würde sie dieses Gemäuer behalten, an dem jetzt so viele Erinnerungen hingen. Schöne Erinnerungen, bittere Erinnerungen.

Quinn schloss sie vorsichtig in die Arme. »Charlotte, ich habe einen Vorschlag, weiß aber nicht genau, ob er dir gefällt. Versprich mir zu sagen, wenn du es nicht willst.«

Charlotte hob ihr Gesicht. »Ja?«

»Ich dachte, wenn es dir recht ist, setze ich den weiteren Weg nach Tschenstochau mit diesem zitronengelben Gefährt fort. Meine Buße dafür, dass ich nicht laufe, wird darin bestehen, dass ich Krampfadern haben werde wegen des engen Fußraumes, wenn ich da bin. Wenn ich morgen früh fahre, könnte ich am Heiligen Abend zurück sein.« Nach einer bangen Pause. »Wenn du das willst.«

Charlotte seufzte tief auf und horchte den Felsen hinterher, die von ihrem Herzen rollten. »Ja«, sagte sie. »Das will ich ganz bestimmt. Würdest du denn mit mir und Flora und Bessie und diesem schwarzen Kater, den wir nur ab und zu zu Gesicht kriegen, hier wohnen wollen?« Schnell redete sie weiter, damit er nicht dachte, sie wollte ihn auf ewig festnageln. »Erst mal, damit wir sehen, ob es funktioniert?«

Er schwieg einen Moment. Dann beugte er sich zu ihr hinunter und sagte in ihr Ohr: »Ja, das will ich. Und ich könnte mir nichts Schöneres vorstellen.« Er küsste in ihr Haar. »Du willst also die Burg behalten?«

»Ja«, sagte sie glücklich und wunderte sich über sich selbst.

Als Charlotte weit später sein schmales Bett verfluchte, weil sie wegen der Enge nicht richtig schlafen konnte, um ihr Leben aber nicht ausgezogen wäre, dachte sie an ihren Vater. Er hat mir eigentlich etwas Fürchterliches angetan mit diesem Kasten, aber ohne diesen Kasten hätte ich Quinn nicht kennengelernt. Es stimmt wirklich, alles hat eine zweite Seite, selbst Betrug und Verrat. Manchmal zeigt sie sich halt erst später.

Eine kleine Bitte

Wenn es mir gelungen ist, Sie wenigstens für ein paar Stunden aus dem Alltag zu entführen, dann habe ich mein Ziel erreicht. Für eine(n) Autor(in) gibt es keine schönere Bestätigung als LeserInnen, die mit einem Lächeln das Buch zuklappen oder den Reader ausstellen. Natürlich würde es mich freuen, wenn Sie dieses Buch weiterempfehlen oder sogar die Zeit für eine kurze Rezension finden. Herzlichen Dank!

Ansonsten habe ich für Fragen, Anregungen oder Rückmeldungen rund um meine Bücher stets ein offenes Ohr. Am besten bin ich über Facebook, meine private Autorenseite (wolkenreich-im-harz.de) oder harzkrimis.de erreichbar. Hier finden Sie u.a. das gesamte Buchprogramm, Veranstaltungstermine, YouTube-Videos, Neuigkeiten und vieles mehr.

Vielleicht lernen wir uns ja auch auf einer Lesung kennen. Meine AutorenkollegInnen und ich würden uns freuen.

Viele harzliche Grüße

Andrea Illgen

Über die Autorin

Andrea Illgen legt mit *»Vom Goldenen Segel«* bereits ihren 6. Friederike-Wolkenreich-Krimi vor. Die Musikerin lebt seit einiger Zeit mit ihrem Mann in den Tiefen der Oberharzer Wälder und lässt sich von den gluckernden Quellen, schroffen Hängen und hohen Tannen zu ihren Harzkrimis inspirieren.

Stollenfahrt

Wolkenreich im Harz 1
1. Aufl. 02/2015 · 251 Seiten
Taschenbuch 12 x 18,5 cm
€ 8,95 (inkl. gesetzl. MwSt.)
auch als eBook erhältlich
ISBN 978-3-943403-43-5

Als ihr Mann Mario vor zwei Jahren spurlos verschwindet, bricht für Friederike Wolkenreich eine Welt zusammen. Die fünfzigjährige Sängerin kehrt zurück aus Schweden und bezieht im Harzer Universitätsstädtchen Clausthal-Zellerfeld eine ehemalige Bergmannskapelle. Hier erhofft sie sich, endlich Abstand zu gewinnen und über den Verlust hinwegzukommen. Wäre da nicht Heino, der stellvertretende Bergamtsdirektor und ein Freund des Verschwundenen, der offenbar mehr weiß, als er zugibt.

Teufel und Skorpion

Wolkenreich im Harz 2
1. Aufl. 10/2015 · 224 Seiten
Taschenbuch 12 x 18,5 cm
€ 8,95 (inkl. gesetzl. MwSt.)
auch als eBook erhältlich
ISBN 978-3-943403-52-7

Mysteriöse Ereignisse halten die Bewohner des kleinen Universitätsstädtchens Clausthal-Zellerfeld in Atem. Leichen tauchen auf, Studenten erscheinen nicht regelmäßig zu ihren Kursen, Scheiben gehen zu Bruch, und ein Clubhaus brennt. Während die feine Gesellschaft Hannovers ihr Geld bei illegalen Wetten im Oberharz verzockt, fragen sich Friederike und ihre Freunde, ob das alles mit Schmuggel zu tun hat, und ob die alte Fehde zwischen den Teufeln und Skorpionen dabei eine Rolle spielt.

Karlas Geheimnis

Wolkenreich im Harz 3
1. Aufl. 05/2016 · 288 Seiten
Taschenbuch 12 x 18,5 cm
€ 8,95 (inkl. gesetzl. MwSt.)
auch als eBook erhältlich
ISBN 978-3-943403-65-7

Wer verkauft Drogen in Clausthal-Zellerfeld? Und was hat das zu tun mit dem Skelettfund in der alten Zigarrenfabrik? Wieder werden Friederike Wolkenreich (52) und ihre Freunde in Atem gehalten von geheimnisvollen Ereignissen in der Oberharzer Bergstadt. Plagiatsvorwürfe an der Clausthaler Uni, ein brennender Imbisswagen und eine tote Tante machen die Geschichte um die resolute Sängerin und Cafewirtin zu einem spannenden und amüsanten Leseereignis.

Harzer Freischütz

Wolkenreich im Harz 4
1. Aufl. 04/2017 · 240 Seiten
Taschenbuch 12 x 18,5 cm
€ 8,95 (inkl. gesetzl. MwSt.)
auch als eBook erhältlich
ISBN 978-3-943403-89-3

Ein Freilichtfestival wird in Clausthal-Zellerfeld geplant, und alle sind dabei. Wirklich alle? Wer verfasst wohl die mörderischen E-Mails, und wer tötet die Primadonna? Was steckt hinter dem Donizetti-Club, wer bringt den Waldarbeiter um, und warum schließlich begeht eine bizarr gekleidete Frau Selbstmord auf einem Drahtseil? Harte Nüsse für Friederike Wolkenreich und ihre Freunde Konni, Ratte, Batz und den undurchsichtigen Christian Neuville. Zur Aufklärung dieser verzwickten Geschichte tragen alle bei, dieses Mal sogar selbst der windige Gemeindebürgermeister Rudolph Kahlhut.

Mord auf dem Bergbauernmarkt

Wolkenreich im Harz 5
1. Aufl. 05/2018 · 192 Seiten
Taschenbuch 12,5 x 19 cm
€ 8,95 (inkl. gesetzl. MwSt.)
auch als eBook erhältlich
ISBN 978-3-947167-24-1

Das geschäftige Treiben auf dem Zellerfelder Bergbauernmarkt wird unversehens gestört: Ein Hotelier liegt erstochen in seinem Blut, und wieder werden Friederike Wolkenreich und ihre Freunde in den Strudel der Ermittlungen gezogen. Hat der Mord mit der neuen Freundin des windigen Rudolph Kahlhut zu tun? Carolin Kirsch, Escortdame und Bordellchefin, hat auf jeden Fall ihre Finger im Spiel. Aber wie groß ist das Interesse eines Braunschweiger Mafia-Clans an den Filetstücken im Oberharz?

Zurück nach Falconcross

1. Aufl. 08/2019 · 288 Seiten
Taschenbuch 12,5 x 19 cm
€ 12,95 (inkl. gesetzl. MwSt.)
auch als eBook erhältlich
ISBN 978-3-947167-71-5

Henriette steht an einem Wendepunkt ihres Lebens. Das Scheitern ihrer Ehe stürzt die sonst so selbstbewusste Frau um die fünzig in eine tiefe Sinnkrise. Um Abstand zu gewinnen, verordnet sich selbst eine Auszeit in den schottischen Highlands. Im kleinen Ort Falconcross entdeckt sie in einer schlichten Wanderherberge ein Foto ihrer alten Schulfreundin Cleo, die sich vor vielen Jahren umgebracht hat. Henriette beginnt Cleos Leben nachzuzeichnen und nach Gründen zu suchen. Ihre Nachforschungen führen sie dabei von Schottland in den Harz – und zurück nach Falconcross. Denn neben all den spannenden Ereignissen begegnet sie auch einer unerwarteten Liebe.